À PROPOS DE L'AUTEUR

Nora Roberts est l'un des auteurs les plus lus dans le monde, avec plus de 400 millions de livres vendus dans trente-quatre pays. Elle a su comme nulle autre apporter au roman féminin une dimension nouvelle ; elle fascine par ses multiples facettes et s'appuie sur une extraordinaire vivacité d'écriture pour captiver ses lecteurs.

Le bonheur en cadeau

NORA ROBERTS

Le bonheur en cadeau

ROMAN

Traduit de l'anglais (États-Unis) par
EMMANUELLE SANDER
PERRINE DEBRAY

HARLEQUIN

Titres originaux :
LOCAL HERO
TEMPTATION

Ce livre est publié avec l'aimable autorisation de HARLEQUIN BOOKS S.A.

HARPERCOLLINS FRANCE
83-85, boulevard Vincent-Auriol, 75646 PARIS CEDEX 13
Service Lectrices — Tél. : 01 45 82 47 47

www.harlequin.fr

ISBN 978-2-2803-8638-8

SI PRÈS DE TOI

1

Zark poussa un gémissement douloureux, peut-être le dernier. Son vaisseau était presque à court d'oxygène et il ne lui restait plus beaucoup de temps. Dans quelques secondes, il verrait sa vie défiler devant ses yeux. Il pouvait au moins s'estimer heureux d'être seul : personne ne serait le témoin de ses joies et de ses erreurs.

Et surtout pas Leilah. Il en revenait toujours à elle. Entre chaque râle, il revoyait le visage rayonnant, les yeux azur et les cheveux blonds de son seul et unique amour. Au milieu des hurlements de sirène qui résonnaient dans le cockpit, il croyait entendre son rire. Tendre, doux. Puis moqueur.

— Sous le soleil rouge, comme nous avons été heureux ensemble ! murmura-t-il d'une voix haletante en se traînant sur le sol pour atteindre le poste de commande. Nous avons été amants, partenaires, amis.

La douleur s'amplifia et lui brûla les poumons, les transperçant telle une myriade de couteaux empoisonnés sortis tout droit des entrailles d'Argenham. Il ne pouvait pas gaspiller son oxygène en vaines paroles. Mais ses pensées… même en cet instant, elles restaient tournées vers Leilah.

Dire que la seule femme qu'il ait jamais aimée pouvait être la cause de son anéantissement suprême ! Du sien, et du monde tel qu'ils le connaissaient. Par quel terrible coup du sort cet accident avait-il pu transformer une honnête scientifique en diabolique force du mal ?

La femme qui était devenue son ennemie avait aussi été son épouse. Elle l'était toujours, songea Zark en se hissant péniblement vers le poste de commande. Si jamais il survivait, et s'il parvenait à l'empêcher de détruire toute forme de civilisation sur Perth, il allait devoir se lancer à sa poursuite et la détruire. S'il en trouvait la force.

Le commandant Zark, défenseur de l'univers, président de Perth, héros et mari, appuya d'une main tremblante sur le bouton…

La suite de ses fascinantes aventures dans le prochain numéro !

— Bon sang ! maugréa Radley Wallace.

D'un rapide coup d'œil, il s'assura que sa mère n'avait rien entendu. Cela faisait six mois qu'il avait commencé à jurer à voix basse et il n'avait pas hâte de se faire surprendre. Sa mère ne manquerait pas de lui faire les gros yeux.

Heureusement pour lui, elle était trop occupée à défaire les premiers cartons que les déménageurs venaient de livrer. Radley était censé ranger ses livres, mais il avait décidé de faire une petite pause. Se détendre avec une bande dessinée Universal Comics du commandant Zark était son activité favorite. Sa mère préférait qu'il lise de vrais livres, mais ceux-ci ne contenaient pas assez d'illustrations à son goût. Pour lui, Zark surpassait de loin Long John Silver et Huck Finn.

Allongé sur le dos, Radley contempla le plafond fraîchement repeint de sa nouvelle chambre. Cet appartement lui plaisait bien. Il aimait surtout la vue sur le parc et le fait qu'il y ait un ascenseur. En revanche, il n'avait aucune envie d'aller dans sa nouvelle école lundi.

Sa mère lui avait dit que tout se passerait bien, qu'il se ferait très vite de nouveaux amis et qu'il pourrait toujours rendre visite à ses anciens camarades. La façon dont sa mère lui souriait et lui ébouriffait les cheveux avait le don de le rassurer. Mais elle ne serait pas là pour l'aider à affronter le regard curieux des autres enfants. Radley avait décidé qu'il ne porterait pas le nouveau pull qui, selon sa mère, allait si bien avec la couleur de ses yeux. Il préférait mettre de vieux vêtements dans lesquels il se sentait bien. Sa mère comprendrait, comme toujours.

Parfois, elle avait l'air triste, songea Radley en se calant contre l'oreiller, la bande dessinée à la main. Il aurait aimé qu'elle ne souffre pas que son père soit parti. Il y avait de cela si longtemps que Radley devait faire de gros efforts de mémoire pour se souvenir de son visage. Son père ne venait jamais leur rendre visite, et n'appelait que quelques fois par an. Cela lui convenait. Radley aurait aimé en parler avec sa mère, mais il avait peur qu'elle se fâche et qu'elle se mette à pleurer.

Dans la mesure où elle était là pour s'occuper de lui, il n'avait pas vraiment besoin d'un père. Il le lui avait dit, et elle l'avait serré si fort dans ses bras ce jour-là qu'il en avait eu le souffle coupé. Le soir, il l'avait entendue pleurer dans sa chambre. Depuis, il n'était plus jamais revenu sur le sujet.

Les adultes sont étranges, songea Radley du haut de ses presque dix ans. Mais sa mère était la meilleure. Elle ne criait presque jamais après lui et, lorsque cela lui arrivait, elle s'en excusait aussitôt. Et elle était jolie. Radley sourit dans son lit en se sentant glisser dans le sommeil. Pour lui, sa mère était aussi belle que la princesse Leilah. Même si ses cheveux étaient châtains au lieu d'être blonds, et ses yeux gris et non bleu foncé.

Pour fêter leur arrivée dans leur nouvel appartement, sa mère lui avait également promis de commander une pizza pour le dîner. Après le commandant Zark, les pizzas étaient ce qu'il aimait le plus.

Radley sombra lentement dans le sommeil. Avec l'aide de Zark, il allait sauver l'univers.

Lorsque quelques instants plus tard Hester passa la tête dans la chambre de son fils, son univers à elle, elle le trouva endormi, une bande dessinée Universal Comics à la main. La plupart des livres, qu'il feuilletait de temps en temps, étaient encore dans les cartons. En d'autres temps, elle lui aurait un peu fait la leçon à son réveil sur le choix de ses lectures, mais elle n'en avait pas le courage. Rad prenait si bien leur déménagement. Un autre bouleversement dans sa vie.

— Tout va bien se passer, mon chéri, murmura-t-elle.

Oubliant les montagnes de cartons qui l'attendaient, elle s'assit au bord du lit pour contempler son fils.

Il ressemblait tellement à son père ! Les mêmes cheveux blond foncé, les mêmes yeux sombres et le même menton volontaire. Elle regardait rarement son fils en pensant à l'homme qui avait été autrefois son mari. Mais, aujourd'hui, les choses avaient changé. Aujourd'hui, ils avaient pris un nouveau départ, et elle ne pouvait pas s'empêcher de penser au passé et à ce qui les avait conduits là.

Cela remontait à six ans, songea-t-elle, étonnée de voir que le temps passait si vite. Radley était encore tout petit lorsque Allan était parti, fatigué des factures, de sa famille et d'elle en particulier. Malgré un processus long et difficile, cette douleur-là était passée. Mais elle n'avait jamais pardonné et ne pardonnerait jamais à cet homme d'avoir abandonné son fils sans même un regard.

Elle s'inquiétait parfois de constater à quel point cela semblait avoir peu d'importance pour Radley. Egoïstement, elle était soulagée que son fils n'ait jamais tissé de liens forts et durables avec l'homme qui les avait abandonnés. Mais souvent, tard le soir, lorsque tout était calme, elle se demandait si son petit garçon ne refoulait pas son chagrin.

Hester caressa les cheveux de son fils, le regard perdu au loin vers la fenêtre. Radley était un enfant sociable, heureux et agréable. Elle avait travaillé dur pour l'élever correctement. Jamais elle ne lui avait parlé en mal de son père, même si, au tout début, l'amertume et la colère qu'elle ressentait menaçaient souvent de jaillir. Elle s'était efforcée d'être à la fois une mère et un père, le plus souvent avec succès, croyait-elle.

Elle s'était plongée dans des livres de base-ball pour pouvoir lui donner des conseils. Elle avait couru à son côté, la main accrochée à la selle de son premier vélo. Au moment de le lâcher, elle avait résisté à l'envie de le retenir et lui avait lancé des encouragements tandis qu'il avançait en vacillant sur la piste cyclable.

Elle s'était même intéressée au commandant Zark. Hester retira lentement la bande dessinée de la main de son fils en souriant. Ah, ce pauvre et héroïque Zark, et Leilah, sa femme qui avait pris un si mauvais chemin ! Hester savait tout des tribulations et des intrigues qui avaient lieu sur Perth. Sevrer Radley de Zark pour le conduire vers Dickens ou Twain n'était pas une tâche aisée, mais élever un enfant seule non plus.

— Tu as le temps, murmura-t-elle en s'allongeant près de son fils.

Le temps de lire des vrais livres et d'affronter la vraie vie.

— Oh, Rad ! j'espère que j'ai fait les bons choix pour toi.

Hester ferma les yeux, se désolant de n'avoir personne à qui parler, personne pour la conseiller ou prendre les décisions à sa place, bonnes ou mauvaises.

Le bras posé sur la taille de son fils, elle se laissa glisser à son tour dans le sommeil.

Lorsqu'elle se réveilla, confuse et désorientée, la pièce était plongée dans la pénombre. Radley n'était plus à côté d'elle. Sa lassitude disparut aussitôt, effacée par un ridicule sursaut de panique. Radley n'aurait jamais quitté l'appartement sans sa permission. Il ne lui obéissait pas aveuglément en tout, mais il respectait les règles de base, songea Hester en se levant pour partir à sa recherche.

Elle trouva Radley dans la cuisine, où son instinct l'avait d'abord guidée. L'enfant tenait dans la main un sandwich dégoulinant de beurre de cacahouète et de confiture.

— Salut, maman.

— Je croyais que tu voulais de la pizza, répondit-elle en lorgnant vers l'épaisse traînée de confiture sur le comptoir et le sac de pain grand ouvert.

— C'est vrai.

Radley mordit à pleines dents dans le sandwich et lui sourit.

— Mais j'avais faim.

— On ne parle pas la bouche pleine, Rad, répondit-elle spontanément en se penchant vers lui pour l'embrasser. Si tu avais faim, tu aurais pu me réveiller.

— Je me suis débrouillé, mais je n'ai pas trouvé les verres.

Hester balaya la pièce du regard et s'aperçut que son fils avait vidé deux cartons dans ses recherches. Elle aurait dû ranger la cuisine en priorité.

— Nous allons nous en occuper.

— Il neigeait quand je me suis réveillé.

— Vraiment ?

Hester passa une main dans les cheveux de son fils pour écarter une mèche rebelle et se redressa pour regarder par la fenêtre.

— On dirait qu'il neige encore, constata-t-elle.

— Peut-être qu'il neigera trop et que lundi l'école sera fermée, déclara Radley en se hissant sur un tabouret pour s'asseoir près du comptoir.

Si c'était le cas, elle ne pourrait pas non plus se rendre à son nouveau travail, se prit-elle à rêver. Pas de nouvelles pressions, pas de nouvelles responsabilités.

— Je ne pense pas que cela va arriver, lança-t-elle par-dessus son épaule en lavant des verres. Tu es inquiet, Rad ?

— Un peu.

Il haussa les épaules, songeur. Il restait encore un jour avant lundi. Beaucoup de choses pouvaient se passer. Un tremblement de terre, du blizzard, une attaque venue de l'espace. Il se concentra sur cette dernière éventualité.

Lui, Radley Wallace, commandant des Forces spéciales terriennes, était prêt à protéger la planète et à se battre jusqu'à la mort…

— Je peux t'accompagner si tu veux, proposa-t-elle.

— Non, maman, les autres enfants vont se moquer de moi.

Radley mordit dans son sandwich. De la confiture de raisin dégoulina de chaque côté du pain.

— Ça ne peut pas être si terrible, ajouta-t-il sans trop y croire. Au moins, je ne risque plus de croiser cette imbécile d'Angela Wiseberry dans cette école.

Hester n'eut pas le cœur de lui dire qu'il y avait une imbécile d'Angela Wiseberry dans toutes les écoles.

— Voilà ce que je te propose, dit-elle. Lundi, nous prendrons chacun nos nouvelles fonctions, puis nous nous retrouverons ici à 16 heures pour un rapport complet.

Le visage de son fils s'éclaira aussitôt. Radley adorait les opérations militaires.

— A vos ordres, chef.

— Parfait. Maintenant, je vais commander une pizza. En attendant qu'elle arrive, nous allons ranger le reste de la vaisselle.

— Laissons les prisonniers s'en charger.

— Enfuis. Ils se sont tous enfuis.

— Des têtes vont tomber, marmonna Radley en engloutissant le reste de son sandwich.

Mitchell Dempsey Junior était assis devant sa table à dessin, à court d'inspiration. Il avala une gorgée de café froid dans l'espoir de stimuler son imagination, mais son esprit resta aussi vide que la feuille de papier devant lui. Il avait parfois des blocages, mais ceux-ci étaient rares. Et il n'en avait jamais eu avant une échéance.

Mitch décortiqua une cacahouète et jeta la cosse dans un bol. La coque rebondit sur le bord du récipient et tomba au sol parmi d'autres débris. Normalement, il aurait dû commencer par écrire le scénario avant de dessiner les illustrations. Mais, comme cette démarche n'avait rien donné, il avait pris les choses à l'envers, se disant qu'en changeant ses habitudes il cesserait peut-être de tourner en rond.

Hélas, sa méthode ne fonctionnait pas.

Mitch ferma les yeux pour mieux se concentrer. La radio égrenait un vieux tube de Slim Whitman qu'il entendait à peine. Son esprit se trouvait à des années-lumière, songea-t-il en souriant. Il avait toujours eu le sentiment d'être né trop tôt, un siècle trop tôt. Mais il ne pouvait pas en blâmer ses parents.

Rien ne venait. Pas de solution, pas d'inspiration. Mitch ouvrit de nouveau les yeux et fixa la feuille de papier. Avec un éditeur comme Rich Skinner, il ne pouvait pas se permettre de jouer à l'artiste. Il s'exposerait à mourir de faim. Dégoûté, il saisit une autre cacahouète.

Ce dont il avait besoin, c'était de changer de décor, de se distraire. Sa vie devenait trop monotone, trop banale et, malgré ce blocage temporaire, trop facile. Il avait besoin d'un défi. Jetant la coque vide, il se mit à faire les cent pas.

Il avait un corps élancé, fortifié chaque semaine par des heures de musculation. Pourtant, il avait été un enfant ridiculement maigre, même s'il mangeait comme un ogre. Les moqueries ne l'avaient pas trop dérangé jusqu'à ce qu'il découvre les filles. Grâce à sa détermination naturelle, Mitch avait changé tout ce qui pouvait l'être. Il lui avait fallu plusieurs années et beaucoup de sueur pour se bâtir un corps d'athlète, mais il l'avait fait. Il ne considérait toutefois pas sa forme comme acquise et il s'entraînait régulièrement, physiquement comme intellectuellement.

Son bureau était d'ailleurs parsemé de livres qu'il avait lus et relus. Il fut tenté d'en prendre un et de s'y plonger sur-le-champ. Mais il avait des délais à respecter. Le gros chien fauve couché à ses pieds roula sur le ventre et l'observa de ses yeux ronds.

Mitch l'avait nommé Taz en souvenir du diable de Tasmanie des vieux dessins animés des frères Warner. Mais son Taz était loin d'être aussi énergique. Le chien bâilla en roulant paresseusement sur le tapis. Il aimait son maître, notamment parce que Mitch ne se plaignait jamais de trouver des poils sur les meubles ni une poubelle éventrée de temps en temps. Et puis, Mitch avait une voix grave et patiente. Lorsqu'il s'asseyait par terre avec Taz et caressait son épaisse fourrure en partageant avec lui l'idée qui venait de germer dans son esprit, l'animal semblait ravi de l'écouter. Taz scrutait alors son visage comme s'il comprenait chaque mot.

On frappa soudain à la porte, et Taz s'agita un peu. Battant furieusement de la queue, il émit quelques jappements.

— Non, je n'attends personne, fit Mitch. Et toi ?

Il écrasa de ses pieds nus quelques coques de cacahouète et jura, mais ne prit pas la peine de les ramasser. Il contourna une pile de journaux et un sac de vêtements qu'il n'avait pas eu le temps d'amener à la blanchisserie. Il aperçut alors un os que Taz avait oublié sur le tapis d'Aubusson. Il l'envoya valser d'un coup de pied dans un coin de la pièce avant d'ouvrir la porte.

— C'est le livreur de pizza !

Un garçon très maigre de dix-huit ans environ tenait une boîte d'où se dégageait un parfum merveilleux. Mitch le huma avec envie.

— Je n'ai rien commandé.

— C'est l'appartement 406 ?

— Oui, mais je n'ai pas commandé de pizza.

Mitch inhala de nouveau l'effluve qui s'échappait du carton.

— Mais j'aurais dû, ajouta-t-il.

— Vous êtes M. Wallace ?

— M. Dempsey.

— Mince.

Mitch réfléchit tandis que le garçon se balançait gauchement d'un pied sur l'autre. Si ses souvenirs étaient bons, les Wallace étaient ses nouveaux voisins, ceux qui avaient pris la place des Henley dans l'appartement 604. Si Wallace était la grande brune tout en jambes qu'il avait croisée ce matin avec des cartons, peut-être aurait-il tout intérêt à pousser plus loin les investigations.

— Je connais les Wallace, répondit-il en tirant quelques billets froissés de sa poche. Je vais monter leur porter la pizza.

— Je ne sais pas si...

— Ne vous inquiétez pas, le coupa Mitch en lui glissant un autre billet.

Une pizza et une nouvelle voisine, voilà la distraction dont il avait besoin...

Le garçon compta son pourboire.

— Super, merci.

Les Wallace n'auraient sans doute pas été aussi généreux, décida le jeune homme.

Il chercha ses clés. Il fouilla un moment les poches de son jean usé avant de se rappeler avoir lancé son trousseau sur la table anglaise. Les clés avaient glissé au sol. Il les ramassa et les fourra dans une poche. Sentant qu'elle était trouée, il en changea aussitôt. Pourvu que la pizza soit aux poivrons ! songea-t-il, plein d'espoir. La boîte posée en équilibre sur une main, Mitch se mit en route.

— Ce doit être le livreur, déclara Hester en entendant frapper.

Elle rattrapa Radley avant qu'il se précipite vers la porte.

— C'est moi qui ouvre, ajouta-t-elle. Tu te souviens des règles ?

— Ne jamais ouvrir aux inconnus, récita Radley machinalement.

Une main sur la poignée, Hester jeta un coup d'œil par le judas. Elle fronça légèrement les sourcils. Elle aurait juré que l'homme la regardait, un sourire amusé aux lèvres. Ses yeux bleus étaient très clairs. Ses cheveux étaient noirs et ébouriffés, comme si cela faisait un peu trop longtemps qu'il n'avait pas croisé un coiffeur ou un peigne. Mais son visage mince et anguleux, assombri par une barbe naissante, était fascinant.

— Tu ouvres, maman ?

— Comment ? demanda Hester en reculant d'un pas.

Elle comprit qu'elle avait regardé le livreur un peu plus longtemps que nécessaire.

— Je meurs de faim, lui rappela Radley.

— Désolée.

Hester ouvrit la porte et découvrit que le fascinant visage accompagnait un corps élancé et musclé. L'homme était pieds nus.

— Vous avez commandé une pizza ?

— Oui.

Sauf que, dehors, il neigeait. Que faisait-il sans chaussures ?

— Génial, répondit-il.

Avant qu'elle ait pu deviner ses intentions, l'homme entra chez elle d'un pas nonchalant.

— Je vais vous débarrasser, dit-elle précipitamment

en saisissant la boîte à pizza. Amène ça dans la cuisine, Radley.

Hester se plaça devant son fils pour le protéger de son corps, tout en se demandant si le recours à une arme n'allait pas être nécessaire.

— Bel appartement, dit-il en contemplant d'un air détaché les cartons ouverts.

— Je vais chercher de quoi vous payer, répondit-elle vivement.

— C'est aux frais de la maison, répondit l'homme en souriant.

Les cours d'autodéfense qu'elle avait pris deux années plus tôt seraient-ils encore assez frais ? songea-t-elle, inquiète.

— Radley, amène ça dans la cuisine pendant que je paie le livreur, répéta-t-elle.

— Votre voisin, corrigea-t-il. J'habite l'appartement 406. Vous savez, deux étages plus bas. La pizza a été livrée chez moi par erreur.

— Je vois.

Mais, pour une raison qu'elle ignorait, Hester se sentait toujours aussi nerveuse.

— Je suis désolée pour le dérangement, dit-elle en saisissant son sac à main.

— J'ai déjà payé.

Mitch ne savait pas trop si la jeune femme rêvait de bondir sur lui ou de s'enfuir, mais il avait eu raison de venir. Elle était aussi grande et élancée qu'un mannequin et présentait la même élégance discrète. Son épaisse chevelure aux reflets cuivrés était coiffée en arrière et encadrait un visage harmonieux, doté de pommettes saillantes et d'un petit menton volontaire. Elle avait de grands yeux gris et une bouche pulpeuse.

— Pourquoi ne considérez-vous pas cette pizza comme ma façon de vous souhaiter la bienvenue ?

— C'est très aimable de votre part, mais je ne peux pas...

— Refuser une telle offre de la part d'un gentil voisin ?

La jeune femme était trop froide et distante à son goût. Mitch préféra se tourner vers le petit garçon.

— Salut, je m'appelle Mitch.

Cette fois, il obtint une réponse à son sourire.

— Et moi, Rad. Nous venons d'emménager.

— Oui, j'ai bien compris. Vous n'êtes pas de New York ?

— Si, mais nous avons déménagé parce que maman a trouvé un nouveau travail. L'autre appartement était trop petit. Je peux même voir le parc de ma fenêtre, maintenant.

— Moi aussi.

— Excusez-moi, monsieur, le coupa la jeune femme.

— Mitch, répéta-t-il en lui lançant un rapide coup d'œil.

— Eh bien, c'est très aimable de votre part de nous avoir apporté la pizza.

Et aussi très étrange, songea Hester.

— Mais je ne voudrais pas abuser de votre temps, ajouta-t-elle.

— Vous pouvez en manger une part, fit Radley. Nous ne la finissons jamais entièrement.

— Rad, je suis certaine que monsieur... que Mitch a des choses à faire.

— Non, pas du tout.

Mitch connaissait les bonnes manières, bien sûr. On les lui avait soigneusement inculquées. En d'autres circonstances, il les aurait même mises en pratique et aurait pris congé, mais quelque chose dans la réserve de la jeune femme et la chaleur de l'enfant l'incita à persévérer.

— Vous avez de la bière ? demanda-t-il.

— Non, désolée, je...

— Mais nous avons des sodas, dit Radley de sa petite voix. Maman me laisse en boire de temps en temps.

Radley aimait par-dessus tout la compagnie. Il lança à Mitch un sourire espiègle.

— Vous voulez voir la cuisine ? proposa-t-il.

— Avec plaisir.

Mitch décocha un petit sourire satisfait à la jeune femme et emboîta le pas au petit garçon.

Hester resta au centre de la pièce quelques instants, les mains sur les hanches, partagée entre l'exaspération et la colère. Après une journée de déballage de cartons, elle se serait bien passée de compagnie. Et plus encore de celle d'un étranger. Mais elle n'avait pas le choix : il ne lui restait plus qu'à lui offrir une part de cette fichue pizza et à se décharger de toute obligation à son égard.

— Nous avons un broyeur à ordures, commenta Radley. Il fait beaucoup de bruit.

— J'imagine.

Mitch se pencha poliment au-dessus de l'évier pendant que l'enfant actionnait l'interrupteur.

— Il ne faut pas le faire fonctionner à vide, Rad, intervint Hester. Comme vous pouvez le voir, nous sommes encore un peu désorganisés.

Elle alla chercher des assiettes dans le placard qu'elle venait tout juste de garnir.

— Je suis ici depuis cinq ans et je ne suis toujours pas organisé, répondit Mitch.

— Nous allons avoir un chaton, annonça Radley en se hissant sur un tabouret.

L'enfant saisit les serviettes de table qu'elle avait déjà disposées dans un petit panier en osier.

— Dans notre ancien immeuble, les animaux n'étaient pas acceptés, contrairement à ici. Pas vrai, maman ?

— Dès que nous serons installés, Rad. Normal ou light, le soda ? demanda-t-elle à Mitch.

— Normal, merci. On dirait que vous avez déjà abattu beaucoup de travail en un jour.

La cuisine était propre comme un sou neuf, remarqua-t-il. Un asparagus luxuriant était planté dans une suspension en macramé accrochée près de la fenêtre. La jeune femme jouissait de moins d'espace que lui, ce qui était dommage. Elle ferait certainement un meilleur usage de sa cuisine que lui. Mitch balaya de nouveau la pièce du regard avant de prendre place près du comptoir. Il remarqua sur la porte du réfrigérateur un grand dessin représentant un vaisseau spatial.

— C'est toi qui l'as fait ? demanda Mitch à Radley.

— Oui.

L'enfant saisit le morceau de pizza que sa mère avait déposé dans son assiette et mordit dedans à pleines dents.

— C'est un beau dessin, commenta Mitch.

— Il représente le *Troisième Millénaire*, vous savez, le vaisseau du commandant Zark.

— Je le connais.

Mitch entama avec enthousiasme sa part de pizza.

— Tu as fait du bon travail, ajouta-t-il.

Tout en mangeant avec appétit, Radley poursuivit :

— J'ai essayé de dessiner le *Defiance*, le vaisseau de Leilah, mais c'est plus difficile. De toute façon, je pense que le commandant Zark va le détruire dans le prochain numéro.

— Vraiment ?

Mitch adressa un léger sourire à Hester lorsqu'elle vint les rejoindre près du comptoir.

— Je ne sais pas. Il est dans une situation vraiment délicate actuellement.

— Il va s'en sortir, répondit Mitch d'un air confiant.

— Vous lisez des bandes dessinées ? demanda Hester en se hissant sur un tabouret.

Elle remarqua alors que l'homme avait de grandes mains. Sa tenue était sans doute négligée, mais ses mains étaient propres et il avait l'air très sûr de lui.

— Oui, tout le temps.

— J'ai la plus grande collection de bandes dessinées de ma classe. Maman m'a même offert le tout premier numéro des aventures de Zark pour Noël. Il a dix ans. Zark n'était que capitaine à l'époque. Vous voulez le voir ?

Cet enfant était une perle, songea Mitch. Il était doux, vif et franc. Son avis sur sa mère était plus partagé.

— Oui, avec plaisir.

Avant qu'Hester ait pu demander à Rad de terminer d'abord son assiette, l'enfant était déjà parti en courant. Elle resta assise en silence, en se demandant quel genre d'homme pouvait bien lire des bandes dessinées. Il lui arrivait bien de temps en temps de les feuilleter pour savoir ce que son fils lisait, mais de là à les lire vraiment ? Elle, une adulte ?

— Vous avez un petit garçon formidable, déclara Mitch.

— Oui, c'est vrai. C'est très aimable de... l'écouter parler de ses bandes dessinées.

— Les bandes dessinées sont toute ma vie, répondit Mitch le plus sérieusement du monde.

Sidérée, elle le dévisagea un moment, avant de se remettre à manger.

— Je vois.

Mitch lui lança un regard en coin. Sa jolie voisine n'était pas facile à aborder. Mais, première rencontre ou non, il ne voyait pas pourquoi il résisterait à la tentation de la pousser un peu dans ses retranchements.

— Pas vous, n'est-ce pas ?

— Comment cela ?

— Vous ne lisez pas de bandes dessinées.

— Heu, non, je n'ai pas de temps pour ces lectures légères.

Elle roula de grands yeux, une mimique qu'il avait vue chez son fils un peu plus tôt.

— Vous voulez une autre part ? proposa-t-elle.

— Oui.

Mitch la devança et se servit lui-même.

— Vous devriez prendre le temps, vous savez. Les bandes dessinées sont parfois très instructives. En quoi consiste votre nouveau travail ?

— Je travaille dans une banque. Je suis responsable du service des prêts à la National Trust.

Mitch émit un sifflement admiratif.

— Lourde tâche pour une personne de votre âge.

Hester se raidit aussitôt.

— Je travaille dans le secteur bancaire depuis l'âge de seize ans.

Elle était également susceptible, songea-t-il en léchant un peu de sauce sur son pouce.

— C'était censé être un compliment. J'ai le sentiment que vous ne l'avez pas bien pris.

Décidément, cette femme était dure. Peut-être l'était-elle devenue par la force des choses. Elle n'avait pas d'alliance, et son doigt ne présentait aucune marque indiquant qu'elle en avait récemment porté une.

— J'ai moi aussi eu affaire aux banques, plaisanta-t-il. Pour des dépôts, des retraits, des chèques sans provision.

Hester s'agita, mal à l'aise. Pourquoi Radley tardait-il

autant ? Rester seule avec cet homme avait quelque chose de déroutant. Elle n'avait jamais eu du mal à croiser le regard des gens mais, avec Mitch, c'était différent. Il ne la quittait jamais des yeux très longtemps.

— Je ne voulais pas être grossière.

— Non, je me doute. Si je veux demander un prêt à la National Trust, qui dois-je demander ?

— Mme Wallace.

Elle était vraiment très dure.

— « Madame » est votre prénom ?

— Hester, lâcha-t-elle sans comprendre pourquoi il lui en coûtait autant de lui répondre.

— Hester, donc, dit Mitch en lui tendant la main. Heureux de faire votre connaissance.

Les lèvres de la jeune femme s'incurvèrent légèrement. C'était un sourire prudent. Mais c'était mieux que rien.

— Je suis navrée d'avoir été désagréable, mais la journée a été longue. La semaine aussi, en fait.

— Je déteste les déménagements.

Mitch attendit qu'elle se détende un peu pour poser sa main sur la sienne. Elle était douce et aussi gracile que le reste de son corps.

— Vous avez quelqu'un pour vous aider ?

— Non.

Elle retira sa main. Celle de cet homme était aussi massive qu'elle en avait l'air.

— Nous nous débrouillons très bien tous les deux.

— Je vois ça.

Elle ne voulait d'aucune aide : le message était on ne peut plus clair. Il avait déjà rencontré des femmes comme elle, aussi farouchement indépendantes, si suspicieuses à l'égard des hommes qu'elles ne se contentaient pas d'un bouclier protecteur : elles disposaient également d'un arsenal de flèches empoisonnées. Les hommes sensés s'en tenaient prudemment à l'écart. Dommage, car Hester était une très belle femme et son fils était absolument adorable.

— Je ne savais plus dans quel carton je l'avais rangé, déclara Radley en revenant dans la cuisine, les joues encore rouges de l'effort déployé. C'est un classique, c'est même le vendeur qui l'a dit à ma mère.

La bande dessinée lui avait coûté un bras, songea Hester. Mais ce cadeau, plus qu'aucun autre, représentait tellement pour Radley…

— Il est comme neuf, découvrit Mitch en tournant la première page avec la précaution d'un joaillier taillant un diamant.

— Je m'assure toujours d'avoir les mains propres avant de le lire.

— Bonne idée.

Après tout ce temps, Mitch était surpris de constater que sa fierté demeurait intacte. Il éprouvait toujours la même immense satisfaction.

C'était écrit là, sur la première page. Scénario et illustrations de Mitch Dempsey. Le commandant Zark était son bébé, et, en dix ans, ils étaient devenus des amis très proches.

— C'est une histoire vraiment super, souligna Radley. Elle raconte pourquoi le commandant Zark a consacré sa vie à défendre l'univers contre le mal et la corruption.

— Parce que sa famille a été anéantie par la diabolique Flèche-Rouge qui cherchait à prendre le pouvoir.

— Oui ! s'écria le petit garçon, la mine réjouie. Mais il en est venu à bout.

— Dans le numéro 73.

Le menton posé dans une main, Hester les regardait fixement. L'homme paraissait très sérieux. Il n'essayait pas simplement d'amadouer son petit garçon. Il semblait aussi obsédé par les bandes dessinées que son fils de neuf ans.

Etrange, car il avait l'air assez normal; il s'exprimait même très bien. Mais c'était surtout son extrême virilité, son corps sculptural, son visage angulaire et ses larges mains qui la mettaient mal à l'aise. Hester chassa très vite ces réflexions. Elle ne voulait surtout pas orienter ses pensées dans cette direction à l'égard d'un voisin dont les préoccupations étaient celles d'un adolescent.

Mitch tourna plusieurs pages. Ces dix dernières années, ses dessins s'étaient améliorés. Cela l'aidait beaucoup de s'en souvenir. Mais il avait réussi à garder la même pureté, la même simplicité de trait qu'il avait acquise dix années plus tôt, alors qu'il peinait lamentablement à l'école des beaux-arts.

— C'est ton personnage préféré ? demanda Mitch en pointant du doigt un dessin de Zark.

— Oui, bien sûr. J'aime aussi Trois-Visages et Diamant-Noir, mais je préfère de loin le commandant Zark.

— Moi aussi, répondit Mitch en ébouriffant les cheveux du petit garçon.

En livrant cette pizza, il n'avait pas imaginé qu'il trouverait l'inspiration qui lui avait fait défaut tout l'après-midi.

— Vous pourrez le lire de temps en temps. Je vous le prêterais bien, mais...

— Je comprends.

Mitch referma précautionneusement le livre et le rendit au petit garçon.

— Tu ne peux pas prêter un objet de collection, ajouta-t-il.

— Je ferais mieux de le ranger.

— J'ai l'impression que Rad et vous allez bientôt

échanger des albums, déclara Hester en se levant pour débarrasser.

— Cela vous amuse beaucoup, n'est-ce pas ?

Le ton de sa voix lui fit lever rapidement la tête. Hester ne vit rien de précisément tranchant dans son regard, et les yeux de son voisin étaient toujours aussi clairs et doux, mais… quelque chose l'incitait à rester prudente.

— Je ne voulais pas vous offenser. Je trouve juste étrange qu'un adulte ait pour habitude de lire des bandes dessinées.

Elle fourra les assiettes dans le lave-vaisselle.

— J'ai toujours cru que, passé un certain âge, les garçons commençaient à s'en désintéresser, mais je suppose qu'on peut considérer ces lectures comme un passe-temps ?

Mitch lui lança un regard interrogateur. Hester le dévisageait de nouveau, un demi-sourire aux lèvres. Visiblement, elle essayait de se racheter. Mais elle n'allait pas s'en sortir aussi facilement.

— Les bandes dessinées n'ont rien d'un passe-temps pour moi, madame Hester Wallace. Non seulement je les lis, mais je les écris.

— Ça alors, c'est vrai ?

Radley était debout et regardait fixement Mitch comme s'il venait d'être couronné roi.

— C'est vraiment ce que vous faites ? Honnêtement ? Oh, mon Dieu ! Vous êtes Mitch Dempsey ? Le vrai Mitch Dempsey ?

— En chair et en os.

Mitch ébouriffa gentiment les cheveux de Radley tandis qu'Hester le regardait fixement, comme s'il venait de débarquer d'une autre planète.

— Oh, mon Dieu ! Mitch Dempsey est ici ! Maman, c'est le commandant Zark. Aucun de mes amis ne va me croire. Tu y crois, toi, maman ? Le commandant Zark est ici, dans notre cuisine !

— Non, murmura Hester sans quitter Mitch des yeux. Je n'arrive pas à y croire.

2

Hester aurait aimé pouvoir s'autoriser un peu de lâcheté. Comme il aurait été simple de rentrer chez elle et de se glisser sous les couvertures jusqu'au retour de son fils de l'école ! Tandis qu'elle se laissait entraîner par le flot des travailleurs de Manhattan, personne ne pouvait se douter en la voyant qu'elle avait l'estomac noué ainsi que les mains moites, malgré le vent glacial qui s'engouffrait dans les escaliers du métro.

Si quelqu'un avait prêté attention à elle, il n'aurait vu qu'une jeune femme calme vêtue d'un long manteau en laine rouge et d'une écharpe blanche, l'air légèrement soucieux. Heureusement pour Hester, les lumières provenant des gratte-ciel ravivaient les couleurs de son visage qui, sans cela, aurait été d'une blancheur de cire. En approchant de la National Trust, elle lutta pour ne pas manger nerveusement son rouge à lèvres. C'était son premier jour de travail.

Il lui aurait suffi de dix minutes pour rentrer chez elle, s'enfermer dans son appartement et appeler le bureau en prétextant n'importe quelle excuse.

Elle aurait pu prétendre être malade, inventer un décès dans sa famille. Ou même un cambriolage.

Furieuse après elle, Hester serra la poignée de son attaché-case et continua à avancer. Le matin même, elle avait accompagné Radley à l'école en lui servant un discours enthousiaste et absurde sur l'excitation qui entourait les nouveaux départs. Balivernes ! Elle espérait juste que son fils ait moins peur qu'elle.

Ce poste, elle le méritait, se rappela-t-elle. Elle était qualifiée et compétente, elle avait douze années d'expérience derrière elle. Et, pourtant, elle tremblait de la tête aux pieds. Prenant une profonde inspiration, elle pénétra dans les bureaux de la National Trust.

Laurence Rosen, le directeur de la banque, consulta sa montre et hocha la tête d'un air approbateur en s'avançant vers elle. Il portait un costume bleu foncé élégant et strict. Ses chaussures brillaient comme un miroir.

— Vous êtes pile à l'heure, madame Wallace. C'est un excellent début. Je me félicite d'avoir une équipe qui sache faire le meilleur usage de son temps.

L'homme lui indiqua d'un geste la porte située derrière l'accueil, où se trouvait le bureau d'Hester.

— J'ai hâte de me mettre au travail, monsieur Rosen.

C'était la stricte vérité. Elle avait toujours aimé l'ambiance qui régnait dans une banque juste avant l'ouverture de ses portes au public. Il y planait un silence presque religieux, comme un préambule avant le début des jeux.

— Parfait, parfait, nous allons faire de notre mieux pour vous occuper, déclara Rosen.

Le directeur de la banque fronça alors les sourcils en constatant qu'il manquait encore deux secrétaires.

— Votre assistante sera là d'une minute à l'autre, ajouta-t-il. Dès que vous serez en poste, madame Wallace, j'attends de vous que vous surveilliez de près ses allées et venues. Votre efficacité dépend largement de la sienne.

— Bien entendu, monsieur.

Hester pénétra alors dans un bureau petit et sombre. Elle aurait préféré avoir un peu plus d'espace et un chef un peu moins collet monté, mais elle s'efforça de ne pas y penser. Les revenus supplémentaires liés ce nouvel emploi ne pouvaient que profiter à Radley. C'était l'essentiel. Tout allait bien se passer, se rassura-t-elle en retirant son manteau.

Debout sur le pas de la porte, Rosen approuva d'un hochement de tête son tailleur noir bien coupé et la sobriété de ses bijoux. Les vêtements ou les comportements excentriques n'avaient pas leur place dans une banque, elle le savait bien.

— Je suppose que vous avez regardé les documents que je vous ai donnés, lança Rosen.

— Oui, je me suis familiarisée avec eux ce week-end.

Hester alla se placer derrière son nouveau bureau, consciente que ce geste viendrait asseoir sa position.

— Je pense avoir compris la politique et les procédures de la National Trust.

— Parfait, parfait. Je vais donc vous laisser vous organiser. Votre premier rendez-vous est à…

L'homme tourna les pages du calendrier posé sur son bureau.

— … 9 h 15. En cas de problème, n'hésitez pas à me contacter. Je ne suis jamais très loin.

Elle l'aurait parié.

— Je suis certaine que tout se passera bien, monsieur Rosen. Je vous remercie.

Le directeur la salua d'un hochement de tête et quitta la pièce, refermant la porte derrière lui. Une fois seule, Hester se laissa lourdement tomber dans son fauteuil. Elle avait passé la première étape. Rosen la considérait comme une femme compétente. Il ne restait plus qu'à lui prouver qu'il avait raison. Elle n'avait pas le droit de le décevoir : trop de choses dépendaient de sa réussite. Sa fierté aussi était en jeu. Car Hester détestait par-dessus tout se ridiculiser. Comme elle l'avait fait la veille, face à son nouveau voisin.

Des heures plus tard, elle rougissait encore en y repensant. Elle n'avait jamais voulu offenser le travail — aujourd'hui encore, elle avait du mal à appeler ça une profession — de cet homme. Elle n'était pas là pour le juger. En revanche, elle n'avait pas su rester sur ses gardes. En quelques minutes, son voisin l'avait complètement déstabilisée en s'invitant chez elle et en se joignant à eux pour dîner avant de charmer Radley. Elle n'avait pas l'habitude de laisser des inconnus faire irruption dans sa vie. Elle avait horreur de ça.

Contrairement à Radley, songea-t-elle en saisissant un crayon bien aiguisé portant le logo de la banque. Après le départ de Mitch, son fils rayonnait d'excitation et avait été incapable de lui parler d'autre chose.

La visite de leur envahissant voisin avait au moins eu le mérite de distraire Radley et de lui faire oublier sa nouvelle école. Son fils s'était toujours fait très facilement des amis, et si ce Mitch avait envie de lui faire plaisir elle n'allait pas l'en empêcher. L'homme lui paraissait relativement inoffensif. Mais pouvait-elle ignorer le frisson embarrassant qu'elle avait ressenti lorsque sa large main avait recouvert la sienne ? Pouvait-elle vraiment se sentir troublée par un homme qui gagnait sa vie en écrivant des bandes dessinées ? Hester réfléchissait encore à la question lorsqu'elle entendit frapper doucement à la porte. Elle n'eut pas le temps de répondre : le battant s'ouvrait déjà.

— Bonjour, madame Wallace. Je suis Kay Lorimar, votre assistante. Vous vous souvenez, nous nous sommes croisées quelques minutes il y a plusieurs semaines ?

— Oui, bien sûr. Bonjour, Kay.

Son assistante était tout ce qu'Hester avait toujours voulu être : petite avec des formes voluptueuses et blonde avec des traits fins et délicats. Hester croisa les mains sur son sous-main flambant neuf et tenta de prendre un air autoritaire.

— Désolée pour le retard, déclara Kay avec un sourire qui démentait ses propos. Le lundi, tout prend plus de temps que les autres jours. J'ignore pourquoi. Vous voulez du café ?

— Non, merci, mon rendez-vous arrive dans quelques minutes.

— Appelez-moi si vous changez d'avis.

Kay fit une pause près de la porte.

— Cette pièce mériterait d'être un peu égayée. Elle est sombre comme une caverne. C'était le bureau de M. Blow, celui que vous remplacez. Il aimait tout ce qui était sinistre, comme lui. Vous voyez ce que je veux dire ?

Kay lui sourit d'un air complice, mais Hester hésita à lui répondre. Il n'était pas du meilleur effet de se tailler une réputation de commère dès le premier jour.

— Si jamais vous décidez de redécorer votre bureau, faites-moi signe. Mon colocataire est décorateur d'intérieur. C'est un véritable artiste.

— Merci.

Comment allait-elle faire pour travailler avec cette pom-pom girl ? Mais chaque chose en son temps…

— Contentez-vous de faire entrer M. et Mme Browning lorsqu'ils arriveront, Kay.

— Oui, madame.

Sa nouvelle responsable était certainement plus agréable à regarder que le vieux M. Blow, songea Kay en étudiant Hester, mais elle semblait avoir la même mentalité.

— Les formulaires de demande de prêt se trouvent dans

le tiroir de gauche de votre bureau, lui expliqua-t-elle. Ils sont classés par types. Les blocs-notes sont à droite. Le papier à en-tête juste au-dessus. Le listing des taux d'intérêt en cours se trouve dans le tiroir du milieu. Les Browning ont besoin d'un prêt pour réagencer leur loft. Ils attendent un enfant. Monsieur occupe un emploi dans une société d'électronique et madame travaille à temps partiel chez Bloomingdale's. Ils savent quels documents ils doivent fournir. Je pourrai en faire des photocopies lorsqu'ils seront là.

— Merci, Kay, répondit Hester, surprise.

Elle ignorait si elle devait se sentir amusée ou impressionnée par le professionnalisme de son assistante, que démentait son apparence.

Lorsque la porte se referma, Hester s'adossa à son siège et sourit. Son bureau était peut-être sinistre mais, si ce début de matinée était un avant-goût de ce qui l'attendait, tout ne s'annonçait pas lugubre à la National Trust.

Mitch aimait particulièrement se détendre en observant les allées et venues des gens dans la rue. Après cinq ans, il connaissait de vue presque tous les habitants de l'immeuble, et la moitié par leur nom. Lorsqu'il n'avait pas beaucoup de travail ou lorsqu'il était en avance sur ses délais, ce qui était encore mieux, il tuait le temps en croquant les plus intéressants d'entre eux. Il lui arrivait même d'inventer une courte histoire pour accompagner chaque dessin.

Cette distraction était pour lui le meilleur des exercices. De temps à autre, un visage était suffisamment intéressant pour mériter une attention particulière. Parfois, il s'agissait d'un chauffeur de taxi ou d'un livreur. Mitch avait appris à observer attentivement et rapidement ses semblables avant de les esquisser d'après ses impressions. Des années plus tôt, il dessinait des portraits pour gagner sa vie contre des sommes misérables. Aujourd'hui, il le faisait pour son plaisir, ce qui lui plaisait encore plus.

Au détour de la rue, il aperçut soudain Hester et son fils. Le manteau rouge qu'elle portait se détachait sur l'asphalte comme un phare. Ou une invitation. Le sourire aux lèvres, il saisit aussitôt son crayon. La froide et distante Mme Wallace était-elle consciente des signaux qu'elle envoyait ? Il en doutait.

Mitch n'eut pas besoin de regarder le visage d'Hester pour le dessiner. Il possédait déjà une dizaine de croquis d'elle sur sa table à dessin. La jeune femme avait des traits intéressants, songea-t-il en faisant voler sa main sur le bloc de papier. N'importe quel artiste aurait eu envie de les saisir.

L'enfant marchait à côté d'elle, le visage à demi masqué par une écharpe en laine et un bonnet. Il bavardait avec enthousiasme, la tête levée vers sa mère. De temps en temps, elle baissait les yeux vers lui pour lui répondre, sans arrêter de marcher. La jeune femme s'arrêta enfin à quelques pas de l'immeuble. Mitch vit alors ses cheveux voler au vent tandis qu'elle éclatait de rire, la tête penchée en arrière. Curieux, il s'approcha plus près de la fenêtre et faillit lâcher son crayon. Comme il aurait aimé pouvoir entendre son rire et voir si ses yeux s'étaient illuminés, comme il se l'imaginait ! Le regard calme de la jeune mère, d'un gris subtil, était-il devenu argent ou s'était-il troublé ?

Hester continua de marcher avant de disparaître dans le bâtiment.

Mitch contempla son dessin. Il n'avait tracé que quelques lignes, sans avoir eu le temps de finir. Dépité, il posa son crayon. Le rire d'Hester avait beau être gravé dans son esprit, il aurait fallu qu'il s'approche plus près d'elle pour le saisir.

Spontanément, il attrapa ses clés et les fit tinter dans sa main. Il avait pensé à la jeune femme une grande partie de la semaine. La glaciale Hest trouverait certainement déplacé de recevoir une nouvelle visite de son aimable voisin, mais pas lui. En plus, Mitch aimait bien le petit garçon. Il aurait souhaité monter le voir dans le courant de la semaine, mais il avait été trop occupé à étayer son scénario. Il devait une grande partie de son inspiration à l'enfant. Sa petite visite du week-end dernier n'avait pas seulement eu raison de son blocage, elle lui avait également donné suffisamment de matière pour écrire trois nouveaux albums. Oui, il devait à Radley une fière chandelle.

Fourrant les clés dans sa poche, il traversa son bureau. Taz était couché par terre et ronflait, un os coincé entre les pattes.

— Ne te réveille surtout pas, annonça Mitch à voix basse. Je sors quelques minutes.

Tout en parlant, il feuilleta quelques pages étalées sur son bureau. Taz ouvrit péniblement les yeux en grognant.

— Je ne sais pas combien de temps je serai absent.

Pris de remords face au désordre ambiant, Mitch finit par trouver le dessin qu'il cherchait. Le commandant Zark, en tenue d'apparat, l'air grave et le regard triste, posant devant son vaisseau. « Mission : capturer la princesse Leilah, ou la détruire ! » disait la légende.

Mitch aurait aimé avoir le temps de le repasser à l'encre et de le colorier, mais il était certain que l'enfant aimerait le dessin tel qu'il était. Il apposa avec soin sa signature et roula la feuille dans un tube en carton.

— Ne m'attends pas pour dîner, lança Mitch en direction de Taz.

— J'y vais ! annonça Radley en trottinant vers la porte.

Le vendredi soir, l'école était déjà à des années-lumière derrière lui, songea Hester, amusée.

— Demande d'abord qui c'est.

Radley posa la main sur la poignée en secouant la tête. Sa mère rabâchait toujours les mêmes choses.

— Qui est-ce ? lança-t-il.

— C'est Mitch.

— C'est Mitch ! cria Radley, ravi.

Dans la chambre, Hester se renfrogna en enfilant un sweat-shirt.

Haletant et excité, Radley ouvrit la porte à son tout dernier héros.

— Salut ! lança-t-il joyeusement.

— Salut, Rad, comment ça va ?

— Très bien. Je n'ai pas de devoirs de tout le week-end.

L'enfant tira Mitch par le bras pour le faire entrer.

— Je voulais descendre te voir, mais maman n'a pas voulu que je vienne te déranger pendant que tu travaillais.

— Tu peux venir me voir quand tu veux.

— Vraiment ?

— Oui, vraiment.

Cet enfant était réellement adorable, songea Mitch en ébouriffant les cheveux de Radley. Dommage que sa mère ne soit pas aussi accueillante.

— Je pensais que cela te ferait plaisir, dit Mitch en lui tendant le tube.

— Oh ! s'extasia Radley, l'air impressionné, en déroulant religieusement le dessin. Bon sang, c'est le commandant

Zark et le *Troisième Millénaire* ! Il est pour moi, vraiment ? Je peux le garder ?

— Oui.

— Il faut que j'aille le montrer à maman.

Radley se dirigeait déjà vers la chambre de sa mère lorsque Hester fit son apparition.

— Regarde ce que Mitch vient de me donner. C'est vraiment génial. Je peux même le garder.

Hester posa une main sur l'épaule de son fils en observant le dessin. Son nouveau voisin avait vraiment du talent. Même s'il avait choisi un moyen bien étrange de l'exprimer.

— C'est très aimable de votre part, dit-elle poliment.

Mitch aimait le pull aux couleurs tendres qu'elle portait. Elle avait lâché ses cheveux, qui étaient mi-longs et coiffés avec la raie de côté. Si elle arborait un air plus décontracté et accessible que lors de leur première rencontre, Hester ne paraissait pas complètement détendue.

— Je voulais remercier Rad, expliqua Mitch en s'efforçant de détourner son regard pour sourire à l'enfant. Tu m'as aidé à surmonter un blocage la semaine dernière.

— Vraiment ? demanda Radley, les yeux écarquillés. Tu es sérieux ?

— Tout ce qu'il y a de plus sérieux. J'étais complètement bloqué, au point mort. Mais, après vous avoir parlé ce soir-là, je suis descendu chez moi et tout s'est mis en place. Encore merci.

— Mais de rien. Tu peux rester dîner avec nous ce soir, si tu veux. Nous allions faire un repas chinois. Je pourrais peut-être encore t'aider. Tu es d'accord, maman, pas vrai ?

Hester était de nouveau piégée. Et, encore une fois, elle surprit une lueur amusée dans les yeux de Mitch.

— Bien sûr.

— Génial ! s'écria Radley. Je vais aller accrocher le

dessin dans ma chambre tout de suite. Je peux appeler Josh pour lui raconter ? Il ne va pas me croire.

— Oui.

Hester n'eut même pas le temps de caresser les cheveux de son fils : il était déjà parti en courant.

— Merci, Mitch ! lança Radley au milieu du couloir. Merci beaucoup.

Mal à l'aise, elle fourra les deux mains dans les poches de son survêtement. Pourquoi cet homme la rendait-il si nerveuse ? Il n'y avait pas de raison.

— C'est très gentil de votre part, confia-t-elle.

— Peut-être, mais j'ai vraiment pris du plaisir à le faire.

Mitch non plus n'était pas très à l'aise. Il coinça les pouces dans les poches arrière de son jean pour se donner une contenance.

— Vous travaillez vite, constata-t-il en balayant le salon du regard.

Tous les cartons avaient disparu. Des peintures lumineuses aux couleurs vives décoraient les murs, et un vase de fleurs fraîches était posé près de la fenêtre, où des rideaux blancs filtraient la lumière du jour. Les coussins du canapé étaient arrangés avec goût et les meubles luisaient, exempts de poussière. Le seul signe de désordre était une petite voiture et quelques jouets en plastique éparpillés sur le tapis. Mitch était heureux de les trouver là. Cela voulait dire que la jeune femme n'envoyait pas systématiquement son fils jouer dans sa chambre.

— C'est Dali ? demanda-t-il en se dirigeant vers une lithographie accrochée au-dessus du canapé.

Hester se dandina nerveusement tandis que Mitch observait l'une de ses rares folies.

— Oui. J'ai acheté cette reproduction dans une petite boutique qui allait fermer, sur la Cinquième Avenue.

— Je vois très bien où elle se situait. Il ne vous a pas fallu longtemps pour vous installer.

— Je voulais que tout soit revenu à la normale aussi vite que possible. Déménager n'a pas été facile pour Radley.

— Et pour vous ?

Mitch se tourna vers elle brusquement et lui lança un regard perçant.

— Pour moi ? Eh bien..., commença-t-elle, visiblement déstabilisée.

— Vous savez, enchaîna-t-il en s'avançant vers elle, charmé par son trouble, vous vous exprimez beaucoup mieux lorsque vous parlez de Rad que de vous.

Hester recula rapidement, trop consciente de la proximité de Mitch. L'idée qu'il puisse la toucher la troublait au plus haut point.

— Je dois... préparer le dîner, balbutia-t-elle.

— Vous voulez de l'aide ?

— De l'aide pour quoi ?

Cette fois, elle ne fut pas assez rapide. Il saisit son menton entre ses doigts et lui sourit.

— Pour le dîner.

Cela faisait bien longtemps qu'un homme ne l'avait pas touchée de cette manière. Mitch avait une main puissante, mais des doigts doux. Ce qui expliquait sans doute pourquoi son cœur battait soudain si vite.

— Vous savez cuisiner ?

Hester avait des yeux incroyables. D'un gris si clair qu'ils étaient presque translucides. Pour la première fois depuis des années, Mitch ressentit le besoin urgent de peindre, juste pour voir s'il était capable de faire vivre ce regard sur une toile.

— Mes sandwichs au beurre de cacahouète sont à tomber par terre, dit-il en riant.

Hester posa la main sur le poignet de Mitch pour le repousser. Mais elle s'y attarda quelques instants, juste pour tester sa propre réaction.

— Et vous vous débrouillez comment pour éplucher des légumes ?

— Je pense que je peux m'en sortir.

— Parfait, conclut-elle.

Elle recula d'un pas, sidérée de constater qu'elle s'était abandonnée à son contact si longtemps.

— Je n'ai toujours pas de bière, ajouta-t-elle, mais j'ai du vin, cette fois.

— Parfait.

Mais de quoi parlaient-ils, au juste ? se demanda brusquement Mitch. D'ailleurs, pourquoi étaient-ils occupés à parler alors qu'Hester avait une bouche faite pour être embrassée ? Troublé et confus, il la suivit dans la cuisine.

— C'est un repas vraiment très simple, commença-t-elle. Mais, une fois que tout est mélangé, Radley s'aperçoit à peine qu'il mange un plat nourrissant et équilibré. Il préfère de loin les gâteaux fourrés à la crème.

— C'est exactement le genre d'enfant que j'aime.

Hester se laissa aller à sourire. Elle était plus détendue depuis qu'elle avait les mains occupées. Elle posa le céleri et les champignons sur la planche à découper.

— Tout est dans la modération, répondit-elle en sortant le poulet du réfrigérateur.

Puis elle se souvint du vin.

— Je reconnais que j'autorise à Rad quelques sucreries, avoua-t-elle, mais à faibles doses. Il accepte de manger des brocolis dans les mêmes conditions.

— Cet arrangement me paraît sage.

Elle déboucha la bouteille. Il s'agissait d'un vin bon marché, constata Mitch en lisant l'étiquette, mais savoureux.

Hester remplit deux verres et lui en tendit un. C'était idiot, mais elle avait de nouveau les mains moites. Cela faisait longtemps qu'elle n'avait pas partagé une bouteille de vin ou préparé un simple dîner en compagnie d'un homme.

— Aux voisins, dit Mitch en levant son verre.

Hester sembla se détendre un peu en trinquant avec lui.

— Pourquoi ne pas vous asseoir pendant que je désosse le poulet ? proposa-t-elle. Vous pourrez ensuite vous occuper des légumes.

Mitch ne s'assit pas, mais s'adossa au comptoir. Au risque de contrarier les plans de sa jolie voisine, il n'était pas prêt à garder ses distances. Un parfum délicieux se dégageait d'elle. Il l'observa manier le couteau d'une main experte tout en sirotant son vin. D'après son expérience, les femmes actives avaient surtout recours aux plats à emporter.

— Que pensez-vous de votre nouveau travail ? demanda-t-il.

Hester haussa les épaules.

— Ça se passe bien. Le directeur est obsédé par l'efficacité, et cela semble faire des émules. Rad et moi avons entendu de nombreux discours sur le sujet toute la semaine ; nous pouvons comparer nos notes.

Se racontaient-ils leurs journées respectives quand ils étaient rentrés aujourd'hui ? s'interrogea Mitch. Etait-ce cela qui l'avait fait tant rire ?

— Comment Radley s'adapte-t-il à sa nouvelle école ?

— Extrêmement bien.

Les traits d'Hester s'adoucirent et ses lèvres esquissèrent un sourire. Il résista de nouveau à l'envie de suivre leur contour.

— Quelles que soient les circonstances, Rad s'en sort toujours. Il est incroyable.

Une ombre fugace traversa le regard d'Hester.

— Les divorces sont durs, dit-il en la voyant se figer.

— Oui.

Elle plaça machinalement les morceaux de poulet désossés dans un saladier.

— Vous pouvez éplucher ceci pendant que je mets le riz à cuire ? demanda-t-elle.

— Bien sûr.

Inutile d'aller plus loin, songea Mitch en abandonnant le sujet. Pour l'instant. Il avait évoqué le divorce au hasard en s'appuyant uniquement sur la loi des probabilités. Et il avait vu juste, mais les cicatrices étaient encore fraîches. Il devinait également que la séparation avait été plus douloureuse pour elle que pour Radley. Il avait aussi la certitude que, pour atteindre la mère, il fallait passer par l'enfant.

— Radley m'a dit qu'il voulait venir me rendre visite, mais que vous l'aviez empêché de le faire.

Hester lui tendit un oignon avant de mettre une poêle sur le feu.

— Je ne voulais pas qu'il vous dérange en plein travail.

— Nous savons tous les deux ce que vous pensez de mon travail.

— Je ne voulais pas vous offenser l'autre soir, répondit-elle avec raideur. C'est juste que…

— Vous ne concevez pas qu'un adulte puisse gagner sa vie en écrivant des bandes dessinées.

Hester versa de l'eau dans un verre doseur en silence.

— La façon dont vous gagnez votre vie ne me regarde pas.

— C'est vrai.

Mitch but une longue gorgée de vin avant de s'attaquer au céleri.

— Quoi qu'il en soit, sachez que Rad peut venir me voir quand il veut.

— C'est très aimable de votre part, mais...

— Pas de « mais », Hester. Je l'aime bien. Et, dans la mesure où j'organise mon temps comme bon me semble, il ne me dérange pas. Que dois-je faire avec les champignons ?

— Les couper en tranches.

La jeune femme couvrit la casserole de riz avant de s'approcher de lui.

— Pas trop fin, ajouta-t-elle en joignant le geste à la parole. Assurez-vous juste que...

Les mots moururent sur ses lèvres lorsque Mitch referma sa main sur la sienne.

— Comme ceci ?

Le mouvement était simple, il n'avait pas vraiment besoin d'y réfléchir. Il se plaça derrière elle, de manière à l'emprisonner entre ses bras, son dos pressé contre son torse. Incapable de résister à la tentation, il pencha la tête sur le côté et approcha la bouche de son oreille.

— Oui, comme ça, dit Hester en s'efforçant de maîtriser les tremblements de sa voix, le regard braqué sur leurs mains jointes. Mais ça n'a pas vraiment d'importance.

— Je tiens à m'appliquer.

— Je dois ajouter le poulet.

Troublée, elle se retourna, mais son geste ne fit qu'aggraver la situation. Elle commit une erreur en levant la tête vers lui, car elle croisa le léger sourire qui planait sur ses lèvres ainsi que son regard calme et confiant. Instinctivement, elle posa une main sur son torse. Elle sentait à présent les battements lents et réguliers de son cœur. Elle ne pouvait pas reculer ; quant à faire un pas en avant, c'était certes tentant, mais beaucoup trop dangereux.

— Mitch, vous êtes sur mon chemin.

Il le savait, bien sûr. Et il avait vu aussi l'éclat de désir fugace traverser le regard d'Hester. Ainsi, la jeune femme était capable de sentir, de désirer. Mais peut-être était-il préférable pour eux deux de prendre le temps de réfléchir un peu plus longtemps avant de laisser libre cours à l'attirance qui les poussait l'un vers l'autre.

— Vous risquez de me trouver souvent sur votre chemin, répondit-il en s'écartant pour la laisser passer. Vous sentez bon, Hester, terriblement bon.

Cette remarque ne fit rien pour calmer les battements effrénés du cœur de la jeune femme. Que cela plaise ou non à Radley, Hester espérait bien recevoir Mitch Dempsey pour la dernière fois. Forte de cette résolution, elle alluma le feu et ajouta de l'huile d'arachide dans la poêle.

— Si je comprends bien, dit-elle, vous travaillez chez vous. Vous n'avez pas de bureau ?

Pour l'instant, Mitch était prêt à la laisser agir à sa manière. Mais, dès l'instant où elle s'était retournée dans ses bras et où elle avait levé les yeux vers lui, il avait compris qu'il ne lui faudrait pas longtemps pour reprendre le contrôle des événements.

— Je ne m'y rends qu'une ou deux fois par semaine. Certains écrivains ou artistes préfèrent travailler au bureau. Pour ma part, je suis plus efficace chez moi. Dès que j'ai écrit les scénarios et que les dessins sont prêts, je les emmène au bureau pour l'édition et l'encrage.

— Je comprends. Vous ne faites donc pas l'encrage vous-même ? demanda-t-elle, même si elle ignorait en quoi consistait exactement ce procédé.

Elle poserait plus tard la question à Radley.

— Non, je ne le fais plus. Nous avons de vrais professionnels qui s'en chargent très bien, ce qui me laisse plus de temps pour le scénario. Croyez-le ou non, mais nous visons la qualité et nous nous efforçons de trouver les bons mots et la bonne histoire pour tenir les enfants en haleine.

Après avoir jeté la viande dans l'huile chaude, Hester inspira profondément.

— Je tiens vraiment à m'excuser pour l'autre jour. Je mesure à quel point mes propos étaient insultants. Je suis certaine que votre travail vous tient à cœur et je sais que Radley l'apprécie beaucoup.

— Bien dit, madame Wallace.

Mitch fit glisser la planche à découper et les légumes vers elle.

— Josh ne me croit pas, annonça soudain Radley en sautillant dans la pièce, l'air très fier de lui. Il veut venir voir le dessin de ses propres yeux demain. Il peut ? Sa mère est d'accord si tu l'es aussi. Allez, maman, dis oui !

Attendrie, Hester prit son fils dans ses bras.

— C'est d'accord, Rad, mais dis-lui de passer après le déjeuner. Nous avons des courses à faire le matin.

— Super. Quand il va voir ça, il ne va pas en revenir.

— Le dîner est presque prêt. Dépêche-toi de laver tes mains.

Radley roula de grands yeux avant de sortir en courant de la cuisine.

— Vous avez un succès fou, commenta Hester, amusée.

— Votre fils vous adore.

— C'est réciproque.

— Ça, je l'ai remarqué, répliqua Mitch en remplissant son verre. Mais, dites-moi, j'ai toujours cru que les horaires des banquiers étaient calés sur les heures d'ouverture. Or, Radley et vous ne rentrez jamais avant 17 heures.

Lorsque Hester se tourna vers lui, surprise, il se contenta de lui sourire d'un air désinvolte.

— Certaines fenêtres de mon appartement donnent côté rue, expliqua-t-il. J'aime regarder les gens aller et venir.

L'idée qu'il ait pu l'observer pendant qu'elle rentrait chez elle lui procura un étrange sentiment de malaise. Hester versa les légumes dans la poêle, puis les remua rapidement.

— Je termine à 16 heures. Ensuite, je vais chercher Rad chez la nourrice.

Elle lui lança un regard par-dessus l'épaule.

— Il déteste que je dise qu'il a une nourrice, continua-t-elle. Elle habite dans notre ancien quartier, c'est pourquoi il nous faut un certain temps pour rentrer. Il va falloir que je trouve quelqu'un plus près d'ici.

— Beaucoup d'enfants de son âge, et même plus jeunes, rentrent seuls chez eux.

Le regard d'Hester se voila, constata Mitch. Il suffisait pour cela d'une bouffée de colère. Ou de désir.

— Je n'ai pas l'intention de laisser Radley livré à lui-même. Je ne veux pas qu'il rentre dans une maison vide sous prétexte que je suis au travail.

Il posa le verre d'Hester près d'elle.

— Je comprends. Rentrer dans une maison vide est un peu déprimant, murmura-t-il en se souvenant de sa propre enfance. Il a beaucoup de chance de vous avoir.

— Et j'en ai encore plus de l'avoir, dit-elle d'une voix plus douce. Si vous vous occupez des assiettes, je vais pouvoir faire le service.

Mitch se souvint de l'endroit où elle rangeait la vaisselle. Les assiettes étaient blanches avec un liseré de petites fleurs violettes. Etonnamment, il les trouvait jolies, lui qui était surtout habitué à la vaisselle jetable. Il posa les assiettes à côté d'Hester. Comme il misait beaucoup sur la spontanéité, il se laissa guider par son instinct avant de poursuivre.

— Je pense qu'il serait préférable que Rad puisse revenir ici directement après l'école.

— Oui, soupira-t-elle. Je déteste lui faire traverser la moitié de la ville, même s'il ne s'en plaint jamais. Mais c'est si dur de trouver une personne de confiance que Radley apprécie.

— Pourquoi ne me le confiez-vous pas ?

Hester s'apprêtait à éteindre le feu. Elle interrompit son geste pour le regarder fixement. Les légumes et le poulet continuaient de crépiter dans l'huile bouillante.

— Je vous demande pardon ?

— Radley pourrait rester avec moi les après-midi.

Mitch plaça de nouveau une main sur la sienne, pour éteindre le feu, cette fois.

— Il ne serait qu'à deux étages de chez lui.

— Avec vous ? Non, ce n'est pas possible.

— Et pourquoi pas ?

Plus il y pensait et plus cette idée lui plaisait. Taz et lui pourraient bénéficier de sa compagnie les après-midi et, en prime, il verrait beaucoup plus souvent la très intéressante Mme Wallace.

— Vous voulez des références ? Mon casier judiciaire est vierge, Hester. D'accord, il y a eu cette petite histoire avec ma mobylette et un parterre de roses, mais je n'avais que dix-huit ans.

— Je n'insinuais rien de tout cela, dit-elle en remuant le riz.

Mitch lui sourit.

— Je ne veux simplement pas vous imposer de garder

mon fils, ajouta-t-elle. Je suis certaine que vous êtes déjà très occupé.

— Allons, vous ne croyez quand même pas que je gribouille toute la journée. Soyons honnêtes.

— Je vous ai déjà dit que cela ne me regardait pas.

— Exactement. Mais je suis chez moi tous les après-midi. Je suis disponible et volontaire pour garder Rad. De plus, je pourrai même me servir de votre garçon comme consultant. Il est très doué, vous savez ?

Mitch désigna le dessin sur le réfrigérateur.

— Votre fils devrait prendre des cours de dessin, ajouta-t-il.

— Je sais. Je prévoyais de m'en occuper cet été, mais…

— Ecoutez, votre fils m'aime bien et c'est réciproque. Et je jure de ne pas lui donner plus d'un gâteau pour le goûter.

Sur ces mots, Hester se mit à rire, comme il l'avait vue le faire un peu plus tôt de sa fenêtre. Mitch résista à l'envie de la prendre dans ses bras, car quelque chose lui disait que, s'il esquissait le moindre geste, Hester lui claquerait la porte au nez et fermerait le verrou à double tour.

— Je ne sais pas trop, Mitch. J'apprécie vraiment votre offre, et Dieu sait combien cet arrangement me faciliterait la vie, mais je ne suis pas certaine de comprendre ce que vous espérez.

— Je tiens à souligner que j'ai été, moi aussi, un petit garçon.

Mitch avait vraiment envie de passer du temps avec Radley. Et son offre n'était pas une simple idée en l'air, inspirée par un élan de pure gentillesse.

— Ecoutez, pourquoi ne soumettons-nous pas la question au vote en demandant directement à l'intéressé ce qu'il en pense ?

— Me demander quoi ?

Après avoir parlé à Josh, Radley venait de se passer rapidement les mains sous l'eau. Mais sa mère était beaucoup trop occupée pour les regarder de près.

Mitch prit son verre de vin et lança à Hester un regard interrogateur. La balle était dans son camp. Elle aurait pu détourner l'attention de son fils, mais elle avait toujours mis un point d'honneur à se montrer honnête avec lui.

— Mitch voulait savoir si tu aimerais rester avec lui les après-midi après l'école au lieu d'aller chez Mme Cohen.

— Vraiment ?

L'enfant semblait partagé entre la stupéfaction et l'excitation.

— Vraiment, je peux ?

— Eh bien, répondit sa mère, avant d'y réfléchir, je voulais d'abord t'en parler…

— Je promets d'être sage, dit Radley en s'élançant vers elle pour enlacer sa taille. Je le jure. Mitch est bien mieux que Mme Cohen. Beaucoup mieux. Elle sent mauvais et n'arrête pas de me tapoter la tête.

— Il n'y a rien à ajouter, fit Mitch en riant.

Hester le fusilla du regard. Elle n'avait pas l'habitude qu'on lui force la main, et ne prenait jamais ses décisions sans y avoir réfléchi avec soin.

— Radley, tu sais pourtant que Mme Cohen est très gentille. Cela fait plus de deux ans qu'elle te garde.

Mais son fils alla encore plus loin et joua le tout pour le tout.

— Si je reste avec Mitch, je pourrai rentrer directement à la maison et faire mes devoirs plus tôt.

La promesse était un peu déraisonnable, mais la situation était désespérée.

— Tu pourras rentrer plus tôt aussi, ajouta le petit garçon. S'il te plaît, maman, dis oui.

Hester détestait lui refuser quoi que ce soit : elle lui avait déjà retiré tant de choses. Son fils leva les yeux vers elle, les joues roses de plaisir.

— Très bien, Rad, répondit-elle en se penchant vers lui pour l'embrasser. Nous allons faire un essai et nous verrons comment les choses se passent.

— Je suis sûr que ça va être génial, dit Radley en enroulant les bras autour du cou de sa mère avant d'adresser un grand sourire à Mitch.

3

Mitch aimait se réveiller tard le week-end — les autres jours de la semaine aussi. Mais depuis qu'il travaillait chez lui, à son propre rythme, il oubliait souvent que pour la plupart des gens tous les jours ne se ressemblaient pas. Ce samedi-là, il était affalé dans son lit, complètement coupé du monde.

Après avoir quitté l'appartement d'Hester la veille, il s'était senti nerveux, agité. Trop agité pour rentrer seul chez lui. Sur l'impulsion du moment, il s'était rendu dans le petit bar où se réunissait souvent l'équipe d'Universal Comics. Il y avait croisé plusieurs collègues — le jeune homme qui s'occupait de l'encrage des dessins, un autre artiste, ainsi que les auteurs de la collection « Le Grand Au-Delà » qu'Universal Comics avait lancée pour tenter de pénétrer le marché du surnaturel. La musique était forte et loin d'être bonne, mais l'ambiance convenait exactement à son humeur du moment.

Ses collègues l'avaient ensuite convaincu de se rendre à un festival de films d'horreur sur Times Square. Mitch était rentré chez lui bien après 6 heures du matin, un peu soûl et avec juste assez d'énergie pour se déshabiller et s'effondrer sur son lit, où il avait la ferme intention de passer les prochaines vingt-quatre heures.

Cela faisait maintenant huit heures qu'il se reposait et,

lorsque le téléphone sonna, il répondit surtout pour ne plus être dérangé par la sonnerie.

— Oui ?

— Mitch ?

Hester hésita quelques instants. Elle avait l'impression de l'avoir réveillé. Comme il était 14 heures, elle chassa rapidement cette idée incongrue de son esprit.

— C'est Hester Wallace. Je suis désolée de vous déranger.

— Comment ? Non, vous ne me dérangez pas.

Mitch passa une main sur son visage et poussa son chien, allongé de tout son long au milieu du lit.

— Bon sang, Taz, bouge de là.

Taz ? s'étonna Hester. Elle ne savait pas que Mitch partageait son appartement avec quelqu'un. Elle aurait dû se renseigner avant. Pour le bien de Radley.

— Je suis vraiment navrée, dit-elle d'une voix soudainement glaciale. Visiblement, j'appelle au mauvais moment.

— Non, pas du tout.

Plus il donnait d'espace à ce stupide chien et plus celui-ci abusait de sa gentillesse, constata Mitch en coinçant le combiné sous son oreille, avant de contourner le lit pour se rapprocher du téléphone.

— Vous êtes réveillé ? demanda Hester.

Le léger dédain qu'il surprit dans sa voix l'agaça au plus haut point.

— Si je vous parle, c'est que je suis réveillé, dit-il d'une voix pâteuse.

— Je vous appelais pour vous donner les numéros et les informations utiles pour garder Radley la semaine prochaine.

— Oh !

Mitch écarta de son visage une mèche de cheveux et

balaya en vain la chambre du regard, à la recherche d'une bouteille éventée de soda ou de toute autre boisson.

— D'accord. Pouvez-vous attendre que je prenne un stylo ?

— Eh bien, je…

Mitch l'entendit mettre la main sur le combiné et parler à quelqu'un, sans doute à Radley.

— En fait, continua Hester, si cela ne vous dérange pas, Radley pourrait venir vous voir dans une minute. Il veut vous présenter son ami. Si vous êtes occupé, je viendrai vous apporter ces renseignements plus tard.

Mitch s'apprêtait à accepter cette deuxième proposition. Non seulement il pourrait se rendormir, mais l'idée de quelques instants seul à seul avec sa séduisante voisine lui paraissait tentante. Puis il imagina Radley et ses grands yeux sombres pleins d'espoir, debout à côté d'elle.

— Donnez-moi dix minutes, marmonna-t-il.

Il raccrocha sans attendre sa réponse.

Sans perdre une seconde, Mitch enfila un jean, puis se dirigea vers la salle de bains où il remplit l'évier d'eau froide. Après une courte inspiration, il y plongea le visage. Il en ressortit en jurant, mais réveillé. Cinq minutes plus tard, il enfilait un sweat-shirt tout en se demandant s'il lui restait des chaussettes propres. Tous les vêtements qui étaient revenus de la blanchisserie étaient pliés avec soin sur une chaise dans un coin de la chambre. Il s'apprêtait à fouiller dans le tas lorsqu'il entendit frapper à la porte. La queue de Taz battit furieusement le matelas.

— Cet appartement est une porcherie, fit Mitch à voix haute.

Comme s'il l'avait compris, Taz poussa une série de grognements.

— Des excuses, toujours des excuses, ajouta-t-il. Et sors de ce lit. Tu ne sais pas qu'il est plus de 14 heures ?

Mitch passa la main sur son menton couvert d'une barbe rugueuse et alla ouvrir la porte.

Hester était belle, simplement belle, la main posée sur l'épaule des deux enfants, et un doux sourire aux lèvres. Etait-ce de la gêne qu'il lisait dans son regard ? Lui qui la croyait froide et distante, il comprenait maintenant que ce n'était qu'une façade pour cacher une timidité naturelle. Cette idée le fit fondre sur-le-champ.

— Salut, Rad.

— Salut, Mitch, répondit Radley, le torse bombé de fierté. Je te présente mon copain Josh Miller. Il ne croit pas que c'est toi, le commandant Zark.

— Vraiment ?

Mitch observa le petit garçon, qui le dévisageait d'un œil sceptique. Il avait des cheveux blonds et fins, et dépassait Rad d'une bonne tête.

— Entrez, proposa-t-il en s'écartant pour les laisser passer.

— C'est très gentil de nous recevoir, dit Hester avec un sourire. Tant que Rad et Josh n'auront pas réglé ce différend vous concernant, je n'aurai pas la paix.

En entrant dans le salon, Hester se figea. Le lieu semblait avoir été dévasté par une explosion. Le sol était jonché de papiers, de vêtements et d'emballages. Elle aurait été incapable de décrire le mobilier tant il était encombré.

— Dis à Josh que c'est toi, le commandant Zark, insista Radley.

— On peut dire ça, d'une certaine manière.

L'idée d'être un héros le séduisait beaucoup.

— C'est moi qui l'ai créé, après tout, continua-t-il.

Mitch se tourna de nouveau vers Josh, dont la moue était passée du doute à la suspicion.

— Vous êtes en classe ensemble ?

— On l'était, avant, répondit Josh en étudiant Mitch. Vous ne ressemblez pas au commandant Zark.

Mitch se gratta de nouveau le menton.

— La nuit a été dure.

— Mais c'est bien Zark, insista Radley. Regarde, maman, Mitch possède un magnétoscope.

Ignorant le désordre, Radley se dirigea vers l'appareil.

— J'économise pour m'en acheter un. J'ai déjà dix-sept dollars.

— Ça commence à faire une somme, murmura Mitch d'un air songeur. Et si nous allions dans mon bureau ? Je vous montrerai ce que je prépare pour le prochain numéro.

— Génial ! s'écria Radley.

Mitch leur montra le chemin.

Son bureau était grand et lumineux, et tout aussi désordonné que le salon, remarqua Hester. Comment une personne pouvait-elle travailler dans ces conditions ? Pour quelqu'un comme elle, très à cheval sur l'ordre, c'était incompréhensible. Et pourtant, une série de dessins accompagnés de leurs légendes s'alignaient sur une grande table à dessin.

— Comme vous le voyez, Zark va avoir du pain sur la planche lorsque Leilah va s'allier au Papillon-Noir.

— Au Papillon-Noir ? Ça alors !

Face à l'évidence, Josh était évidemment impressionné. Puis l'enfant réfléchit et sembla de nouveau pris de doute.

— Je croyais que Zark avait détruit le Papillon-Noir cinq albums plus tôt.

— Après que Zark a bombardé le *Zénith* avec un ZT-5 expérimental, le Papillon-Noir est entré en hibernation.

Leilah a utilisé ses connaissances scientifiques pour le réveiller.

— Incroyable.

La remarque était venue de Josh, tétanisé devant les dessins et les légendes grand format.

— Pourquoi sont-ils si grands ? demanda le petit garçon. Ils ne pourront jamais entrer dans une bande dessinée.

— Ils vont être réduits, expliqua Mitch.

— J'ai tout lu sur le sujet, avança Radley en regardant son ami d'un air supérieur. J'ai emprunté un livre à la bibliothèque sur l'histoire de la bande dessinée depuis les années 1930.

— C'était l'âge de pierre, fit Mitch en riant tandis que les garçons continuaient de s'extasier devant son travail.

Hester était elle aussi fascinée, mais par tout autre chose. Parmi tout ce désordre, elle crut reconnaître une authentique armoire de style rococo. Il y avait aussi des livres, par centaines.

Mitch la regarda déambuler dans la pièce. Mais son attention fut détournée par Josh, qui tirait sur sa manche.

— S'il vous plaît, je pourrais avoir un autographe ?

En croisant l'air grave du petit garçon, Mitch ne put réprimer une bouffée de satisfaction.

— Bien sûr.

Fouillant dans ses papiers, il trouva une feuille blanche qu'il signa. Puis, d'un geste théâtral, il griffonna rapidement un dessin représentant Zark.

— Super ! s'extasia Josh en pliant religieusement la feuille avant de la glisser dans la poche arrière de son pantalon. Mon frère se vante toujours d'avoir un autographe d'un joueur de base-ball, mais celui-ci est encore plus précieux.

— Je te l'avais bien dit, lança Radley en s'approchant de Josh, le sourire aux lèvres. Et c'est Mitch qui va me garder le soir après l'école en attendant que maman revienne du travail.

— C'est pas vrai ?

— Allons, les enfants, nous avons suffisamment abusé du temps de M. Dempsey.

Hester poussait déjà les enfants vers la porte, lorsque Taz entra dans la pièce.

— Mon Dieu, il est énorme ! s'écria-t-elle.

Radley s'avançait vers l'animal, main en avant, quand Hester l'arrêta net.

— Rad, tu sais bien qu'il ne faut pas caresser les chiens que tu ne connais pas.

— Ta mère a raison, renchérit Mitch. Mais, dans le cas présent, tu ne risques rien. Taz est inoffensif.

Et également monstrueux, songea Hester en tenant fermement la main de Radley et Josh.

— Il n'a rien d'un chien agressif, dit Mitch pour rassurer Hester.

Le chien, comme pour illustrer ses propos, s'assit tranquillement dans l'embrasure de la porte en remuant la queue. Mitch vint placer une main sur sa tête, sans même avoir à se baisser.

— Il fait des bêtises ? demanda Radley, curieux.

Il rêvait en secret d'avoir un chien. Un très gros chien. Mais il n'avait jamais osé le demander à sa mère, car il savait qu'un tel animal ne pouvait pas rester enfermé dans un appartement toute la journée.

— Non, Taz se contente de parler.

— Il parle ? s'étonna Josh en riant. Mais les chiens ne parlent pas.

— Mitch veut dire qu'il aboie, expliqua Hester en se détendant en peu.

— Non, il parle vraiment.

Mitch tapota gentiment la tête de Taz.

— Comment ça va, Taz ?

En guise de réponse, le chien poussa très fort la jambe de Mitch et se mit à grogner. Il regardait son maître d'un air sincère, et jappa jusqu'à ce que les deux enfants pleurent de rire.

— Il parle ! s'écria Radley. Il parle vraiment.

Taz frotta son long museau contre la main du petit garçon.

— Regarde, maman ! Il m'aime bien.

Aussitôt séduit, Radley passa les deux bras autour du cou du gros chien. Sa mère s'élança spontanément vers lui.

— Il est aussi gentil qu'il en a l'air, je vous le promets, intervint Mitch en posant une main sur le bras d'Hester.

Même si le chien paraissait apprécier l'étreinte de Radley, tout en se laissant caresser par Josh, Hester n'était pas convaincue.

— Il ne doit pas être habitué aux enfants, déclara-t-elle, inquiète.

— Il joue avec les enfants du parc tous les jours.

Comme pour le prouver, Taz roula sur le dos pour inviter les enfants à lui caresser le ventre.

— Sans compter que c'est un gros flemmard, continua Mitch. Il ne dépenserait pas son énergie à mordre autre chose que ce que je mets dans sa gamelle. Vous n'avez pas peur des chiens, tout de même ?

— Non, bien sûr que non.

Enfin, pas vraiment, ajouta-t-elle en son for intérieur. Comme elle répugnait à montrer la moindre faiblesse, Hester s'accroupit pour caresser la tête imposante de l'animal. Taz posa aussitôt sa grosse patte sur sa cuisse et laissa échapper un gémissement plaintif, tout en la regardant avec de grands yeux tristes. Conquise, Hester le gratta derrière les oreilles en riant.

— Tu es un gros bébé, toi !

— Un gros manipulateur surtout, murmura Mitch en se demandant ce qu'il pourrait bien faire pour qu'Hester le caresse avec la même tendresse.

— Je pourrai jouer avec lui tous les jours, dis, Mitch ?

— Bien sûr, répondit-il en souriant à l'enfant. Taz aime beaucoup que l'on s'occupe de lui. Vous voulez l'emmener faire un tour ?

— Oui ! firent les enfants en chœur.

Mais Hester se raidit en regardant Taz d'un air sceptique.

— Je ne sais pas, Rad.

— S'il te plaît, maman. Nous ferons attention. Tu m'as déjà dit que Josh et moi pourrions aller jouer un peu au parc.

— Oui, je sais, mais Taz est un chien énorme. J'ai peur qu'il vous échappe.

— Taz n'aime pas gaspiller son énergie, je vous le répète. Il préfère se promener que courir.

Mitch retourna dans son bureau et revint avec la laisse de Taz.

— Il ne court pas après les voitures, ni les autres chiens, ni les policiers du parc. En revanche, il peut parfaitement s'arrêter près de tous les arbres que vous croiserez.

Radley saisit la laisse en gloussant.

— C'est d'accord, maman ? demanda-t-il d'une voix suppliante.

Hester hésita. Une partie d'elle-même voulait garder Radley près d'elle, à portée de main. Mais, pour le bien de son fils, il fallait qu'elle refrène ses pulsions de mère protectrice.

— Une demi-heure.

Hester avait à peine prononcé ces mots que Radley et Josh criaient déjà de joie.

— Mais vous devez aller chercher vos manteaux et vos gants, ajouta-t-elle.

— Oui, maman. Viens, Taz.

Le chien se leva en soupirant bruyamment. Avec un faible grognement, il vint ensuite se placer entre les deux garçons.

— Pourquoi est-ce que je me sens si bien chaque fois que je vois cet enfant ? demanda Mitch d'un air songeur.

— Vous êtes très gentil avec lui. Je vais monter pour m'assurer qu'ils sont bien couverts.

— Je pense qu'ils sont capables de se débrouiller seuls. Pourquoi ne pas vous asseoir quelques instants ?

Il profita de sa courte hésitation pour lui prendre le bras.

— Venez près de la fenêtre. Vous pourrez les voir sortir.

Hester céda. Elle savait que Radley détestait être couvé.

— Au fait, voici le numéro de mon bureau, ainsi que les coordonnées du médecin et de l'école.

Mitch saisit le papier et le fourra dans sa poche.

— Si vous avez un souci, appelez-moi, continua-t-elle. Je peux être là en moins de dix minutes.

— Détendez-vous, Hester. Nous allons très bien nous en sortir.

— Je dois vous remercier encore. C'est la première fois depuis la rentrée des classes que Rad attend le lundi avec une telle impatience.

— Moi aussi, j'ai hâte de l'avoir avec moi.

Hester scruta la rue en contrebas, à la recherche du bonnet et du manteau bleus de Radley.

— Nous n'avons pas parlé de vos conditions, dit-elle.

— Quelles conditions ?

— Combien vous demandez pour garder mon fils. Mme Cohen…

— Pour l'amour du ciel, Hester. Je ne veux pas d'argent.

— Ne soyez pas ridicule. Je dois vous payer, c'est évident.

Mitch posa une main sur son épaule et l'obligea à se tourner vers lui.

— Je n'ai pas besoin d'argent, répliqua-t-il. Je n'en veux pas. Je vous ai fait cette offre parce que Rad est un gentil garçon et que j'aime être en sa compagnie.

— C'est très aimable, mais…

Le soupir exaspéré qu'il poussa l'interrompit aussitôt.

— Encore des objections…

— Je ne peux pas vous laisser vous occuper de mon fils pour rien.

Mitch l'étudia attentivement. Dès leur première rencontre, il avait compris qu'elle n'était pas facile à convaincre. Du moins, en apparence.

— Vous ne pouvez pas accepter que l'on se rende service, entre voisins ?

Hester sourit légèrement, mais son regard resta grave.

— Non, je ne peux pas l'accepter.

— Cinq dollars par jour.

Cette fois, son sourire illumina son regard.

— Merci.

Sans réfléchir, Mitch prit entre ses doigts une mèche de ses cheveux.

— Vous êtes dure en affaires, madame Wallace.

— Il paraît.

Prudemment, elle recula d'un pas.

Radley n'avait pas oublié ses gants, remarqua Hester en approchant de la fenêtre. Il avait également retenu la leçon et attendit que le bonhomme soit vert pour traverser.

— Il est aux anges, vous savez, continua-t-elle. Rad a toujours voulu avoir un chien.

Elle effleura de la main la fenêtre et continua de suivre son fils du regard.

— Il n'en parle pas, car il sait qu'un chien ne peut pas rester seul toute la journée dans un appartement. Il s'est donc contenté du chaton que je lui ai promis.

Mitch posa de nouveau la main sur l'épaule d'Hester, avec douceur, cette fois.

— Votre fils n'a pas l'air malheureux, Hester. Vous n'avez pas à vous sentir coupable.

Elle le contempla, ses grands yeux gris chargés de mélancolie. Mitch se sentit aussitôt submergé par la même émotion que celle qu'il avait ressentie en la voyant rire. Sans réfléchir et sans pouvoir s'en empêcher, il leva une main vers la joue d'Hester. Sa peau était chaude sous ses doigts. La jeune femme battit rapidement en retraite.

— Je ferais mieux de m'en aller. Je suis certaine que les enfants voudront une tasse de chocolat chaud à leur retour.

— Ils devront d'abord ramener Taz, lui rappela Mitch. Faites une pause, Hester. Vous voulez du café ?

— Eh bien…

— Parfait. Asseyez-vous, je m'occupe du reste.

Hester resta debout au milieu de la pièce quelques instants, sidérée de voir avec quelle habileté Mitch dirigeait les choses — à sa manière. Elle était trop habituée à fixer ses propres règles pour accepter celles des autres. Mais comment partir sans paraître mal élevée ? D'autant que son fils serait bientôt de retour. Et Mitch était si gentil avec Radley qu'elle pouvait bien supporter de rester quelques instants en sa compagnie.

Dire que l'homme ne l'intéressait pas aurait été un mensonge, même si elle n'avait aucune arrière-pensée à son sujet, évidemment. Il avait une façon de la regarder, si profonde et pénétrante, et en même temps il semblait prendre la vie avec tellement d'humour et de légèreté... Pourtant, la manière qu'il avait de la toucher n'avait rien de drôle.

Hester effleura sa joue, à l'endroit où les doigts de Mitch s'étaient posés. A l'avenir, elle veillerait à éviter autant que possible ce genre de contacts. En se forçant un peu, elle pourrait peut-être considérer Mitch comme un ami. Radley l'avait déjà adopté. Et, si elle n'aimait pas beaucoup l'idée de lui être redevable, elle réussirait à le supporter. Elle avait enduré bien pire.

Et puis, Mitch était gentil, elle devait le reconnaître. Hester souffla doucement pour essayer de se détendre un peu. L'expérience qu'elle avait de la vie avait développé un sixième sens chez elle. Elle savait reconnaître les hommes qui tentent d'amadouer le fils pour plaire à la mère. Et, dans le cas présent, elle était certaine d'une chose : Mitch appréciait vraiment Radley. C'était au moins un bon point pour lui.

En revanche, elle aurait préféré qu'il ne la touche pas de cette façon, qu'il ne la regarde pas non plus comme il le faisait, et qu'il ne suscite pas en elle de telles émotions.

— Voici le café, déclara-t-il en avançant vers elle avec deux tasses. Attention, il est sans doute mauvais, mais il est surtout brûlant. Vous ne voulez pas vous asseoir ?

— Où donc ? demanda-t-elle en souriant.

Mitch posa les tasses sur une pile de documents, puis poussa les magazines qui encombraient le canapé.

— Ici.

Hester enjamba une pile de vieux journaux.

— Radley est le roi du rangement. Il vous aidera avec plaisir.

— Je fonctionne mieux dans un univers de confusion contrôlée.

Amusée, Hester vint le rejoindre sur le canapé.

— Je vois où est la confusion, mais rien concernant le contrôle.

— Il est là, croyez-moi. Je ne vous ai pas demandé si vous vouliez autre chose pour accompagner votre café. Je vous l'ai servi sans lait et sans sucre.

— C'est parfait. Dites-moi, c'est une table de style Queen Anne, n'est-ce pas ?

— Oui, répondit Mitch en croisant ses pieds nus sur le meuble en question. Vous avez l'œil.

— Etant donné les circonstances, il le faut bien.

Comme Mitch s'esclaffait, Hester lui répondit par un sourire avant de boire une première gorgée de café.

— J'ai toujours aimé les antiquités, avoua-t-elle. C'est certainement leur longévité qui me plaît. Il n'y a pas beaucoup de choses qui durent.

— Détrompez-vous. Une fois, j'ai attrapé un rhume que j'ai traîné six semaines.

Ce fut au tour d'Hester de rire.

— Lorsque vous riez, vous avez une fossette sur la joue, fit-il. C'est très mignon.

Elle sentit le rouge lui monter aux joues.

— Vous avez un don naturel avec les enfants, déclara-t-elle pour changer de sujet. Vous avez grandi dans une famille nombreuse ?

— Non, je suis fils unique.

Mitch continuait de l'observer, curieux de sa réaction au moindre compliment, même anodin.

— Vraiment ? Je ne m'en serais pas douté.

— Ne me dites pas que vous êtes de celles qui pensent que seule une femme peut entrer en relation avec les enfants.

— Non, absolument pas, se défendit-elle, même si jusqu'à présent Mitch était le premier homme qu'elle rencontrait qui s'intéressait réellement à eux. Mais vous êtes si gentil avec eux. Vous n'avez pas d'enfants ?

La question, posée très vite, intrigua Mitch.

— Non. Je pense que j'ai passé trop de temps à être moi-même un enfant pour songer à en élever un.

— Cela ne fait pas de vous un cas unique, répondit-elle froidement.

De plus en plus étonné, Mitch pencha la tête sur le côté pour l'observer.

— Vous voulez me dire quelques mots sur le père de Rad ?

Un éclair traversa le regard clair de la jeune femme.

— Bon sang, Hester, qu'est-ce que ce salaud vous a fait ?

Elle se raidit instantanément, mais Mitch fut plus rapide. Avant qu'elle ait pu se lever, il avait posé une main sur son bras pour la retenir.

— D'accord, j'attendrai que vous soyez prête à m'en parler. Si j'ai touché un point sensible, vous m'en voyez navré. Mais je suis curieux. J'ai passé deux soirées avec Rad et je ne l'ai jamais entendu parler de son père.

— J'apprécierais que vous ne lui posiez pas de questions à ce sujet.

— D'accord. Mais, rassurez-vous, je n'avais pas l'intention de mettre votre fils sur la sellette.

Hester fut tentée de se lever pour partir. C'était la solution la plus simple. Mais elle s'apprêtait à confier son fils à cet homme tous les jours. Il était donc préférable qu'elle lui livre quelques informations.

— Cela fait presque sept ans que Rad n'a plus vu son père.

— Du tout ?

Mitch n'en revenait pas. Sa propre famille n'était pas vraiment démonstrative. Ses parents étaient même plutôt distants, mais il ne passait jamais plus d'un an sans les voir.

— Ce doit être dur pour lui.

— Ils n'ont jamais été très proches. Je pense que Radley s'adapte très bien à la situation.

— Une minute ! Ce n'était pas une critique.

Mitch posa de nouveau une main sur celles d'Hester, trop fermement pour qu'elle se dégage de cette étreinte.

— Je sais reconnaître un enfant heureux quand j'en vois un. Il est clair que vous êtes prête à tous les sacrifices pour lui. Vous pensez peut-être que ça ne se voit pas, mais je vous le dis.

— Rien ne compte plus à mes yeux que mon fils.

Hester essaya de nouveau de se détendre, mais Mitch était assis trop près d'elle et lui tenait toujours la main.

— Si je vous ai dit ça, ajouta-t-elle, c'est uniquement pour éviter que vous lui posiez des questions embarrassantes qui risqueraient de le mettre en colère.

— Il s'énerve souvent ?

— Parfois.

Mitch avait mêlé ses doigts aux siens. Comment y était-il arrivé ?

— Aujourd'hui, il a un nouvel ami, dit-elle en soupirant. Excusez-moi, je dois vraiment partir.

— Et vous ? insista Mitch en effleurant doucement sa joue. Comment vous êtes-vous adaptée ?

— Très bien. J'ai Rad et mon travail.

— Et pas d'amis ?

Elle ne savait pas si c'était de la gêne ou de la colère, mais l'émotion qui la submergea était violente.

— Cela ne vous regarde pas.

— Si l'on ne parlait que des choses qui nous regardent,

on finirait par ne rien se dire. Vous ne semblez pas détester les hommes, Hester.

Elle lui lança un regard surpris. Lorsqu'elle y était contrainte, elle était capable de jouer selon d'autres règles que les siennes. Et elle jouait très bien.

— J'ai traversé une période où je méprisais les hommes par principe. Cette époque de ma vie s'est avérée extrêmement gratifiante. Puis, peu à peu, j'en suis arrivée à la conclusion que certains membres de votre espèce ne sont pas si terribles.

— C'est prometteur.

Elle lui sourit de nouveau, encouragée par son calme et son ouverture d'esprit.

— Je ne blâme pas tous les hommes pour les erreurs d'un seul, conclut-elle.

— Vous êtes juste prudente.

— Si vous voulez.

— La seule chose que je sais, c'est que j'aime vos yeux, déclara soudain Mitch. Non, ne les détournez pas.

Patiemment, il tourna le visage d'Hester vers le sien.

— Ils sont merveilleux, ajouta-t-il. Prenez-le comme le compliment d'un artiste.

Pourquoi était-elle aussi nerveuse ? se réprimanda-t-elle. Au prix de sérieux efforts, elle s'apaisa un peu.

— Dois-je comprendre qu'ils vont apparaître dans un prochain numéro ?

— C'est possible, répondit-il en souriant.

Décidément, son sourire avait un étrange effet sur elle, mais Hester était heureusement capable de se maîtriser.

— Ce pauvre vieux Zark mérite de rencontrer quelqu'un qui le comprenne, poursuivit-il. Une femme avec de tels yeux ne peut que répondre à ses attentes.

— Je le prends comme un compliment.

Il était temps de changer de sujet.

— Les enfants seront là d'une minute à l'autre, ajouta-t-elle.

— Nous avons encore un peu de temps, Hester. Dites-moi, cela vous arrive-t-il de vous amuser ?

— Quelle question ! Bien sûr !

— Je veux dire non en tant que mère de Rad, mais en tant qu'Hester ?

Fasciné, Mitch passa une main dans ses longs cheveux.

— Mais je *suis* la mère de Rad.

Comme elle se levait, Mitch l'imita aussitôt.

— Vous êtes aussi une femme. Une très belle femme.

Une étrange lueur traversa le regard d'Hester tandis qu'il suivait du bout des doigts les contours de son visage.

— Vous pouvez me croire, continua-t-il. Je suis un homme sincère. Vous êtes aussi un joli paquet de nerfs.

— C'est ridicule. Pourquoi devrais-je être nerveuse ?

Elle n'avait aucune raison de l'être. A condition d'écarter le fait que Mitch était en train de la toucher, qu'il lui parlait d'une voix douce et qu'ils étaient seuls dans l'appartement.

— J'enlèverai cette épine de mon cœur plus tard, murmura-t-il.

Puis il se pencha vers elle pour l'embrasser. Mais il dut la retenir lorsqu'elle trébucha sur une pile de journaux.

— Détendez-vous, Hester. Je ne vais pas vous mordre. Du moins, pas cette fois.

— Je dois partir.

Jamais elle n'avait ressenti une telle panique.

— J'ai des milliers de choses à faire, ajouta-t-elle précipitamment.

— Encore une minute.

Mitch enserra son visage entre ses mains. Elle tremblait,

mais il n'en fut pas surpris. C'était son propre trouble qui l'étonnait le plus.

— Ce que nous vivons, madame Wallace, s'appelle une attirance, une alchimie, du désir. Peu importe le nom qu'on lui donne.

— Parlez pour vous.

— Je vous laisserai choisir le mot qui vous convient plus tard.

Mitch caressa doucement sa joue d'un geste rassurant.

— Je vous ai déjà dit que je n'étais pas un détraqué. Il faudra me rappeler de vous donner mes références.

— Mitch, je vous ai déjà dit que j'appréciais ce que vous faites pour Rad, mais j'aimerais que…

— Ce qui se passe ici et maintenant n'a rien à voir avec Rad. Il s'agit de vous et moi, Hester. Depuis quand n'avez-vous pas passé du temps avec un homme qui vous désire ?

Il effleura de manière désinvolte ses lèvres de son pouce. Les yeux d'Hester se voilèrent.

— Depuis quand n'avez-vous pas laissé un homme faire ceci ?

Mitch s'empara de la bouche d'Hester, avec une force qui la laissa sous le choc. Elle n'était pas préparée à cette violence. Ses mains avaient été si tendres, sa voix si douce. Elle n'était pas préparée à une passion aussi effrénée de sa part. Mais elle le désirait avec la même force. Sans réfléchir, elle enroula les bras autour de son cou et répondit à son baiser.

— Depuis trop longtemps, conclut Mitch à bout de souffle en s'arrachant à contrecœur de ses lèvres.

Hester avait émis tout au plus un gémissement lorsqu'il s'empara de nouveau de sa bouche.

Mitch ignorait ce qu'il trouverait en elle : un mélange de glace, de colère, de peur ? Une chaleur irrésistible embrasa son corps et celui d'Hester, les laissant haletants. La bouche pulpeuse de sa délicieuse voisine était brûlante et impatiente. Toute trace de timidité avait été engloutie par la passion. Hester lui donna plus que ce qu'il espérait, et plus que ce qu'il s'était préparé à prendre.

Pris de vertiges, il ne put pleinement apprécier la sensation aussi enivrante qu'inédite qui venait de l'envahir tandis qu'il la caressait et l'embrassait inlassablement. Les mains enfouies dans ses cheveux, il retira les fines épingles argentées qui les retenaient. Il voulait sentir sa chevelure glisser librement et sauvagement entre ses doigts, tout comme il voulait Hester libre et sauvage dans son lit. Son idée de départ de ne pas la brusquer, de ne pas faire trop de vagues s'évapora alors que naissait en lui l'envie irrésistible de plonger dans ces eaux bouillonnantes. Obsédé par cette idée, il glissa les mains sous le pull d'Hester. Sa peau était douce et chaude. Ses sous-vêtements étaient soyeux. Impatient, il posa les mains autour de sa taille et remonta vers ses seins.

Hester se figea puis frémit. Elle ignorait avant cet instant à quel point elle avait envie qu'il la touche de cette façon. A quel point elle en avait besoin. Ses lèvres tentantes éveillaient en elle un sombre désir. Elle avait oublié que l'on pouvait se languir de ces choses. C'était de la folie, la douce libération de la folie. Elle entendit Mitch murmurer son prénom tandis que sa bouche descendait vers sa gorge avant de remonter vers ses lèvres.

Oui, elle avait perdu la tête. Elle le comprenait parfaitement. Elle avait déjà éprouvé ce sentiment, ou croyait l'avoir déjà ressenti. Aujourd'hui, ces émotions lui paraissaient encore plus douces, encore plus riches qu'autrefois, d'autant qu'elle savait qu'elle ne pourrait plus jamais y goûter.

— S'il vous plaît, Mitch.

Il n'était pas facile de résister à ce qu'il lui offrait. Hester fut surprise de constater à quel point il lui était difficile de battre en retraite, de mettre une barrière entre eux.

— Nous ne pouvons pas faire ça, ajouta-t-elle.

— Et, pourtant, nous le faisons, souligna-t-il en goûtant de nouveau à ses lèvres. Et très bien, même.

— Je ne peux pas.

Avec le peu de volonté qui lui restait, elle s'arracha à son étreinte.

— Je suis navrée. Je n'aurais jamais dû vous laisser faire.

Ses joues lui semblaient brûlantes. Hester y posa les paumes avant de passer une main tremblante dans ses cheveux.

Mitch avait l'impression que ses jambes étaient faibles, ce qui était plutôt étrange. Mais, pour l'heure, il décida de se concentrer sur Hester.

— Vous prenez beaucoup sur vous, Hester. C'est visiblement une habitude. Je vous ai embrassée et vous avez répondu à mon baiser, voilà tout. Nous avons tous les deux apprécié ce qui vient de se passer. Je ne vois pas pourquoi nous devrions nous en excuser.

— J'aurais dû être plus claire.

Hester fit un pas en arrière et heurta de nouveau les journaux avant de les contourner.

— J'apprécie vraiment ce que vous faites pour Rad…

— Laissez-le en dehors de tout ça, pour l'amour du ciel.

— Je ne peux pas, dit-elle en haussant légèrement le ton.

Il ne fallait surtout pas qu'elle perde son sang-froid.

— Je ne vous demande pas de comprendre, ajouta-t-elle, mais je ne peux pas le laisser en dehors de ça.

Elle inspira profondément, surprise de sentir son pouls battre toujours aussi vite.

— Les aventures d'un soir ne m'intéressent pas. Je dois d'abord penser à Rad, avant de penser à moi.

— Je comprends.

Mitch aurait aimé s'asseoir pour se remettre de ses émotions, mais la situation exigeait qu'il parle à Hester ouvertement.

— Mais je ne vous vois pas comme une aventure d'un soir.

C'était bien ce qui l'inquiétait le plus, songea-t-il.

— Restons-en là, conclut froidement Hester.

La colère était un étonnant stimulant. Mitch avança d'un pas et saisit son menton entre ses doigts.

— Vous le pensez vraiment ?

— Je n'ai pas envie de discuter avec vous. Je pense juste que…

Les coups frappés à la porte vinrent à point nommé.

— Ce sont les garçons, dit-elle, visiblement soulagée.

— Je sais, répondit-il sans la lâcher. Prendre le temps et se donner les moyens de faire ce qui vous tient à cœur n'est qu'une question d'ajustements.

Mitch était maintenant en colère, très en colère.

— La vie est pleine d'ajustements, Hester.

Puis il la lâcha et ouvrit la porte.

— C'était super ! s'écria Radley en déboulant dans la pièce suivi de Josh et du chien, les joues roses et le regard brillant. Nous avons même réussi à faire courir Taz une minute ! se vanta le petit garçon.

— Incroyable !

Mitch se pencha pour décrocher la laisse de Taz, qui alla s'effondrer près de la fenêtre avec un grognement d'épuisement.

— Vous devez être gelés ! intervint Hester en déposant

un baiser sur le front de son fils. C'est l'heure de boire un grand chocolat chaud.

— Bonne idée !

Radley se tourna vers Mitch, un large sourire aux lèvres.

— Tu en veux un ? Le chocolat de maman est un vrai délice !

Mitch fut tenté de mettre Hester au pied du mur. Mais sa mauvaise humeur s'estompait déjà.

— Peut-être une prochaine fois, répondit-il en enfonçant le bonnet sur les yeux de Radley. J'ai un million de choses à faire.

— Merci de nous avoir laissés sortir Taz. C'était super, pas vrai, Josh ?

— Oh, oui ! Merci, monsieur Dempsey.

— Vous pouvez venir quand vous voulez. A lundi, Rad.

— A lundi, Mitch.

Les garçons s'élancèrent en riant et en se bousculant dans les escaliers. Mitch les suivit du regard, mais Hester était déjà partie.

4

Mitchell Dempsey Junior était né riche et privilégié. Et, aux dires de ses parents, avec une incorrigible imagination. C'était sans doute la raison pour laquelle il s'était aussi vite pris d'affection pour Radley. Le petit garçon était loin d'être riche, pas même assez privilégié pour vivre avec ses deux parents, mais il avait une imagination hors du commun.

Mitch aimait aussi bien la foule que les conversations en tête à tête. Etant donné l'engouement de sa mère pour les divertissements et sa sociabilité, il savait ce qu'était une fête. Personne ne l'aurait jamais qualifié de solitaire. Mais, en matière de travail, il avait toujours préféré la solitude. Il travaillait chez lui non pas pour éviter les distractions — il les appréciait en réalité beaucoup —, mais parce qu'il ne supportait pas qu'une personne vienne superviser son travail ou mesurer sa progression. Il n'avait jamais envisagé de travailler autrement que seul. Jusqu'à l'arrivée de Radley.

Le premier jour, ils avaient conclu un marché. Si Radley finissait ses devoirs, avec ou sans l'aide discutable de Mitch, il pouvait choisir soit de jouer avec Taz, soit de donner son avis à Mitch sur son dernier scénario. Si Mitch décidait qu'il avait assez bien avancé pour la journée, ils pouvaient se distraire tous les deux en regardant l'un de ses nombreux films ou jouer avec l'armée grandissante de soldats en plastique que possédait Radley.

Pour Mitch, c'était naturel. Pour Radley, cet arrangement était simplement fantastique. Pour la première fois de sa vie, un homme faisait partie de son quotidien, un homme à qui il pouvait parler et qui était disposé à l'écouter. Mitch était non seulement aussi volontaire que sa mère pour préparer une bataille ou livrer une guerre, mais il comprenait aussi sa stratégie militaire.

A la fin de la première semaine, Mitch était à ses yeux un héros, le créateur de Zark et le propriétaire de Taz, mais aussi la personne la plus solide et la plus fiable de sa vie en dehors de sa mère. Radley l'aimait, sans limites et sans restriction.

Mitch l'avait remarqué. Il y avait réfléchi et avait découvert qu'il était tout autant sous le charme que lui. En avouant à Hester qu'il n'avait jamais envisagé d'avoir des enfants, il avait dit la vérité. Il vivait sa vie à son rythme depuis si longtemps qu'il n'avait jamais pensé à changer l'ordre des choses. S'il avait su à quel point il était merveilleux d'aimer un petit garçon, d'y trouver des parties de soi-même, il aurait sans doute agi différemment.

Ces découvertes l'avaient naturellement amené à penser au père de Radley. Quel homme pouvait créer quelque chose de si merveilleux et lui tourner le dos ? Le père de Mitch était un homme sévère et loin d'être compréhensif, mais il avait toujours été là pour lui. Mitch n'avait jamais remis en cause l'amour qu'il lui portait.

A trente-cinq ans, un homme avait forcément dans son entourage des couples qui avaient divorcé — dans la douleur pour la plupart. Mais Mitch connaissait aussi des hommes qui avaient conclu une trêve avec leurs ex-femmes afin de pouvoir rester des pères. Il avait beaucoup de mal à comprendre comment le père de Radley avait pu partir en tournant le dos à son fils. Après une semaine en compagnie du petit garçon, cela lui paraissait impossible.

Et que penser d'Hester ? Quel genre d'homme pouvait laisser une femme se battre seule pour élever un enfant qu'ils avaient mis au monde ensemble ? A quel point l'avait-elle aimé ? Cette question embarrassante lui trottait souvent dans la tête. Les résultats de cette mauvaise expérience étaient en tout cas évidents : Hester était tendue et d'une extrême méfiance à l'égard des hommes. Y compris de lui, songea-t-il en grimaçant pendant que Radley dessinait. Si méfiante qu'elle s'était tenue loin de lui toute la semaine.

Tous les jours, entre 16 h 15 et 16 h 25, il recevait un appel poli de sa part. Hester lui demandait si tout s'était bien passé, le remerciait d'avoir gardé Radley et demandait à son fils de monter. Ce vendredi-là, Radley lui avait tendu un chèque de vingt-cinq dollars soigneusement rétabli à son nom par Mme Hester Gentry Wallace. Il était encore en boule dans la poche de Mitch.

Croyait-elle vraiment que, maintenant qu'elle lui avait tourné la tête, il allait sagement se tenir loin d'elle ? Il se souvenait encore de la douceur de son corps pressé contre le sien, alors toutes les inhibitions et la méfiance d'Hester s'étaient effacées pendant un court et merveilleux moment. Mitch était bien décidé à le vivre de nouveau, ainsi que tout ce que son intarissable imagination avait fait naître dans son esprit.

Si Mme Hester Wallace croyait pouvoir tirer élégamment sa révérence, elle risquait fortement d'être déçue.

— Je n'arrive pas à reproduire les rétrofusées, se plaignit Radley. Elles ne sont jamais bien faites.

Mitch laissa de côté son travail, qui était de toute façon

resté en suspens dès l'instant où il s'était mis à penser à Hester.

— Voyons cela.

Il prit le bloc de papier qu'il avait prêté à Radley.

— Mais ce n'est pas trop mal, conclut-il.

Il sourit, très satisfait de la reproduction du *Defiance* que Radley avait tentée. Apparemment, les quelques conseils qu'il lui avait donnés commençaient à porter leurs fruits.

— Tu as un talent inné, Rad.

L'enfant rougit de plaisir, puis fronça de nouveau les sourcils.

— Mais, regarde, les missiles et les rétrofusées sont mal faits. Ils ont l'air ridicules.

— C'est parce que tu veux entrer trop vite dans les détails. Regarde, il faut tracer des traits légers, dessiner d'abord tes impressions.

Mitch posa la main sur celle de l'enfant pour le guider.

— N'aie pas peur de faire des erreurs, continua-t-il. C'est pour ça que l'on fabrique de si grosses gommes.

— Tu ne fais jamais d'erreurs, toi, répondit Radley en tirant la langue tandis qu'il essayait de bouger sa main aussi habilement que celle de Mitch.

— Mais si. Sache que j'en suis à ma quinzième gomme depuis le début de l'année.

— Tu es le meilleur artiste du monde entier, répliqua Radley en levant vers lui des yeux débordant d'amour.

Mitch se sentit soudain étrangement ému et humble. Il ébouriffa les cheveux du petit garçon.

— Je figure peut-être parmi les vingt premiers, mais je te remercie.

En entendant le téléphone sonner, Mitch ressentit une étrange déception. Sans Radley, les week-ends prenaient désormais un autre sens. Pour un homme qui avait vécu toute sa vie d'adulte sans aucune responsabilité, l'idée que cela puisse lui manquer donnait matière à réfléchir.

— Ce doit être ta mère.

— Elle a dit que nous irions au cinéma ce soir. Tu pourrais venir avec nous.

Mitch se contenta d'un grognement évasif avant de répondre au téléphone.

— Salut, Hester.

— Mitch… tout va bien ?

Le ton de sa voix l'inquiéta un peu.

— Impeccable.

— Radley vous a donné le chèque ?

— Oui. Désolé, mais je n'ai pas encore pu l'encaisser.

Hester n'était pas d'humeur à supporter ses sarcasmes.

— Bien, merci. J'apprécierais que vous demandiez à Radley de monter, s'il vous plaît.

— Pas de problème.

Il sembla hésiter une fraction de seconde.

— Vous avez eu une dure journée, Hester ? demanda-t-il enfin.

Elle posa une main sur sa tempe douloureuse.

— Oui, un peu. Merci de vous en inquiéter, Mitch.

— De rien.

Lorsqu'il raccrocha, Mitch était inquiet. En revenant vers Radley, il fit pourtant l'effort de sourire.

— Il est temps de transférer votre équipement, caporal.

— A vos ordres, chef ! s'écria Radley avec un élégant salut.

L'enfant fourra dans son sac à dos l'armée intergalactique qui était restée chez Mitch toute la semaine. Après une courte investigation, il retrouva ses gants et les posa sur ses figurines en plastique. Puis il ajouta son manteau et son bonnet avant de s'agenouiller pour embrasser Taz.

— Au revoir, Taz. A plus tard.

Le chien grogna avant de frotter son museau sur l'épaule de Radley.

— Au revoir, Mitch.

Alors qu'il se dirigeait vers la porte, l'enfant hésita une seconde.

— On se revoit lundi ?

— Bien sûr. Attends, je vais peut-être monter avec toi. Pour faire un rapport complet à ta mère.

— Super ! s'exclama Radley.

Son visage s'illumina aussitôt.

— Tu as laissé tes clés dans la cuisine, continua le petit garçon. Je vais les chercher.

Mitch le regarda passer en trombe devant lui puis revenir en courant.

— J'ai eu un A en orthographe. Lorsque je vais le dire à maman, elle va être de très bonne humeur. Nous boirons certainement un soda.

— Ça me semble parfait, répondit Mitch en se laissant entraîner par Radley.

Lorsque Hester entendit le bruit des clés de Radley dans la serrure, elle posa le sac de glace. En s'approchant plus près du miroir de la salle de bains, elle aperçut le vilain bleu qui se formait déjà sous son œil et poussa un juron. Elle aurait aimé pouvoir informer son fils de cet incident, l'éluder et le tourner en dérision avant que les marques de la lutte apparaissent. Elle avala deux comprimés d'aspirine et pria pour que son mal de tête s'estompe.

— Maman ! Maman !

— Je suis là, Radley.

Sa voix un peu trop aiguë la fit grimacer, mais elle

plaqua un sourire sur ses lèvres et partit à la rencontre de son fils. Son sourire s'évanouit dès qu'elle s'aperçut qu'il n'était pas seul.

— Mitch est venu te faire son rapport, commença Radley en ôtant son sac à dos.

— Bon sang, que vous est-il arrivé ?

Mitch la rejoignit en deux enjambées. Il prit son visage dans ses mains, les yeux brillant de colère.

— Vous allez bien ?

— Oui, je vais bien, répondit-elle en lui lançant un rapide regard de mise en garde.

Puis elle se tourna vers son fils.

— Je vais bien, répéta-t-elle.

Radley la contempla les yeux écarquillés, puis sa lèvre inférieure se mit à trembler lorsqu'il découvrit la marque bleuâtre sous l'œil de sa mère.

— Tu es tombée ? demanda le petit garçon.

Elle aurait aimé lui mentir, mais elle ne l'avait jamais fait.

— Pas exactement.

Elle se força à sourire, ennuyée d'avoir un témoin.

— Il semblerait qu'un homme dans le métro ait décidé de me prendre mon sac à main. Mais je n'ai pas voulu le lui donner.

— Il vous a agressée ?

Mitch ne savait pas s'il devait la réprimander ou l'attirer vers lui pour voir si elle n'avait pas d'autre blessure. Le long regard furieux qu'elle lui lança le retint.

— On peut dire ça.

Hester s'approcha de Radley pour lui prouver que l'incident était sans conséquence.

— Ce n'était pas si terrible, expliqua-t-elle. Le métro était bondé. Quelqu'un a vu ce qui se passait et a appelé la sécurité. L'homme a changé d'avis à propos de mon sac et s'est enfui.

Radley regarda sa mère de plus près. Il avait déjà vu un œil au beurre noir sur son ami Joey Phelps. Mais jamais sur sa mère.

— Il t'a frappée ?

— Pas vraiment. C'était un accident.

Un accident qui la faisait terriblement souffrir.

— Nous avons tiré chacun de notre côté sur le sac et son coude m'a heurtée. Je n'ai pas baissé la tête assez vite, c'est tout.

— C'est trop bête, marmonna Mitch suffisamment fort pour être entendu.

— Tu l'as frappé ? demanda Radley.

— Bien sûr que non ! s'exclama Hester, impatiente de retrouver le sac de glace. Maintenant, va ranger tes affaires, Radley.

— Mais j'aimerais savoir si...

— Immédiatement, l'interrompit sa mère d'une voix autoritaire qu'elle employait rarement, mais qui faisait toujours son effet.

— Oui, maman, marmonna Radley en prenant le sac à dos sur le canapé.

Hester attendit que son fils soit dans sa chambre pour s'adresser à Mitch.

— Je tenais à vous dire que je n'apprécie pas du tout vos interventions, déclara-t-elle en se tournant vers lui.

— Et ce n'est qu'un début. Je vous croyais plus sensée ! Quelle idée de vous battre avec un voyou pour un sac à main ! Et s'il avait eu un couteau ?

Cette seule pensée mit en branle l'intarissable imagination de Mitch.

— Il n'avait pas de couteau, répliqua Hester en sentant ses jambes se dérober.

Ce n'était vraiment pas le moment de faire un malaise.

— Il n'a pas eu mon sac non plus, ajouta-t-elle.

— Mais il n'est pas reparti avec un œil au beurre noir, lui. Pour l'amour du ciel, Hester, vous auriez pu être sérieusement blessée. Et je doute qu'il y ait quoi que ce soit dans votre sac qui en vaille la peine. Vous pouvez faire opposition sur vos cartes de crédit, et vous racheter un poudrier ou un rouge à lèvres.

— Je suppose que si quelqu'un avait voulu vous voler votre portefeuille vous le lui auriez donné avec votre bénédiction.

— C'est différent.

— Je vois bien ça !

Mitch s'arrêta de faire les cent pas pour l'observer longuement. Son menton était fièrement relevé. Il avait déjà vu plusieurs fois la même expression chez Radley. Il la savait têtue, mais il ne s'attendait pas à découvrir une femme avec un tel tempérament. Il l'admirait pour cela. Mais là n'était pas la question, se souvint-il en scrutant de nouveau le bleu qui noircissait sur sa joue.

— Revenons une minute sur les faits, déclara Mitch. Tout d'abord, vous n'avez aucune raison de prendre seule le métro.

Hester émit un petit rire.

— Vous plaisantez, n'est-ce pas ?

En effet, Mitch ne se souvenait pas avoir jamais rien dit d'aussi stupide. Pourtant, la colère le submergea.

— Vous pouvez prendre un taxi, bon sang !

— Je n'ai nullement l'intention de prendre un taxi.

— Pourquoi cela ?

— Tout d'abord, ce serait complètement stupide, ensuite, je ne peux pas me le permettre.

Mitch sortit de sa poche le chèque froissé et le fourra dans la main d'Hester.

— Maintenant, si. Et vous avez même assez pour les pourboires.

— Je n'ai pas l'intention de l'accepter, répliqua-t-elle en lui rendant le chèque. Et je ne prendrai pas de taxi alors que le métro est un moyen de transport bon marché et pratique. Je ne vous laisserai pas non plus transformer cet incident mineur en catastrophe. Je refuse que Radley s'inquiète.

— Dans ce cas, prenez un taxi. Pour le bien de votre enfant, et pour le vôtre. Dans quel état aurait été Radley si vous aviez été blessée ?

Le bleu d'Hester paraissait encore plus noir sur ses joues pâles.

— Je ne laisserai personne me donner des leçons sur le bien-être de mon fils.

— Bien sûr que non, vous vous débrouillez très bien avec lui. C'est lorsqu'il s'agit de vous que vous n'avez plus la tête sur les épaules.

Mitch enfonça les mains dans ses poches.

— D'accord, vous ne voulez pas prendre un taxi, continua-t-il. Mais promettez-moi que, la prochaine fois qu'un voyou s'entichera de votre sac à main, vous ne jouerez pas les Mère Courage.

— Est-ce le nom de l'un de vos personnages ? demanda-t-elle avec ironie.

— Peut-être bien.

Mitch s'efforça de garder son calme. En général, il n'était pas de nature irascible mais, lorsque la colère pointait le bout de son nez, il pouvait exploser en quelques secondes.

— Ecoutez, Hester, votre sac contenait-il toutes vos économies ?

— Bien sûr que non.

— Des souvenirs de famille ?

— Non.

— Des données vitales pour la sécurité nationale ?

Elle poussa un soupir exaspéré et se laissa tomber sur l'accoudoir d'un fauteuil.

— Je les ai laissées au bureau.

Elle leva les yeux vers lui en faisant la moue.

— Et ne me souriez pas avec cet air dédaigneux, ajouta-t-elle.

— Désolé, répondit-il avec un sourire plus sincère.

— J'ai juste eu une sale journée.

Hester commençait à en prendre la pleine mesure. Elle retira ses chaussures et entreprit de se masser les pieds.

— Tout d'abord, ce matin, M. Rosen s'est lancé dans une campagne d'efficacité. Puis il y a eu une réunion du personnel et cet imbécile de conseiller financier qui m'a fait du gringue.

— Quel conseiller financier ?

— Peu importe.

Hester se sentait très fatiguée. Elle se massa les tempes.

— Il vous suffit de savoir que les choses n'ont fait qu'empirer. Je me sentais prête à mordre. Lorsque ce voyou a voulu prendre mon sac, j'ai explosé. Je me dis qu'au moins il boitera pendant plusieurs jours.

— Vous vous en êtes tirée avec quelques égratignures, on dirait.

Dans un haussement d'épaules, Hester toucha avec précaution son œil.

— Oui.

Mitch s'approcha d'elle et se pencha pour se mettre à

son niveau. Il examina les dégâts avec visiblement plus de curiosité que de compassion.

— Vous allez avoir un bel œil au beurre noir.

— Vraiment ?

Elle toucha de nouveau son bleu.

— J'espérais qu'il n'empirerait pas.

— Je crois plutôt qu'il faut vous attendre à un magnifique bleu.

Elle imagina les regards qu'elle allait croiser et les explications qu'elle devrait fournir la semaine suivante.

— Formidable, grommela-t-elle.

— Ça fait mal ?

— Oui.

Mitch posa les lèvres sur son bleu avant qu'elle puisse l'esquiver.

— Essayez de mettre de la glace.

— Je m'en suis occupée.

— J'ai rangé mes affaires, déclara soudain Radley debout dans le couloir, les yeux baissés. J'avais des devoirs, mais je les ai déjà faits.

— C'est très bien, le félicita sa mère. Viens ici.

Radley garda les yeux baissés en s'avançant vers elle. Hester mit les bras autour de son cou et le serra contre elle.

— Je suis désolée, ajouta-t-elle.

— Ça ne fait rien. Je ne voulais pas te mettre en colère.

— Je ne suis pas en colère. M. Rosen et cet homme qui voulait mon sac m'ont mise en colère, mais pas toi, mon chéri.

— Je peux t'apporter une serviette mouillée, comme tu fais quand j'ai mal à la tête, proposa-t-il.

— Merci, mais je pense que je vais plutôt prendre un bain chaud et mettre de la glace sur mon bleu. Oh !

Mais nous avions prévu de sortir ce soir ! De manger un cheeseburger et de voir un film.

— Nous pouvons regarder la télévision à la place.

— Pourquoi ne pas attendre de voir comment je me sentirai dans un moment ?

— J'ai eu un A en orthographe, l'informa Radley fièrement.

— Mon héros, répondit Hester en riant.

— Vous savez, intervint Mitch, ce bain chaud est une bonne idée. Et la glace aussi.

Les projets s'édifiaient déjà dans sa tête.

— Pourquoi ne pas vous y plonger pendant que je vous emprunte Rad un petit moment ? ajouta-t-il.

— Mais il vient tout juste de rentrer, protesta-t-elle.

— Nous ne tarderons qu'un petit moment, insista Mitch en la prenant par le bras. Mettez de la mousse dans l'eau de votre bain. On dit que c'est très bon pour le moral. Nous serons de retour dans une demi-heure.

— Mais où allez-vous ?

— Juste faire une petite course. Rad peut me tenir compagnie, n'est-ce pas, Rad ?

— Bien sûr.

L'idée de se prélasser trente minutes dans un bain chaud était trop tentante.

— Pas de bonbons, fit-elle en guise de capitulation. C'est presque l'heure de dîner.

— D'accord, je n'en mangerai pas, promit Mitch en la poussant vers la salle de bains.

Puis il revint vers le salon et posa une main sur l'épaule de Radley.

— Prêt à partir en mission, caporal ?

Les yeux de Radley pétillèrent de joie.

— Prêt, monsieur, répondit-il en lui adressant un salut militaire.

L'association du sac de glace, du bain chaud et de l'aspirine porta ses fruits. Une fois l'eau de la baignoire refroidie, le mal de tête d'Hester était devenu tout à fait supportable. Si elle avait pu s'octroyer quelques minutes pour elle, c'était à Mitch qu'elle le devait, admit-elle en enfilant un jean. Ses tremblements avaient disparu en même temps que la douleur. Lorsqu'elle prit le temps d'examiner son bleu, elle se sentit un peu moins fière d'elle. Mitch avait raison, les bulles avaient eu un effet remarquable sur son moral.

Tout en brossant ses cheveux, elle se demanda à quel point Radley serait déçu de renoncer à un bon film. Bain chaud ou pas, la dernière chose dont elle avait envie était de braver le froid pour aller s'asseoir dans une salle de cinéma bondée. Une séance en matinée le lendemain pouvait tout aussi bien satisfaire son fils. Il faudrait qu'elle réorganise un peu sa journée, mais l'idée d'une soirée tranquille chez elle après cette éprouvante semaine était si séduisante qu'elle était même capable d'envisager de s'occuper des lessives après le dîner.

Quelle semaine ! songea Hester en enfilant ses chaussons. Rosen était un tyran et le conseiller financier était une peste. Ces cinq derniers jours, elle avait passé presque tout son temps à apaiser l'un et à décourager l'autre tout en traitant ses dossiers de prêts. Le travail ne lui faisait pas peur, mais justifier chaque minute de son temps lui était insupportable. Rosen n'en avait pas particulièrement après elle : Hester s'en était rendu compte dès la première journée de travail. L'homme était simplement autoritaire et exigeant avec tout le personnel.

Et cet imbécile de Cummings ! Elle s'assit au bord du lit en chassant de son esprit le conseiller financier un peu trop empressé. Elle avait surmonté les deux premières semaines, non ? Elle avait même des cicatrices pour le prouver, songea-t-elle en effleurant sa joue avec précaution. A partir de maintenant, les choses seraient plus simples. Elle n'aurait plus à vivre avec le stress de rencontrer toutes ces nouvelles personnes. Et, à son grand soulagement, elle n'aurait plus à s'inquiéter pour Radley.

Sans jamais l'avouer, elle s'était attendue à ce que Mitch l'appelle tous les jours de la semaine pour lui dire que son fils le dérangeait trop, qu'il avait changé d'avis et qu'il était las de passer ses après-midi avec un enfant de neuf ans. Mais, tous les jours, Radley était rentré la bouche pleine de tout ce qu'il avait fait avec Mitch et Taz.

Mitch lui avait montré une série de dessins destinés à un grand numéro spécial. Ils avaient amené Taz au parc. Ils avaient regardé la version longue et originale du premier *King Kong*. Mitch lui avait montré sa collection de bandes dessinées où figuraient les premiers albums de *Superman* et des *Contes de la crypte*, qui, comme tout le monde le savait, n'avaient pas de prix, lui avait soutenu Radley. D'après lui, Mitch avait aussi un anneau décodeur original et authentique de *Captain Midnight* !

Hester roula de grands yeux en y repensant, mais ce mouvement tira sur son bleu et lui arracha une grimace de douleur. L'homme était sans aucun doute étrange, mais il rendait visiblement son fils heureux. Tout irait bien tant qu'elle continuerait de penser à lui comme à l'ami de son fils et qu'elle oublierait le lien inexplicable et inattendu qu'ils avaient tissé ensemble la semaine précédente.

Hester préférait d'ailleurs évoquer ce lien plutôt qu'utiliser les termes que Mitch avait employés. Attirance, alchimie, désir. Non, elle se fichait des mots prononcés par son charmant voisin et de sa réaction instantanée et irrépressible à son contact. Même si elle ne pouvait nier ce qu'elle ressentait... Dans un moment de folie, elle avait aimé qu'un homme la tienne dans ses bras, l'embrasse et la désire. Elle n'avait pas à en avoir honte. Une femme qui était restée seule aussi longtemps qu'elle avait le droit de ressentir quelques émotions au contact d'un homme séduisant.

Mais, alors, pourquoi ne ressentait-elle rien à l'égard de Cummings ?

Elle secoua la tête. Elle ne devait pas se poser ce genre de questions. Parfois, il valait mieux ne pas trop fouiller ses sentiments, surtout lorsqu'on préférait se voiler la face.

Réfléchir au dîner était une bien meilleure idée, décida-t-elle. Mais son pauvre Radley allait devoir se contenter d'une soupe et d'un sandwich au lieu de son cheeseburger préféré. Poussant un soupir, elle se leva. Bientôt, elle entendit la porte d'entrée s'ouvrir.

— Maman ! Maman, viens voir la surprise !

Hester plaqua un sourire sur ses lèvres. Elle n'était pas certaine de pouvoir en endurer de nouvelles.

— Rad, as-tu remercié Mitch pour... Oh...

Il était de retour, constata-t-elle en tirant machinalement sur son pull. Radley et Mitch se tenaient côte à côte dans l'embrasure de la porte avec le même sourire. Radley portait deux sacs en papier et Mitch tenait ce qui ressemblait à s'y méprendre à un lecteur d'où pendaient des câbles.

— Qu'est-ce que vous amenez ? demanda-t-elle, intriguée.

— Le dîner et une double séance de cinéma, l'informa

Mitch. Rad m'a dit que vous aimiez les milk-shakes au chocolat.

— Oui, en effet.

Elle sentit alors le parfum que dégageaient les sacs et se tourna vers Radley.

— Ce sont des cheeseburgers ? demanda-t-elle.

— Avec des frites, répondit son fils. Mitch a dit que nous pouvions prendre une double commande. Nous avons emmené Taz avec nous. Il est en train de manger chez lui.

— Ses manières à table ne sont pas très bonnes, expliqua Mitch en portant le lecteur jusqu'à la télé d'Hester.

— Et j'ai aidé Mitch à débrancher le lecteur. Nous avons pris *Les Aventuriers de l'arche perdue*. Mitch a des millions de films.

— Rad m'a dit que vous aimiez les comédies musicales, dit Mitch en se tournant vers elle.

— Oui, c'est exact…

— Nous en avons pris aussi.

Rad posa les sacs et alla s'asseoir près de Mitch par terre.

— Mitch a dit que le film était très drôle. Je lui fais confiance, déclara Rad en s'approchant de son ami pour regarder de plus près comment il branchait l'appareil.

— Il s'agit de *Chantons sous la pluie*.

Mitch tendit un câble à l'enfant et recula pour le laisser le brancher.

— Vraiment ? s'étonna Hester.

Son ton arracha à Mitch un sourire. Parfois, la jeune femme avait l'air d'une enfant.

— Oui. Comment va votre œil ?

— Oh ! Beaucoup mieux.

Incapable de résister à la tentation, Hester s'approcha pour les regarder. Elle trouvait si étrange de voir les petites mains de son fils mêlées dans le travail à côté de celles d'un homme.

— C'est un peu serré, mais le lecteur passe tout juste sous votre téléviseur.

Mitch pressa brièvement l'épaule de Radley avant de se lever.

— Vous avez de belles couleurs, déclara-t-il en levant le menton d'Hester vers lui pour examiner son œil. Rad et moi avons pensé que vous deviez être fatiguée. Nous avons donc amené le film jusqu'à vous.

— C'est vrai, avoua-t-elle en posant quelques instants la main sur son poignet. Merci beaucoup.

— A votre service.

Quelle serait sa réaction et celle de Radley s'il l'embrassait maintenant ? Hester avait certainement deviné ses pensées en croisant son regard, car elle recula précipitamment.

— Je vais chercher des assiettes avant que le repas soit froid, lança-t-elle.

— Nous avons amené tout ce qu'il faut. Asseyez-vous en attendant que mon assistant et moi-même ayons terminé, proposa-t-il en désignant le canapé.

— J'y suis arrivé ! s'exclama Radley en reculant à quatre pattes, les joues roses de plaisir. Tout est branché.

Mitch se pencha pour vérifier les raccordements.

— Vous êtes un véritable mécanicien, caporal.

— Est-ce qu'on peut regarder *Indiana Jones* d'abord ?

— C'était ce qui était convenu, répondit Mitch en lui tendant le film. C'est toi qui t'en charges.

— Il semblerait que je vous doive encore des remerciements, dit Hester lorsque Mitch vint la rejoindre sur le canapé.

— Pourquoi cela ? Je me suis dit que je pourrais m'inviter à votre soirée avec Rad ce soir.

Mitch sortit un hamburger du sac en papier.

— C'est bien meilleur marché qu'une sortie en ville, ajouta-t-il.

— La plupart des hommes ne choisiraient pas de passer leur vendredi soir en compagnie d'un petit garçon.

— Et pourquoi pas ?

Mitch mordit à pleines dents dans son sandwich, avant de poursuivre :

— Je me suis dit que Radley ne finirait pas ses frites et que je pourrais manger le reste.

A ces mots, l'enfant courut vers le canapé et vint s'installer d'un bond entre eux. Puis il poussa un soupir de satisfaction digne d'un adulte avant de se pelotonner contre eux.

— C'est beaucoup mieux que de sortir, confia le petit garçon. Vraiment mieux.

Il avait raison, songea Hester qui se détendait enfin, absorbée par les aventures d'Indiana Jones. Il fut un temps où elle avait cru que la vie pouvait être palpitante, romantique et excitante. Mais les événements l'avaient contrainte à mettre tous ses espoirs de côté. En revanche, elle n'avait jamais perdu son amour pour les rêves, qu'elle retrouvait dans les films. Pendant deux heures, elle quitta presque la réalité et les pressions qui l'accompagnaient pour renouer de nouveau avec l'innocence.

Radley avait encore le regard brillant et semblait plein d'énergie lorsqu'il mit la cassette de *Chantons sous la pluie*. Hester savait que cette nuit, les rêves de son fils seraient remplis de trésors perdus et d'aventures. Blotti contre elle, il gloussa face aux grimaces et aux gaffes de Donald O'Connor, mais commença à piquer du nez après la merveilleuse danse de Gene Kelly sous la pluie.

— C'est fabuleux, tu ne trouves pas ? murmura Mitch.

Radley avait à présent la tête posée sur l'épaule de Mitch.

— Tout à fait, répondit Hester. J'adore ce film. Lorsque j'étais enfant, nous le regardions dès qu'il passait à la télévision. Mon père est un mordu de films. Vous pouvez citer n'importe lequel, il vous dira qui jouait dedans. Mais son premier amour a toujours été les comédies musicales.

Mitch garda le silence. Il lui fallait très peu de temps pour comprendre ce que ressentait une personne lorsqu'elle parlait d'une autre — une simple inflexion de voix, une expression plus douce. Hester paraissait proche de sa famille. Mitch n'avait pas eu cette chance. Son père n'avait jamais partagé son amour pour les histoires fantastiques ou les films, comme lui-même n'avait jamais partagé l'engouement de son père pour les affaires. Même si Mitch ne s'était jamais vraiment considéré comme fils unique — la compagnie de son imagination lui suffisait —, la chaleur et l'affection qu'il avait entendues dans la voix d'Hester lorsqu'elle avait évoqué son propre père lui avait manqué.

Lorsque le générique défila, il se tourna de nouveau vers elle.

— Vos parents vivent ici ? demanda-t-il.

— Ici ? Oh ! Non.

Elle rit en essayant d'imaginer ses parents perdus dans la jungle new-yorkaise.

— Non, j'ai grandi à Rochester, mais mes parents ont déménagé dans le Sud il y a dix ans. Ils sont à Fort Worth. Mon père travaille toujours dans le secteur de la banque et ma mère occupe un emploi à mi-temps dans une librairie. Lorsqu'elle a repris le travail, nous avons tous été surpris. Nous pensions qu'elle ne savait rien faire d'autre que cuisiner et plier le linge.

— Vous êtes combien ?

Hester soupira face à l'écran devenu blanc. En toute

honnêteté, cela faisait longtemps qu'elle n'avait pas passé une si bonne soirée.

— J'ai un frère et une sœur. C'est moi l'aînée. Luke habite à Rochester avec sa femme. Ils attendent un bébé. Et Julia est à Atlanta. Elle est D-J.

— Sans blague ?

— « Debout, Atlanta, il est 6 heures, l'heure d'écouter trois grands succès sans interruption. »

Elle rit en pensant à sa sœur.

— Je donnerais n'importe quoi pour emmener Rad lui rendre visite, conclut-elle.

— Ils vous manquent ?

— J'ai juste du mal à imaginer que nous sommes tous si éloignés les uns des autres. Ce serait formidable pour Rad que ma famille soit plus près.

— Et qu'en est-il de vous, Hester ?

Elle le regarda, légèrement surprise de voir avec quel naturel Radley somnolait, blotti dans les bras de Mitch.

— J'ai Rad.

— Est-ce suffisant ?

— Plus que suffisant.

Elle lui sourit, puis se leva.

— Et, en parlant de Rad, ajouta-t-elle, il vaudrait mieux que je le mette au lit.

Mitch prit l'enfant dans ses bras, la tête contre son épaule.

— Je m'en charge.

— Je peux le faire, objecta-t-elle. Je le fais tout le temps.

— Il est déjà dans mes bras.

A ces mots, Radley enfouit son visage dans son cou. Quelle sensation merveilleuse, songea Mitch, un peu ému.

— Dites-moi juste où se trouve sa chambre.

Essayant de se convaincre qu'il était inutile de se sentir

gênée, Hester le conduisit jusqu'à la chambre de Radley. Il avait fait son lit à la va-vite et le couvre-lit Star Wars était simplement ramené sur des draps froissés. Mitch faillit glisser sur un petit robot et un vieux chien en peluche. Une veilleuse était allumée sur la commode car, malgré le courage dont Radley faisait preuve, il se méfiait encore de ce qui pouvait se cacher dans les placards.

Mitch allongea l'enfant sur le lit, puis commença à aider Hester à lui retirer ses baskets.

— Inutile de vous donner cette peine, dit-elle en défaisant les lacets d'une main expérimentée.

— Cela ne m'ennuie pas du tout. Dort-il en pyjama ?

Mitch était déjà en train de tirer sur le jean de Radley. En silence, Hester se dirigea vers la commode et alla choisir son pyjama préféré, estampillé « Commandant Zark » en caractères gras.

— Il a bon goût, approuva Mitch en examinant le vêtement. J'ai toujours été déçu qu'ils n'en fassent pas à ma taille.

Elle ne put s'empêcher de rire et se détendit de nouveau. Puis elle passa le haut du pyjama par-dessus la tête de Radley tandis que Mitch lui enfilait le bas.

— Il dort comme un loir, constata-t-il.

— Je sais. Il a toujours eu le sommeil très lourd. Même bébé, il se réveillait rarement la nuit.

Par habitude, elle ramassa le petit chien en peluche et le posa à côté de lui avant de déposer un baiser sur sa joue.

— Ne lui parlez pas de Fido, murmura-t-elle. Radley est un peu gêné que l'on sache qu'il dort toujours avec lui.

— Je ne l'ai jamais vu, répliqua Mitch.

Puis, incapable de résister à l'envie, il caressa la tête de l'enfant.

— C'est un petit garçon très attachant, murmura-t-il.

— Oui.

— Tout comme vous.

Mitch se tourna vers elle et saisit une mèche de ses cheveux entre ses doigts.

— Ne me tournez pas le dos, Hester, continua-t-il tandis qu'elle détournait le regard. La meilleure façon d'accepter un compliment consiste à dire merci. Faites un petit effort.

Gênée par sa propre réaction plus que par les propos de Mitch, elle se força à le regarder.

— Merci, lâcha-t-elle.

— C'est un bon début. Essayez encore, dit-il en l'enlaçant. Cela fait une semaine que je rêve de vous embrasser.

— Mitch, je...

— Vous perdez vos mots ?

Hester avait posé une main sur son torse pour le tenir à distance. Mais il préféra de loin le message qui dansait dans son regard...

— Je n'ai pas l'habitude de penser aux femmes qui font tout pour m'éviter.

— Ce n'est pas ce que je fais. Pas exactement.

— Parfait. En fait, je crois surtout que vous craignez de vous retrouver trop près de moi. Vous avez peur de vos propres réactions...

Elle planta de nouveau son regard implacable et sévère dans le sien.

— Vous avez un ego impressionnant.

— Merci. Mais voyons les choses sous un autre angle...

Tout en parlant, il caressa le dos d'Hester de haut en bas, allumant de petites flammes sur son passage.

— Embrassez-moi de nouveau. Si vous restez de marbre, je reconnaîtrai que j'avais tort.

— Non.

Mais, malgré elle, elle ne put trouver la force de le repousser.

— Radley...

— Dort comme un loir, vous vous souvenez ?

Il effleura très doucement ses lèvres, puis la bosse sous son œil.

— Et, même s'il se réveille, je ne crois pas que le fait de me voir embrasser sa mère lui donnerait des cauchemars.

Elle voulut lui répondre, mais les mots moururent sur ses lèvres tandis que la bouche de Mitch s'emparait de la sienne. Il se montra patient cette fois, tendre même. Et elle ne resta pas de marbre, loin de là. Grisée par cette étreinte, elle enfouit les doigts profondément dans ses épaules.

C'était incroyable. Inimaginable. Le désir était là, immédiat et incendiaire. Jamais elle n'avait éprouvé cela, pour personne. Une fois, lorsqu'elle était très jeune, elle avait eu un aperçu de ce que pouvait être la véritable passion, avant qu'elle s'évanouisse. Elle en était arrivée à la conclusion que, comme bien d'autres choses, ces élans n'étaient que temporaires. Pourtant, ce qu'elle ressentait en cet instant lui paraissait éternel.

Mitch croyait tout savoir sur les femmes. Mais Hester lui prouvait le contraire. Tandis qu'il s'abandonnait à la sensation chaude et douce du désir, il se retint d'aller trop vite ou d'en prendre trop. Il devinait en elle un ouragan dompté depuis beaucoup trop longtemps. Dès qu'il l'avait tenue dans ses bras, il avait su qu'il serait celui qui allait le libérer. Doucement. Qu'elle en soit consciente ou non, elle était aussi vulnérable que l'enfant endormi à côté d'eux.

Soudain, Hester glissa les doigts dans ses cheveux pour l'attirer vers elle. Pendant un pur instant de folie, il la pressa plus fort contre lui et les laissa tous les deux se délecter de ce qui pouvait être.

— Est-ce que j'avais tort, Hester ?

Elle frémit tandis qu'il suivait le contour de son oreille du bout de la langue.

— La ville est en feu, ajouta-t-il dans un murmure.

Elle le croyait. Avec sa bouche brûlante contre la sienne, elle le croyait.

— Il faut que je réfléchisse, balbutia-t-elle.

— Oui, peut-être.

Il l'embrassa de nouveau.

— Peut-être que nous devrions réfléchir tous les deux, ajouta-t-il.

Il fit glisser les mains sur son corps mince et souple en une longue caresse possessive.

— Mais j'ai le sentiment que nous allons arriver à la même conclusion.

Bouleversée, Hester fit un pas en arrière. Et marcha sur le robot. Le bruit qu'elle fit ne perturba pas les rêves de Radley.

— Chaque fois que je vous embrasse, vous trébuchez.

Il fallait qu'il parte, tout de suite, avant de ne plus en avoir la force.

— Je viendrai chercher le magnétoscope plus tard, conclut-il.

Hester hocha la tête en poussant un petit soupir de soulagement. Elle craignait surtout qu'il lui demande de passer la nuit avec lui, et elle n'était pas sûre de la réponse qu'elle lui donnerait.

— Merci pour tout, répondit-elle.

— C'est bien, je vois que vous apprenez vite.

Il caressa sa joue du bout du doigt.

— Soignez bien votre œil.

Lâchement ou non, Hester resta à côté du lit de Radley jusqu'à ce qu'elle entende la porte d'entrée se fermer. Puis, un peu apaisée, elle posa une main sur l'épaule de son fils endormi.

— Oh ! Rad, dans quel pétrin me suis-je mise ? chuchota-t-elle.

5

Lorsque le téléphone sonna à 7 h 25, Mitch avait la tête enfouie sous l'oreiller. Il aurait préféré l'ignorer, mais Taz roula sur le côté et posa le museau contre sa joue. Mitch jura en repoussant le chien, puis décrocha avec humeur le combiné avant de le prendre avec lui sous l'oreiller.

— Oui ?

A l'autre bout de la ligne, Hester se mordit nerveusement les lèvres.

— Mitch, c'est Hester.

— Que voulez-vous ?

— J'imagine que je vous ai réveillé.

— Exact.

Il était plus qu'évident que Mitch Dempsey n'était pas une personne matinale.

— Je suis désolée, je sais qu'il est très tôt.

— C'est pour me dire ça que vous appelez ?

— Non... Mais je pense que vous n'avez pas encore regardé par la fenêtre, ce matin.

— Ma chérie, je n'ai même pas encore ouvert les yeux.

— Il neige. Il est déjà tombé environ vingt centimètres et il n'est pas prévu que la tempête cesse avant midi. Ils annoncent entre trente et quarante centimètres de neige avant la fin de la journée.

— Qui ça, « ils » ?

Hester fit passer le combiné dans son autre main. Ses

cheveux étaient encore mouillés après la douche et elle avait à peine avalé une tasse de café.

— Les services météo.

— Eh bien, je vous remercie pour ce bulletin.

— Mitch ! Ne raccrochez pas !

Elle l'entendit pousser un long soupir.

— Quelles sont les autres nouvelles ?

— Les écoles sont fermées.

— Youpi !

Hester fut vraiment tentée de lui raccrocher au nez. Mais elle avait besoin de lui.

— Je répugne à vous le demander, mais je ne suis pas certaine de réussir à amener Radley chez Mme Cohen. Je prendrais bien ma journée, mais j'enchaîne les rendez-vous aujourd'hui. Je peux essayer de m'arranger pour partir plus tôt, mais…

— Envoyez-le chez moi.

Hester hésita une fraction de seconde.

— Vous êtes sûr ?

— Vous voulez que je dise non ?

— Je ne veux pas contrecarrer vos projets.

— Vous avez du café ?

— Oui, bien sûr…

— Apportez aussi une tasse.

Hester regarda le combiné après qu'il eut raccroché, et essaya de se souvenir de le remercier.

Radley ne pouvait pas être plus heureux. Il sortit Taz pour sa promenade du matin, lança des boules de neige que le chien, par principe, refusa d'aller chercher, et se roula dans l'épaisse couverture de neige jusqu'à ce qu'il en soit assez recouvert à son goût.

Comme les provisions de Mitch ne permettaient même pas de faire du chocolat chaud, Radley vida les placards de sa mère, puis passa le reste de la matinée à lire avec bonheur les bandes dessinées de Mitch et à dessiner.

Quant à Mitch, il trouva dans la compagnie du petit garçon un agrément et non une distraction. L'enfant était couché à plat ventre sur le sol de son bureau et, entre ses lectures et ses dessins, il s'inventait des histoires sur tout ce qui lui passait par la tête. Comme il s'adressait à la fois à Mitch et à Taz, il n'attendait pas vraiment de réponse, ce qui convenait à tout le monde.

Vers midi, la neige ne se résumait plus qu'à quelques rafales éparses. Les rêves de Radley d'une autre journée de congé s'envolèrent en fumée.

— Tu aimes les tacos ? lui demanda Mitch en quittant sa table à dessin.

— Oh oui !

Ravi, Radley s'écarta de la fenêtre.

— Tu sais les faire ?

— Non, mais je sais où les acheter. Prenez votre manteau, caporal, nous allons faire des courses.

Radley se débattait pour enfiler ses bottes lorsque Mitch apparut avec trois tubes en carton.

— Je dois passer au bureau pour déposer ceci.

Radley écarquilla les yeux de surprise.

— Tu veux dire que nous allons aller à l'endroit où l'on fabrique les bandes dessinées ?

— Oui, répondit Mitch en passant son manteau. Mais je peux y aller demain si cela t'ennuie.

— Non, pas du tout, répondit l'enfant en sautant sur ses pieds avant de prendre Mitch par la manche. Nous pouvons y aller aujourd'hui, dis ? Je promets de ne toucher à rien et de ne rien dire.

— Comment pourras-tu poser des questions si tu ne dis rien ? demanda Mitch en remontant le col du manteau de Radley. Prends Taz, d'accord ?

Trouver un chauffeur de taxi qui accepte les gros chiens comme passager était toujours une prouesse onéreuse. Une fois à bord du véhicule, Taz s'assit près de la fenêtre et regarda défiler les rues de New York d'un œil morose.

— Quel bazar, pas vrai ? commenta le chauffeur en leur souriant dans le rétroviseur, heureux du pourboire que Mitch lui avait laissé d'avance. Je n'aime pas la neige, mais mes enfants adorent.

L'homme sifflota pour accompagner la musique qui passait à la radio.

— J'imagine que votre garçon ne se plaint pas de ne pas aller à l'école ? Les enfants aiment tous avoir une journée de libre. Ils sont même prêts à accompagner leur père au bureau plutôt qu'aller à l'école, hein, mon garçon ?

Le chauffeur gloussa en se garant près du trottoir. A cet endroit, la neige était déjà devenue grise.

— Vous voilà arrivés. Tu as un beau chien, mon petit.

L'homme rendit la monnaie à Mitch et continua de siffloter, tandis qu'ils sortaient du taxi. Un autre client s'engouffra aussitôt dans la voiture.

— Il a cru que tu étais mon père, murmura Radley en marchant à côté de Mitch sur le trottoir.

— Oui, répondit-il en avançant une main vers l'épaule du petit garçon.

Mais il retint son geste.

— Ça t'ennuie ?

L'enfant leva son visage vers lui, les yeux écarquillés, et pour la première fois Mitch le vit manifester quelques signes de timidité.

— Non. Et toi ?

Mitch s'agenouilla près de lui.

— Eh bien, si tu n'étais pas si laid, cela ne me dérangerait pas.

Radley lui sourit, puis glissa sa petite main dans celle de Mitch. Il rêvait parfois que Mitch était son père. Cela lui était déjà arrivé avec un instituteur de l'école maternelle, mais M. Stratham n'était pas aussi formidable que Mitch.

— C'est ici ? demanda Radley, étonné, tandis que Mitch avançait vers un grand immeuble en pierre brune délabré.

— Oui, c'est ici.

Radley s'efforça de cacher sa déception. Le bâtiment lui paraissait si ordinaire… Il avait imaginé au moins que le drapeau de Perth ou de Ragamond flotterait à l'entrée.

Mitch, conscient du trouble de Radley, le conduisit à l'intérieur. Dans le hall, un gardien leur tendit la main tout en continuant de manger son sandwich au bœuf fumé. Mitch le salua en retour et entraîna l'enfant vers un ascenseur, avant de tirer sur la grille métallique pour ouvrir la porte.

— C'est assez sympa, décida Radley.

— C'est encore mieux quand ça fonctionne, répondit Mitch en poussant sur le bouton du quatrième étage, où se trouvait le service éditorial. Croisons les doigts.

— L'ascenseur s'est-il déjà crashé ? demanda Radley, visiblement partagé entre l'inquiétude et l'espoir.

— Non, mais il est connu pour ses grèves fréquentes.

La cabine vibra avant de s'arrêter au quatrième étage. Mitch ouvrit de nouveau la grille et mit une main sur la tête du petit garçon.

— Bienvenue dans cet asile de fous.

C'était tout à fait cela. Impressionné par ce qu'il découvrit au quatrième étage, Radley oublia vite la déception qu'il avait éprouvée devant la façade de l'immeuble. Ils entrèrent d'abord dans ce qui ressemblait à une réception. Du moins y avait-il une table et une rangée de téléphones derrière lesquels se tenait une femme noire qui affichait un air harassé et arborait un sweat-shirt à l'effigie de la princesse Leilah. Derrière elle, les murs étaient couverts de posters représentant les personnages les plus connus d'Universal Comics : l'Homme Scorpion, le Sabre de velours, le terrible Papillon-Noir, et bien sûr, le Commandant Zark.

— Comment ça va, Lou ? demanda Mitch.

— Ne m'en parle pas.

La femme appuya sur un bouton.

— Je te le demande, continua-t-elle. C'est ma faute si le traiteur ne lui a pas livré son corned-beef ?

— Si j'arrive à lui redonner le sourire, pourras-tu me donner quelques échantillons ?

— Universal Comics, une seconde je vous prie.

La réceptionniste appuya sur un autre bouton.

— Si tu le mets de bonne humeur, je te donne mon premier-né.

— Juste quelques échantillons, Lou. Mets ton casque, caporal. Il peut y avoir du grabuge.

Mitch fit passer Radley du petit hall à une grande salle vivement éclairée et grouillant d'activité. La pièce était découpée en plusieurs box très bruyants. L'ensemble était plutôt chaotique. Des dessins, des banderoles et quelques photographies couvraient les murs en liège. Dans un coin s'empilait une pyramide de canettes de soda vides sur lesquelles un employé s'amusait à lancer des boulettes de papier absorbant.

— Le Scorpion n'a jamais été très coopératif. Pourquoi se mettrait-il au service de la loi et de la justice ?

Une femme rousse, les cheveux hérissés de crayons,

pivota sur une chaise à roulettes. Ses grands yeux étaient soulignés par des traits de crayon noir et du mascara.

— Soyons réalistes, continua-t-elle. Il ne peut pas sauver les réserves d'eau du monde tout seul. Il a besoin de quelqu'un comme Atlantis.

Un homme assis en face d'elle mangeait un énorme cornichon.

— Depuis qu'ils se sont affrontés au moment de l'Affaire triangulaire, ils se détestent.

— Justement, imbécile. Ils vont devoir mettre leurs sentiments personnels de côté pour le bien de l'humanité. C'est la morale de l'histoire.

La femme leva la tête et aperçut Mitch.

— Hé, le Dévastateur a empoisonné les réserves d'eau du monde. Le Scorpion a trouvé un antidote. Qui va le distribuer ?

— Je pense qu'il devrait faire la paix avec Atlantis, répliqua Mitch. Qu'en penses-tu, Radley ?

L'espace d'un instant, Rad resta interdit, le regard fixe. Puis il prit une profonde inspiration et se lança.

— Je pense qu'ils feraient une équipe formidable, car ils se sont toujours battus ensemble.

— Je suis d'accord avec toi, mon garçon, répondit la rousse en lui tendant la main. Je m'appelle M.J. Jones.

— Ça alors, vraiment ?

Radley était-il impressionné de rencontrer M.J. Jones ou de découvrir qu'il s'agissait d'une femme ? Mitch ne trouva pas nécessaire de souligner qu'elle faisait partie de l'aventure.

— Et ce rouspéteur là-bas, c'est Rob Myers, continua la femme. Tu as amené cet enfant pour qu'il te serve de bouclier, Mitch ? demanda-t-elle sans laisser à Rob le temps d'avaler son cornichon.

Mitch sourit. Ils étaient mariés depuis six ans et visiblement elle prenait un malin plaisir à le taquiner.

— Tu crois que j'ai besoin d'un bouclier ?

— Si tu n'amènes rien de fabuleux dans ces tubes, je te conseille de repartir discrètement.

Elle poussa de côté une pile de dessins préliminaires.

— Maloney vient de démissionner. Il est parti chez Five Star.

— Sans blague ?

— Skinner peste contre les traîtres depuis le début de la matinée. Et la neige ne fait rien pour arranger son humeur. Donc, si j'étais toi… Mince, trop tard.

Comme les rats désertant le navire, M.J. lui tourna le dos et entra en grande discussion avec son mari.

— Dempsey, cela fait deux heures que je vous attends.

Mitch décocha à son éditeur un sourire mielleux.

— Mon réveil n'a pas sonné. Je vous présente Radley Wallace, un ami. Rad, voici Rich Skinner.

Sidéré, Radley regarda l'homme fixement. Skinner ressemblait trait pour trait à Hank Wheeler, l'imposant et autoritaire chef de Joe David, alias la Mouche. Plus tard, Mitch devait lui apprendre que cette ressemblance n'était pas fortuite. D'un geste nerveux, Radley fit passer la laisse de Taz dans son autre main.

— Bonjour, monsieur Skinner. J'aime vraiment vos bandes dessinées. Elles sont bien meilleures que celles de Five Star. Je n'en ai presque jamais acheté, parce que leurs histoires ne sont pas aussi intéressantes que les vôtres.

— C'est bien, mon garçon, répondit Skinner en passant une main dans ses rares cheveux. Très bien, répéta-t-il avec plus de conviction. Ne dépense pas ton argent de poche en achetant des bandes dessinées Five Star, mon petit.

— Non, monsieur.

— Mitch, vous savez que vous n'êtes pas censé amener votre clébard ici.

— Vous savez à quel point Taz vous aime.

Au même moment, Taz leva la tête et poussa un hurlement.

Skinner commença à jurer, mais sembla se souvenir de la présence du petit garçon.

— Vous apportez quelque chose dans vos tubes ou bien vous êtes venu éclairer cette triste journée ?

— Pourquoi ne regardez-vous pas vous-même ?

Skinner s'empara des dessins en grommelant et tourna les talons. Mitch lui emboîta le pas, suivi de Radley qui mit sa petite main dans la sienne.

— Est-il vraiment fou ? s'enquit le petit garçon.

— Certainement.

— Va-t-il crier après toi comme Hank Wheeler crie après la Mouche ?

— Peut-être.

L'air impressionné, Radley enfouit sa main dans celle de Mitch.

— D'accord.

Avec un sourire amusé, Mitch amena Radley dans le bureau de Skinner, où les stores vénitiens avaient été baissés pour cacher la vue de la neige. Skinner déroula le contenu du premier tube sur un bureau déjà bien encombré. Il ne s'assit pas mais se pencha sur les feuilles, tandis que Taz s'affalait sur le linoléum pour entamer un petit somme.

— Pas mauvais, déclara Skinner après avoir étudié une série de dessins et de légendes. Pas mal du tout. Ce nouveau personnage, Mirium, vous prévoyez de le développer ?

— J'aimerais bien. Je pense que le cœur de Zark est prêt à prendre une autre direction. Cela permet de créer plus de conflits émotionnels. Il aime sa femme, mais elle reste sa pire ennemie. Pourtant, il se heurte à cette empathie et est sans cesse déchiré à cause des sentiments qu'il a pour elle.

— Zark n'a jamais beaucoup de temps pour réfléchir.

— Pour moi, c'est le meilleur, intervint Radley avec enthousiasme.

Skinner étudia l'enfant avec attention, l'air soucieux.

— Tu ne penses pas qu'il se laisse un peu trop emporter par son sens de l'honneur et du devoir ?

— Non, pas du tout.

Radley ne savait pas s'il était soulagé ou déçu de ne pas entendre Skinner crier.

— On sait que Zark va toujours faire les bons choix, ajouta-t-il. Il n'a pas de superpouvoirs, mais il est vraiment intelligent.

Skinner hocha la tête comme s'il approuvait son opinion.

— Nous allons faire un essai avec votre Mirium et voir comment réagissent les lecteurs.

Puis il laissa les feuilles s'enrouler sur elles-mêmes.

— C'est la première fois que vous êtes aussi en avance sur les délais, Mitch.

— J'ai un assistant, maintenant, répondit-il en posant une main sur l'épaule de Radley.

— Bon travail, mon garçon. Pourquoi n'emmenez-vous pas votre assistant visiter les locaux ?

Radley aurait eu besoin de plusieurs semaines pour raconter l'heure qu'il passa dans les bureaux d'Universal Comics. Lorsqu'ils partirent, il emmena un sac plein de crayons estampillés Universal, un mug de Matilda la Folle que Mitch avait déterré d'un casier, une demi-douzaine de dessins rejetés et une pile de bandes dessinées fraîchement sorties de presse.

— C'est le plus beau jour de ma vie, déclara Radley en

sautillant sur le trottoir couvert de neige. Attends que je montre tout ça à maman. Elle ne va pas le croire.

Etrangement, Mitch pensait lui aussi à Hester. Il allongea le pas pour rattraper Radley.

— Pourquoi n'allons-nous pas lui rendre une petite visite ?

— D'accord, répondit Radley en glissant de nouveau sa main dans celle de Mitch. Mais les banques ne sont pas aussi excitantes que l'endroit où tu travailles. Personne ne peut écouter la radio et crier, mais elles possèdent une pièce où l'on garde beaucoup d'argent — des millions de dollars — et il y a des caméras partout, qui permettent de voir les gens qui essaieraient de les voler. Ma mère n'a jamais été dans une banque qui a été attaquée.

Radley avait formulé cette dernière information comme s'il s'en excusait et Mitch éclata de rire.

— Nous ne pouvons pas tous avoir de la chance, répondit-il en se massant le ventre.

Il n'avait rien avalé depuis au moins deux heures.

— Allons d'abord chercher des tacos, proposa-t-il.

A l'abri entre les murs élégants et feutrés de la National Trust, Hester traitait une pile de dossiers. Elle aimait cette partie de son travail, sa monotonie organisée. Elle aimait trier les données et les chiffres et les traduire en biens immobiliers, en équipement pour les entreprises, en décors de théâtre ou en bourses d'études. Rien ne lui procurait plus de plaisir que d'apposer son tampon sur un dossier de prêt.

Au fil du temps, elle avait dû apprendre à ne pas se laisser attendrir. Parfois, indépendamment du sérieux du demandeur, les données et les chiffres la poussaient au refus. Une partie de son travail consistait alors à dicter des courriers polis et impersonnels dans ce sens. Hester s'efforçait de ne pas le prendre trop à cœur, et elle acceptait cette responsabilité au même titre que les appels furieux du demandeur lorsqu'il prenait connaissance de sa lettre.

A cet instant précis, elle faisait une pause déjeuner avec un muffin et un café. Elle voulait boucler une demande de prêt qui devait passer en commission le lendemain. Un autre rendez-vous l'attendait dans quinze minutes. Si elle n'était pas interrompue, sa journée serait alors terminée. Elle n'accueillit donc pas avec joie l'appel de son assistante.

— Oui, Kay.

— Il y a un jeune homme qui souhaite vous voir, madame Wallace.

— Il a rendez-vous dans quinze minutes. Faites-le attendre.

— Non, il ne s'agit pas de M. Greenburg. Je ne crois pas que ce visiteur soit venu pour un prêt. Tu es venu pour un prêt, mon chéri ?

En entendant le petit rire familier, Hester se dirigea en trombe vers la porte.

— Rad ? Tout va bien… Oh !

Il n'était pas venu seul, bien sûr. Imaginer que son fils ait pu venir de son propre chef avait été stupide de sa part. Radley était accompagné de Mitch, flanqué de son énorme chien au regard doux.

— Nous sommes allés manger des tacos, déclara fièrement le petit garçon.

Hester remarqua la légère trace de sauce qui maculait le menton de son fils.

— Je vois ça.

Elle se pencha pour l'embrasser, puis leva les yeux vers Mitch.

— Tout va bien ? demanda-t-elle.

— Oui. Je devais faire une petite course, puis nous avons décidé de venir vous rendre une courte visite.

Mitch la détaillait attentivement. Son bleu était camouflé derrière une épaisse couche de maquillage qui laissait transparaître une légère teinte jaune et mauve.

— On dirait que votre œil va mieux, remarqua-t-il.

— La crise est passée.

— C'est votre bureau ?

Sans y avoir été invité, il s'avança d'un pas nonchalant et passa la tête par l'ouverture de la porte.

— Mon Dieu, que c'est déprimant. Peut-être pourrez-vous convaincre Radley de vous offrir l'un de ses posters ?

— Tu peux en avoir un si tu veux, approuva aussitôt son fils. J'en ai eu un sac entier lorsque Mitch m'a emmené dans les bureaux d'Universal Comics. Tu aurais dû voir ça, maman ! J'ai rencontré M.J. Jones et Rich Skinner, et j'ai vu une pièce où ils rangent des milliards de bandes dessinées. Regarde ce qu'ils m'ont donné.

Il souleva son sac.

— Et tout ça gratuitement.

Hester se sentit d'abord gênée. Sa dette envers Mitch semblait croître de jour en jour. Puis elle croisa le visage lumineux et enthousiaste de Radley.

— On dirait que tu as passé une bonne matinée.

— La meilleure de ma vie.

— Alerte rouge, murmura Kay. Rosen à 3 heures.

Mitch n'eut pas besoin de plus d'informations pour comprendre que Rosen était une force que l'on ne pouvait pas sous-estimer. Il vit le visage d'Hester se crisper aussitôt tandis qu'elle lissait ses cheveux pour s'assurer que tout était en place.

— Bonjour, madame Wallace.

Rosen examina avec attention le chien qui reniflait le bout de sa chaussure.

— Vous avez peut-être oublié que les animaux ne sont pas autorisés dans notre banque.

— Non, monsieur. Mon fils était juste…

— Votre fils ?

Rosen hocha brièvement la tête en direction de Radley.

— Comment allez-vous, jeune homme ? Madame Wallace, je suis certain que vous vous souvenez que la politique de notre banque ne tolère pas les visites personnelles pendant vos heures de travail.

— Madame Wallace, intervint son assistante, puis-je déposer sur votre bureau ces documents qui n'attendent plus que votre signature ? Dès que votre pause déjeuner sera terminée, évidemment.

Kay brassa quelques formulaires d'un air sérieux, puis fit un clin d'œil à Radley.

— Merci, Kay, répondit Hester, reconnaissante.

Rosen prit un air outré. De toute évidence, il n'en avait pas fini avec elle. S'il ne pouvait la reprendre au sujet de la pause déjeuner, il ne manquerait sans doute pas de souligner les autres infractions au règlement.

— Concernant cet animal…

Comme alarmé par le ton de Rosen, Taz poussa sa truffe contre le genou de Radley et grogna.

— Il est à moi, annonça Mitch en avançant dans la pièce, un sourire charmeur aux lèvres et la main tendue.

Avec un sourire comme celui-ci, Mitch aurait pu vendre à n'importe qui des marécages en Floride.

— Mitchel Dempsey Junior. Hester et moi sommes de bons amis, de très bons amis. Elle ne tarit pas d'éloges sur vous et votre banque.

Mitch serra vigoureusement et diplomatiquement la main de Rosen, sous l'œil sidéré d'Hester.

— Ma famille possède plusieurs avoirs à New York, continua-t-il. Hester m'a demandé si je pouvais user de mon influence pour les transférer à la National Trust. Vous connaissez certainement quelques-unes des entreprises qui appartiennent à ma famille : Trioptic, D & H Chemicals, Dempsey Paperworks ?

— Bien entendu, bien entendu.

La poignée de main hésitante de Rosen s'affirma.

— C'est un plaisir de faire votre connaissance, un vrai plaisir, déclara le directeur.

— Hester m'a demandé de passer dans vos bureaux me rendre compte par moi-même de l'efficacité de votre banque, précisa Mitch.

Il avait définitivement acquis la sympathie du banquier. Mitch pouvait presque voir l'appât du gain éclairer son regard.

— Je suis impressionné, continua-t-il. Evidemment, j'aurais pu croire Hester sur parole.

Il pressa légèrement les épaules raides de la jeune femme.

— C'est un as en matière de finances. Croyez-moi, mon père pourrait vous la débaucher dans la minute. Vous avez beaucoup de chance de l'avoir.

— Mme Wallace est l'une de nos meilleures employées.

— Je suis heureux de vous l'entendre dire. Il faudrait que je puisse parler des avantages de votre banque à mon père.

— Je serais heureux de vous faire visiter moi-même nos locaux. Je suis certain que les bureaux de la direction vous intéresseront davantage.

— J'en serais ravi, mais je suis un peu pressé par le temps.

Même s'il avait eu toute la journée devant lui, Mitch

n'aurait pas consacré une minute de plus à visiter les bureaux oppressants d'une banque.

— Pourquoi ne me préparez-vous pas un dossier que je pourrais présenter lors de notre prochain conseil d'administration ?

— Avec plaisir, répondit Rosen, le visage fendu d'un large sourire.

Gagner un client avec des avoirs aussi importants et diversifiés que ceux des Dempsey serait une véritable aubaine pour le pompeux directeur de banque.

— Faites-le passer à Hester, proposa Mitch d'une voix enjouée. Cela ne vous dérange pas de servir de messager, n'est-ce pas, ma chérie ?

— Non, balbutia-t-elle.

— Parfait ! s'écria Rosen, l'air tout excité. Je suis certain que vous découvrirez très vite que nous sommes capables de satisfaire tous les besoins de votre famille. Nous sommes la banque avec qui vous pourrez vous développer, c'est certain.

Le banquier tapota la tête de Taz.

— Gentil chien, dit-il avant de s'éloigner d'un pas plus léger.

— Quel snobinard ! lança Mitch. Comment faites-vous pour le supporter ?

— Voulez-vous entrer dans mon bureau quelques instants ? proposa Hester d'une voix aussi tendue que le reste de son corps.

Radley, qui connaissait ce ton, roula de grands yeux vers Mitch.

— Kay, si M. Greensburg arrive, faites-le patienter, s'il vous plaît, ajouta-t-elle.

— Oui, madame.

Hester fit entrer Mitch dans son bureau et s'adossa

contre la porte. Elle était partagée entre l'envie de rire, de se jeter au cou de Mitch et de pousser des hurlements de joie pour la façon dont il avait parlé à Rosen. Mais une autre partie d'elle-même, celle qui avait besoin d'un travail, d'un salaire régulier et de ses avantages sociaux, l'empêcha de le faire.

— Comment avez-vous pu faire une chose pareille ?

— Quoi donc ? demanda Mitch en balayant le bureau du regard. Cette moquette marron doit absolument être remplacée. Et cette peinture ! C'est quoi, cette couleur ?

— Beurk, s'aventura Radley en s'asseyant dans un fauteuil, la tête de Taz sur les genoux.

— Oui, je suis d'accord avec toi, approuva Mitch. Vous savez, votre lieu de travail a une grande influence sur votre travail. Vous pouvez le dire à Rosen.

— Lorsqu'il saura ce que vous avez fait, je ne pourrai plus rien dire à Rosen. Je serai renvoyée.

— Ne soyez pas stupide. Je ne lui ai jamais promis que ma famille transférerait ses biens à la National Trust. Mais, si son dossier est suffisamment intéressant, elle pourrait le faire.

Mitch haussa les épaules pour manifester son indifférence.

— Si cela peut vous rendre service, je peux transférer mes comptes personnels chez vous. En ce qui me concerne, une banque reste une banque.

— Bon sang ! s'écria Hester.

Cela lui arrivait rarement de jurer à voix haute et avec autant de conviction. Surpris, Radley se concentra encore plus sur la fourrure de Taz et se fit tout petit.

— Grâce à vous, Rosen a des vues sur tous les biens de ce groupe. Il sera furieux après moi lorsqu'il découvrira que vous avez tout inventé.

Mitch posa une main sur une pile de documents proprement rangés.

— Vous êtes obsédée par l'ordre, vous savez ? Et je n'ai rien inventé du tout. J'aurais pu le faire, ajouta-t-il pensivement. J'ai un don pour ça, mais dans le cas présent je n'en voyais pas l'utilité.

— Voulez-vous arrêter ?

Elle s'avança vers lui et lui fit ôter les mains de ses dossiers.

— Tout ce baratin à propos de Trioptic et de D & H Chemicals ! soupira-t-elle avant de s'asseoir lourdement sur le bord du bureau. Je sais que vous avez fait tout cela pour m'aider, et j'apprécie votre geste, mais…

— Vous appréciez vraiment ? demanda-t-il en suivant du bout du doigt le revers de sa veste de tailleur.

— Vos intentions sont louables, je suppose, murmura-t-elle.

— Parfois.

Il s'approcha d'elle.

— Vous sentez trop bon pour ce bureau, ajouta-t-il.

— Mitch.

Hester posa une main sur son torse en lançant un regard anxieux vers Radley. L'enfant avait posé un bras autour de Taz et s'était déjà plongé dans la lecture d'une bande dessinée.

— Pensez-vous vraiment que l'expérience serait traumatisante si votre fils me voyait vous embrasser ?

— Non.

Mitch esquissa un léger mouvement et elle le repoussa plus fort.

— Mais là n'est pas le propos.

— Quel est-il, alors ?

Il ôta la main de sa veste pour caresser sa boucle d'oreille en or.

— Il va falloir que j'aille trouver Rosen pour lui expliquer que…

Elle ne trouvait plus ses mots.

— Que vous fantasmez, conclut-elle.

— Cela m'arrive en effet souvent, répondit-il en faisant glisser un pouce le long de sa joue. Mais cela ne le regarde absolument pas. Vous voulez que je vous raconte celui où je nous imagine, vous et moi, sur un radeau, perdus au milieu de l'océan Indien ?

— Non.

Cette fois, elle ne put s'empêcher de rire, même si la chaleur qui venait de l'envahir n'avait rien à voir avec son hilarité. Piquée par la curiosité, elle leva les yeux vers lui, puis les détourna.

— Pourquoi ne rentrez-vous pas à la maison avec Rad ? J'ai encore un rendez-vous. Ensuite, j'irai tout expliquer à M. Rosen.

— Vous n'êtes plus fâchée ?

Hester secoua la tête et réprima le besoin de caresser le visage de Mitch.

— Vous avez simplement essayé de m'aider. C'était très gentil de votre part.

Mitch devinait qu'elle aurait réagi de la même manière si son fils avait cassé une assiette en essayant de faire la vaisselle. Comme pour la tester, il réduisit la distance qui les séparait et pressa fermement ses lèvres contre les siennes. Il ressentit la moindre de ses réactions — le choc, la tension, puis le désir. Lorsqu'il s'écarta, il vit un éclair ardent traverser brièvement, mais intensément, ses grands yeux gris.

— Viens, Rad, ta mère doit retourner travailler. Si

nous ne sommes pas chez moi à votre retour, c'est que nous sommes au parc.

— Parfait.

Inconsciemment, elle pressa les lèvres pour préserver la chaleur de leur baiser.

— Merci.

— A votre service.

— Au revoir, Rad. Je rentre bientôt à la maison.

— D'accord !

Radley passa les bras autour du cou de sa mère.

— Tu n'es plus fâchée contre Mitch, alors ?

— Non, répondit-elle d'une voix tendre. Je ne suis fâchée contre personne.

Hester leur sourit, puis se raidit de nouveau. Mitch aperçut alors la lueur d'inquiétude qui teintait son regard. La main sur la poignée, il s'arrêta à hauteur de la porte.

— Vous allez vraiment aller trouver Rosen pour lui dire que j'ai tout inventé ?

— Il le faut.

Comme elle se sentait coupable de l'avoir attaqué, elle lui lança un sourire qui se voulait rassurant.

— Ne vous inquiétez pas. Je sais comment le prendre.

— Et si je vous disais que je n'ai rien inventé, que ma famille a vraiment créé Trioptic il y a de cela quarante-sept ans ?

Hester lui lança un regard dubitatif.

— Je vous dirais de ne pas oublier vos gants. Il fait plutôt froid dehors.

— D'accord, mais, avant de vendre votre âme à Rosen, je vous conseille de consulter d'abord le Who's Who.

Les mains dans les poches, Hester s'avança vers la porte du bureau. Elle aperçut alors Radley mettre sa main gantée dans celle de Mitch.

— Votre fils est adorable, dit Kay en tendant à Hester un dossier.

La petite altercation avec Rosen avait complètement changé son opinion à propos de la très réservée Mme Wallace.

— Merci.

Lorsque Hester lui renvoya son sourire, l'avis de Kay fut conforté.

— J'ai apprécié que vous me couvriez de cette façon, ajouta-t-elle.

— Je n'ai pas fait grand-chose. Et je ne vois pas quel mal il y a à ce que votre fils vienne vous rendre visite une petite minute.

— C'est la politique de la banque, murmura Hester.

— Dites plutôt la politique de Rosen, grogna Kay. Sous son apparence bourrue, il cache aussi un caractère bourru. Mais ne vous inquiétez pas à son sujet. Je sais de source sûre qu'il considère votre travail comme étant de loin supérieur à celui que faisait votre prédécesseur. Le concernant, c'est le principal.

Kay hésita quelques secondes, tandis qu'Hester hochait la tête en parcourant le dossier.

— C'est dur d'élever seule un enfant, continua-t-elle. Ma sœur a une petite fille d'à peine cinq ans. Et je sais que certains soirs Annie en a assez de porter toutes les casquettes.

— Oui, je sais ce que c'est.

— Mes parents voudraient qu'elle revienne vivre chez eux afin que ma mère puisse garder Sarah lorsque Annie travaille, mais ma sœur ne sait pas si c'est vraiment le bon choix.

— Parfois, c'est difficile de savoir s'il faut accepter de l'aide, murmura Hester en songeant à Mitch. Et, parfois, nous oublions d'être reconnaissants envers ceux qui sont là pour nous.

Elle coinça le dossier sous son bras et chassa ces pensées de son esprit.

— M. Greenburg est-il arrivé ? demanda-t-elle.

— A l'instant.

— Parfait. Faites-le entrer dans mon bureau, Kay.

Puis elle s'interrompit.

— Oh ! J'oubliais. Pouvez-vous me trouver un exemplaire du Who's Who, s'il vous plaît ?

6

Mitch était richissime.

En entrant dans son appartement, Hester n'en revenait toujours pas. Le voisin du dessous qui s'était présenté à elle pieds nus, vêtu d'un jean troué, était l'héritier de l'une des plus grandes fortunes de ce pays.

Elle ôta son manteau et le suspendit machinalement dans la penderie. Ainsi, l'homme qui passait ses journées à écrire les aventures du commandant Zark venait d'une famille propriétaire de poneys de polo et de pavillons d'été. Et, malgré cela, il vivait au quatrième étage d'un banal immeuble de Manhattan.

De surcroît, Mitch était attiré par elle. Il fallait qu'elle soit aveugle et sourde pour ne pas en être persuadée. Mais elle avait beau le fréquenter depuis des semaines, jamais il ne lui avait parlé de sa famille ou de sa position sociale pour l'impressionner.

Qui était-il vraiment ? Elle qui croyait commencer à le cerner, elle avait l'impression d'avoir affaire à un étranger.

Il fallait qu'elle l'appelle pour le prévenir qu'elle était rentrée, et demander à Radley de monter. Extrêmement gênée, Hester décrocha le combiné. Dire qu'elle l'avait sermonné pour avoir raconté des histoires à M. Rosen avant de lui pardonner dans un élan de générosité teintée de condescendance. Elle avait donc fait ce qu'elle détestait le plus. Elle était passée pour une imbécile.

Poussant un juron, elle décrocha le téléphone avec rage. Elle se serait sentie beaucoup mieux si elle avait pu s'en servir pour frapper Mitchell Dempsey Junior.

Elle venait de composer la moitié de son numéro lorsque les hurlements de rire de Radley et un bruit de pas précipités dans le hall attirèrent son attention. Elle ouvrit la porte juste au moment où Radley tirait les clés de sa poche.

Ils étaient tous les deux couverts de neige. Quelques flocons commençaient à fondre et dégoulinaient du bonnet et des bottes de Radley. Les deux garçons avaient indéniablement l'air de s'être roulés dans la neige.

— Salut, maman. Nous étions au parc. Nous sommes passés chez Mitch pour prendre mon sac, puis nous sommes montés en pensant que tu étais rentrée. Viens dehors avec nous.

— Mais je ne suis pas habillée pour une bataille de boules de neige !

Hester sourit en ôtant le bonnet incrusté de neige de son fils. Mais elle évitait soigneusement son regard, remarqua Mitch.

— Dans ce cas, changez-vous, proposa-t-il, nonchalamment appuyé contre le chambranle de la porte, indifférent à la neige qui tombait à ses pieds.

— J'ai construit un fort, insista Radley. S'il te plaît, viens le voir. J'ai même commencé à faire un guerrier avec de la neige, mais Mitch a préféré revenir pour ne pas que tu t'inquiètes.

Tant de considération contraignit Hester à lever les yeux vers lui.

— J'apprécie votre geste, dit-elle.

Mitch la regardait avec beaucoup trop d'insistance à son goût.

— Rad m'a dit que vous saviez très bien confectionner les guerriers avec de la neige.

— S'il te plaît, maman, implora son fils. Si le temps se réchauffe, demain, toute la neige aura fondu. C'est à cause de l'effet de serre. J'ai lu un article complet sur le sujet.

Hester comprit qu'elle était piégée.

— Très bien, je vais me changer. Pourquoi ne sers-tu pas à Mitch une tasse de chocolat chaud pour vous réchauffer ?

— J'y vais !

Radley s'assit par terre devant la porte.

— Tu dois enlever tes bottes, conseilla-t-il à Mitch. Ma mère risque de se fâcher si tu salis la moquette.

Mitch commença à déboutonner son manteau. Hester s'était déjà éloignée.

— Inutile qu'elle se mette en colère, approuva-t-il.

Quinze minutes plus tard, Hester avait enfilé un pantalon en velours, un pull chaud et de vieilles bottes. Elle avait troqué son manteau rouge contre une parka bleue qui présentait quelques signes d'usure. Une main agrippée à la laisse de Taz et l'autre dans la poche, Mitch traversait le parc en se demandant pourquoi il éprouvait un tel plaisir à voir Hester en tenue décontractée, la main de son fils étroitement serrée dans la sienne. Il ne savait pas très bien pourquoi il désirait passer ce moment avec elle, mais c'était lui qui avait soufflé cette idée à Radley, et lui avait suggéré d'aller convaincre sa mère de sortir.

Mitch aimait l'hiver. Tout en marchant dans la neige douce et épaisse qui couvrait Central Park, il prit une profonde goulée d'air frais. La neige et l'air piquant l'avaient toujours attiré, surtout lorsque les arbres étaient parés de blanc et qu'il y avait des châteaux de neige à construire.

Lorsqu'il était enfant, sa famille passait souvent l'été dans les Caraïbes, loin de ce que sa mère appelait « le désordre et les désagréments » de la ville. Mitch s'était pris d'affection pour la plongée et le sable blanc mais, pour lui, un palmier ne remplacerait jamais un sapin à Noël.

Il avait passé ses plus beaux hivers chez son oncle dans le New Hampshire, à marcher dans les bois et à dévaler les pentes sur une luge. Etrangement, avant que les Wallace emménagent, il prévoyait de retourner y passer quelques semaines. Mais sa rencontre avec Hester et son fils avait ajourné ses projets.

La jeune femme, qui marchait à côté de lui, paraissait gênée, contrariée et mal à l'aise. Mitch étudia discrètement son profil. Ses joues étaient déjà roses sous l'effet du froid et elle veillait à ce que Radley marche entre eux. Se rendait-elle compte à quel point sa stratégie était flagrante ? Hester ne se servait pas de son enfant pour satisfaire ses ambitions ou atteindre ses objectifs, comme le faisaient d'autres parents. Il la respectait trop pour penser cela d'elle. Mais en plaçant Radley entre eux elle le tenait à distance, et Mitch n'était plus que l'ami de son fils.

C'était d'ailleurs le cas, songea-t-il en souriant. Mais il n'avait pas l'intention de se contenter de ce rôle.

— Voici le fort, tu le vois ? demanda Radley en tirant sur la main de sa mère.

Puis il partit en courant, trop impatient pour attendre plus longtemps.

— Impressionnant, non ? commenta Mitch.

Avant qu'elle puisse l'en empêcher, son séduisant voisin avait nonchalamment passé un bras autour de ses épaules.

— Il est vraiment très doué, ajouta-t-il.

Tout en observant l'œuvre de son fils, Hester tâcha d'ignorer la chaleur et la pression de son bras. Les murs du fort mesuraient presque un mètre de hauteur. Ils étaient lisses comme de la pierre, avec à leur extrémité une forme plus haute qui ressemblait à une tour. Les deux garçons avaient creusé une porte voûtée assez haute pour que Radley puisse s'y faufiler. Lorsqu'elle eut atteint le fort, Hester vit son fils se glisser sous l'arche à quatre pattes avant de ressortir de l'autre côté, les bras en l'air.

— Il est magnifique, Rad, le félicita-t-elle. J'imagine que vous y êtes pour beaucoup, dit-elle discrètement à Mitch.

— J'y ai un peu contribué.

Puis il sourit, comme s'il se riait de lui-même.

— Rad est un bien meilleur architecte que moi, précisa-t-il.

— Je vais finir mon guerrier, déclara Rad en rampant de nouveau par l'ouverture. Fais-en un de l'autre côté du fort, maman. Ce seront nos sentinelles.

Rad commença à rassembler de la neige autour du personnage à moitié formé.

— Tu peux aider ma mère, Mitch. J'ai une bonne longueur d'avance.

— Il n'a pas tort, déclara Mitch en saisissant une poignée de neige. Vous avez quelque chose contre le travail en équipe ? demanda-t-il à Hester.

— Non, bien sûr que non, répondit-elle en évitant son regard.

Puis elle s'agenouilla dans la neige. Mitch lui lança dans la tête la boule qu'il venait de former.

— C'était le meilleur moyen de vous obliger à me regarder, expliqua-t-il, amusé.

Visiblement furieuse, elle entreprit de former un petit monticule.

— Il y a un problème, madame Wallace ?

Quelques secondes passèrent pendant qu'elle s'affairait en silence.

— J'ai consulté le Who's Who, finit-elle par dire.

— Et ? demanda Mitch en s'agenouillant près d'elle.
— Vous disiez la vérité.
— Cela m'arrive de temps en temps.
Il déposa de la neige sur son monticule.
— Et alors ? ajouta-t-il, intrigué.
Hester tapa la neige pour lui donner une forme, l'air soucieux.
— Je me sens ridicule.
— Je vous ai dit la vérité et vous vous sentez ridicule ?
D'un geste patient, Mitch lissa la base du monticule.
— Quel est le rapport ? ajouta-t-il.
— Vous m'avez laissée vous faire la morale.
— C'est difficile de vous arrêter une fois que vous êtes lancée.
Hester creusa la neige des deux mains pour former les jambes du guerrier.
— Vous m'avez laissé croire que vous étiez un pauvre bon samaritain un peu excentrique. J'étais même prête à vous proposer de recoudre votre jean.
— Sans blague.
Incroyablement ému, Mitch saisit son menton entre ses doigts gantés couverts de neige.
— C'est très gentil de votre part.
Hester n'était pas prête à le laisser user de son charme.
— En réalité, reprit-elle, vous êtes un bon samaritain excentrique, mais riche.
Puis elle écarta la main de Mitch et commença à rassembler de la neige pour former le torse du guerrier.
— Dois-je comprendre que vous n'allez pas recoudre mon jean ?
Hester poussa un long soupir patient. Un nuage de vapeur blanche s'échappa de sa bouche.
— Je ne veux plus en parler.

— Mais si.

Mitch rassembla plus de neige et réussit à enterrer les bras d'Hester jusqu'aux coudes.

— L'argent ne devrait pas vous gêner, Hester. Vous êtes banquière.

— L'argent ne me gêne pas.

Elle tira un coup sec pour se dégager et lança au passage deux gros tas de neige au visage de Mitch. Elle lui tourna le dos pour s'empêcher de rire.

— J'aurais préféré que la situation soit plus claire, c'est tout, conclut-elle.

Mitch essuya la neige sur sa joue, puis en recueillit de nouveau entre ses mains. Il avait une certaine expérience de ce qu'il considérait comme la boule de neige suprême.

— Et quelle est la situation, madame Wallace ?

— J'aimerais que vous arrêtiez de m'appeler ainsi en usant de ce ton.

Hester se retourna, juste à temps pour recevoir le projectile entre les deux yeux.

— Désolé, dit Mitch en souriant avant d'épousseter le manteau d'Hester. Elle m'a échappé des mains. A propos de cette situation...

— Il n'y a pas de situation.

Sans réfléchir, elle le poussa assez fort pour l'étendre dans la neige.

— Excusez-moi ! s'écria-t-elle, prise d'un fou rire. Je ne voulais pas faire ça. Je ne sais pas pourquoi je réagis comme ça avec vous.

Mitch s'assit tout en continuant de la regarder fixement.

— Je suis navrée, répéta-t-elle. Je pense qu'il vaudrait mieux laisser de côté ce sujet. Maintenant, si je vous aide à vous lever, me promettez-vous de ne pas chercher à vous venger ?

— Bien sûr, répondit Mitch en lui tendant une main gantée.

Dès l'instant où ses doigts se refermèrent sur les siens, Mitch la tira d'un coup sec vers lui. Hester tomba au sol, face à terre.

— Au fait, je ne dis pas toujours la vérité, précisa-t-il.

Sans lui laisser le temps de répondre, il l'enlaça et roula avec elle dans la neige.

— Hé ! Vous êtes censés faire une autre sentinelle, s'indigna Radley.

— Une minute, répondit Mitch tandis qu'Hester tentait de reprendre son souffle. J'apprends à ta mère un nouveau jeu. Vous l'aimez ? demanda-t-il en la faisant de nouveau rouler sous lui.

— Levez-vous. J'ai de la neige sous mon pull, sous mon pantalon…

— Inutile d'essayer de me séduire ici. J'ai plus de résistance que vous ne le croyez.

— Vous êtes fou, lâcha-t-elle en essayant de s'asseoir.

Mitch la maintint fermement sous son corps.

— Peut-être, concéda-t-il.

Lorsque Mitch lécha langoureusement une traînée de neige sur sa joue, Hester se figea.

— Mais je ne suis pas stupide, conclut-il.

La voix de Mitch avait changé. Ce n'était plus le ton paisible et détaché de son voisin, mais les inflexions rauques et feutrées d'un amant.

— Vous ressentez quelque chose pour moi, ajouta-t-il. Peut-être que cela vous déplaît, mais vous avez des sentiments pour moi.

Ce n'était pas cette promenade inattendue qui empêchait Hester de respirer. C'était les yeux de Mitch, si bleus sous les rayons du soleil couchant. Ses cheveux couverts d'une fine pellicule de neige brillaient doucement. Et son visage était si près du sien, si attirant. Oui, elle avait bien des sentiments pour lui, elle en avait eu dès la première fois qu'elle l'avait vu. Mais elle non plus n'était pas stupide.

— Si vous me lâchez, je vous montrerai ce que je ressens.

— Pourquoi ai-je le sentiment que cela ne va pas me plaire ? Peu importe.

Avant qu'elle puisse lui répondre, il effleura ses lèvres.

— Hester, voici quelle est la situation. Vos sentiments pour moi n'ont rien à voir avec mon argent, pour la simple raison qu'avant aujourd'hui vous ne saviez pas que j'en avais. Certains de ces sentiments n'ont rien à voir avec le fait que j'aime beaucoup votre fils. C'est quelque chose de très personnel, entre vous et moi.

Mitch avait raison, complètement raison. Elle aurait pu le tuer pour ça.

— Ce n'est pas à vous de me dire ce que je ressens.

— Très bien.

Sur ces mots, et à sa grande surprise, il se leva et l'aida à se mettre sur pied. Puis il la prit de nouveau dans ses bras.

— C'est moi qui vais vous parler de mes sentiments, dans ce cas. Je vous apprécie, plus que ce que j'espérais.

Malgré ses joues rosies par le froid, Hester blêmit. Mitch lut bien plus que du désespoir dans son regard tandis qu'elle essayait de se dégager de son étreinte.

— Ne me dites pas ça.

— Et pourquoi pas ? demanda-t-il d'une voix impatiente. Vous allez devoir vous y faire. Tout comme moi.

— Je n'ai pas envie de tout ça. Je ne veux pas ressentir tout ça.

Mitch la contraignit à lever les yeux vers lui et la regarda d'un air grave.

— Il faut qu'on en parle.

— Non, il n'y a rien à dire. Tout cela nous échappe.

— Non, pas encore.

Sans la quitter des yeux, il enfouit les doigts dans ses cheveux.

— Je suis certain que ça sera bientôt le cas, mais nous n'en sommes pas encore là. Vous êtes trop intelligente et trop forte pour ça.

Dans quelques instants, elle serait capable de reprendre son souffle, songea Hester. Dès qu'elle se serait éloignée de lui.

— Je n'ai pas peur de vous.

Etrangement, elle disait vrai.

— Alors, embrassez-moi, murmura Mitch d'une voix douce et sensuelle. La nuit va bientôt tomber. Embrassez-moi, une seule fois, avant que le soleil se couche.

Sans comprendre comment ni pourquoi, elle accéda à sa demande. Elle se pencha vers lui, lui offrit ses lèvres et ferma les yeux sans remettre en question un acte aussi juste et naturel. Les questions viendraient plus tard, même si elle n'était pas certaine que les réponses coulent de source. Pour l'instant, ses lèvres effleuraient celles de Mitch. Des lèvres fraîches et patientes.

Autour d'elle, le monde était fait de glace et de neige, de châteaux forts et de pays enchantés. Mais la bouche de Mitch était bien réelle. Fermement pressée contre la sienne, elle réchauffait sa peau douce et sensible tout en faisant battre son cœur plus fort. Le bruit de la circulation lui parvenait au loin. Mais, plus près, le frottement de leurs manteaux lui parut plus intime.

Mitch se voulait tendre, convaincant. Juste une fois, il aurait aimé voir les lèvres d'Hester s'étirer en un sourire. Mais il savait que, parfois, même les hommes d'action devaient s'efforcer d'avancer pas à pas. Surtout lorsque la récompense était si élevée.

Même s'il n'était pas préparé à rencontrer une femme comme elle, ce qui se passait entre eux était plus facile à accepter pour lui que pour elle. Hester avait des secrets encore cachés, des blessures à peine cicatrisées. Et il n'avait pas le pouvoir de les effacer, il en était conscient. La manière dont elle avait vécu, les événements qui avaient marqué sa vie faisaient intrinsèquement partie d'elle. Elle, la femme dont il était à deux doigts de tomber amoureux.

Il allait donc avancer pas à pas, songea-t-il en la repoussant doucement. Et il attendrait.

— Nous avons donc éclairci plusieurs points, déclara-t-il, mais je persiste à croire qu'une discussion s'impose.

Il prit la main d'Hester pour la garder près de lui quelques instants.

— Très bientôt, dit-il enfin.

— Je ne sais pas.

Jamais elle ne s'était sentie aussi confuse, elle qui croyait avoir laissé ses sentiments et ses doutes loin derrière elle, il y avait très longtemps.

— J'irai chez vous ou vous viendrez chez moi, mais nous parlerons, insista-t-il.

Mitch l'avait poussée dans un lieu où, tôt ou tard, elle aurait été acculée.

— Pas ce soir, dit-elle en se méprisant pour sa lâcheté. Rad et moi avons beaucoup à faire.

— Ce n'est pas dans vos habitudes de tergiverser.

— Cette fois, si, murmura-t-elle avant de tourner les talons rapidement. Viens, Radley, nous devons rentrer.

— Regarde, maman, je viens juste de finir, c'est super, non ?

L'enfant recula pour leur montrer son guerrier.

— Vous avez à peine commencé le vôtre ! protesta-t-il.
— Nous le finirons peut-être demain, le rassura-t-elle.
Puis elle s'avança vers lui et le prit fermement par la main.
— Nous devons rentrer préparer le dîner maintenant.
— Mais nous ne pouvons pas juste…
— Non, l'interrompit-elle, il fait presque nuit.
— Mitch peut venir avec nous ?
— Non, il ne peut pas.
Tout en s'éloignant, elle lança un regard par-dessus son épaule. L'homme n'était plus qu'une ombre debout à côté du fort de son fils.
— Pas ce soir, ajouta-t-elle.
Mitch posa la main sur la tête de son chien, qui émit un grognement avant de se mettre en route.
— Non, murmura-t-il à son tour. Pas ce soir.

Elle n'avait aucun moyen de l'éviter, songea Hester en descendant chez Mitch à la demande de son fils. C'était idiot d'essayer, il fallait bien qu'elle se rende à l'évidence. A première vue, n'importe qui aurait pensé que Mitch Dempsey était la solution à beaucoup de ses problèmes. L'homme aimait profondément Radley et offrait à son fils une compagnie et un lieu pratique et sûr en attendant qu'elle revienne du travail. Mitch avait des horaires souples, et il donnait beaucoup de son temps.

Mais, en réalité, il lui avait compliqué la vie. Malgré les efforts qu'elle faisait pour le voir comme l'ami de son fils ou comme un voisin un peu étrange, il lui faisait revivre des sensations qu'elle avait oubliées depuis presque dix ans. Le pouls qui s'accélère ou les brusques montées de chaleur étaient des réactions qu'elle imputait pourtant aux personnes très jeunes ou très optimistes. Lorsque le père de Radley était parti, elle avait cessé d'être tout ça.

Pendant toutes les années qui avaient suivi, Hester s'était consacrée à son fils. Elle avait tout fait pour lui offrir le meilleur des foyers, et pour que sa vie soit aussi normale et équilibrée que possible. Si la femme qui était en elle s'était égarée en cours de route, la mère de Radley y avait trouvé son compte. Mais aujourd'hui Mitch Dempsey était entré dans sa vie, et avec lui non seulement elle s'était surprise à ressentir des tas de choses, mais aussi à rêver.

Prenant une profonde inspiration, Hester frappa à la porte de Mitch. La porte de l'ami de Radley, corrigea-t-elle fermement. Si elle était là, c'était uniquement pour faire plaisir à son fils, qui brûlait de lui montrer quelque chose. Non, elle n'était pas venue voir Mitch ; elle n'était pas venue dans l'espoir qu'il caresse sa joue, comme il le faisait parfois. A cette seule pensée, elle se sentit rougir.

Croisant les mains, elle préféra se concentrer sur Radley. Elle allait voir ce qu'il semblait si désireux de lui montrer, puis elle remonterait se mettre à l'abri dans son appartement.

Mitch vint bientôt lui ouvrir. Il portait un sweat-shirt à l'effigie d'un superhéros concurrent et un pantalon de survêtement troué au genou. Une serviette-éponge était enroulée autour de ses épaules. Il s'en servit pour essuyer son visage où perlaient des gouttes de sueur.

— Vous n'êtes pas allé courir par ce temps ? demanda-t-elle sans réfléchir.

Mais elle regretta aussitôt cette question où pointait une certaine inquiétude.

— Non, répondit-il en prenant sa main pour la conduire à l'intérieur.

Hester sentait bon le printemps, pourtant très loin

encore. Son tailleur bleu marine lui donnait un air très professionnel que Mitch trouva ridiculement sexy.

— Je fais de la musculation, expliqua-t-il.

Depuis sa rencontre avec Hester Wallace, il soulevait beaucoup plus de fonte que d'ordinaire. C'était une façon comme une autre d'éliminer les tensions et de canaliser son trop-plein d'énergie.

— Je vois.

Elle comprenait mieux à présent la force qui se dégageait de lui.

— Je ne savais pas que vous vous livriez à ce genre d'exercices, ajouta-t-elle, troublée malgré elle.

— Ça vous paraît terriblement macho ? demanda-t-il en riant. Si je ne m'entraîne pas régulièrement, je deviens aussi maigre qu'un cure-dents. Ce n'est pas très beau à voir.

Hester semblait terriblement gênée. Mitch ne résista pas à la tentation de plier son avant-bras pour lui montrer ses muscles.

— Vous voulez sentir mes pectoraux ?

— Je m'en passerai bien, merci. M. Rosen m'a donné ce dossier pour vous.

Elle lui tendit une épaisse enveloppe.

— Vous vous souvenez, continua-t-elle, vous l'aviez demandé.

— C'est vrai, répondit-il en posant le paquet sur la table basse au sommet d'une pile de magazines. Dites à votre chef que je le ferai passer.

— Le ferez-vous vraiment ?

Surpris, il la dévisagea quelques instants.

— Je tiens toujours parole.

Hester n'en doutait pas. Elle se rappela aussi qu'il voulait lui parler, et très bientôt.

— Radley m'a dit qu'il avait quelque chose à me montrer.

— C'est dans le bureau. Vous voulez du café ?

L'invitation avait fusé avec tellement de naturel, de façon si aimable, qu'elle faillit l'accepter.

— Non, merci. Je ne peux pas rester. J'ai amené du travail à la maison.

— Dans ce cas, venez. Il faut que j'aille boire.

— Maman !

Elle était à peine entrée dans le bureau que Radley la tirait déjà par la main.

— Regarde ça, ajouta son fils, au comble de l'excitation. C'est le plus beau cadeau de ma vie.

Sans lâcher la main de sa mère, Radley l'amena vers une table à dessin miniature.

Ce n'était pas un jouet. Dès le premier regard, Hester comprit qu'il s'agissait d'un équipement de grande qualité, ramené à la taille d'un enfant. Le petit tabouret était certes usé, mais l'assise était en cuir. Radley avait déjà épinglé du papier millimétré sur la table à dessin et, à l'aide d'un compas et d'une règle, il avait commencé à tracer ce qui ressemblait à une série de plans.

— Elle appartenait à Mitch ? demanda-t-elle.

— Oui, mais il a dit que je pouvais m'en servir autant que je voudrais. Regarde, je dessine les plans d'une station spatiale. Ça, c'est la salle des machines. Et là, les quartiers. Il y a aura aussi une serre, comme celle que j'ai vue dans un film avec Mitch. Il m'a montré comment faire des dessins à l'échelle grâce à ces petits carrés.

— Je vois.

La fierté qui perçait dans la voix de son fils effaça toutes ses tensions tandis qu'elle se penchait sur le dessin pour mieux le regarder.

— Tu apprends vite, Rad. C'est merveilleux. Je me demande si la NASA ne va pas t'embaucher.

Son fils gloussa en cachant son visage dans ses mains, comme il le faisait souvent lorsqu'il était heureux ou gêné.

— Je pourrais peut-être devenir ingénieur.

— Tu peux devenir tout ce que tu veux, répondit-elle en déposant un baiser sur sa tempe. Si tu continues de dessiner comme ça, je vais avoir besoin d'un interprète pour déchiffrer tes dessins. Et regarde-moi tous ces outils.

Elle saisit une équerre.

— J'imagine que tu sais à quoi ça sert.

— Mitch m'a montré. Il s'en sert parfois quand il dessine.

— Vraiment ?

Elle observa l'objet sous plusieurs angles. Il lui paraissait si… professionnel.

— Les bandes dessinées requièrent elles aussi une certaine discipline, lança Mitch depuis le couloir.

Il tenait dans la main un grand verre de jus d'orange à moitié vide. Il lui apparut soudain si… viril, songea-t-elle en se redressant lentement.

Son T-shirt était mouillé par endroits et Mitch s'était contenté de passer ses mains dans les cheveux pour se coiffer. Il n'avait pas pris la peine non plus de se raser. A côté d'elle, son fils était déjà occupé à remanier ses plans.

Mitch avait beau être viril, dangereux et éprouvant pour ses nerfs, il était aussi l'homme le plus gentil qu'elle ait rencontré. Forte de ce constat, Hester s'avança vers lui.

— Je ne sais pas comment vous remercier.

— Radley l'a déjà fait.

Elle acquiesça, puis posa une main sur l'épaule de son fils.

— Tu finis ton dessin, Rad ? Mitch et moi allons parler dans le salon.

Comme elle s'y attendait, la pièce était dans un désordre

sans nom. Taz flairait le sol à la recherche de quelques miettes de biscuits.

— Moi qui croyais connaître Rad de A à Z, commença-t-elle. Je ne pensais pas qu'une table à dessin représenterait autant pour lui. J'aurais même cru qu'il serait trop jeune pour l'apprécier.

— Je vous ai déjà dit qu'il était naturellement doué.

— Je sais, répondit-elle, gênée.

Si seulement elle avait accepté une tasse de café, elle aurait pu se donner une contenance.

— Rad m'a dit que vous lui donniez quelques cours de dessin. Vous avez fait pour lui plus que ce que j'espérais. Beaucoup plus que ce que vous devez.

Mitch lui lança un long regard pénétrant.

— Cela n'a rien à voir avec mes obligations. Pourquoi ne vous asseyez-vous pas ?

Hester croisa les mains.

— Je suis bien debout.

— Vous préférez aller vous promener ?

L'amabilité de son sourire l'incita à se détendre un peu plus.

— Plus tard peut-être. Je voulais juste vous dire à quel point je vous suis reconnaissante. Rad n'a jamais eu…

De père. L'horreur s'abattit sur elle au moment où elle faillit prononcer ces mots. Non, elle ne voulait pas dire ça, se rassura-t-elle.

— Il n'a jamais eu personne qui s'intéresse autant à lui, à part moi, se rattrapa-t-elle.

Elle poussa un soupir de soulagement. Voilà ce qu'elle voulait dire, bien sûr.

— La table à dessin est un cadeau très généreux, ajouta-t-elle. Rad m'a dit qu'elle vous appartenait ?

— Mon père me l'a fait fabriquer lorsque j'avais l'âge

de Rad. Il espérait que j'arrêterais un jour de dessiner des monstres pour passer à quelque chose de plus productif.

Mitch s'était exprimé sans amertume, avec une pointe d'humour. Il avait visiblement cessé d'en vouloir à ses parents pour leur manque de compréhension depuis longtemps.

— Cet objet doit signifier beaucoup pour vous si vous l'avez gardé pendant tout ce temps. Je sais que Rad l'apprécie beaucoup, mais ne devriez-vous pas le garder pour vos propres enfants ?

Mitch but une gorgée de jus de fruit et balaya l'appartement du regard.

— Il me semble qu'il n'y en a aucun pour l'instant.

— Pourtant...

— Hester, je ne lui aurais pas fait ce cadeau si je ne l'avais pas voulu. Cette table prend la poussière dans ma cave depuis des années. Cela me fait plaisir de voir Rad l'utiliser.

Mitch vida son verre et le posa sur la table avant de se tourner vers elle.

— Ce cadeau est pour Rad. C'est sans rapport avec sa mère.

— Je le sais, je ne sous-entendais pas que...

— Non, pas exactement.

Il la regardait à présent d'un air sévère, avec cette intensité et ce calme qu'il affichait dans les moments les plus inattendus.

— Je ne pense pas que vous aviez cette idée à l'esprit, mais je crois qu'elle trottait quelque part dans votre tête.

— Je n'ai jamais songé un seul instant que vous utilisiez Radley pour m'atteindre, si c'est ce que vous insinuez.

— Parfait.

Il fit alors le geste qu'elle avait imaginé plus tôt : il caressa sa joue du bout du doigt.

— Parce que, en réalité, madame Wallace, même sans vous j'apprécie cet enfant. Comme je vous apprécie indépendamment de votre fils. Il se trouve simplement que vous êtes venus à moi ensemble.

— C'est exactement ça. Radley et moi ne formons qu'un. Ce qui l'affecte m'affecte aussi.

Mitch hocha la tête tandis qu'une pensée germait dans son esprit.

— Je viens d'avoir un flash. Ainsi, vous ne pensez pas que j'ai sympathisé avec Rad pour mettre sa mère dans mon lit ?

— Bien sûr que non, répondit-elle en reculant vivement, la tête tournée vers le bureau. Si j'avais de telles pensées, je veillerais à tenir Radley loin de vous.

— Mais...

Mitch posa les mains sur ses épaules et noua les doigts derrière sa nuque.

— Vous vous demandez si vos sentiments pour moi pourraient être un résidu de ceux que Radley a pour moi, ajouta-t-il.

— Je n'ai jamais dit que j'avais des sentiments pour vous.

— Mais si. Et vous le dites chaque fois que j'arrive à vous approcher de près. Non, ne partez pas, Hester ! dit-il en serrant un peu plus ses mains. Soyons francs. J'ai envie de coucher avec vous. Cela n'a rien à voir avec Rad, et encore moins avec le désir que j'ai ressenti la première fois que j'ai vu vos superbes jambes.

Hester le contempla d'un air méfiant, mais soutint son regard.

— Je vous trouve séduisante sous bien des aspects, continua-t-il. Vous êtes intelligente, forte et stable. Mon discours n'est pas très romantique, mais votre stabilité présente de nombreux attraits pour moi. Je n'en ai pas bénéficié souvent.

Il caressa doucement sa nuque.

— Maintenant, vous n'êtes peut-être pas prête à sauter le pas. Mais j'aimerais beaucoup que vous réfléchissiez de près à ce que vous désirez, à ce que vous ressentez.

— Je ne suis pas certaine de le pouvoir. Vous n'avez que vous, tandis que, moi, j'ai Radley. Mes actes et mes choix ont des conséquences pour lui. Je me suis fait la promesse, il y a très longtemps, qu'il ne serait jamais plus blessé par l'un de ses parents. Je suis bien décidée à la tenir.

Mitch voulut lui demander de lui parler du père de Radley, mais l'enfant se trouvait dans la pièce d'à côté.

— Laissez-moi vous dire ce que je crois, répondit-il. Vous ne pourrez jamais prendre de décision susceptible de blesser Rad, mais vous êtes capable d'en prendre une qui vous blesse, vous. J'ai envie d'être avec vous, Hester, et je ne pense pas que le fait que nous soyons ensemble puisse blesser Radley.

— J'ai terminé, annonça le petit garçon en sortant du bureau, une feuille à la main.

Hester se dégagea aussitôt. Comme pour confirmer ce qu'il venait de dire, Mitch la retint près de lui.

— J'ai envie de l'emporter pour le montrer à Josh, demain. C'est possible ? demanda Radley.

Sachant que lutter était encore pire que se soumettre, Hester resta immobile, les bras de Mitch posés sur ses épaules.

— Bien sûr, répondit-elle.

Radley les observa quelques instants. Il n'avait jamais vu sa mère dans les bras d'un homme, à l'exception de son grand-père ou de son oncle. Cela voulait-il dire que Mitch faisait partie de la famille ?

— Je vais chez Josh demain après-midi et je reste dormir chez lui, expliqua-t-il. Nous allons veiller toute la nuit.

— Dans ce cas, je vais devoir veiller sur ta mère, déclara Mitch.

— Oui, je crois.

Radley entreprit de rouler la feuille dans un tube, comme Mitch le lui avait montré.

— Radley sait très bien que je n'ai pas besoin que l'on veille sur moi, répliqua Hester.

Mitch décida d'ignorer la remarque et continua de s'adresser à Radley.

— Qu'est-ce que tu dirais si je sortais avec ta mère ?

— Tu veux dire, aller au restaurant avec de beaux habits, et tout ça ?

— On peut dire ça.

— Je suis d'accord.

— Parfait. J'irai la chercher à 19 heures.

— Je ne pense pas que..., objecta Hester.

— 19 heures ne vous convient pas ? l'interrompit Mitch. 19 h 30 alors, mais ce sera mon dernier mot. Si je ne dîne pas à 20 heures, je deviens désagréable.

Puis il embrassa Hester furtivement sur la tempe avant de la lâcher.

— Amuse-toi bien chez Josh, dit-il à Radley.

— Ça, c'est sûr ! répondit l'enfant en prenant son manteau et son sac.

Puis il se dirigea vers Mitch pour l'embrasser. Les mots qu'Hester avait sur le bout de la langue moururent sur ses lèvres.

— Merci pour la table à dessin et pour tout le reste, déclara Radley. C'est vraiment super.

— Pas de quoi. A lundi ?

Mitch attendit qu'Hester ait rejoint le palier.

— 19 h 30, ajouta-t-il.

Elle acquiesça, avant de fermer doucement la porte derrière elle.

7

Hester aurait pu trouver mille excuses pour ne pas se rendre à ce rendez-vous, mais elle n'en avait pas envie. Mitch lui avait certes forcé la main, mais cela lui était égal, songea-t-elle en fermant la boucle de sa ceinture en cuir. Elle était même soulagée qu'il ait pris la décision pour elle, enfin presque.

Prenant plusieurs inspirations pour calmer son anxiété, elle se planta devant le miroir accroché au-dessus de sa commode. Oui, elle était nerveuse, mais son stress n'avait rien à voir avec celui qui lui vrillait le ventre juste avant un entretien professionnel. Et, ses sentiments à l'égard de Mitch Dempsey avaient beau ne pas être bien clairs dans son esprit, elle était au moins certaine de ne pas avoir peur.

Hester étudia attentivement son reflet dans le miroir tout en lissant ses cheveux. Sa nervosité ne se voyait pas, conclut-elle. C'était un autre point en sa faveur. Sa robe noire en laine était très flatteuse, avec son grand col boule et sa taille cintrée. Une large ceinture rouge accentuait les plis évasés de la jupe. Pour une raison qu'elle ignorait, le rouge lui donnait de l'assurance. Pour une personne réservée comme elle, cette couleur audacieuse servait de défense. Hester accrocha de grands anneaux écarlates à ses oreilles. Comme l'ensemble de sa garde-robe, la robe était fonctionnelle. Elle pouvait la porter aussi bien pour aller au bureau, à une réunion de parents d'élèves qu'à un déjeuner d'affaires. Ce soir, songea-t-elle le sourire aux lèvres, ce serait pour un rendez-vous.

Depuis combien de temps n'était-elle pas sortie avec un homme ? Mieux valait ne pas trop y réfléchir. De plus, elle connaissait suffisamment Mitch pour parler de tout et de rien avec lui toute une soirée. Une soirée entre adultes. Elle avait beau adorer son fils, elle ne pouvait que s'en réjouir.

Lorsqu'elle entendit frapper, elle examina une dernière fois son reflet dans le miroir. Mais, dès qu'elle ouvrit la porte, toute sa belle assurance s'évanouit.

Son séduisant voisin ne ressemblait pas au Mitch qu'elle connaissait. Oubliés, le jean usé et les pulls informes. L'homme devant elle portait un magnifique costume sombre et une chemise bleu ciel. Et aussi une cravate. Le premier bouton de la chemise était peut-être ouvert et la cravate de soie bleu marine était certes desserrée, elle n'en restait pas moins une cravate. Mitch s'était rasé de près et, même si certains auraient jugé qu'il avait encore besoin d'une bonne coupe, ses cheveux sombres et brillants ondulaient élégamment sur le col de sa chemise.

Soudain, Hester se sentit terriblement intimidée.

Elle était vraiment superbe, songea Mitch, lui-même gêné en contemplant sa voisine. Perchée sur ses escarpins, la jeune femme était presque aussi grande que lui. Son regard empreint d'une certaine réserve l'aida à se détendre, et il lui sourit.

— On dirait que j'ai choisi la bonne couleur, déclara-t-il en lui tendant un grand bouquet de roses rouges.

A son âge, elle n'aurait pas dû se sentir émue par de simples fleurs. Mais Hester sentit sa gorge se nouer en les prenant dans ses bras.

— Vous avez encore oublié votre réplique ? murmura-t-il.

— Ma réplique ?

Le parfum délicat et subtil des roses se répandit autour d'elle.

— Merci, répondit-elle.

Mitch caressa un pétale. Il savait que la peau d'Hester était aussi douce.

— Maintenant, vous êtes censée les mettre dans de l'eau.

Hester recula. Elle se sentait ridicule.

— Bien sûr. Entrez.

— L'appartement n'est pas le même sans Rad, commenta-t-il tandis qu'elle partait à la recherche d'un vase.

— Je sais. Lorsqu'il est invité à dormir chez un ami, il me faut des heures pour m'habituer au calme.

Mitch la suivit dans la cuisine tandis qu'elle s'affairait pour arranger les roses. Pourquoi était-elle aussi nerveuse ? Elle était adulte, non ? Et, même si elle n'était plus allée à un rendez-vous depuis le lycée, elle savait à quoi s'attendre.

— Que faites-vous lorsque vous avez une soirée libre ? demanda-t-il.

— Eh bien, je regarde des films tard le soir.

Lorsqu'elle se retourna, le vase à la main, elle faillit percuter Mitch. L'eau menaça de déborder du récipient.

— Votre œil est quasiment guéri, dit-il en effleurant sa peau, là où le bleu n'était plus qu'une ombre.

— Ce n'était pas si grave, répondit-elle, la gorge serrée.

Adulte ou non, Hester était soulagée que le vase se trouve entre elle et lui.

— Je vais chercher mon manteau, ajouta-t-elle.

Après avoir posé les roses sur la table basse à côté du canapé, Hester se dirigea vers la penderie. Elle avait déjà glissé un bras dans une manche lorsque Mitch vint se placer derrière elle pour l'aider. Ce geste si banal devenait si sensuel avec lui, songea-t-elle en regardant droit devant elle. Mitch posa les mains sur ses épaules, s'y attarda puis les fit glisser le long de ses bras avant de remonter vers son cou pour dégager doucement ses cheveux du col de son manteau.

Hester serra très fort les poings en tournant la tête vers lui.

— Merci, dit-elle.

— De rien.

Les mains posées sur ses épaules, Mitch tourna le visage d'Hester vers le sien.

— Peut-être vous sentirez-vous mieux si nous en finissons tout de suite ?

Sans ôter ses mains, il posa ses lèvres chaudes et fermes sur les siennes. Hester se détendit aussitôt. Il n'y avait rien d'exigeant ou de passionné dans ce baiser et elle fut incroyablement émue d'y percevoir autant de compréhension.

— Vous vous sentez mieux, murmura-t-il.

— Je n'en suis pas sûre.

Riant doucement, il effleura de nouveau ses lèvres.

— Moi, si, lui confia-t-il.

Puis il se dirigea vers la porte en lui prenant la main.

Mitch l'emmena dîner dans un restaurant français très chic aux lumières tamisées. Le papier peint au motif discrètement fleuri luisait doucement à la lueur des bougies. Les clients murmuraient au-dessus des tables élégamment nappées et des verres à pied en cristal. L'effervescence de la rue était atténuée par de grandes portes vitrées biseautées.

— Ah, monsieur Dempsey, cela faisait longtemps que nous ne vous avions pas vu !

Le maître d'hôtel s'avança vers Mitch pour le saluer.

— Vous savez que je reviens toujours pour vos escargots.

L'homme rit doucement en faisant signe à un serveur.

— Bonsoir, mademoiselle, dit le jeune homme. Je vais vous conduire à votre table.

L'alcôve éclairée par des bougies était un peu isolée des autres clients. C'était l'endroit rêvé pour échanger des secrets et se frôler discrètement, songea Hester, plus troublée que jamais.

— Le sommelier va venir prendre votre commande, déclara le serveur. Je vous souhaite une bonne soirée.

— Vous êtes un habitué des lieux, dit-elle.

— Je viens de temps en temps, lorsque j'en ai assez des pizzas surgelées. Voulez-vous du champagne ?

— Avec plaisir.

Mitch honora le sommelier en commandant une bouteille millésimée. Hester soupira longuement en étudiant le menu composé de mets plus raffinés les uns que les autres.

— J'essaierai de me souvenir de cette carte la prochaine fois que je mangerai un sandwich au thon entre deux rendez-vous.

— Vous aimez votre travail ?

— Oui, beaucoup, répondit-elle en se demandant si le soufflé au crabe était aussi bon que sa description. Rosen peut être pénible, mais il nous pousse à l'efficacité.

— Et vous aimez l'efficacité.

— C'est important pour moi.

— Qu'est-ce qui est important pour vous, en dehors de Rad ?

— La sécurité.

Hester le dévisagea quelques instants, un sourire aux lèvres.

— Je suppose que c'est à cause de Rad. Je pense même que tout ce qui a été important pour moi ces dernières années est directement lié à lui.

Pendant que le sommelier faisait goûter le champagne à Mitch, elle lui lança un regard furtif. Puis elle contempla le liquide mousseux couleur paille monter dans sa flûte.

— Buvons à Rad, alors, proposa Mitch en trinquant avec elle. Et à sa fascinante mère.

Hester but une petite gorgée, stupéfaite de découvrir à quel point le vin était bon. Elle avait déjà bu du champagne, mais celui-ci était différent, comme tout ce qui avait trait à Mitch.

— Je ne me suis jamais considérée comme quelqu'un de fascinant.

— Une belle femme qui élève seule un garçon dans une des villes les plus dures au monde ne peut que me fasciner, répondit Mitch en souriant. De plus, vous avez vraiment des jambes magnifiques, Hester.

Elle rit et lorsqu'il glissa sa main sur la sienne, elle ne ressentit aucune gêne.

— Vous me l'avez déjà dit. Elles sont longues, c'est tout ce que je peux dire. Jusqu'à ce que mon frère entre au lycée, j'étais plus grande que lui. Cela le rendait furieux, ce qui m'a valu le surnom d'asperge.

— On m'appelait Fil de fer.

— Fil de fer ?

— Vous imaginez un gringalet de quarante kilos ? C'était moi.

Par-dessus son verre, Hester étudia la manière dont Mitch remplissait la veste de son costume.

— Je ne vous crois pas.

— Un jour, si je suis suffisamment éméché, je vous montrerai des photos.

Mitch passa la commande dans un français parfait qui laissa Hester sans voix. Etait-ce bien le même homme qui écrivait des bandes dessinées, qui construisait des châteaux de neige et qui parlait à son chien ? Croisant son regard, il lui lança un regard interrogateur.

— J'ai passé plusieurs étés à Paris lorsque j'étais au lycée.

— Oh.

Dire qu'elle avait failli oublier d'où il venait !

— Vous avez dit que vous n'aviez ni frère ni sœur. Vos parents vivent à New York ? demanda-t-elle, curieuse.

— Non.

Mitch rompit un morceau de pain français croustillant à souhait.

— Ma mère y fait un saut de temps en temps pour faire les boutiques ou aller au théâtre, et mon père vient occasionnellement pour affaires. Mais New York n'est pas leur genre. Ils passent le plus clair de leur temps à Newport, là où j'ai grandi.

— Oh ! Je vois très bien. J'y suis allée une fois quand j'étais enfant. L'été, nous avions l'habitude de partir en voiture et de voyager de ville en ville.

Machinalement, Hester coinça une mèche des cheveux de Mitch derrière son oreille dans un geste qui offrit à ce dernier une vue excitante sur son décolleté.

— Je me souviens des maisons, de ces immenses demeures avec leurs piliers, leurs fleurs et leurs arbres ornementaux. Nous avons même pris des photos. J'avais du mal à croire que l'on pouvait vraiment habiter dans de tels endroits.

Puis elle se ravisa brusquement, sous le regard amusé de Mitch.

— C'était votre cas, conclut-elle, l'air gêné.

— C'est drôle. J'ai passé du temps l'été à observer les touristes avec des jumelles. J'ai peut-être vu votre famille.

— Nous avions un break avec des valises accrochées sur le toit.

— Oui, je me souviens de vous, plaisanta-t-il en lui tendant un morceau de pain. Je vous enviais beaucoup.

— Vraiment ? demanda-t-elle, le couteau à beurre suspendu en l'air. Pourquoi cela ?

— Parce que vous partiez en vacances et que vous mangiez des hot dogs. Vous logiez dans des motels avec des distributeurs de boissons sur le palier, et vous jouiez au loto pendant les trajets en voiture.

— Oui, murmura-t-elle. C'est à peu près ça.

— Je n'ai pas envie de jouer au pauvre petit garçon riche, ajouta-t-il en voyant le regard d'Hester changer. Je veux juste dire qu'avoir une grande maison n'est pas forcément mieux qu'avoir un break.

Il remplit de nouveau le verre d'Hester.

— Sachez aussi que ma période de rébellion pendant laquelle je crachais sur l'argent est terminée depuis bien longtemps.

— Je ne sais pas si je peux le croire venant d'une personne qui laisse ses meubles Louis XV se couvrir de poussière.

— Ce n'est pas de la rébellion, c'est de la paresse.

— Je dirais même un péché, ajouta-t-elle. Chaque fois que je viens chez vous, je meurs d'envie de prendre un chiffon à poussière et de l'huile de citron.

— Chaque fois que vous aurez envie de frotter mes meubles, ne vous gênez pas, dit-il en souriant.

— Qu'avez-vous fait pendant votre période de rébellion ? demanda-t-elle, intriguée.

Elle frôla sa main du bout des doigts. C'était l'une des rares fois où elle le touchait spontanément. Mitch détacha le regard de ses mains pour la dévisager.

— Vous tenez vraiment à le savoir ?

— Oui.

— Faisons un marché. J'échange une tranche de vie contre une autre.

Ce n'était pas le vin qui la rendait téméraire, mais lui, comprit Hester.

— D'accord. Mais c'est vous qui commencez.

— Je commencerai donc par dire que mes parents voulaient que je devienne architecte. Pour eux, c'était le seul métier acceptable qui permettait d'exploiter mes aptitudes pour le dessin. Ils n'étaient pas vraiment scandalisés par les histoires que j'inventais. Ils les ignoraient avec d'autant plus de facilité qu'elles les laissaient perplexes. Après le lycée, j'ai décidé de sacrifier ma vie sur l'autel de l'art.

Le serveur venait de leur apporter leurs entrées et Mitch soupira de bonheur en humant ses escargots.

— Vous êtes donc venu à New York ? demanda Hester.

— Non, je suis allé à La Nouvelle-Orléans. A cette époque, je n'avais pas encore accès à mon argent, même si je doute que je l'aurais utilisé. Comme j'ai refusé le soutien financier de mes parents, La Nouvelle-Orléans était la ville la plus proche de Paris où je pouvais me permettre d'aller. Seigneur, comme je l'ai aimée ! J'y mourais de faim, mais je l'adorais. Ses après-midi moites, l'odeur de la rivière. C'était ma première grande aventure. Vous voulez goûter ça ? Ils sont délicieux.

— Non, je...

— Allez, vous me remercierez.

Puis il leva la fourchette vers ses lèvres. Hester ouvrit la bouche à contrecœur.

— Oh.

La saveur chaude et exotique des escargots envahit aussitôt sa bouche.

— Je ne m'attendais pas à ça, conclut-elle.

— C'est généralement le cas pour les meilleures choses.

Quelle serait la réaction de Radley lorsqu'il apprendrait qu'elle avait mangé un escargot ? songea-t-elle en levant son verre.

— Qu'avez-vous fait à La Nouvelle-Orléans ? s'enquit-elle.

— J'ai posé un chevalet à Jackson Square et j'ai gagné ma vie en tirant le portrait des touristes et en vendant des aquarelles. Pendant trois ans, j'ai vécu dans une chambre où je cuisais l'été et où je gelais l'hiver. Je trouvais que j'étais un garçon chanceux.

— Que s'est-il passé ?

— J'ai rencontré une femme. Je croyais être fou amoureux d'elle et vice versa. Pendant ma période Matisse, elle posait pour moi. Vous auriez dû me voir à cette époque. J'avais les cheveux aussi longs que vous et je les portais en catogan. J'avais même une boucle d'oreille en or à l'oreille gauche.

— Vous portiez une boucle d'oreille ?

— Ne vous moquez pas, elles sont devenues très à la mode. J'étais en avance sur mon temps, c'est tout.

Le serveur débarrassa les entrées pour laisser place à une salade verte.

— Nous étions sur le point d'emménager dans ma misérable petite chambre. Un soir, alors que j'avais un peu trop bu, je lui ai parlé de mes parents et de leur incompréhension face à mes velléités artistiques. Elle est entrée dans une fureur noire.

— Elle était furieuse après vos parents ?

— Vous êtes gentille, dit-il en embrassant sa main. Non, elle était en colère contre moi. J'étais riche et je ne lui avais rien dit. J'avais des montagnes d'argent et j'espérais qu'elle se satisfasse d'une dégoûtante petite chambre dans le Vieux Carré, où elle allait devoir cuisiner des haricots rouges et du riz sur une minuscule plaque de cuisson.

Le plus drôle était qu'elle m'aimait vraiment lorsqu'elle me croyait pauvre. Mais dès qu'elle a découvert que ce n'était pas le cas, que je n'avais pas l'intention d'utiliser mes ressources et que, par extension, elle n'en profiterait pas, elle s'est mise en colère. Nous avons eu une terrible dispute où elle m'a clairement dit ce qu'elle pensait de moi et de mon travail.

Hester imaginait très bien Mitch jeune, idéaliste et se battant pour réussir.

— Les gens ont souvent des paroles qui dépassent leur pensée quand ils sont en colère.

Il prit sa main et baisa ses doigts.

— Oui, vous êtes absolument charmante.

Puis il poursuivit son récit en gardant la main d'Hester dans la sienne.

— Elle m'a quitté sans me donner l'occasion de m'expliquer. Pendant trois ans, j'ai vécu au jour le jour, en me répétant que j'étais un grand artiste mais que mon heure n'était pas encore venue. En réalité, je n'étais pas un grand artiste. J'étais peut-être brillant mais pas grand. Je suis donc parti de La Nouvelle-Orléans pour m'installer à New York et me consacrer à la publicité. J'étais doué. Je travaillais vite et mes clients étaient généralement satisfaits. Pourtant, j'étais malheureux. Heureusement, grâce à mes références, j'ai obtenu un poste chez Universal, d'abord en tant qu'encreur, puis en tant qu'artiste. Et puis…

Il leva son verre vers elle.

— … il y a eu Zark. Le reste appartient à l'histoire.

— Vous êtes heureux, constata-t-elle en faisant pivoter sa main sous la sienne de sorte à joindre leurs deux paumes. Cela se voit. Je ne connais pas beaucoup de gens aussi satisfaits de ce qu'ils font et aussi bien dans leur peau que vous.

— Il m'a fallu du temps.

— Et vos parents ? Vous êtes-vous réconcilié avec eux ?

— Nous sommes arrivés à la conclusion que nous ne nous comprendrions jamais. Mais nous formons une famille. Et puis, grâce à mon portefeuille d'actions, mes parents peuvent dire à leurs amis que mon travail dans la bande dessinée est une façon de m'amuser. Ce qui est assez proche de la réalité.

Mitch commanda une autre bouteille de champagne pour accompagner leur plat.

— A vous, maintenant.

Hester sourit en laissant le délicat soufflé fondre sur sa langue.

— Oh ! Je n'ai rien vécu d'aussi exotique qu'une mansarde d'artiste à La Nouvelle-Orléans. J'ai eu une enfance sans histoires dans une famille sans histoires. Nous faisions des jeux de société le samedi soir et nous mangions du rôti le dimanche. Mon père avait un bon travail. Ma mère s'occupait de la maison. Nous nous aimions beaucoup, même si nous ne nous entendions pas toujours. Ma sœur était très extravertie, capitaine des majorettes, tout ça. De mon côté, j'étais maladivement timide.

— Vous l'êtes toujours un peu, murmura Mitch en mêlant ses doigts aux siens.

— Je ne pensais pas que cela se voyait.

— Votre timidité vous rend encore plus charmante. Qu'en est-il du père de Rad ?

Il sentit ses doigts se raidir.

— Je voulais vous poser la question, Hester, mais si cela vous ennuie nous n'avons pas besoin d'en parler.

Elle retira sa main pour saisir son verre. Le champagne était frais et piquant sur sa langue.

— C'est une vieille histoire. Nous nous sommes

rencontrés au lycée. Radley ressemble beaucoup à son père. Vous pouvez imaginer qu'il était très séduisant. Il était aussi un peu fou, et j'étais très attirée par cet aspect de sa personnalité.

Elle s'agita un peu, déterminée à finir ce qu'elle avait commencé.

— J'étais en effet maladivement timide et un peu repliée sur moi-même. Le père de Radley me paraissait excitant, voire même exubérant. La première fois qu'il m'a remarquée, je suis tombée désespérément amoureuse de lui. C'était aussi simple que ça. Nous sommes sortis ensemble pendant deux ans, puis nous nous sommes mariés quelques semaines après avoir eu notre bac. Je venais d'avoir dix-huit ans et j'étais absolument certaine que j'allais vivre une aventure après l'autre.

— Et ce fut le cas ? demanda-t-il en profitant d'une pause.

— Ça l'a été un certain temps. Nous étions jeunes. Allan passait sans cesse d'un emploi à un autre ou abandonnait tout pendant des semaines. Mais cela n'avait pas d'importance. Une fois, il a vendu le salon que mes parents nous avaient offert pour notre mariage, afin de nous payer un voyage à la Jamaïque. Il était impétueux et romantique. A cette époque, nous n'avions aucune responsabilité. Et puis je suis tombée enceinte.

Hester s'interrompit de nouveau, se souvenant de son excitation, de son émerveillement et de sa peur à l'idée de porter un enfant.

— J'étais ravie. Allan aussi. Il a commencé à acheter des poussettes et des chaises hautes à crédit. Nous n'avions pas beaucoup d'argent, mais nous étions optimistes, même lorsqu'il a fallu que je travaille à mi-temps à la fin de ma grossesse et que je prenne un congé maternité à la naissance de Radley. Il était magnifique, confia-t-elle avec un petit rire. C'est ce que toutes les mères disent de leurs bébés mais, en toute franchise, je n'avais jamais vu d'enfant aussi beau. Il a changé ma vie, mais pas celle d'Allan.

Elle joua avec le pied de sa flûte en essayant de déterrer de son esprit les souvenirs refoulés depuis si longtemps.

— A cette époque, je ne l'avais pas encore compris, mais Allan supportait mal le poids des responsabilités. Il détestait ne pas pouvoir quitter notre appartement pour aller voir un film ou aller danser quand il le voulait. Il dépensait toujours l'argent sans compter et, à cause de Rad, je devais compenser.

— En d'autres termes, intervint Mitch calmement, vous avez dû grandir.

— Oui.

Elle était surprise, et aussi soulagée, qu'il la comprenne si bien.

— Allan voulait revenir à notre vie d'avant, mais nous n'étions plus des enfants. Avec le temps, j'ai compris qu'il était jaloux de Radley mais, à l'époque, je voulais juste qu'il mûrisse, qu'il devienne un père, qu'il assume ses responsabilités. A vingt ans, il était toujours le garçon de seize ans que j'avais connu au lycée, mais je n'étais plus la même. J'étais devenue une mère. J'avais repris le travail en pensant que ce revenu supplémentaire nous aiderait. Un jour, je suis rentrée à la maison après être allée chercher Radley chez la nourrice. Allan était parti. Il avait laissé un mot disant qu'il ne supportait plus d'être attaché.

— Saviez-vous qu'il s'apprêtait à partir ?

— Franchement, non. Selon toute probabilité, il a agi sur un coup de tête, comme toujours. Jamais il ne lui serait venu à l'esprit qu'il s'agissait d'un abandon de domicile. Dans son esprit, il passait juste à autre chose. Il croyait qu'il était équitable de n'emporter que la moitié de l'argent. En revanche, il m'a laissé toutes les dettes. J'ai dû prendre un autre emploi à mi-temps, le soir. Je répugnais de laisser Rad chez la nourrice et de ne pas le voir. Ces six mois ont été les plus durs de ma vie.

Son regard s'assombrit quelques instants. Puis elle chassa ces mauvais souvenirs d'un haussement d'épaules.

— Au bout d'un certain temps, j'ai réussi à redresser la situation. J'ai pu quitter mon deuxième emploi. Au même moment, Allan a appelé. C'était la première fois qu'il donnait de ses nouvelles depuis qu'il était parti. Il s'est montré très aimable avec moi et me parlait comme si j'étais une vieille connaissance. Il m'a annoncé qu'il partait travailler en Alaska. Après son appel, j'ai contacté un avocat et j'ai obtenu très facilement le divorce.

— Ça a dû être difficile pour vous.

Difficile ? Il n'imaginait pas l'enfer que ça avait été.

— Vous auriez pu aller chez vos parents, ajouta-t-il.

— Non. Pendant très longtemps, j'ai été en colère. Et la colère m'a poussée à rester ici, à New York, et à m'en sortir avec Radley. Le temps que la colère s'estompe, j'avais sorti la tête de l'eau.

— Allan n'est jamais revenu voir Rad ?

— Non, jamais.

— Il ne sait pas ce qu'il perd, répondit Mitch en se penchant vers elle pour l'embrasser doucement. Vraiment.

Hester trouva tout naturel de lever une main pour caresser sa joue.

— Je pourrais dire la même chose à propos de cette femme à La Nouvelle-Orléans.

— Merci, dit-il en mordillant la lèvre d'Hester et en se

délectant de son léger goût de champagne. Vous voulez un dessert ?

— Hum ?

Son petit soupir distrait arracha à Mitch un violent frisson de satisfaction.

— Nous pouvons nous en passer, déclara Hester en le regardant droit dans les yeux.

D'un signe de la main, il commanda l'addition, puis servit à Hester le reste du champagne.

— Sortons marcher un peu, proposa-t-il.

L'air était mordant, presque aussi enivrant que le vin. Mais le champagne l'avait réchauffée de l'intérieur, et elle avait l'impression de pouvoir parcourir des kilomètres sans éprouver le froid. Elle n'émit aucune objection lorsque Mitch passa un bras autour de ses épaules et se laissa guider docilement. Tant que les sentiments qui l'habitaient ne s'évanouissaient pas, peu lui importait la direction qu'ils prenaient.

Hester savait ce que l'on ressent lorsque l'on tombe amoureux, lorsque l'on est amoureux. Le temps passe au ralenti. Les couleurs sont plus vives, les sons plus aigus et, même en plein hiver, les rares fleurs paraissent odorantes. Elle avait déjà vécu ces émotions violentes, mais elle les croyait oubliées à tout jamais. Dans un coin de son esprit, une partie d'elle luttait encore pour lui rappeler qu'elle ne pouvait pas tomber amoureuse, mais elle préféra l'ignorer. Ce soir, elle était simplement une femme.

Au Rockefeller Center, des patineurs évoluaient sur la glace au rythme de la musique. Hester les regarda, blottie dans les bras de Mitch. Il avait posé la joue contre ses cheveux, et elle sentait le rythme calme et puissant de son cœur.

— Il m'arrive de venir ici avec Rad le dimanche pour

patiner ou simplement regarder, commenta-t-elle. Ce soir, le spectacle me semble différent.

Elle tourna la tête. Ses lèvres n'étaient plus qu'à quelques millimètres de celles de Mitch.

— Tout me semble différent ce soir, conclut-elle.

Mitch s'était promis de lui laisser du temps. Le temps de réfléchir et de mettre ses idées au clair. Mais, si elle le regardait encore de cette façon, il ne répondrait plus de lui. Avant que ce regard s'évanouisse, il était prêt à sauter dans le premier taxi pour l'emmener dans son lit. Faisant appel à toute sa volonté, il se contenta d'effleurer ses tempes du bout des lèvres.

— Les choses semblent différentes le soir, surtout après quelques coupes de champagne, approuva-t-il.

Puis il se détendit, la tête d'Hester posée sur son épaule.

— Mais cette différence est belle, continua-t-il. Pas forcément ancrée dans la réalité, mais belle. On est suffisamment plongés dans la réalité entre 9 heures et 17 heures.

— Pas vous.

Inconsciente du combat que Mitch se livrait, elle se tourna vers lui.

— Entre 9 heures et 17 heures, ou l'horaire de votre choix, vous vivez dans un monde fait de fantaisie et de rêve.

— Si vous saviez celui qui hante mon esprit à cet instant..., répondit-il en soupirant longuement. Marchons encore un peu, et vous pourrez me faire part des vôtres.

— Vous voulez entendre l'un de mes rêves ? demanda-t-elle en calant son pas sur le sien. Le mien n'est certainement pas aussi exaltant que les vôtres, j'imagine. Il se résume à une maison.

— Une maison, répéta-t-il en prenant la direction de Central Park.

Pourvu que cette promenade les dégrise un peu avant de rentrer !

— Quel genre de maison ?

— Une maison de campagne, comme ces grandes et vieilles fermes avec des volets aux fenêtres et un grand porche. Toutes les fenêtres auraient une vue sur les bois, car elle serait perdue au milieu d'une forêt. A l'intérieur, il y aurait de hauts plafonds et de grandes cheminées. Et, dehors, il y aurait un jardin avec une treille recouverte de glycine.

Malgré le froid qui tiraillait sa peau, Hester sentait presque le parfum de l'été.

— En juillet et en août, on entendrait les abeilles bourdonner. Il y aurait un grand jardin pour Radley, et il pourrait avoir un chien. Sous le porche, il y aurait une balancelle où je pourrais m'asseoir le soir et le regarder attraper des papillons de nuit dans un bocal.

Elle rit en posant la tête sur l'épaule de Mitch.

— Je vous avais dit que mon rêve n'avait rien de très excitant.

— Il me plaît beaucoup.

Tellement qu'il se représentait même la maison avec ses volets blancs et ses toits pentus, avec une grange au loin.

— Mais vous avez aussi besoin d'un ruisseau où Rad pourrait pêcher.

Hester ferma les yeux quelques instants, puis secoua la tête.

— J'ai beau aimer mon fils, je ne crois pas être capable de poser un appât. Je peux construire une cabane dans les arbres, ou jouer avec lui au base-ball, mais pas toucher des vers.

— Vous jouez au base-ball ?

Hester le regarda en souriant.

— Je suis même capable de lancer des balles courbes directement dans la zone de prises. J'étais bénévole pour entraîner les enfants à la Little League l'année dernière.

— Vous êtes une femme pleine de surprises. Vous étiez en short sur le banc de touche ?

— Vous paraissez obsédé par mes jambes.

— Entre autres.

Mitch l'entraîna vers l'entrée de leur immeuble puis vers l'ascenseur.

— Cela fait longtemps que je n'ai pas passé une aussi bonne soirée, dit-elle en soupirant.

— Moi non plus.

— Je me suis longtemps posé la question, dit-elle en l'étudiant longuement. Vous ne semblez pas avoir de relations avec des femmes…

Il caressa doucement sa joue.

— Vraiment ?

Lorsque le carillon de l'ascenseur retentit, signe qu'ils avaient atteint son étage, Hester cherchait encore une réponse.

— Je ne vous ai jamais vu aller à un rendez-vous ou passer du temps avec une femme, expliqua-t-elle.

Mitch fit glisser un doigt le long de la gorge d'Hester, une lueur amusée dans le regard.

— Je vous donne l'impression d'être un moine ?

— Non, répondit-elle, un peu gênée et très mal à l'aise. Bien sûr que non.

— Hester, une fois que vous avez eu votre content de nuits débridées, vous en perdez le goût. Passer du temps avec une femme pour ne pas être seul n'est pas une solution très satisfaisante.

— D'après ce que disent mes collègues célibataires, beaucoup d'hommes ne partagent pas votre sentiment.

— Il est évident que vous n'avez pas mené une vie de célibataire.

Hester fouilla son sac en lui lançant un regard surpris.

— C'était un compliment, ajouta-t-il. Je voulais tout simplement dire qu'on finit par se lasser…

— Et, aujourd'hui, vous êtes entré dans l'âge des relations sérieuses.

— Vous devenez cynique. Cela ne vous ressemble pas, Hester.

Mitch s'appuya contre l'embrasure de la porte.

— Quoi qu'il en soit, sachez que je ne suis pas très doué pour trouver les bons mots. Allez-vous m'inviter à entrer ?

Hester hésita quelques secondes. La promenade lui avait suffisamment éclairci l'esprit pour laisser filtrer ses doutes. Mais le bien-être qu'elle avait ressenti en marchant à son côté retentissait encore comme un écho. Il fut le plus fort.

— Très bien. Voulez-vous du café ?

— Non, répondit-il en retirant son manteau.

— Cela ne me dérange pas du tout d'en faire. Ça ne prendra qu'une minute.

— Je ne veux pas de café, Hester, dit-il en saisissant ses mains. C'est vous que je veux.

Il fit glisser son manteau le long de ses épaules.

— Et je vous désire tellement que j'en deviens maladroit.

Elle ne recula pas. Elle resta debout devant lui, immobile.

— Je ne sais pas quoi répondre. Je manque de pratique.

— Je sais.

Il passa une main dans ses cheveux. Pour la première fois, il était incapable de masquer sa propre nervosité.

— Vous ne me simplifiez pas la tâche. Je n'ai pas envie de vous séduire.

Puis il émit un petit rire en s'éloignant de quelques pas.

— Non, vraiment pas, ajouta-t-il.

— Même si j'ai essayé de me convaincre du contraire, je savais en acceptant de sortir ce soir avec vous que nous allions nous retrouver dans cette situation.

Hester posa une main sur son ventre noué.

— J'espérais en secret que vous alliez me guider, que je n'aurais pas à prendre de décision, avoua-t-elle.

— C'est une excuse bidon, Hester.

— Je sais, répondit-elle, incapable de le regarder en face. A l'exception du père de Rad, je n'ai jamais connu aucun homme. Je n'en ai jamais éprouvé le désir non plus.

— Et maintenant ?

Il lui suffisait d'un mot, d'un seul mot.

— Cela fait si longtemps, Mitch. J'ai peur.

— Cela vous aiderait-il si je vous avouais que c'est la même chose pour moi ?

— Je ne sais pas.

— Hester, dit-il en posant les mains sur ses épaules. Regardez-moi.

Elle lui lança un regard poignant.

— Vous devez être sûre de vous. Je serai incapable d'affronter vos regrets au petit matin. Dites-moi ce que vous voulez vraiment.

Hester sentit les battements de son cœur s'accélérer. Sa vie semblait se résumer à une succession de choix. Elle n'avait personne pour lui dire si ce qu'elle faisait était bien ou mal. Comme toujours. Une fois qu'elle aurait pris sa décision, elle serait seule à en assumer les conséquences.

— Je vous désire, murmura-t-elle. Restez avec moi ce soir.

8

Lorsqu'il prit le visage d'Hester entre ses mains, Mitch la sentit trembler. Alors, il effleura ses lèvres et lui arracha un gémissement. Jamais il n'oublierait ce moment. Son acceptation, son désir, sa vulnérabilité.

Tout était silencieux dans l'appartement, mais il aurait aimé lui offrir de la musique. Le parfum des roses qu'elle avait mises dans le vase était bien fade comparé au jardin qu'il imaginait pour elle. La lumière des lampes lui paraissait trop violente. S'il avait eu le choix, il n'aurait pas choisi le secret de l'obscurité mais plutôt le mystère des bougies.

Comment pouvait-il lui faire comprendre qu'il n'y avait rien d'anodin, rien de superficiel dans ce qu'ils s'apprêtaient à s'offrir l'un à l'autre ? Comment pouvait-il lui expliquer qu'il avait attendu ce moment toute sa vie ? Il n'était même pas certain de pouvoir le dire avec des mots, ou que les mots qu'il choisirait seraient capables de l'atteindre.

Il allait donc laisser parler ses actes.

Sans quitter ses lèvres, il souleva Hester dans ses bras. Surprise, elle prit une courte inspiration et enroula les bras autour de sa nuque.

— Mitch…

— Je n'ai rien d'un preux chevalier, dit-il avec un sourire incertain. Mais, ce soir, nous pouvons faire semblant.

A ses yeux, Mitch était un homme héroïque, fort, et

incroyablement tendre. Quels que soient les doutes qu'elle avait encore, elle s'abandonna à son étreinte.

— Je n'ai pas besoin de preux chevalier, protesta-t-elle doucement.

— Mais ce soir j'ai besoin de t'en offrir un, dit-il en l'embrassant une dernière fois avant de l'emmener dans sa chambre.

Une partie de lui-même la désirait si fort qu'il en avait mal, si fort qu'il brûlait de couvrir son corps avec le sien. Parfois, l'amour bouillonne trop violemment dans les veines d'un homme. Il le savait, et elle aussi. Mitch eut cependant la force de la poser à terre à côté du lit, avant de s'écarter très légèrement d'elle.

— La lumière, dit-il.

— Mais…

— J'ai envie de te voir, Hester.

Il eût été ridicule d'être intimidée. Et elle aurait eu tort de partager ce moment avec Mitch dans le noir, de manière anonyme. Hester tendit la main vers la lampe de chevet et actionna l'interrupteur.

La lumière les surprit main dans la main, les yeux dans les yeux. Puis la panique revint en force et Hester sentit son cœur s'emballer. Mais, dès que Mitch l'eut touchée, elle s'apaisa de nouveau. Il l'aida à ôter ses boucles d'oreilles et les posa sur la table de nuit. Une onde de chaleur envahit Hester, comme si par ce simple geste intime elle était déjà nue.

D'un mouvement langoureux, il laissa glisser une main vers sa taille et s'interrompit lorsqu'elle s'agita nerveusement.

— Je ne te ferai aucun mal, murmura-t-il.

— Je sais.

Comme elle avait confiance en lui, elle le laissa défaire sa ceinture qui glissa bientôt au sol. Lorsque Mitch se pencha de nouveau vers elle pour l'embrasser, Hester enroula les bras autour de sa taille et se laissa guider par la puissance de ses sentiments.

C'était ce qu'elle voulait, elle ne pouvait plus se mentir ni se servir des excuses. Ce soir, elle voulait uniquement être une femme. Elle voulait être désirée, aimée, admirée. Lorsqu'elle lui offrit ses lèvres, elle croisa son regard. Et lui sourit.

— J'attends cela depuis longtemps, dit Mitch en caressant sa bouche pulpeuse du bout du doigt, submergé par un plaisir si chargé d'émotions qu'il en était indescriptible.

— Que tu attends quoi ?

— Que tu me souries quand je t'embrasse, répondit-il en attirant son visage vers le sien. Essayons encore.

Cette fois, il approfondit son baiser, s'approchant plus près de territoires inexplorés. Hester posa les mains sur ses épaules, puis enlaça sa nuque. Il sentit ses doigts sur sa peau, timides au début, puis plus téméraires.

— Tu as toujours peur ?

— Non.

Elle lui sourit encore.

— Enfin, un peu. Je ne sais pas…

Les mots moururent sur ses lèvres et elle détourna le regard, mais il l'obligea encore une fois à lui faire face.

— Tu ne sais pas quoi ?

— Je ne sais pas quoi faire. Je ne sais pas ce que tu aimes.

Mitch ne fut pas surpris par ses propos si humbles. Il savait depuis longtemps qu'il appréciait Hester. Mais, dès cet instant, son cœur, qui oscillait encore quelques secondes plus tôt, bascula résolument dans l'amour.

— Hester, tu me laisses sans voix.

Mitch la serra très fort contre lui un long moment.

— Ce soir, contente-toi de faire ce qui te semble juste et tout se passera bien.

Il commença par embrasser ses cheveux, s'enivrant du parfum qui l'avait tant troublé. Le ton était déjà donné. Ils n'avaient pas besoin de se séduire. Il sentit le cœur d'Hester s'emballer contre le sien, puis elle leva la tête et trouva seule le chemin de ses lèvres.

Les mains de Mitch tremblaient en faisant glisser la longue fermeture Eclair qui courait dans le dos de sa robe. Ils avaient beau vivre dans un monde imparfait, il avait cruellement besoin de lui offrir une nuit parfaite. Il n'était pas un homme égoïste mais, avant cet instant, jamais il n'avait placé les désirs d'une autre personne à ce point au-dessus des siens.

Lentement, la robe en laine glissa le long de ses épaules puis de ses bras. Hester portait une combinaison blanche sans volants ni dentelles. Mais cette vision l'excita bien plus que toute autre fantaisie de soie ou en satin.

— Tu es magnifique, dit-il en pressant ses lèvres sur chacune de ses épaules. Absolument magnifique.

C'était ainsi qu'elle voulait lui apparaître et cela faisait longtemps qu'elle n'avait pas ressenti un tel besoin. En croisant le regard de Mitch, Hester se sentit belle. Belle et séduisante. Encouragée par ses paroles, elle entreprit de le dévêtir à son tour d'une main impatiente et maladroite.

Mitch devinait que ce n'était pas facile pour elle. Après lui avoir retiré sa veste, elle commença à dénouer sa cravate avant d'avoir le courage de lever les yeux vers lui. Il sentait ses doigts tremblants frotter délicieusement contre sa peau tandis qu'elle déboutonnait sa chemise.

— Je te trouve aussi très beau, murmura-t-elle.

Le seul et dernier homme qu'elle avait touché de cette façon n'était rien de plus qu'un enfant. Or, les muscles de Mitch étaient fins mais durs, son torse lisse mais puissant — il était la virilité incarnée.

Les mouvements d'Hester étaient lents, plus empreints de timidité que de sensualité. Mitch sentit les muscles de son ventre frémir lorsqu'elle atteignit la fermeture Eclair de son pantalon.

— Tu me rends fou.

Aussitôt, Hester retira ses mains.

— Désolée.

— Non, dit-il en riant.

Mais son rire ressemblait plus à un grognement plaintif.

— J'aime ce que tu fais, ajouta-t-il.

Grisée, Hester fit glisser, de ses doigts tremblants, le pantalon de Mitch sur ses hanches étroites. Les muscles de ses cuisses étaient longs et fermes. Fascinée et ravie, elle sentit monter une brusque bouffée de désir en les touchant. Puis elle se serra contre lui et vibra au contact de sa peau contre la sienne.

Mitch luttait contre l'envie de brûler les étapes pour laisser libre cours au désir qu'il éprouvait pour elle. Les mains hésitantes et les yeux émerveillés d'Hester l'avaient conduit au bord du gouffre. Il fallait à tout prix faire marche arrière. A ses muscles bandés et à son souffle haletant, elle devinait sans doute le combat intérieur qu'il se livrait.

— Mitch ? demanda-t-elle, l'air inquiet.

— Une minute, répondit-il en enfouissant son visage dans ses cheveux.

Il gagna péniblement cette bataille pour se dominer et en ressortit affaibli et hébété. Lorsqu'il découvrit la peau douce et sensible du cou d'Hester, il décida de focaliser toute son attention là-dessus.

Hester répondit à ses baisers en arquant son corps

contre le sien. Instinctivement, elle renversa la tête pour mieux lui offrir sa gorge. Elle avait l'impression qu'un voile s'était abattu sur ses yeux. Sa chambre, si familière, était devenue floue. Partout où les lèvres de Mitch l'effleuraient et l'embrassaient, elle sentait battre son pouls. Puis son sang s'embrasa dans ses veines, mettant à vif tous ses sens. Elle poussa un gémissement rauque qui résonna de manière primitive. Ce fut elle qui l'attira vers le lit.

Mitch aurait aimé jouir d'une minute de plus avant de s'allonger sur elle. De délicieuses sensations le parcouraient tout entier. Son corps et son cœur vibraient de volupté. Il fallait qu'il se reprenne, avant que ses sens le contrôlent complètement. Mais Hester le caressait déjà d'une main langoureuse, ses hanches collées aux siennes. Vaincu, Mitch roula à côté d'elle.

Il embrassa ses lèvres et, l'espace d'un instant, tous ses rêves et ses désirs se concentrèrent sur elle. Les lèvres d'Hester étaient humides et brûlantes, comme une promesse de ce qui l'attendait une fois qu'il serait en elle. Déjà, il avait fait tomber la dernière barrière de tissu. Il l'entendit haleter de plus belle lorsqu'il partit à la rencontre de ses seins nus. Tandis qu'il refermait ses lèvres sur leurs pointes dressées, elle murmura son prénom.

Un abandon, voilà ce que c'était. Sans qu'elle puisse l'empêcher, son corps se mouvait en harmonie avec le sien. Hester ne désirait rien d'autre. Sentir la peau nue de Mitch contre la sienne, de plus en plus chaude et humide, était exaltant. De même que leurs bouches qui se cherchaient avec avidité, se trouvaient avant de se détacher. Il lui murmurait une série de mots brûlants et incohérents, et elle lui répondait de la même manière. La lumière jouait sur ses mains lorsqu'il lui montra comment une caresse pouvait exalter son âme.

Hester était nue à présent, mais toute sa timidité avait disparu. Elle désirait toucher Mitch, le goûter, admirer son corps qui l'attirait tant. Ses muscles durs et sa peau tendue la fascinaient. Jusqu'à ce jour, elle ignorait que caresser un homme pouvait soulever en elle de telles vagues de désir. Lorsque Mitch posa la main sur son sexe, elle fut submergée par une violente excitation. Haletante, elle tendit les mains vers lui pour reprendre son souffle.

Jamais il n'avait rencontré de femme qui lui réponde avec un tel enthousiasme. La voir atteindre de tels sommets lui procurait un immense plaisir. Mitch rêvait désespérément de la prendre encore et encore jusqu'à la laisser sans force et sans volonté. Mais il avait aussi de plus en plus de mal à se contrôler et Hester le réclamait haut et fort.

Il couvrit alors son corps et la pénétra.

Ils se mirent à bouger de concert, quelques minutes ou des heures peut-être...

Une chose était sûre : il n'oublierait jamais la façon dont ses yeux s'ouvrirent pour plonger dans les siens au moment où ils atteignirent ensemble le paroxysme du plaisir.

Une pluie glaciale martelait les vitres. Allongé sur le couvre-lit froissé, Mitch était bouleversé. Il tourna la tête en direction du bruit. Depuis combien de temps pleuvait-il ? Il l'ignorait. D'aussi loin que remontaient ses souvenirs, jamais il ne s'était senti aussi proche d'une femme, au point d'oublier le monde extérieur.

Il se tourna de nouveau vers elle et l'attira vers lui. Il avait un peu froid, mais il n'avait pas la moindre envie de bouger.

— Tu es bien silencieuse, murmura-t-il.

Hester avait les yeux fermés, et n'avait aucune envie

de les ouvrir. Elle ne se sentait pas prête à affronter son regard.

— Je ne sais pas quoi dire.

— Pourquoi ne pas dire « c'était génial » ?

Elle fut surprise de constater qu'elle était encore capable de rire après un moment d'une telle intensité.

— D'accord. C'était génial.

— Essaie de manifester plus d'enthousiasme, s'il te plaît. Que dirais-tu de : « C'était fantastique, incroyable, la terre a tremblé » ?

Cette fois, elle plongea son regard dans le sien.

— Et pourquoi ne pas dire simplement que c'était très beau ?

Mitch saisit sa main pour l'embrasser.

— Oui, on peut dire ça.

Puis il se redressa sur un coude pour la contempler. Un peu gênée, elle se retourna pour lui cacher son visage.

— Trop tard pour être timide, dit-il en caressant son corps d'une main légère mais possessive.

— Tu sais, j'avais raison à propos de tes jambes. Mais j'imagine qu'il est inutile d'essayer de te convaincre de mettre un short et des socquettes ?

— Pardon ?

Le ton interloqué de sa voix contraint Mitch à l'attirer vers lui pour couvrir son visage de baisers.

— J'ai un faible pour les longues jambes, les shorts et les chaussettes, expliqua-t-il. Cela me rend fou de regarder les femmes courir dans le parc l'été. Et, si les couleurs sont assorties, je suis un homme mort.

— Tu es fou.

— Allons, Hester. Ne me dis pas que tu n'as pas tes secrets ? Tu fantasmes peut-être sur les hommes musclés moulés dans des T-shirts, ou en smoking avec une cravate noire et les boutons défaits ?

— Ne sois pas stupide.

— Et pourquoi pas ?

Oui, et pourquoi pas ? songea-t-elle en se mordant nerveusement les lèvres.

— Eh bien, j'ai un petit faible pour les jeans qui glissent un peu sur les hanches, avec un bouton défait, avoua-t-elle.

— Je promets de ne plus jamais boutonner mon jean.

Hester rit de nouveau.

— Cela ne veut pas dire que je vais mettre des shorts et des socquettes.

— D'accord. Mais sache que te voir en tailleur m'excite aussi.

— Ce n'est pas vrai.

— Mais si, insista-t-il en roulant sur elle avant de jouer avec ses cheveux. J'aime tes chemisiers au col remonté. Et te voir avec les cheveux attachés.

Il prit la chevelure d'Hester et la remonta au-dessus de sa tête. Son visage n'était plus du tout le même mais l'excitait tout autant.

— Voici l'efficace Mme Wallace, très sûre d'elle. Chaque fois que je te vois habillée en tailleur, j'imagine comme il doit être fascinant d'ôter un à un tes habits de travail et chacune de tes barrettes.

Il fit glisser les cheveux d'Hester entre ses doigts.

Pensive, elle posa la joue contre son torse.

— Tu es un homme étrange, Mitch.

— Certainement.

— Tu fais si souvent appel à ton imagination, à ce qui pourrait être, aux rêves et à la fantaisie. De mon côté, ma vie est faite de données, de chiffres, de pertes et de profits, de ce qui est ou n'est pas.

— Tu parles de notre travail ou de notre personnalité ?

— N'est-ce pas la même chose ?

— Non. Je ne suis pas le commandant Zark, Hester.

Bercée par le rythme de son cœur, elle changea de position.

— Je veux simplement dire que l'artiste, l'écrivain qui est en toi, développe son imagination et toutes les possibilités qu'elle offre. Mais le banquier qui est en moi ne pense qu'aux chèques et à l'équilibre des comptes.

Mitch resta pensif quelques instants à caresser les cheveux d'Hester. Savait-elle que sa personnalité avait bien d'autres facettes ? Elle était aussi la femme qui rêvait d'une maison à la campagne, capable de lancer des balles courbes au base-ball et de transformer un homme de chair et de sang en une boule de désir.

— Sans vouloir philosopher, je me demande pourquoi tu as choisi de gérer des prêts ? Ressens-tu la même chose quand tu refuses ou acceptes un dossier ?

— Non, bien sûr.

— Evidemment. Quand tu acceptes de donner un prêt, tu tiens entre tes mains une multitude de possibilités. Je suis persuadé que tu joues selon les règles, cela fait partie de ton charme, mais je donnerais ma main à couper que tu tires une satisfaction personnelle à pouvoir dire : « D'accord, achetez votre maison, créez votre entreprise, développez-vous. »

— Tu sembles m'avoir très bien cernée.

Comme personne auparavant, songea-t-elle, sous le choc.

— J'ai beaucoup pensé à toi, avoua Mitch en l'attirant vers lui.

Sentait-elle à quel point leurs deux corps s'emboîtaient à la perfection ?

— Beaucoup, continua-t-il. Pour tout t'avouer, je n'ai

pas pensé à une autre femme depuis que je suis venu chez toi avec votre pizza.

Hester lui sourit et il eut envie de la serrer dans ses bras, mais il se retint.

— Hester…

Comme rarement dans sa vie, Mitch se sentit gagné par une étrange timidité. Hester le regardait avec les yeux chargés d'attente, voire d'impatience, tandis qu'il cherchait les bons mots.

— En réalité, commença-t-il, je n'ai pas envie de penser à une autre femme, ni d'être avec une autre femme de cette façon.

Il chercha encore comment exprimer ce qu'il ressentait et poussa un juron.

— Bon sang, j'ai l'impression d'être redevenu un lycéen.

Hester lui sourit prudemment.

— Que veux-tu dire ? Qu'il faut aller doucement ?

Ce n'était pas tout à fait ce qu'il avait à l'esprit, mais il lut dans ses yeux qu'il valait mieux ne pas précipiter les choses.

Hester baissa les yeux vers sa main posée sur la poitrine de Mitch. Etait-elle stupide de se sentir si émue ? Stupide ou non, ce sentiment n'en restait pas moins dangereux.

— Peut-être peut-on dire que je n'ai pas envie de me trouver ainsi avec une autre personne que toi, répondit-elle.

Mitch ouvrit la bouche pour répondre, puis se ravisa. De toute évidence, Hester avait besoin de temps pour être certaine que ce qu'elle ressentait était vrai. Elle n'avait connu qu'un seul homme dans sa vie, lorsqu'elle était très jeune. Il devait lui laisser la possibilité d'être sûre d'elle. Mais Mitch Dempsey n'avait pas l'esprit de sacrifice du commandant Zark.

— D'accord, approuva-t-il.

Mitch avait inventé et gagné assez de guerres pour savoir quelle stratégie adopter. Il allait faire la conquête d'Hester avant même qu'elle s'aperçoive qu'il y avait eu une bataille à livrer.

Pour commencer le premier siège, Mitch l'attira à lui et scella leurs bouches par un baiser.

Hester éprouva un sentiment à la fois étrange et merveilleux en se réveillant à côté de son amant, même si celui-ci l'avait poussée au bord du lit. Ouvrant les yeux, elle resta immobile et savoura l'instant.

Mitch avait enfoui son visage au creux de sa nuque, un bras étroitement serré autour de sa taille. Heureusement, car elle serait certainement tombée du lit sans cette étreinte. Lorsqu'elle esquissa un mouvement, la peau chaude de Mitch frotta doucement contre la sienne. Une délicieuse sensation de plaisir l'envahit aussitôt.

Elle n'avait jamais eu d'amant. Certes, elle avait eu un mari, mais sa nuit de noces, qui avait fait d'elle une femme, n'avait rien à voir avec celle qu'elle avait partagée avec Mitch. Etait-il juste de les comparer ? Sans doute pas, mais n'était-ce pas humain de le faire ?

Hester se souvenait de sa première nuit avec un homme, de ces premiers ébats frénétiques, compliqués par sa nervosité et l'impatience de son mari. Rien à voir avec la nuit qu'elle venait de passer dans les bras de Mitch. Le désir avait enflé progressivement, étape par étape, comme s'ils avaient eu tout le temps du monde pour le savourer. Elle ignorait que faire l'amour pouvait être aussi libérateur. Et elle ignorait aussi qu'un homme pouvait sincèrement vouloir donner du plaisir autant qu'en prendre.

Hester se pelotonna contre l'oreiller en regardant la

faible lueur hivernale filtrer par les fenêtres. Les choses seraient-elles différentes ce matin ? Allaient-ils se sentir gênés ? Ou bien allaient-ils se comporter de manière désinvolte et minimiser la profondeur de ce qu'ils avaient partagé ? Hester ignorait tout de ces relations, finalement.

Peut-être donnait-elle trop d'importance à cette seule nuit, se réprimanda-t-elle en soupirant. Mais comment pouvait-il en être autrement, alors que cette soirée avait été si magique ?

Hester effleura la main de Mitch, la laissa posée sur la sienne quelques instants, puis essaya de se lever. Le bras de Mitch la retint aussitôt.

— Où vas-tu ? demanda-t-il d'une voix endormie.

Elle tenta de se tourner, mais son amant bloquait ses jambes avec les siennes.

— Il est presque 9 heures.

— Et alors ?

Il la caressa doucement.

— Je dois me lever. Il faut que j'aille chercher Rad dans deux heures.

Mitch grogna en voyant son rêve de passer la matinée au lit avec Hester s'envoler, puis il imagina tout ce qu'ils pouvaient encore faire en deux heures.

— C'est si bon d'être à ton côté, soupira-t-il.

Il relâcha son étreinte juste assez pour la laisser se tourner vers lui.

— Tu es très belle, conclut-il en contemplant son visage à travers ses yeux mi-clos. Délicieuse...

Il effleura ses lèvres. Aucune gêne, aucune désinvolture ne perçait dans son baiser.

— ... et merveilleuse. Imagine ça, proposa-t-il en caressant son ventre. Nous sommes sur une île des mers du Sud. Notre navire a fait naufrage une semaine plus tôt et nous sommes les seuls survivants.

Mitch ferma les yeux en pressant les lèvres contre son front.

— Nous nous sommes nourris de fruits et de poissons que j'ai habilement pêchés avec un bâton aiguisé par mes soins.

— Qui les nettoie ?

— C'est un monde imaginaire, inutile de s'encombrer de ce genre de détails. La nuit dernière, il y a eu un orage, une terrible tempête tropicale. Nous avons dû nous mettre en sécurité sous l'abri que j'ai construit.

— Que *tu* as construit ? demanda-t-elle avec un léger sourire. Je ne fais donc rien d'utile ?

— Tu peux faire tout ce que tu veux dans tes rêves. Maintenant, tais-toi.

En se blottissant contre elle, il pouvait presque sentir l'air iodé de la mer.

— C'est le matin, continua-t-il, la tempête a balayé tous les nuages. Des mouettes plongent en piqué dans les vagues. Nous sommes allongés côte à côte sur une vieille couverture.

— Que tu as héroïquement sauvée du naufrage.

— Tu commences à comprendre. Lorsque nous nous réveillons, nous découvrons que nous sommes blottis l'un contre l'autre malgré nous. Le soleil tape dur et a déjà brûlé nos corps à moitié nus. Encore engourdis de sommeil, mais déjà excités, nous nous rapprochons un peu plus l'un de l'autre. Et là…

Lorsque Mitch approcha ses lèvres à quelques millimètres des siennes, Hester ferma les yeux. Elle eut soudain l'impression d'entrer dans le tableau qu'il venait de lui dépeindre.

— Un sanglier nous attaque et je dois me battre contre lui.

— A moitié nu et sans armes ? fit-elle en riant.

— Tout à fait. Il m'inflige une vilaine morsure, mais j'arrive à le terrasser dans un combat à mains nues.

Hester leva les yeux au ciel.

— Et, pendant ce temps-là, j'imagine que je me cache sous la couverture en gémissant.

— Oui, concéda Mitch en l'embrassant sur le bout du nez. Mais, ensuite, tu m'es très reconnaissante de t'avoir sauvé la vie.

— Moi, la pauvre femme sans défense.

— C'est exactement ça. Tu es tellement reconnaissante que tu déchires ta jupe pour bander mes plaies, et puis…

Il fit une pause.

— … tu me fais du café.

Hester le contempla, partagée entre l'étonnement et l'amusement.

— Tu m'as raconté toute cette histoire pour que je te fasse du café ?

— Pas un simple café. *Le* café du matin. Ma première tasse est vitale.

— Même sans cette histoire, je te l'aurais préparé.

— Oui, mais l'as-tu aimée ?

Hester réfléchit tout en arrangeant ses cheveux.

— La prochaine fois, c'est moi qui pêcherai le poisson.

— Marché conclu.

Elle se leva tout en éprouvant le désir ridicule d'avoir un peignoir à portée de main. Elle se dirigea vers le placard pour en enfiler un, le dos tourné.

— Tu veux un petit déjeuner ? demanda-t-elle.

Mitch s'était redressé. Il se passa une main sur le visage.

— Un petit déjeuner ? Tu veux dire avec des œufs, et tout ça ?

Son dernier vrai petit déjeuner remontait à l'époque où il avait encore l'énergie de se traîner au café du coin.

— Madame Wallace, en échange d'un vrai petit déjeuner, je vous donnerai les joyaux de la couronne de Perth.

— Tout ça pour du bacon et des œufs ?

— Parce qu'il y a du bacon aussi ? Mon Dieu, quelle femme !

Hester se mit à rire, certaine qu'il plaisantait.

— Va prendre une douche si tu veux. Je n'en ai pas pour longtemps.

En fait, Mitch ne plaisantait pas. Il regarda Hester sortir de la chambre, tout étonné. Il n'attendait pas d'une femme qu'elle lui fasse à manger, ou qu'elle le lui propose comme s'il était légitime de l'espérer. Mais il se souvint que cette même femme lui avait offert de recoudre son jean parce qu'elle croyait qu'il n'avait pas les moyens d'en acheter un neuf.

Il sortit du lit, songeur. La distante et professionnelle Hester Wallace était une femme chaleureuse très particulière, et il n'avait pas l'intention de la laisser filer.

Lorsque Mitch entra dans la cuisine, Hester était occupée à battre des œufs. Le bacon s'égouttait sur une grille et le café fumait déjà. Mitch s'arrêta quelques instants dans l'embrasure de la porte, un peu surpris de constater qu'une scène domestique aussi simple puisse l'affecter autant. Hester portait un peignoir en flanelle qui la couvrait jusqu'aux pieds. Mais, à ses yeux, elle ne pouvait pas être plus séduisante. Il n'avait pas compris avant ce jour que c'était ce qu'il avait toujours recherché : les odeurs du matin, le bruit de la radio posée sur le comptoir, la vue matinale d'une femme qui avait partagé la nuit avec lui se mouvant avec aisance dans une cuisine.

Lorsqu'il était enfant, les dimanches matin étaient très formels : brunch à 11 heures servi par un domestique en uniforme, jus d'orange de Waterford, œufs en cocotte dressés dans des assiettes en porcelaine. On lui avait appris à déplier sa serviette en tissu sur les genoux et à tenir une conversation polie. Des années plus tard, Mitch en était réduit, le week-end comme les autres jours de la semaine, à fouiller ses placards les yeux encore pleins de sommeil ou à se traîner jusqu'au café le plus proche.

Aussi bête que cela puisse paraître, il aurait aimé dire à Hester que ce simple repas pris sur le comptoir de sa cuisine avait autant d'importance à ses yeux que leur longue nuit passée dans son lit. Il s'avança vers elle et enlaça sa taille avant de déposer un baiser dans son cou.

A ce simple contact, il sentit son pouls s'accélérer et son sang bouillonner dans ses veines. Hester se laissa aller lascivement contre lui.

— C'est presque prêt, annonça-t-elle. Tu ne m'as pas dit comment tu aimais tes œufs. Je les ai donc préparés brouillés avec un peu d'aneth et de fromage.

A cet instant, Mitch était prêt à avaler n'importe quoi. Il fit pivoter Hester vers lui et lui donna un long et puissant baiser.

— Merci, dit-il dans un souffle.

Hester se sentait de nouveau nerveuse. Elle tourna les œufs juste à temps pour les empêcher de brûler.

— Pourquoi ne t'assieds-tu pas ? proposa-t-elle en lui tendant un mug. Voici ta première tasse de café vitale.

Mitch en but la moitié avant d'obtempérer.

— Hester, tu te rappelles ce que je pense à propos de tes jambes ?

Ne sachant où il voulait en venir, elle lui lança un regard en coin avant de mettre les œufs dans une assiette.

— Oui.

— Ton café est presque aussi bon. Ce sont des qualités exceptionnelles chez une femme.

— Merci.

Elle posa l'assiette devant lui avant d'actionner le grille-pain.

— Tu ne manges pas ? demanda Mitch, étonné qu'elle ne se serve pas.

— Non, je prendrai juste un toast.

Il contempla la pile d'œufs dorés et de bacon croustillant.

— Hester, il ne fallait pas préparer tout ça si de ton côté tu ne manges pas.

— Ça ne me dérange pas, dit-elle en empilant les toasts sur une assiette. Je le fais tous les jours pour Rad.

Mitch posa une main sur la sienne lorsqu'elle s'assit près de lui.

— J'apprécie le geste.

— Ce ne sont que des œufs, se défendit-elle, l'air gêné. Tu devrais les manger avant qu'ils refroidissent.

— Cette femme est merveilleuse ! Non seulement elle élève un petit garçon intéressant et équilibré, non seulement elle occupe un emploi exigeant, mais elle cuisine.

Il goûta le bacon.

— Veux-tu m'épouser ? conclut-il.

Hester rit en remplissant de nouveau leurs tasses de café.

— S'il te suffit de quelques œufs brouillés pour que tu fasses cette demande, je suis étonnée que tu n'aies pas trois ou quatre femmes cachées dans ton placard.

En réalité, Mitch ne plaisantait pas. Elle l'aurait lu dans

ses yeux si elle l'avait regardé. Mais elle était occupée à beurrer ses tartines. Il contempla quelques instants ses mains dépourvues de bagues. La façon dont il avait fait sa demande était ridicule et inefficace. Surtout s'il voulait qu'elle le prenne au sérieux. Il était également trop tôt, songea-t-il en engouffrant une pleine fourchette d'œufs brouillés.

Mais il avait un plan. D'abord, Hester devrait s'habituer à sa présence, puis il gagnerait sa confiance et l'amènerait à croire qu'il serait toujours là pour elle. Enfin, le plus dur serait de la convaincre qu'elle avait besoin de lui. Pas pour lui donner le gîte et le couvert. Elle était beaucoup trop indépendante pour cela, et il admirait cet aspect de sa personnalité. Mais, avec le temps, elle pourrait avoir besoin de son soutien émotionnel, de sa compagnie. Ce serait un début.

Faire la cour à Hester était une mission qui s'annonçait à la fois complexe et subtile. Mitch ne savait pas vraiment comment il allait s'y prendre, mais il était plus que jamais déterminé à relever le défi. Et ce, dès maintenant.

— Tu as des projets aujourd'hui ? demanda-t-il, l'air de rien.

— Je dois aller chercher Rad vers midi.

Hester prit le temps de savourer son toast. Cela faisait des années qu'elle n'avait pas pris son petit déjeuner en compagnie d'un adulte et l'expérience ne manquait pas de charme.

— Je lui ai ensuite promis que je l'emmènerais avec Josh au cinéma, voir *La lune d'Andromède*.

— Vraiment ? C'est un film fantastique. Les effets spéciaux sont saisissants.

— Tu l'as vu ? demanda-t-elle, un peu déçue.

Elle avait pensé qu'il aurait pu les accompagner.

— Deux fois. Il y a une scène renversante entre le scientifique fou et le scientifique sain d'esprit. Et puis il y a ce mutant qui ressemble à une carpe. Le personnage est fabuleux.

— Une carpe, répéta Hester en sirotant son café. Ça m'a l'air merveilleux, en effet.

— C'est un vrai spectacle pour les yeux. Je peux venir avec vous ?

— Mais tu viens de dire que tu l'as déjà vu deux fois.

— Et alors ? Il n'y a que les navets que je ne revois jamais. En plus, j'aimerais voir la réaction de Rad pendant la bataille au laser dans l'espace.

— Le film est sanglant ?

— Il n'y a aucune scène que Rad ne puisse voir.

— Je ne parlais pas pour lui.

Mitch rit en lui prenant la main.

— Je serai là pour te protéger. Qu'en penses-tu ? Je me chargerai du pop-corn.

— Comment décliner une proposition pareille ?

Il porta la main d'Hester à ses lèvres.

— Parfait. Ecoute, je vais t'aider à faire la vaisselle, puis je descendrai promener Taz.

— Pars tout de suite. Il n'y a pas grand-chose à laver et Taz t'attend certainement en gémissant derrière la porte.

— D'accord. Mais, la prochaine fois, c'est moi qui cuisine.

Hester débarrassa les assiettes.

— Tu vas me préparer des sandwichs au beurre de cacahouète et à la confiture ?

— Je peux faire mieux pour t'impressionner.

Hester lui sourit.

— Tu n'as pas besoin de m'impressionner.

Mitch s'approcha d'elle et prit son visage entre ses mains.

— Si, j'en ai besoin.

Puis il mordilla ses lèvres avant d'approfondir soudain son baiser jusqu'à ce qu'ils soient tous les deux à bout de souffle.

— C'est un bon début, conclut-elle, haletante.

Il effleura ensuite son front, le sourire aux lèvres.

— Je serai de retour dans une heure.

Hester resta immobile jusqu'à ce qu'elle entende la porte se fermer. Comment était-ce arrivé ? Comment était-elle tombée amoureuse de cet homme ? Il n'était parti que pour une heure, mais elle attendait déjà son retour avec impatience.

Prenant une profonde inspiration, elle s'assit de nouveau. Elle ne devait pas s'emballer. Il fallait à tout prix qu'elle évite de prendre cette histoire, comme tout le reste, trop au sérieux. Mitch était drôle, il était gentil, mais il n'était pas là pour toujours. En dehors de Radley et d'elle, rien ne durerait toujours. Des années plus tôt, elle s'était promis de ne jamais l'oublier. Et aujourd'hui, plus que jamais, elle était résolue à tenir ses promesses.

9

— Vous savez bien que j'ai horreur de parler affaires avant midi, Rich.

Assis dans le bureau de Skinner, Mitch contemplait Taz qui ronflait paisiblement à ses pieds. Même s'il était 10 heures passées, il était au travail depuis deux bonnes heures et, psychologiquement, il ne s'était pas préparé à affronter le froid pour parler boutique. Dire qu'il avait dû abandonner ses personnages sur sa table à dessin en très mauvaise posture ! Ils ne devaient pas apprécier d'avoir été laissés en plan, tout comme Mitch avait eu du mal à les quitter.

— Si vous m'avez appelé pour me donner une augmentation, je suis d'accord, mais vous auriez pu attendre l'heure du déjeuner.

— Vous n'allez pas recevoir d'augmentation.

Skinner ignora le téléphone qui sonnait sur son bureau.

— Vous êtes déjà surpayé, ajouta son patron.

— Eh bien, si vous comptez me renvoyer, vous auriez vraiment pu attendre une heure ou deux de plus.

— Vous n'êtes pas renvoyé, répondit Skinner en le regardant d'un air soucieux. Mais, si vous persistez à amener ici votre chien, je pourrais très bien changer d'avis.

— Taz est devenu mon agent. Vous pouvez tout dire devant lui.

Skinner s'adossa à son siège et croisa ses mains aux

articulations gonflées. Cela faisait des années qu'il faisait craquer ses doigts pour calmer ses nerfs.

— Vous savez, Dempsey, quelqu'un qui ne vous connaîtrait pas aussi bien que moi pourrait croire que vous plaisantez. Mais, moi, je sais que vous êtes fou.

— C'est pour cette raison que nous nous entendons si bien, n'est-ce pas ? Ecoutez, Rich, Mirium est enfermée dans une pièce remplie de rebelles blessés de la planète Zirial. Comme elle est pleine d'empathie, elle non plus ne se sent pas très bien. Pourquoi ne pas en finir avec cette discussion afin que je puisse rentrer chez moi et la sortir de ce mauvais pas ?

— Des rebelles de Zirial, commenta Skinner d'un air pensif. Vous ne songez pas à faire revenir Nimrod le Sorcier ?

— Cette idée m'a traversé l'esprit. Si vous me dites pourquoi vous m'avez fait venir, je pourrai rentrer chez moi et découvrir ce qu'il a fait du gant qui le rend invisible.

— Vous travaillez ici, souligna Skinner.

— Ce n'est pas une excuse.

Skinner lâcha enfin le morceau.

— Vous savez que Two Moon Pictures est en train de négocier avec Universal les droits pour produire Zark au cinéma ?

— Oui. Cela fait un an, un an et demi qu'on en parle.

Comme toutes ces tractations ne l'intéressaient pas, Mitch étendit ses longues jambes devant lui et entreprit de masser le flanc de Taz du bout du pied.

— La dernière chose que vous m'ayez dite était que ces mangeurs de graines de Californiens n'arrivaient pas à s'extirper assez longtemps de leurs baignoires pour conclure l'affaire, plaisanta Mitch. Vous avez beaucoup d'humour, Rich.

— L'affaire a été signée hier, répondit platement son patron. Two Moon veut exploiter Zark.

Le sourire de Mitch s'évanouit aussitôt.

— Vous êtes sérieux ?

— Je suis toujours sérieux, répliqua Skinner en scrutant la réaction de Mitch. Je croyais que vous seriez un peu plus enthousiaste. Votre bébé va devenir une star du grand écran.

— Pour dire la vérité, je ne sais pas ce que je ressens, dit Mitch en quittant de son fauteuil.

Puis il commença à arpenter le minuscule bureau de Rich. En passant près de la fenêtre, Mitch ouvrit les stores. Une lumière dure et froide s'infiltra dans la pièce.

— Zark a toujours été un personnage très personnel. Je ne sais pas ce que je ressens à l'idée de le laisser partir à Hollywood.

— Vous avez adoré les poupées réalisées par B.C. Toys.

— Les figurines, rectifia aussitôt Mitch. Ce doit être parce qu'elles étaient assez fidèles aux personnages.

Sa réaction était stupide, il le savait. Zark ne lui appartenait pas. Certes, il l'avait créé, mais le personnage était la propriété d'Universal, à l'instar de tous les autres héros et êtres malfaisants sortis de l'imagination fertile de leur équipe. Si comme Maloney, son ancien collègue de travail, Mitch décidait de quitter la société, il devrait laisser Zark derrière lui pour qu'un autre se charge de le faire vivre.

— Garderons-nous une certaine liberté de manœuvre ? demanda-t-il enfin.

— Vous craignez qu'ils exploitent votre bébé ?

— Peut-être.

— Ecoutez... Two Moon a acheté les droits de Zark parce que le personnage possède un potentiel au box-office, tel qu'il est. Il ne serait pas sage commercialement parlant de le changer. Mais la bande dessinée est un gros marché. Cent trente millions par an, ce n'est pas négligeable. Nous n'avions pas connu un tel essor depuis la fin de la guerre. Et, même si le marché se stabilise, il restera porteur. Ces types de la côte ouest s'habillent peut-être de manière excentrique, mais ils savent reconnaître un gagnant quand ils en croisent un. Si vous avez des inquiétudes, vous pouvez toujours accepter leur offre.

— Quelle offre ?

— Ils veulent que vous écriviez le scénario du film.

Mitch s'immobilisa.

— Moi ? Mais je n'écris pas pour le cinéma.

— Vous avez créé Zark. Visiblement, c'est assez pour les producteurs. Nos éditeurs ne sont pas stupides non plus. Radins, commenta Skinner en lançant un regard furtif vers le linoléum usé, mais pas stupides. Ils veulent que le script soit écrit en interne. Le contrat que nous avons signé contient une clause stipulant que nous pouvons faire un essai. Two Moon veut que vous commenciez le travail. Si les résultats ne sont pas concluants, ils proposent que vous participiez au projet en tant que conseiller artistique.

— Conseiller artistique, répéta Mitch à haute voix, tout en réfléchissant à l'intitulé du poste.

— A votre place, Dempsey, je prendrais un agent à deux jambes.

— Peut-être. Il faut que j'y réfléchisse. Je dispose de combien de temps ?

— Personne n'a fixé de délais. Votre refus n'a même pas été évoqué. Mais, une fois encore, ils ne vous connaissent pas comme moi.

— Donnez-moi quarante-huit heures. Il faut que j'en parle à quelqu'un.

Skinner se tut jusqu'à ce que Mitch ait atteint la porte du bureau.

— Mitch, des occasions comme celles-ci ne se présentent pas tous les jours.

— Laissez-moi juste rentrer chez moi. Je vous recontacte.

Les bouleversements n'arrivent jamais seuls, songea Mitch en marchant à côté de Taz. Dire que l'année avait commencé de manière normale, presque ordinaire. Il s'était fixé quelques objectifs simples : prendre de l'avance sur son planning afin de partir trois ou quatre semaines en vacances et aller skier, boire du brandy et déblayer de la neige dans la ferme de son oncle. Il s'était dit qu'il rencontrerait une ou deux jeunes femmes séduisantes sur les pistes enneigées pour agrémenter ses soirées. Il avait également prévu de dessiner un peu, de dormir beaucoup et d'aller d'hôtel en hôtel.

Mais, depuis quelques semaines, tout avait changé. Il avait trouvé avec Hester tout ce qu'il avait toujours désiré dans sa vie personnelle. Il ne lui restait plus qu'à la convaincre qu'*il* était l'homme dont elle avait toujours rêvé. Et aujourd'hui, alors que Skinner venait de lui faire l'une des plus importantes propositions de sa vie professionnelle, Mitch ne pouvait pas dissocier les deux.

Il n'avait jamais vraiment séparé ces deux aspects de sa vie. Lorsqu'il buvait un verre avec ses amis ou lorsqu'il travaillait toute la nuit avec Zark, il restait le même homme. S'il avait changé, c'était à cause d'Hester et de Radley. Depuis qu'il s'était épris d'eux, il s'était surpris à désirer les chaînes qu'il avait toujours évitées, les responsabilités qu'il avait toujours fuies.

Pour commencer, il allait trouver Hester.

Mitch entra d'un pas nonchalant dans la banque, les oreilles rouges de froid. Sa longue marche dans l'air glacé lui avait donné le temps de réfléchir à sa conversation avec Skinner et de ressentir les premières bouffées d'excitation. Il imaginait déjà Zark en Technicolor, en son Dolby stéréo, en Panavision.

Il s'arrêta devant le bureau de Kay et la salua.

— Elle a déjà pris son déjeuner ? demanda-t-il directement.

La jeune femme fit rouler son fauteuil en arrière.

— Non.

— Elle n'a pas de rendez-vous ?

— Elle est seule.

— Parfait. Et jusqu'à quelle heure est-elle libre ?

Kay fit courir un doigt le long de son agenda.

— 14 h 15.

— Très bien, elle sera de retour à temps. Si Rosen passe par là, dites-lui que j'ai emmené Mme Wallace déjeuner pour parler de mon prêt.

— Oui, monsieur.

Lorsque Mitch ouvrit la porte, il surprit Hester penchée sur une longue colonne de chiffres. Ses doigts survolaient rapidement la calculatrice, qui cliquetait à mesure que la bande se déroulait.

— Kay, je vais avoir besoin de l'estimation des travaux de Lorimar. Et pouvez-vous me commander un sandwich, s'il vous plaît ? Demandez ce qu'il y a de plus rapide. Je voudrais avoir fini de monter ce dossier à la fin de la journée. Oh ! Et j'aurai besoin des opérations de change sur le compte Duberry. Cherchez le 1 099.

Mitch ferma la porte derrière lui.

— Bon sang, toutes ces conversations bancaires m'excitent.

— Mitch !

Hester leva les yeux vers lui, la tête encore pleine de chiffres.

— Que fais-tu ici ?

— J'organise ton évasion, mais nous devons faire vite. Taz se charge de distraire les vigiles.

Il avait déjà décroché le manteau d'Hester de la patère située derrière la porte.

— Allons-y. Contente-toi de garder la tête baissée et d'avoir l'air naturel.

— Mitch, je dois…

— Manger chinois et faire l'amour avec moi. Peu importe dans quel ordre. Tiens, enfile ça.

— Je n'ai pas encore terminé ces calculs.

— Ils ne s'envoleront pas.

Il l'aida à boutonner son manteau, puis posa les mains sur ses épaules.

— Hester, sais-tu depuis combien de temps nous n'avons pas eu une heure pour nous ? Quatre jours.

— Je sais. Je suis désolée, j'ai été très occupée.

— Occupée, répéta-t-il en désignant son bureau. Personne ne dira le contraire, mais tu m'as aussi tenu à distance.

— Ce n'est pas vrai.

Non, songea Hester, c'était elle qui se tenait à distance de lui, pour se prouver qu'elle n'avait pas autant besoin de Mitch qu'il y paraissait. Mais sa stratégie n'avait pas fonctionné aussi bien qu'elle l'espérait. Debout devant lui, le cœur battant à tout rompre, elle en avait la preuve.

— Mitch, je t'ai expliqué comment je me sentais à l'idée d'être… avec toi dans l'appartement, en même temps que Radley.

— Oui, je sais.

Il aurait aimé parler de ce point, mais il s'abstint.

— En ce moment, continua-t-il, Rad est à l'école et tu as le droit de prendre une pause pour déjeuner. Viens avec moi, Hester. J'ai besoin de toi.

Elle ne pouvait ni lui résister, ni refuser son offre, ni prétendre qu'elle n'avait pas envie d'être avec lui. Sachant qu'elle le regretterait plus tard, elle tourna le dos à son travail.

— Je me contenterai d'un sandwich au beurre de cacahouète et de confiture. Je n'ai pas très faim.

— C'est toi qui décides.

Quinze minutes plus tard, ils pénétraient dans l'appartement de Mitch. Comme d'habitude, les rideaux étaient grands ouverts. Le soleil entrait à flots dans la pièce, où régnait une agréable chaleur. Hester enleva son manteau. Mitch devait monter le chauffage pour pouvoir rester pieds nus chez lui, vêtu d'un simple T-shirt à manches courtes. Elle se tenait debout, son manteau dans la main, ne sachant pas quoi faire.

— Laisse-moi te débarrasser, proposa Mitch en lançant négligemment son vêtement sur une chaise. Beau tailleur, mademoiselle Wallace, murmura-t-il en passant un doigt sur le revers de sa veste à fines rayures.

Hester posa une main sur la sienne, une fois de plus effrayée que tout aille trop vite.

— Je me sens…

— Décadente ?

L'humour qu'elle lut dans son regard l'aida toutefois à se détendre.

— Non, j'ai plus l'impression de m'être enfuie par la fenêtre de ma chambre en pleine nuit.

— Tu l'as déjà fait ?

— Non, j'y ai beaucoup pensé, mais je n'ai jamais su ce que j'aurais pu faire une fois dehors.

— C'est pour ça que je suis fou de toi.

Mitch embrassa ses lèvres, où planait un sourire timide. Elles s'adoucirent et s'abandonnèrent aussitôt sous les siennes.

— Sors par la fenêtre pour moi, Hester. Je te montrerai ce que l'on peut faire.

Il glissa alors une main dans ses cheveux pour faire tomber une à une les épingles qui les attachaient, et elle perdit le contrôle d'elle-même.

Elle le désirait avec une violence qui frisait la folie. Depuis qu'ils avaient fait l'amour, Hester avait passé de longues nuits à penser à lui, à la manière dont il l'avait touchée, aux endroits de son corps qu'il avait caressés. Et, maintenant, les mains de Mitch étaient de nouveau sur elle, comme dans ses souvenirs. Cette fois, elle réagit plus vite que lui. D'un geste vif, elle fit passer le pull de son amant par-dessus sa tête pour se délecter de sa peau chaude et lisse. Puis elle mordilla avec insistance les lèvres de Mitch pour mieux le séduire, jusqu'à ce qu'il lui retire à son tour sa veste puis se débatte avec les boutons qui couraient dans le dos de son chemisier.

Les gestes de Mitch devinrent moins tendres lorsqu'elle trouva le chemin de son sexe. Toute sa belle patience semblait même avoir disparu. Mais la prudence d'Hester s'était depuis longtemps évanouie elle aussi. Sans cesser de le caresser, elle se pressait désormais avec fougue contre lui. Peu lui importait que ce soit le jour ou la nuit. Elle avait beau se débattre avec cette idée, elle était là où elle voulait être, là où elle avait besoin d'être.

De la folie, c'était bien de la folie. Comment avait-il pu vivre si longtemps sans elle ? Fou de désir, Mitch défit les boutons de sa jupe et la fit glisser d'un long geste sensuel le long de ses hanches jusqu'au sol. Puis, avec un grognement de satisfaction, il pressa sa bouche contre la gorge d'Hester. Quatre jours ? Cela ne faisait que quatre jours ? Il la découvrait aussi impatiente et désespérée que lui, comme il en avait rêvé. Il savoura le contact de sa peau, même lorsque le désir se nicha au creux de ses reins et lui fit perdre la tête. Il aurait pu passer des heures à la caresser, à s'en remettre à ses mains. Mais l'intensité du moment, le manque de temps et l'urgence de ses murmures ne le lui permettaient pas.

— La chambre, bafouilla-t-elle tandis qu'il faisait glisser les fines bretelles de son soutien-gorge le long de ses épaules.

— Non, ici.

Puis il scella ses lèvres d'un baiser fougueux en l'entraînant au sol avec lui.

Il aurait aimé lui donner plus. Même s'il sentait qu'il allait bientôt atteindre le point de non-retour, il aurait aimé lui donner plus. Mais elle avait déjà enroulé ses jambes autour de sa taille. Sans lui laisser le temps de reprendre son souffle, elle posa les mains sur ses hanches pour mieux le guider en elle, puis elle enfonça profondément les doigts dans ses épaules en murmurant son prénom. Mitch eut alors l'impression que l'univers entier explosait dans sa tête.

Lorsque Hester reprit enfin ses esprits, elle aperçut de petites particules danser dans un faisceau de lumière. Elle était étendue sur un précieux tapis d'Aubusson, la tête de Mitch nichée entre ses seins. Il était midi, une pile de dossiers l'attendait sur son bureau, et elle venait de passer la plus grande partie de sa pause déjeuner à faire l'amour par terre. Elle ne s'était jamais sentie aussi comblée.

Jusqu'à ce jour, elle ignorait que l'existence pouvait ressembler à une aventure, un carnaval. Pendant des années, elle avait cru qu'il n'y avait pas de place dans sa vie pour la folie de l'amour. Son monde tournait uniquement autour des responsabilités. Mais, à cet instant précis, elle commençait à comprendre que les deux n'étaient pas incompatibles. Pendant combien de temps, elle l'ignorait. Mais, un jour, c'était déjà beaucoup.

— Je suis heureuse que tu sois venu me chercher pour déjeuner.

— Il va falloir le faire plus souvent, alors. Tu veux toujours un sandwich ?

— Non, je n'ai besoin de rien.

De rien d'autre que de lui, songea-t-elle en soupirant. Il allait falloir qu'elle se fasse à cette idée.

— Il faut que je retourne au bureau, annonça-t-elle.

— Ton prochain rendez-vous n'est qu'à 14 heures. J'ai vérifié. Tes opérations de change peuvent attendre quelques minutes, n'est-ce pas ?

— Je suppose que oui.

— Viens avec moi, dit-il en l'aidant à se lever.

— Où donc ?

— Nous allons prendre une douche rapide. Ensuite, il faut que je te parle.

Hester accepta le peignoir qu'il lui tendait en essayant de ne pas trop s'inquiéter. Elle connaissait suffisamment Mitch pour savoir qu'il était plein de surprises. Mais était-elle capable d'en supporter davantage ? Un peu tendue, elle s'assit près de lui sur le canapé et attendit.

— On dirait que tu vis tes dernières heures, remarqua-t-il.

Hester tenta un sourire timide.

— Non, mais ce que tu as à me dire semble si sérieux.

— Je te l'ai déjà dit, je ne suis pas toujours drôle.

Du bout des pieds, il écarta quelques magazines de la table basse.

— J'ai eu des nouvelles aujourd'hui, expliqua-t-il, et je ne sais pas trop quoi en penser. Je voudrais avoir ton avis.

— Concernant ta famille ? demanda-t-elle aussitôt, inquiète.

— Non, répondit-il en prenant ses mains entre les siennes. Ce ne sont pas de mauvaises nouvelles. Du moins, je ne pense pas. Une société de production basée à Hollywood vient de conclure un marché avec Universal pour produire un film sur Zark.

Hester le regarda quelques instants, interdite.

— Un film ? Mais c'est merveilleux. Zark est un personnage de bande dessinée très connu, mais un film le rendra plus célèbre encore. Tu dois être ravi et très fier de voir ton travail évoluer de cette façon.

— Je ne sais toujours pas s'ils vont pouvoir le transposer sur grand écran avec le bon ton, les bonnes émotions. Ne me regarde pas comme ça.

— Mitch, je sais l'importance que Zark a pour toi. Enfin, je pense. C'est ta création.

— Pour moi, il est réel, corrigea Mitch. Ici, ajouta-t-il en tapotant sa tempe. Et aussi ridicule que ça puisse paraître, ici aussi, conclut-il en touchant son cœur. Il a changé ma vie, il a changé ma façon de me voir et de voir mon travail. Je ne veux pas que l'on gâche mon personnage, qu'on en fasse un héros en carton-pâte ou, pire encore, qu'on le rende infaillible et parfait.

Hester garda le silence quelques instants. Elle commençait à comprendre que le fait de donner vie à une idée était tout aussi bouleversant que de mettre au monde un enfant.

— Puis-je savoir pourquoi tu l'as créé ? demanda-t-elle.

— Je voulais un héros, un héros très humain, avec ses failles et ses faiblesses. Mais avec de grandes valeurs. Un personnage qui, parce qu'il est fait de chair et de sang, parle aux enfants, un héros avec une force intérieure assez puissante pour se défendre. Les enfants n'ont pas beaucoup le choix, tu sais. Quand j'étais jeune, je voulais être capable de dire : « Non, je ne veux pas, je n'aime pas ça. » Lorsque j'ai commencé à lire, je me suis aperçu qu'il y avait des possibilités, des portes de sortie. C'est dans cet esprit que j'ai créé Zark.

— Et tu penses avoir réussi ?

— Oui, d'un point de vue personnel, j'ai réussi lorsque le premier numéro est sorti. Professionnellement, Zark a poussé Universal au sommet. Il génère des millions de dollars de chiffre d'affaires chaque année.

— Et tu le déplores ?

— Non, pourquoi le ferais-je ?

— Dans ce cas, tu ne devrais pas déplorer de le voir passer à l'étape suivante.

Mitch ne répondit rien. Il réfléchissait. Il aurait dû se douter qu'Hester verrait les choses plus clairement que lui, qu'elle était plus pragmatique. N'était-ce pas la raison pour laquelle il avait besoin d'elle ?

— Ils m'ont proposé d'écrire le scénario.

— Comment ? dit-elle en se redressant, les yeux écarquillés de stupeur. Oh ! Mitch, c'est merveilleux. Je suis si fière de toi.

Il continua de jouer avec les doigts d'Hester.

— Je n'ai pas encore accepté.

— Tu crois ne pas en être capable ?

— Je n'en suis pas sûr.

Hester ouvrit la bouche, puis se ressaisit.

— Bizarre, dit-elle avec prudence. J'aurais juré que tu étais l'homme le plus sûr de lui que je connaisse. De plus, je te croyais beaucoup trop possessif à l'égard de Zark pour laisser une autre personne écrire ce scénario.

— Il y a une différence entre écrire un scénario de bande dessinée et celui d'un film à gros budget.

— Et alors ?

Mitch s'esclaffa.

— Tu te sers de mes propres réponses, à ce que je vois.

— Mitch, tu sais écrire, tu es le premier à dire que tu as beaucoup d'imagination, et tu connais ce personnage mieux que personne. Je ne vois pas où est le problème.

— J'ai peur de tout gâcher. Peu importe, même si je n'écris pas le scénario, ils veulent m'embaucher comme conseiller artistique.

— Je ne peux pas prendre de décision à ta place, Mitch.

— Mais ?

Elle se pencha vers lui, et posa les mains sur ses épaules.

— Ecris ce scénario, Mitch. Tu t'en voudras à mort si tu n'essaies pas. Il n'y a aucune garantie mais, si tu ne prends pas ce risque, tu n'auras pas non plus de récompense.

Emu, Mitch prit la main d'Hester dans la sienne et la serra très fort sans la quitter des yeux.

— C'est vraiment comme ça que tu ressens les choses ?

— Oui. Je crois aussi en toi.

Elle se pencha vers lui pour effleurer ses lèvres.

— Epouse-moi, Hester, prononça Mitch dans un souffle.

Sa bouche toujours contre la sienne, elle se raidit. Puis, très doucement, elle s'écarta de lui.

— Comment ?

— Epouse-moi, répéta-t-il en retenant fermement sa main. Je t'aime.

— Non, s'il te plaît, ne fais pas ça.

— Ne pas faire quoi ? T'aimer ?

Il resserra l'étreinte autour de ses doigts, tandis qu'elle tentait de se dégager.

— Il est beaucoup trop tard pour ça, et tu le sais,

ajouta-t-il. Je ne t'ai pas menti en te disant que je ne m'étais jamais aussi bien senti avec une femme. Je veux passer le reste de ma vie avec toi.

— Je ne peux pas, murmura-t-elle.

Chaque mot semblait lui brûler la gorge.

— Je ne peux pas me marier avec toi, continua-t-elle. Je ne veux me marier avec personne. Tu ne mesures pas ce que tu me demandes.

— Le fait de ne jamais avoir été marié ne veut pas dire que je ne peux pas comprendre.

Il s'était attendu à une réaction de surprise, et même à une certaine résistance. Mais il s'apercevait à présent à quel point il s'était trompé. Il y avait une peur irraisonnée dans les yeux d'Hester, une réelle panique dans sa voix.

— Hester, je ne suis pas Allan. Et nous savons tous les deux que tu n'es pas la même femme que le jour où tu l'as épousé.

— Peu importe. Je ne suis plus prête à sauter le pas et à entraîner Radley dans tout ça.

Elle s'écarta brusquement et entreprit de se rhabiller.

— Tu n'es pas raisonnable, conclut-elle.

— Vraiment ?

Luttant pour garder son calme, Mitch s'approcha d'elle par-derrière et l'aida à boutonner son chemisier. Il la sentit se raidir de nouveau.

— Maintenant, dit-il, c'est toi qui fondes tes sentiments sur des événements qui ont eu lieu il y a des années.

— Je ne veux pas en parler.

— Peut-être que ce n'est pas le meilleur moment pour le faire, mais un jour il faudra bien avoir cette discussion.

Comme elle lui résistait, il la fit pivoter.

— Nous allons devoir en parler, précisa-t-il.

Hester ne pensait plus qu'à partir, assez loin pour

oublier tout ce qui venait d'être dit. Mais, pour l'heure, elle allait devoir affronter son amant.

— Mitch, nous ne nous connaissons que depuis quelques semaines, et nous commençons à peine à accepter ce qui se passe entre nous.

— Ce qui se passe ? Si mes souvenirs sont bons, c'est toi qui m'as dit que les relations légères ne t'intéressaient pas.

Hester se sentit blêmir, puis pivota pour saisir sa veste.

— Je ne prends pas notre relation à la légère.

— En effet, parce que c'est sérieux, pour chacun de nous deux.

— Oui, c'est vrai, mais…

— Hester, je t'ai dit que je t'aimais. Maintenant, j'ai besoin de savoir ce que tu ressens pour moi.

— Je n'en sais rien.

Elle laissa échapper un cri lorsqu'il la prit de nouveau par les épaules.

— Je t'ai dit que je ne savais pas, continua-t-elle. Je crois que je t'aime. Aujourd'hui. Tu me demandes de mettre en péril tout ce que j'ai fait, la vie que j'ai construite pour Radley et moi-même, pour une émotion qui peut changer en une nuit.

— L'amour ne disparaît pas en une nuit, corrigea-t-il. On peut le tuer ou l'alimenter. Tout dépend de la manière dont les gens s'impliquent. Je veux que tu t'engages auprès de moi, que tu m'offres une famille, et je veux m'engager auprès de toi en retour.

— Mitch, tout va trop vite, beaucoup trop vite pour nous.

— Bon sang, Hester. J'ai trente-cinq ans. Je ne suis pas un jeune écervelé. Je ne veux pas t'épouser pour avoir une femme dans mon lit tous les soirs et un vrai petit déjeuner le matin, mais parce que je sais que nous pouvons vivre ensemble quelque chose d'authentique et de sérieux.

— Tu ne sais pas à quoi ressemble le mariage, tu ne peux que l'imaginer.

— Et, de ton côté, tu n'en as qu'une mauvaise expérience. Hester, regarde-moi. Regarde-moi, insista-t-il. Quand vas-tu cesser de prendre le père de Radley comme référence ?

— C'est le seul exemple que je connaisse.

Hester se dégagea de son étreinte et reprit son souffle.

— Mitch, ta proposition me flatte.

— Ça ne me suffit pas.

— S'il te plaît, dit-elle en passant nerveusement une main dans ses cheveux. Je t'aime beaucoup, et la seule chose dont je sois certaine, c'est que je ne veux pas te perdre.

— Le mariage ne marque pas la fin d'une relation, Hester.

— Je ne peux pas penser au mariage, je suis navrée.

Un vent de panique l'envahit au point qu'elle s'interrompit quelques secondes pour se calmer.

— Si tu ne veux plus me voir, je comprendrai, conclut-elle. Mais je… j'espère que nous pouvons nous contenter de continuer comme maintenant.

Mitch enfonça les mains dans ses poches. Il avait l'habitude d'aller trop loin, trop vite, et il le savait. En revanche, il détestait l'idée de gaspiller le temps qu'ils pouvaient passer ensemble.

— Pour combien de temps, Hester ?

— Aussi longtemps que notre relation durera, répondit-elle en fermant les yeux. C'est sans doute dur à entendre. Tu signifies beaucoup pour moi. Jamais je n'aurais imaginé que quelqu'un puisse de nouveau compter autant pour moi.

Mitch caressa la joue humide d'Hester.

— Je me sens désarmé, murmura-t-il en étudiant la larme sur son doigt.

— Je suis désolée. Je ne voulais pas en arriver là. Je ne savais pas que tu avais ce genre de projets en tête.

— Je le vois bien, répondit-il avec un petit rire ironique. En trois dimensions.

— Je t'ai blessé et je le regrette beaucoup.

— Non, je me suis mis tout seul dans l'embarras. En vérité, cela faisait au moins une semaine que je n'avais pas imaginé te demander en mariage.

Hester effleura sa main, puis s'interrompit.

— Mitch, ne pouvons-nous pas simplement oublier tout ça, et en rester là ?

Il tendit la main vers elle et saisit le revers de sa veste.

— Non, je crains que ce ne soit pas possible. J'ai bien réfléchi, Hester. Je ne le fais qu'une ou deux fois par an mais, ensuite, je ne peux plus revenir en arrière.

Il planta son regard dans le sien avec cette intensité qui la pénétrait jusqu'aux os.

— Tôt ou tard, je t'épouserai, continua-t-il. Si c'est tard, ça me va. Mais je te laisserai du temps pour te faire à cette idée.

— Mitch, je ne vais pas changer d'avis. Ce ne serait pas juste de te laisser croire le contraire. Ce n'est pas un simple caprice, mais une promesse que je me suis faite à moi-même.

— Certaines promesses méritent d'être rompues.

Hester secoua la tête d'un air désespéré.

— Je ne sais plus quoi dire. J'espère juste que…

Il plaqua un doigt sur ses lèvres pour l'arrêter.

— Nous en parlerons plus tard. Je vais te raccompagner au bureau.

— Non, ne te dérange pas. Vraiment, dit-elle en le

voyant ouvrir la bouche pour protester. J'ai besoin d'un peu de temps pour réfléchir. Ce serait plus difficile avec toi.

— C'est un bon début.

Puis il saisit son menton et étudia longuement son visage.

— La prochaine fois, essaie de ne pas pleurer quand je te demanderai de m'épouser. C'est terrible pour mon ego.

Il l'embrassa avant qu'elle puisse répondre.

— A plus tard, madame Wallace. Et merci pour le déjeuner.

Un peu hébétée, Hester sortit dans le couloir.

— Je t'appellerai plus tard, déclara-t-elle.

— Parfait. Je ne serai pas très loin.

Mitch referma derrière elle et s'adossa contre la porte. Bon sang, qu'il avait mal ! songea-t-il, une main sur le cœur. Si quelqu'un lui avait dit qu'être amoureux pouvait faire aussi mal, il aurait continué à éviter ce sentiment. Il avait eu une grande déception lorsque son lointain amour de La Nouvelle-Orléans l'avait quitté. Mais, avec Hester, il ne s'était pas préparé à un tel coup de massue. Comment aurait-il pu ?

Pourtant, il n'était pas prêt à baisser les bras. Il allait élaborer un plan d'attaque, subtil, intelligent et irrésistible, décida-t-il en regardant Taz avec circonspection.

— Où penses-tu qu'Hester aimerait passer notre lune de miel ?

Le chien grogna avant de rouler sur le dos.

— Non, décréta Mitch. Les Bermudes, c'est dépassé. Peu importe, je trouverai bien autre chose.

10

— Radley, peux-tu faire la guerre avec tes amis en faisant un peu moins de bruit, s'il te plaît ?

Saisissant le ruban mesureur autour de son cou, Hester l'apposa contre le mur.

Parfait, songea-t-elle, satisfaite. Puis elle attrapa le crayon coincé derrière son oreille et traça deux croix à l'endroit supposé accueillir les clous.

Les deux petites étagères de verre étaient une façon pour elle de se faire plaisir, même si elle n'avait pas vraiment besoin de ces objets. Quant au fait de les accrocher seule, ce n'était pas une façon de montrer ses compétences ou son indépendance, mais l'une des tâches courantes qu'elle avait pris l'habitude de réaliser seule depuis des années. Le marteau dans une main, elle s'empara du premier clou. Elle venait d'y porter deux grands coups lorsqu'elle entendit frapper à la porte.

— Une minute !

Hester donna un dernier coup. De la chambre de Radley fusait le bruit sifflant de missiles antiaériens. Elle prit le deuxième clou d'entre ses lèvres pour le glisser dans sa poche.

— Rad, la police va venir nous arrêter pour trouble à l'ordre public ! lança-t-elle.

Lorsqu'elle ouvrit la porte, elle trouva Mitch sur le palier.

— Salut, dit-elle.

Le plaisir qu'il lut sur les traits d'Hester lui réchauffa aussitôt le cœur. Mitch ne l'avait pas vue depuis deux jours. Depuis qu'il lui avait confié qu'il l'aimait et qu'il voulait l'épouser. En deux jours, il avait beaucoup réfléchi et ne pouvait qu'espérer que, malgré elle, elle en avait fait de même de son côté.

— Tu fais des travaux ? demanda-t-il en désignant le marteau.

— J'accroche une étagère, répondit-elle, les deux mains sur l'outil.

Elle semblait aussi intimidée qu'une adolescente.

— Entre.

Mitch lorgna vers la chambre de Radley en fermant la porte derrière lui. Il avait l'impression qu'une grande attaque aérienne était en cours.

— Tu ne m'avais pas dit que tu ouvrais une garderie.

— Cela fait longtemps que j'en rêve. Rad, vous venez de signer un traité. Cessez le feu !

Elle l'invita à prendre place dans un fauteuil, un sourire timide aux lèvres.

— Radley a invité Josh et Ernie, qui vit un étage au-dessus. Il fréquente la même école que lui.

— Oui, le petit monstre. Je le connais. C'est très beau, fit-il en contemplant les étagères.

— C'est un cadeau pour célébrer mon premier mois à la National Trust, expliqua Hester en passant un doigt sur le bord biseauté.

Pour tout avouer, elle préférait de loin cet objet à un nouveau vêtement.

— C'est une sorte de prime ?

— Autoattribuée, alors.

— Ce sont les meilleures. Tu veux que je t'aide à finir ?

— Oh ? Non, merci, je peux le faire. Pourquoi ne pas t'asseoir ? Je vais te faire du café.

— Non, *tu* accroches l'étagère et *je* vais faire du café, répondit-il en l'embrassant sur le bout du nez. Et détends-toi, d'accord ?

— Mitch...

Il s'était éloigné de deux pas lorsqu'elle lui prit le bras.

— Je suis terriblement heureuse de te voir, avoua-t-elle. J'avais peur que tu sois fâché.

Il lui lança un regard perplexe.

— Fâché ? Pourquoi le serais-je ?

— Eh bien...

Elle laissa sa phrase en suspens tandis qu'il continuait de la fixer d'un air mi-intéressé, mi-curieux, au point qu'elle se demanda si elle n'avait pas tout inventé.

— Rien, conclut-elle en sortant le clou de sa poche. Je te laisse te servir.

— Merci, dit Mitch en souriant comme elle avait le dos tourné.

Il avait atteint son objectif : il avait réussi à la troubler. Maintenant, elle allait devoir penser à lui et réfléchir à ce qu'ils s'étaient dit. Plus elle y penserait et plus il y avait de chances qu'il lui fasse entendre raison.

En sifflotant, Mitch se dirigea d'un pas nonchalant vers la cuisine pendant qu'elle accrochait le deuxième clou.

Il lui avait bien demandé de l'épouser, elle n'avait pas rêvé, songea Hester. Elle se souvenait de chacune de ses paroles, de chacune des réponses qu'elle lui avait faites. Et elle était certaine de l'avoir vu en colère et blessé. Ne venait-elle pas de passer deux jours à s'en vouloir ? Et, aujourd'hui, voilà qu'il se présentait chez elle comme si de rien n'était.

Elle posa le marteau puis souleva les étagères. Peut-être

se sentait-il soulagé de son refus ? Cela expliquerait son attitude. Mais pourquoi cette idée ne lui apportait-elle pas le soulagement espéré ?

— Tu as fait des cookies ? demanda Mitch en amenant deux tasses ainsi qu'un plat de cookies tout chauds.

— Oui, ce matin.

Elle lui lança un sourire par-dessus son épaule en ajustant les étagères.

— Il faudrait monter celle-ci un peu plus haut vers la droite, conseilla-t-il en s'asseyant sur l'accoudoir d'un fauteuil.

Il posa la tasse d'Hester et croqua dans un cookie au chocolat.

— Délicieux, s'extasia-t-il après la première bouchée. Et sache que je suis un connaisseur !

— Je suis heureuse qu'ils te plaisent, répliqua Hester, toujours concentrée sur ses étagères.

Elle recula d'un pas pour admirer le résultat.

— C'est important. J'ignore si je pourrais épouser une femme qui ne sait pas faire les cookies.

Il en prit un deuxième qu'il examina attentivement.

— Enfin, je pourrais peut-être, rectifia-t-il tandis qu'Hester se tournait lentement vers lui. Mais ce serait difficile.

Il dévora le biscuit en lui souriant.

— Heureusement, je peux définitivement écarter cette éventualité, conclut-il.

— Mitch, dit Hester sur le ton de la réprimande.

Mais, avant qu'elle ait pu trouver quoi ajouter, Radley arriva en trombe, suivi de ses deux amis.

— Mitch ! s'écria le petit garçon, ravi de le voir.

L'enfant poussa un hurlement strident avant de s'arrêter

devant lui et, tout naturellement, Mitch passa un bras autour de ses épaules.

— Nous venons de livrer une bataille formidable. Nous sommes les derniers survivants.

— Vous devez avoir faim. Prends donc un cookie.

Radley se servit et engouffra le biscuit tout entier.

— Nous devons aller chez Ernie chercher d'autres armes.

Il tendit la main vers un autre cookie avant de croiser le regard de sa mère.

— Tu n'es pas venu avec Taz, constata Radley.

— Il a regardé la télévision tard hier soir. Il a décidé de dormir toute la journée.

— D'accord. Je peux aller chez Ernie un petit moment ?

— Bien sûr, répondit Hester. Mais ne sortez pas sans me le dire.

— Promis. Vous pouvez partir devant, les gars. J'ai quelque chose à faire.

Radley partit en courant vers sa chambre tandis que ses deux amis se dirigeaient vers la porte d'entrée.

— Je suis heureuse qu'il se fasse de nouveaux amis, fit Hester en tendant la main vers sa tasse. Dire qu'il se faisait du souci à ce sujet…

— Radley n'est pas du genre timide.

— Non, en effet.

— Il a également la chance d'avoir une mère qui invite ses copains et qui leur fait des cookies.

Tout en buvant son café, Mitch se souvint que la cuisinière de sa mère faisait des petits gâteaux, elle aussi. Mais ce n'était pas la même chose.

— Evidemment, une fois que nous serons mariés, nous devrons lui donner des frères et sœurs. Que vas-tu mettre sur cette étagère ?

— Des objets inutiles, murmura-t-elle sans le quitter

des yeux. Mitch, je n'ai pas envie de discuter avec toi, mais je pense que nous devons éclaircir les choses.

— Quoi donc ? Oh ! Je voulais te dire que j'ai commencé à travailler sur le scénario. J'avance plutôt bien.

— J'en suis ravie.

Mais Hester était également troublée.

— Vraiment, continua-t-elle, c'est formidable, mais je pense que nous devrions d'abord parler de cette affaire.

— Bien sûr. De quelle affaire s'agit-il ?

Elle ouvrit la bouche, mais fut interrompue une fois de plus par son fils. Lorsque Radley entra dans le salon, Hester se leva pour poser un petit chat en porcelaine en haut de l'étagère.

— Je t'ai fabriqué quelque chose à l'école, annonça le petit garçon à Mitch.

L'enfant avait les mains dans le dos et arborait un air gêné.

— Vraiment ? s'étonna Mitch en posant sa tasse. Puis-je voir ce que c'est ?

— C'est la Saint-Valentin, tu sais.

Après plusieurs secondes d'hésitation, il tendit à Mitch une carte en papier Canson ornée d'un ruban bleu.

— J'ai déjà fait à ma mère un cœur en dentelle, mais je me suis dit que le bleu c'était mieux pour les garçons. Elle s'ouvre.

Emu, Mitch ouvrit la carte. Radley avait utilisé ses plus belles lettres d'imprimerie pour l'écrire.

« A Mitch, mon meilleur ami. Je t'aime, Radley. »

Mitch dut s'éclaircir la gorge en veillant à ne pas avoir l'air idiot.

— C'est formidable ! s'extasia-t-il. Personne ne m'a jamais offert de carte avant aujourd'hui.

— Vraiment ?

La gêne de Radley fut remplacée par la surprise.

— J'en fais tout le temps pour ma mère. Elle dit qu'elle les préfère à celles que l'on achète dans les magasins.

— Ta maman a raison, j'aime bien mieux celle-ci.

Mitch n'était pas certain qu'un garçon de presque dix ans apprécie d'être embrassé, mais il passa une main dans les cheveux de Radley et déposa un baiser sur sa joue.

— Merci beaucoup.

— De rien. A plus tard.

Le regard toujours braqué sur le bout de papier, Mitch entendit la porte claquer.

— J'ignorais tout de cette carte, dit calmement Hester. Je pense qu'il voulait garder le secret.

— Il a fait du beau travail.

A cet instant, Mitch n'aurait su dire ce que ce carton et ce ruban signifiaient pour lui. Il se leva et s'avança vers la fenêtre, la carte à la main.

— Je suis fou de lui, constata-t-il.

— Je sais, répondit Hester en s'humectant les lèvres.

Si jamais elle avait douté de l'ampleur des sentiments de Mitch à l'égard de son fils, elle venait d'en avoir une preuve évidente. Et cela ne faisait que lui rendre la tâche plus difficile.

— En quelques semaines, tu as fait tellement pour lui. Je sais qu'aucun de nous ne peut te demander d'être ici, mais sache que ta présence signifie beaucoup pour nous.

Mitch réprima une bouffée de colère. Il n'avait que faire de sa gratitude. Il attendait tellement plus de sa part. Mieux valait qu'il se calme.

— Le meilleur conseil que je puisse te donner est de t'y habituer, Hester.

— C'est exactement ce que je ne peux pas faire.

Elle s'avança vers lui, l'air très déterminé.

— Mitch, je t'aime beaucoup, mais je ne veux pas dépendre de toi. Je ne peux pas me permettre d'avoir des attentes, de faire des projets, de placer ma confiance en toi.

— C'est toi qui le dis, répondit-il en posant précautionneusement la carte sur la table. Je n'ai pas l'intention de discuter.

— Ce que tu as dit avant…

— Qu'ai-je dit ?

— A propos de quand nous serions mariés.

— J'ai parlé mariage, moi ? demanda-t-il en enroulant une longue mèche de cheveux autour de son doigt, le sourire aux lèvres. Je ne sais pas ce qui a pu me passer par la tête.

— Mitch, j'ai l'impression que tu essaies de me déstabiliser.

— Et ça fonctionne ?

Mieux valait prendre cette conversation avec légèreté, songea Hester. Si Mitch voulait jouer avec elle, elle allait lui faciliter la tâche.

— Uniquement parce que tu confirmes ce que j'ai toujours pensé de toi. Tu es un homme très étrange.

— Etrange comment ?

— Pour commencer, tu parles à ton chien.

— Et il me répond. Ça ne compte pas. Essaie encore.

Le doigt toujours enroulé dans ses cheveux, il l'attira un peu plus près de lui. Qu'elle le veuille ou non, ils étaient en train de parler de leur relation et elle était détendue.

— Tu gagnes ta vie en écrivant des bandes dessinées. Et, en plus, tu les lis.

— En tant que femme avec une grande expérience des finances, tu dois comprendre l'importance d'un bon investissement. Sais-tu combien un double numéro de mes *Défenseurs de Perth* vaut aux yeux d'un collectionneur ? Par modestie, je préfère taire le chiffre.

— Je parie qu'il coûte très cher.

Il acquiesça d'un léger signe de tête.

— Et sachez, madame Wallace, que je serais heureux de débattre avec vous des mérites de la littérature sous toutes ses formes. Je t'ai déjà dit que j'étais chargé d'animer les débats au lycée ?

— Non.

Hester avait posé les mains sur le torse de Mitch, attirée une fois de plus par son corps ferme et musclé.

— Il y a aussi le fait que tu n'as jeté aucun journal ou magazine depuis cinq ans.

— Je les garde pour la grande collecte de papier du troisième millénaire. La conservation est une seconde nature.

— Tu as aussi réponse à tout.

— Je n'en attends qu'une seule de ta part. T'ai-je dit qu'après tes jambes je suis tombé amoureux de tes yeux ?

— Non, dit-elle, légèrement amusée. Et, moi, t'ai-je dit que la première fois que je t'ai vu à travers le judas je t'ai regardé un long moment ?

— Je sais, répliqua-t-il, l'air très sûr de lui. De l'autre côté de la porte, j'ai distingué une ombre.

— Oh ! répondit-elle sans savoir quoi ajouter.

— Les enfants peuvent revenir en courant d'une minute à l'autre, tu sais. Pouvons-nous arrêter de parler quelques instants ?

— Oui, dit-elle en l'enlaçant. C'est possible.

Hester refusait encore d'admettre qu'elle se sentait en

sécurité, protégée dans les bras de Mitch. C'était pourtant la vérité. Elle ne voulait pas accepter qu'elle avait eu peur de le perdre ; elle avait été terrifiée par le vide qu'il aurait laissé dans sa vie. Mais sa crainte était encore vive. En levant les lèvres vers les siennes, ce sentiment s'estompa un peu.

Pourtant, elle était incapable de réfléchir au futur, d'envisager l'avenir que Mitch lui avait dépeint lorsqu'il lui avait parlé de mariage et de famille. Quand elle était enfant, on lui avait appris que le mariage durait toujours, mais elle avait compris depuis qu'il était très simple de briser une promesse. Et elle ne voulait plus de promesses rompues dans sa vie, plus de vœux brisés.

Les sentiments avaient beau déferler sur elle et amener avec eux leur lot de rêves nostalgiques, sa volonté restait entière. Elle avait peut-être cédé son cœur à Mitch, mais elle se montrerait forte. Même si elle se surprit à le serrer plus fort dans ses bras, à l'attirer plus près d'elle, Hester savait que c'était cette même volonté qui les empêcherait plus tard d'être malheureux.

— Je t'aime, Hester, murmura Mitch contre sa bouche.

Elle ne voulait pas l'entendre prononcer ces mots, il le savait, mais il avait besoin de les lui dire. S'il les répétait assez, sans doute pourrait-elle commencer à le croire et, mieux encore, comprendre leur sens profond.

Car il voulait qu'elle soit à lui pour toujours, comme il voulait être à elle pour toujours. Comment aurait-il pu se contenter de ce court instant volé dans la lumière qui coulait à flots par la fenêtre, ou d'autres moments arrachés dans l'obscurité ? Une seule fois dans sa vie, il avait désiré quelque chose avec cette même intensité. Quelque chose d'abstrait et de nébuleux qu'on appelle l'art. Puis l'heure était finalement venue pour lui de reconnaître que ce rêve ne serait jamais à sa portée.

A l'inverse, Hester était bien là, dans ses bras. Il pouvait même sentir les désirs doux et brûlants qui s'agitaient en elle. Elle n'était pas un rêve, mais la femme qu'il aimait, qu'il désirait, et qu'il finirait par avoir. Si, pour la garder, il devait user de quelques petites ruses pour faire tomber une à une ses résistances, alors il était prêt à jouer.

Mitch leva les mains vers son visage et glissa les doigts dans ses cheveux.

— Je pense que les enfants vont bientôt revenir, dit-il.

— Certainement, répondit Hester en cherchant de nouveau ses lèvres.

Jamais elle n'avait ressenti une telle urgence auparavant.

— Si seulement nous avions plus de temps, ajouta-t-elle.

— Tu le penses vraiment ?

Elle avait les yeux mi-clos lorsqu'il s'écarta d'elle.

— Oui.

— Laisse-moi revenir ce soir.

— Oh ! Mitch, dit-elle, bouleversée, en posant la tête sur son épaule.

Pour la première fois en dix ans, la mère et la femme qui étaient en elle se livraient un combat.

— J'ai envie de toi, murmura-t-elle. Tu le sais, n'est-ce pas ?

Hester sentait battre son cœur très fort contre le sien.

— Oui, j'imagine, dit-il dans un soupir.

— J'aimerais être avec toi ce soir, mais il y a Rad.

— Je sais ce que tu penses à l'idée que je dorme chez toi avec Rad dans la chambre à côté. Hester…

Il fit glisser ses mains le long de ses bras, lui arrachant un délicieux frisson.

— Pourquoi ne pas être franc avec lui ? Pourquoi ne

pas lui dire tout simplement que nous nous aimons et que nous avons envie d'être ensemble ?

— Mitch, ce n'est encore qu'un bébé.

— Non, il n'est plus un bébé. Attends, continua-t-il sans lui laisser le temps de l'interrompre. Je n'insinue pas qu'il faille lui présenter notre histoire comme quelque chose sans importance. Nous devrions dire à Radley ce que nous ressentons et lui expliquer que, lorsque deux adultes ont des sentiments très forts l'un pour l'autre, ils ont besoin de les exprimer.

Présenté de cette façon, tout était si simple, si logique, si naturel. Rassemblant ses esprits, Hester recula d'un pas.

— Mitch, Rad t'aime avec l'innocence et la spontanéité d'un enfant.

— Je l'aime aussi.

Elle le regarda droit dans les yeux avant d'acquiescer.

— Oui, je te crois et, si tu es sincère, j'espère que tu comprendras. Je crains que si, à ce stade, j'implique Radley, il en viendra à dépendre de toi encore plus qu'aujourd'hui. Il serait tenté de te voir comme un…

— Comme un père, compléta Mitch, ému. Et tu ne veux pas d'un père dans ta vie, n'est-ce pas ?

— Tu n'as pas le droit de dire ça.

Le regard d'Hester, d'ordinaire si calme et si clair, se troubla.

— Peut-être pas, mais à ta place je réfléchirais sérieusement à la situation.

— Tu n'as pas besoin de te montrer aussi cruel avec moi pour la seule raison que je refuse de coucher avec toi alors que mon fils dort dans la chambre d'à côté !

Mitch saisit son chemisier si vite qu'elle ne put l'éviter. Hester l'avait vu contrarié, à bout, mais jamais aussi furieux.

— Bon sang, tu penses que tout se résume à ça ? explosa-t-il. Si j'étais uniquement à la recherche de sexe, il me suffirait de décrocher mon téléphone. Le sexe est une affaire facile, Hester. Il suffit de deux personnes consentantes et d'un peu de temps.

— Je suis désolée, répondit-elle en baissant les yeux. C'était stupide de ma part de dire ça. Mais je me sens acculée. J'ai besoin d'un peu de temps, Mitch, s'il te plaît.

— C'est ce que j'essaie de te donner. Mais, pour ma part, j'ai besoin de passer ce temps avec toi, dit-il en fourrant les mains dans les poches. Je sais que je te mets la pression, mais je n'ai pas l'intention d'arrêter, car je crois en nous.

— J'aimerais pouvoir le faire aussi, vraiment, mais il y a trop de choses en jeu pour moi.

Et pour moi aussi, songea Mitch, qui avait recouvré suffisamment de calme pour ne rien laisser transparaître des émotions qui se bousculaient en lui.

— D'accord, nous allons continuer comme ça quelque temps, proposa-t-il. Vous voulez aller faire quelques jeux d'arcade ce soir à Times Square ?

— Oui, je suis certaine que Radley appréciera.

Elle s'approcha de nouveau de lui.

— Et moi aussi, ajouta-t-elle doucement.

— Tu n'en diras pas autant lorsque je t'aurai battue à plate couture.

— Je t'aime.

Mitch expira longuement, luttant contre l'envie pressante de la prendre de nouveau dans ses bras pour ne plus la lâcher.

— Préviens-moi juste lorsque tu te sentiras à l'aise avec tout ça.

— Tu seras le premier informé, c'est promis.

Mitch saisit la carte que Radley lui avait confectionnée.

— Dis à Rad que je le verrai plus tard.

— Je n'y manquerai pas.

Il avait presque atteint la porte lorsqu'elle s'élança derrière lui.

— Pourquoi ne viens-tu pas dîner avec nous demain soir ? J'ai prévu de faire du rôti.

— Avec des petites pommes de terre et des carottes ?

— Oui.

— Et des petits gâteaux ?

— Si tu veux, dit-elle en souriant.

— C'est très tentant, mais je suis déjà pris.

— Oh.

Elle résista à l'envie de lui demander des explications avant de se souvenir qu'elle n'avait aucun droit sur lui.

Mitch lui souriait, égoïstement ravi de voir sa déception.

— On peut remettre ça ? demanda-t-il d'un air innocent.

— Bien sûr, répondit-elle en se forçant à sourire. J'imagine que Radley t'a parlé de son anniversaire la semaine prochaine, ajouta-t-elle lorsque Mitch eut atteint la porte.

— Seulement cinq ou six fois.

Il s'interrompit, la main sur la poignée.

— Il organise une fête samedi après-midi, expliqua-t-elle. Je sais qu'il aimerait que tu viennes, si tu peux.

— Je serai là. Je viens vous chercher à 19 heures, ce soir ? Je me charge de la monnaie.

— Nous serons prêts.

Il ne semblait pas vouloir l'embrasser pour lui dire au revoir, songea-t-elle, déçue.

— Mitch, je…

— Oh ! J'ai failli oublier, déclara-t-il sur un ton détaché.

Il fouilla négligemment la poche arrière de son jean et en sortit un petit paquet.

— Qu'est-ce que c'est ?

— C'est la Saint-Valentin, tu te souviens ?

Il posa le paquet dans le creux de sa main.

— C'est un petit cadeau pour cette occasion, ajouta-t-il.

— Un cadeau de la Saint-Valentin ! répéta-t-elle, stupéfaite.

— C'est la tradition, je crois. J'ai pensé à t'offrir des bonbons, et puis je me suis dit que tu passerais trop de temps à surveiller Radley pour qu'il n'en mange pas trop. Ecoute, si tu préfères des bonbons, je peux le ramener et…

— Non, dit-elle en levant le paquet hors de sa portée tout en riant. Je ne sais même pas ce que c'est !

— Tu le sauras peut-être quand tu auras ouvert la boîte.

Hester ne se fit pas prier. Lorsqu'elle souleva le couvercle, elle aperçut une fine chaîne en or, au bout de laquelle pendait un petit cœur, pavé de ravissants diamants qui brillaient de mille feux.

— Oh ! Mitch, c'est magnifique !

— Je me suis dit qu'un collier aurait plus de succès que des bonbons. Je voulais éviter que tu te focalises trop sur l'hygiène buccale.

— Je ne suis pas aussi maniaque que tu veux bien le croire, protesta-t-elle en dégageant la chaîne de la boîte. Oh ! Mitch, il est vraiment très beau, je l'aime beaucoup, mais c'est trop…

— Conventionnel, je sais, l'interrompit-il en le lui prenant des mains. Mais on ne se refait pas.

— Toi, tu es conventionnel ?

— Au lieu de parler, tourne-toi pour que je puisse l'accrocher à ton cou.

Hester obéit et leva ses cheveux pour l'aider.

— J'aime vraiment ton cadeau, mais je n'attends pas de toi que tu me gâtes autant.

— En effet, répondit-il, très concentré sur le fermoir. Et je n'attends pas de toi que tu me prépares du bacon et des œufs. Mais cela semblait te faire tellement plaisir.

Une fois la chaîne attachée, il la fit pivoter vers lui.

— Sache que j'ai beaucoup de plaisir à te voir porter mon cœur autour de ton cou.

— Merci, dit-elle en mettant la main sur le pendentif. Je ne t'ai pas acheté non plus de bonbons, mais je peux peut-être t'offrir autre chose.

Le sourire aux lèvres, elle l'embrassa tendrement, de manière espiègle, avec une force qui les surprit tous les deux. Il ne fallut à Mitch qu'un seul instant pour être perdu, pour avoir besoin d'elle, pour se laisser porter par son imagination. Le dos contre la porte, il fit glisser ses mains le long de ses épaules avant de les poser sur ses hanches aux courbes douces, afin de mieux la serrer contre lui. La flamme du désir s'embrasa rapidement et, même lorsqu'elle s'écarta de lui, il en ressentait encore la brûlure. Les yeux plongés dans ceux d'Hester, il souffla très longuement.

— Je suppose que les enfants vont bientôt rentrer.

— D'une minute à l'autre.

Il l'embrassa légèrement sur le front avant de tourner les talons et d'ouvrir la porte.

— A plus tard, dit-il.

Une longue promenade avec son chien lui ferait le plus grand bien, songea-t-il en s'éloignant dans le couloir.

Fidèle à sa parole, Mitch avait rempli ses poches de petite monnaie. La salle de jeux était pleine à craquer.

De toutes parts, des bruits de sifflements et d'explosions s'échappaient des machines. Un peu à l'écart, Hester regardait Mitch et Radley combiner leurs efforts pour sauver le monde d'une guerre intergalactique.

— Beau tir, caporal, dit Mitch en tapotant l'épaule du petit garçon, qui venait de désintégrer une fusée dans une déflagration de couleurs.

— C'est à toi, déclara Radley en abandonnant le pistolet à son officier supérieur. Fais attention aux détecteurs de missiles.

— Ne t'inquiète pas, je suis un vétéran.

— Nous allons battre le record, expliqua Radley en détournant les yeux de l'écran pour regarder sa mère. Nous pourrons alors inscrire nos initiales. Cet endroit est génial, tu ne trouves pas ? On trouve de tout.

De tout, en effet, songea Hester en lançant un regard furtif vers des individus louches habillés de cuir et couverts de tatouages. Un hurlement strident s'échappa de la machine juste derrière eux.

— Nous ne sommes qu'à sept cents points du record, caporal, annonça Mitch. Surveille bien les satellites nucléaires.

— A vos ordres, chef, répondit Radley en saisissant les manettes, l'air très concentré.

— Il a de bons réflexes, confia Mitch à Hester tandis que Radley contrôlait son vaisseau d'une main tout en lançant des missiles aériens de l'autre.

— Josh possède une console de jeux vidéo, expliqua-t-elle. Rad adore aller chez lui pour y jouer.

Hester sentit les battements de son cœur s'accélérer alors que le vaisseau de Radley frôlait l'anéantissement.

— Je ne sais pas comment il fait pour se repérer dans ce jeu, ajouta-t-elle. Oh ! Regarde, il vient de battre le record !

Le visage crispé, ils observèrent Radley en silence. L'enfant se battit courageusement jusqu'au bout. A la fin, un magnifique feu d'artifice éclaira l'écran dans une explosion de bruit et de lumières.

— C'est un nouveau record ! s'écria Mitch en lançant le petit garçon dans les airs. Cela mérite une promotion. Sergent, inscrivez vos initiales.

— Mais tu as fait plus de points que moi.

— Qui les a comptés ? Allez, écris.

Les joues roses de fierté, Radley appuya sur le bouton pour parcourir l'alphabet et inscrivit R.A.W. Le A signifiait Allan, songea Mitch sans faire de commentaire.

— Tu veux essayer à ton tour, Hester ?

— Non, merci, je préfère regarder.

— Ma mère n'aime pas jouer, lui confia Radley. Elle transpire trop des mains.

— Tu transpires des mains ? demanda Mitch en souriant.

Hester lança un regard sévère à son fils.

— C'est à cause de la pression, expliqua-t-elle. Je suis incapable d'imaginer que je suis responsable du destin du monde. Je sais qu'il ne s'agit que d'un jeu, mais je me laisse vite emporter.

— Vous êtes merveilleuse, mademoiselle Wallace.

Lorsque Mitch embrassa sa mère sur la bouche, Radley resta un moment ébahi. En fait, cette scène lui procurait un sentiment étrange, dont il n'aurait su dire s'il était bon ou mauvais. Une chose était sûre : lorsque Mitch posa la main sur son épaule, Radley trouva cela agréable, comme toujours.

— Bon, où allons-nous maintenant ? demanda Mitch. Dans la jungle amazonienne, au Moyen Age ou en quête du requin tueur ?

— J'aime les jeux de ninjas, répondit Radley. J'ai vu un

film de ninjas chez Josh, enfin presque. Sa mère a éteint la télévision parce que l'une des femmes était en train de retirer ses vêtements et tout ça.

— Vraiment ?

Mitch se retint de rire en voyant l'air horrifié d'Hester.

— Et comment s'appelait ce film ? ajouta-t-il.

— Peu importe, l'interrompit Hester en prenant la main de Radley. Je suis certaine que les parents de Josh ont simplement fait une erreur en les laissant regarder cette cassette.

— Le père de Josh pensait que les ninjas allaient lancer des étoiles et faire du kung-fu, expliqua Radley. Mais la mère de Josh a commencé à crier en lui demandant de retirer ce film. Moi, j'aime toujours les ninjas.

— Voyons si nous trouvons une machine disponible, décréta Mitch en marchant derrière Hester. Ne t'inquiète pas, je ne pense pas que ton fils soit traumatisé à vie.

— Non, mais j'aimerais bien savoir ce que « et tout ça » veut dire.

— Moi aussi.

Mitch passa un bras autour de ses épaules pour la guider au milieu d'un groupe d'adolescents.

— Nous pourrions peut-être louer ce film ?

— Je m'en passerai bien, merci.

— Tu ne veux pas voir *Les Ninjas nues de Nagasaki* ? plaisanta-t-il.

Lorsque Hester se tourna vers lui, l'air furieux, Mitch leva les deux mains en signe de reddition.

— Je viens de l'inventer, je te le jure. Tiens, voilà une machine libre. On y joue ?

Avec un sourire, il inséra les pièces dans l'appareil.

Au bout d'un certain temps, Hester cessa de se sentir agressée par le bruit des machines et la foule. Pour faire plaisir à son fils, elle joua à plusieurs jeux non agressifs dont le but n'était ni de dominer le monde, ni de détruire l'univers. Elle passa surtout la plus grande partie de la soirée à regarder son enfant, heureuse de le voir profiter d'une vraie sortie en ville.

Ils devaient avoir l'air d'une famille, songea-t-elle en contemplant Radley et Mitch s'affrontant dans un duel, penchés sur leurs manettes. Si seulement elle croyait encore en ces relations ! Mais, pour elle, la famille et les engagements pour la vie étaient aussi irréalistes que les machines qui projetaient leurs éclairs de lumière et leurs bruits tout autour d'eux.

L'important était de vivre au jour le jour, se rappela-t-elle en poussant un léger soupir. C'était la seule chose à laquelle elle pouvait encore croire aujourd'hui. Dans quelques heures, elle glisserait Radley dans son lit avant d'aller seule dans sa chambre. C'était l'unique façon de les mettre tous les deux à l'abri. Lorsqu'elle entendit Mitch rire en criant des mots d'encouragement à son fils, elle détourna le regard. Oui, c'était le seul moyen, songea-t-elle de nouveau. Malgré tout son désir de vouloir y croire, d'essayer d'y croire, elle ne pouvait pas se permettre de prendre ce risque.

— Tu aimes le flipper ? proposa Mitch à Radley.

— Oui, un peu.

Malgré les tintements et les éclairs de couleur et de lumière, Radley ne paraissait pas trouver beaucoup d'intérêt à ce jeu.

— Mais maman aime beaucoup ce jeu, ajouta le petit garçon.

— Tu te débrouilles ? demanda Mitch à Hester.

Distraite, elle chassa ses mauvaises pensées.

— Pas trop mal.

— Ça te dirait qu'on fasse une partie tous les deux ? demanda-t-il en faisant tinter les pièces dans sa poche.

Hester n'avait jamais vraiment eu l'esprit de compétition, mais l'air arrogant de Mitch la poussa à relever le défi.

— Très bien.

Hester avait toujours eu un bon contact avec les flippers et maniait les boutons d'un doigt assez léger, assez rapide pour battre son frère neuf fois sur dix. Même si ces machines électroniques étaient plus sophistiquées que celles qu'elle avait connues dans sa jeunesse, elle était certaine de pouvoir faire une bonne prestation.

— Tu peux me donner un handicap, suggéra Mitch en insérant les pièces dans la fente.

— Très drôle. J'allais te proposer exactement la même chose.

Le sourire aux lèvres, Hester prit les commandes. Coupée du monde, elle se concentra sur la bille en s'efforçant surtout de ne pas la perdre.

Son jeu était précis, constata Mitch. Il se tenait debout derrière elle, les mains enfoncées dans les poches, et hochait la tête tandis que la bille tournoyait sans relâche. Il aimait sa façon de se pencher sur la machine, les lèvres entrouvertes, les yeux plissés, tout son corps en alerte. De temps en temps, Hester coinçait la langue entre ses dents et poussait le buste en avant, comme pour suivre la boule dans sa course folle et imprévisible.

La petite bille argentée heurta les bumpers en caoutchouc, qui cliquetèrent furieusement en clignotant. Lorsque Hester perdit la première bille, elle avait déjà atteint un score impressionnant.

— Pas trop mal pour un amateur, fit-il en adressant un clin d'œil à Radley.

— C'était un simple échauffement, riposta-t-elle avec un sourire, avant de lui laisser la place.

Radley observa la progression de la bille tandis que Mitch prenait le contrôle. Mais, pour avoir un aperçu complet du jeu, il devait se mettre sur la pointe des pieds. Il regarda avec un regain d'attention la bille rebondir à toute vitesse en haut du plateau d'un bumper à l'autre. Puis il lorgna avec envie les autres machines en regrettant de ne pas avoir demandé à Mitch quelques pièces avant que lui et sa mère commencent à jouer. A défaut de participer, il pouvait toujours se poser en simple spectateur. Radley fit un pas de côté pour mieux suivre la partie qui se jouait sur la machine voisine.

— On dirait que je viens de dépasser ton score de quelques centaines de points, déclara Mitch en laissant la place à Hester.

— Je ne voulais pas te dégoûter dès la première bille, riposta-t-elle. Cela aurait été grossier de ma part.

Puis elle tira sur le lanceur et engagea une nouvelle boule.

Cette fois, elle avait mieux assimilé le rythme. Hester ne laissa à la bille aucun repos tandis qu'elle l'envoyait vers la droite, vers la gauche puis vers le milieu du plateau à travers un tunnel où elle atterrit avec fracas dans le ventre d'un dragon lumineux. Hester avait l'impression d'être retombée en enfance, cette époque bénie où tous ses désirs étaient simples et ses rêves dorés. Elle rit aux éclats en faisant trembler bruyamment la machine et se lança à corps perdu dans la compétition.

Son score se mit à clignoter, toujours plus élevé, dans un vacarme tel qu'il attira vers eux un petit groupe de joueurs. Avant même que sa deuxième bille retombe, les paris fusaient de toutes parts.

Mitch prit place devant l'appareil. Contrairement à

Hester, il ne chercha pas à bloquer les lumières et les sons, mais s'en servit pour faire monter l'adrénaline. Tout le monde retint son souffle lorsqu'il faillit perdre la bille avant de la récupérer du bout de son flipper pour l'envoyer avec force dans un coin du plateau. Mais, cette fois, il termina avec cinquante points de moins qu'elle.

La troisième et dernière manche attira plus de monde encore. Hester entendit les paris que lançaient les spectateurs avant de se concentrer sur la bille et sur sa cadence. A la fin de la partie, elle était presque exténuée.

— Tu vas avoir besoin d'un miracle, Mitch.

— Ne sois pas arrogante, répondit-il en tournant ses poignets comme un pianiste avant un concert.

La foule lui lança des cris d'encouragement.

Hester observa sa technique. Il jouait brillamment, elle devait le reconnaître. Mitch prenait des risques qui auraient pu lui coûter sa dernière bille, mais il parvint à les transformer en victoire. Il se tenait debout, les jambes écartées, l'air détendu, mais il avait ce regard profond et concentré qu'elle lui connaissait bien maintenant. Fidèles à sa désinvolture, ses cheveux tombaient devant ses yeux de manière désordonnée. Sur ses lèvres planait un léger sourire, mélange de ravissement et d'insouciance.

Hester jouait avec le petit cœur en diamants qu'elle portait sur un pull noir uni à col montant lorsqu'elle s'aperçut qu'elle contemplait Mitch et non la bille.

Il était le genre d'homme dont les femmes rêvent à la manière d'un héros. Le genre d'homme sur lequel elle aurait pu se reposer si elle n'y prenait pas garde. Un homme comme lui était capable de lui garantir des années de rire et de bonne humeur. Hester soupira en sentant faiblir les remparts qu'elle avait érigés tout autour de son cœur.

Mitch perdit sa dernière bille dans la caverne du dragon après une série de rugissements bruyants.

— Elle t'a battu de dix points, souligna un spectateur. Dix points, mon gars.

— Tu as gagné une partie gratuite, commenta une autre personne en tapotant amicalement le dos d'Hester.

L'air contrit, Mitch s'essuya les mains sur son jean.

— A propos de ce handicap..., commença-t-il.

— Trop tard, répliqua Hester.

Ridiculement fière d'elle, elle passa les pouces dans les boucles de son pantalon en étudiant son score.

— J'ai de meilleurs réflexes que toi, voilà tout, conclut-elle. Tout est dans les poignets.

— Que dirais-tu d'une revanche ?

— Non, je m'en voudrais de t'humilier de nouveau.

Puis elle se tourna vers son fils avec l'intention de lui offrir sa partie gratuite.

— Rad, pourquoi ne... Rad ?

Hester joua des coudes pour se frayer un chemin à travers le groupe de curieux.

— Radley ? appela-t-elle en sentant un frisson de panique courir dans son dos. Il n'est plus là !

— Pourtant, je l'ai vu il y a à peine une minute, répondit Mitch en scrutant la salle de jeux.

— Je n'ai pas fait attention à lui, déclara-t-elle en portant une main à sa gorge serrée, nouée par la peur.

Mitch se mit en marche rapidement.

— Je n'aurais pas dû le quitter des yeux dans un endroit comme celui-ci, déclara-t-elle, prise de panique.

— Arrête.

Mitch s'était exprimé d'une voix calme, mais Hester lui avait déjà communiqué sa peur. Il savait à quel point il était aisé de s'emparer d'un petit garçon dans une foule. Il en avait terriblement conscience.

— Il se promène entre les machines, c'est tout, fit-il pour la rassurer. Nous allons le retrouver. Je vais de ce côté. Toi, pars par là.

Sans un mot, Hester tourna les talons et se lança à la recherche de son fils. Un petit groupe de personnes étaient absorbées devant plusieurs machines. Elle s'arrêta pour les interroger, leur demandant si elles n'avaient pas vu un petit garçon blond vêtu d'un pull bleu. Puis elle l'appela à voix haute en essayant de couvrir le bruit et le cliquetis des machines, en vain.

Lorsqu'elle passa les grandes portes vitrées pour scruter les trottoirs bondés de Times Square, elle sentit son cœur chavirer. Non, il n'était pas sorti, songea-t-elle au comble de l'inquiétude. Radley n'aurait jamais fait une chose aussi expressément interdite. Sauf si quelqu'un l'avait emmené...

Les mains pressées l'une contre l'autre, elle rebroussa chemin. Il ne fallait pas qu'elle tienne de tels raisonnements. Mais la salle était si grande et si pleine d'inconnus... Et le bruit était encore plus assourdissant que dans ses souvenirs. Comment son fils aurait-il pu l'entendre dans tout ce vacarme ?

Sans cesser de l'appeler, Hester s'avança vers l'allée suivante. Soudain, elle entendit un rire d'enfant et fit volte-face. Mais il ne s'agissait pas de Radley. Elle avait parcouru la moitié de la salle et dix minutes s'étaient déjà écoulées lorsqu'elle songea à appeler la police. Accélérant le pas, elle essaya de couvrir du regard le moindre recoin et la moindre allée.

Le bruit était trop assourdissant, les lumières trop vives. Peut-être valait-il mieux rebrousser chemin — elle devait l'avoir raté. Peut-être Radley l'attendait-il maintenant à côté de ce fichu flipper en se demandant où elle était partie. Il avait sans doute peur. Il l'appelait probablement. Il…

C'est alors qu'elle le vit dans les bras de Mitch. Sans hésiter, elle bouscula deux personnes pour s'élancer vers eux.

— Radley ! cria-t-elle.

Puis elle les enlaça tous les deux et enfouit son visage dans les cheveux de son fils.

— Il était parti voir d'autres personnes jouer, expliqua Mitch en caressant le dos d'Hester, ce qui la réconforta aussitôt. Puis il a rencontré un camarade d'école.

— C'était Ricky Nesbit, expliqua Radley. Il était avec son grand frère et il m'a donné une pièce pour jouer. Il m'a emmené vers une machine, mais je ne me suis pas rendu compte qu'elle était si loin de vous.

— Radley, murmura Hester en luttant pour refouler ses larmes et maîtriser les tremblements qui menaçaient de briser sa voix. Tu connais les règles, tu sais que tu dois rester près de moi. Je dois pouvoir te faire confiance. Tu ne dois jamais t'éloigner.

— Je ne voulais pas le faire, mais Ricky m'a dit que ça ne prendrait qu'une minute. J'étais sur le point de revenir.

— Nous avons de bonnes raisons de fixer des règles, nous en avons déjà parlé, gronda-t-elle.

— Mais, maman…

— Rad, intervint Mitch en le faisant pivoter face à lui. Tu nous as fait peur, tu sais.

— Je suis désolé, répondit le petit garçon d'un air triste. Je ne voulais pas vous effrayer.

— Que cela ne se reproduise plus, répondit sa mère d'une voix plus douce.

Puis elle déposa un baiser sur sa joue.

— La prochaine fois, tu seras puni. Tu es tout ce que j'ai, Rad, dit-elle en le serrant contre elle.

Hester ferma les yeux et ne put donc pas voir le visage de Mitch changer d'expression.

— Je ne peux pas me permettre qu'il t'arrive quoi que ce soit, conclut-elle.

— Je ne le referai plus, promit le petit garçon.

Il était tout ce qu'elle avait, songea Mitch en posant l'enfant au sol. Pourquoi était-elle aussi bornée, au point de refuser d'admettre qu'elle avait aussi quelqu'un d'autre dans sa vie ? Les mains dans les poches, il ravala sa colère et sa tristesse. Hester allait devoir lui faire une place, et ce très bientôt. Sinon, il n'hésiterait pas à le faire pour elle.

11

Mitch ignorait s'il se faisait plus de mal que de bien en sortant de la vie d'Hester quelques jours, toujours est-il qu'il avait lui aussi besoin de temps. Il n'était pas du genre à tout disséquer et analyser, mais plutôt à sentir et agir. Pourtant, jamais ses émotions n'avaient été aussi fortes et ses actes si irréfléchis.

Dès qu'il le pouvait, il se réfugiait dans le travail ou dans ses fantasmes, qu'il contrôlait suivant son envie. Il passait le plus clair de son temps seul dans son appartement, à regarder des vieux films à la télévision ou à écouter de la musique à plein volume à la radio. Il continuait de travailler sur le scénario sans savoir s'il en viendrait à bout, dans l'espoir que ce défi l'empêche de gravir les deux étages qui le séparaient d'Hester pour la ramener à la raison.

Elle le désirait, mais ne voulait pas de lui. Elle s'ouvrait à lui, mais gardait enfoui en elle ce qu'elle avait de plus précieux. Elle lui faisait confiance, mais pas assez pour partager sa vie avec lui.

Rad était tout ce qu'elle avait. Soit. Mais était-il tout ce qu'elle désirait ? Mitch était contraint de se poser lui-même la question. Comment une femme aussi intelligente et généreuse qu'elle pouvait-elle fonder le reste de sa vie sur une erreur vieille de plus de dix ans ?

Son impuissance le rendait furieux. Même lorsqu'il avait touché le fond à La Nouvelle-Orléans, il ne s'était pas senti aussi découragé. A l'époque, il avait été confronté à ses limites, les avait acceptées et avait orienté sa carrière artistique différemment. L'heure était-elle venue pour lui de faire face aux limites de sa relation avec Hester ?

Il passait des heures à y réfléchir et à envisager des compromis avant de les rejeter l'un après l'autre. Pouvait-il accéder à la demande d'Hester et continuer de vivre leur relation telle qu'elle était aujourd'hui ? Ils deviendraient amants. Ils ne seraient liés par aucune promesse et ne parleraient pas d'avenir. Tant qu'il ne serait pas question de durée et d'attaches, ils pourraient poursuivre leur relation.

Non, il ne pouvait pas s'y résoudre. Maintenant qu'il avait trouvé la seule femme avec laquelle il ait jamais voulu vivre, il ne pouvait accepter de ne l'avoir qu'à mi-temps ou partiellement.

Quel choc de se découvrir un tel engouement pour le mariage ! Il ne pouvait pourtant pas dire qu'il connaissait beaucoup d'unions heureuses. Certes, ses parents étaient bien assortis — ils partageaient les mêmes goûts, la même élégance, la même conception des choses —, mais ils n'avaient jamais vécu la moindre passion. De l'affection et de la loyauté, oui. Ils avaient formé un front uni contre les ambitions farfelues de leur fils. Mais jamais la moindre étincelle n'avait animé leurs vies.

Mais ressentait-il uniquement de la passion à l'égard d'Hester ? Inutile de se poser la question, il connaissait déjà la réponse. Il pouvait même imaginer leur couple trente ans plus tard. Ils seraient assis côte à côte sur une balancelle sous le porche qu'Hester lui avait décrit, vieillissant ensemble et se remémorant leurs souvenirs.

Il n'était pas prêt à perdre tout ça. Même si le chemin était long et les obstacles nombreux, il n'était pas prêt à laisser passer sa chance.

Prenant une grande inspiration, Mitch rassembla ses paquets avant de monter rejoindre Hester.

Hester craignait qu'il ne vienne pas. Depuis leur soirée à Times Square, elle avait observé des changements subtils chez Mitch. Il avait été étrangement distant au téléphone avec elle et, malgré les multiples invitations qu'elle lui avait lancées, il avait toujours trouvé une bonne excuse pour les décliner.

Elle était en train de le perdre, songea-t-elle en versant du jus de fruits dans des verres en plastique. Hélas, depuis le début, elle savait que leur relation n'était que temporaire. Mitch avait le droit de vivre sa vie et de suivre son propre chemin. Elle pouvait difficilement lui demander d'accepter la distance qu'elle estimait devoir mettre entre eux ou de comprendre que son fils et son travail lui laissaient peu de temps à lui accorder. Elle espérait juste qu'ils resteraient amis.

Seigneur, comme il lui manquait ! Parler, rire et même s'abandonner contre lui lui manquait —, même s'il ne fallait pas qu'elle s'y habitue. Hester posa le pichet sur le comptoir et prit une profonde inspiration. Il ne fallait pas qu'elle accorde trop d'importance à tout cela, elle ne pouvait pas se le permettre. Dix petits garçons surexcités et bruyants l'attendaient dans la pièce à côté. C'était elle, la seule responsable. Elle ne pouvait pas passer son temps à dresser la liste de ses regrets alors que ses obligations l'attendaient.

Lorsqu'elle arriva dans le salon, chargée du plateau de boissons, elle trouva deux enfants qui faisaient semblant de tirer l'un sur l'autre. Trois autres se battaient en se roulant par terre pendant que les autres criaient pour couvrir le bruit du tourne-disque. Hester avait déjà remarqué que l'un des nouveaux amis de Radley portait une boucle d'oreille en argent et parlait des filles en connaisseur. Elle posa le plateau en levant les yeux au ciel.

S'il vous plaît, donnez-moi encore quelques années de bandes dessinées et de Meccano, pria-t-elle en silence. Elle n'était pas encore prête pour le reste.

— Petite pause, dit-elle d'une voix forte. Michael, pourquoi ne lâches-tu pas Ernie pour venir boire un peu de jus de fruits ? Rad, pose le chaton. Les chats deviennent agressifs lorsqu'on les touche trop.

A contrecœur, Radley posa la petite boule de poils noir et blanc dans son panier douillet.

— Ce petit chat est trop mignon, décréta-t-il. Je l'adore.

Puis il saisit un verre sur le plateau en faufilant sa main parmi celles de ses amis.

— Ma montre me plaît beaucoup aussi, ajouta-t-il.

Il tendit alors le bras et poussa un bouton pour basculer du mode « heure » au mode « jeux vidéo ».

— J'espère que tu ne vas pas jouer en classe, le prévint Hester.

Plusieurs enfants gloussèrent en donnant des coups de coude à Radley. Hester venait presque de les convaincre de s'asseoir autour d'un jeu de société lorsqu'elle entendit frapper à la porte.

— J'y vais ! s'écria Radley.

D'un bond, il se leva et courut vers la porte. Il y avait encore un vœu qu'il espérait voir se réaliser pour son anniversaire. Lorsque le battant s'ouvrit, il s'exauça.

— Mitch ! Maman m'a dit que tu étais certainement trop occupé pour venir, mais je savais que tu le ferais. J'ai eu un chaton pour mon anniversaire. Je l'ai appelé Zark. Tu veux le voir ?

— Dès que j'aurai posé tous ces paquets.

A peine Mitch eut-il posé ses fardeaux sur le canapé qu'il reçut Zark dans les mains. Le chaton ronronna et se cambra sous ses caresses.

— Il est très mignon. Nous allons devoir le présenter à Taz.

— Taz ne va pas le dévorer ?

— Tu plaisantes ?

Puis, le chaton sous le bras, Mitch se tourna vers Hester.

— Salut, dit-il.

— Salut.

Son amant avait besoin d'un bon rasage, son pull était troué, mais Hester le trouva magnifique.

— Nous avions peur que tu ne puisses pas te libérer.

— J'ai dit que je serais là, répondit-il en grattouillant d'une main lascive la tête du chat entre les deux oreilles. Je tiens toujours mes promesses.

— J'ai aussi eu cette montre, intervint fièrement Radley en levant son poignet. Elle donne l'heure, la date, et on peut aussi jouer à Dive Bomb et à Scrimmage avec.

— A Dive Bomb ? s'étonna Mitch en s'asseyant sur l'accoudoir du canapé.

Il regarda le petit garçon envoyer en l'air de petits points lumineux.

— Tu ne risques plus de t'ennuyer pendant les longs trajets en métro, à ce que je vois ?

— Ou dans la salle d'attente chez le dentiste. Tu veux jouer ?

— Plus tard. Je suis désolé d'être en retard. Il y avait la queue au magasin.

— Pas de problème. Nous t'avons attendu pour manger le gâteau. Il est au chocolat.

— Génial. Tu ne me demandes pas ce que je t'ai apporté ?

— Ça ne se fait pas, répondit Radley en lançant un regard en coin vers sa mère, occupée à séparer de nouveau deux de ses camarades. Tu m'as vraiment apporté quelque chose ?

— Non.

En voyant l'expression déçue du petit garçon, Mitch ébouriffa ses cheveux.

— Mais bien sûr que si ! rectifia-t-il en riant. Mon cadeau est là, sur le canapé.

— C'est quel paquet ?

— Tous.

Radley ouvrit de grands yeux.

— Tous ?

— On peut dire qu'ils vont ensemble. Pourquoi n'ouvres-tu pas celui-ci en premier ?

Mitch n'avait pas eu le temps d'emballer les cartons. Il avait à peine eu la présence d'esprit de mettre du scotch sur la marque et le modèle. Mais acheter des cadeaux à un petit garçon était pour lui une expérience nouvelle qu'il appréciait énormément. L'air curieux, Radley commença à ouvrir le lourd carton avec l'aide de ses invités.

— Oh ! Un ordinateur ! s'extasia Josh en passant la tête par-dessus l'épaule de Radley. Robert Sawyer en a eu un exactement comme celui-ci. Tu peux jouer à toutes sortes de jeux sur une machine comme ça.

— Un ordinateur ! répéta Radley d'un air hébété sans quitter des yeux le carton.

Puis il se tourna vers Mitch.

— C'est pour moi, vraiment ? Je peux le garder ?

— Bien sûr, c'est un cadeau. J'espérais juste que tu me laisserais jouer de temps en temps.

— Tu pourras y jouer quand tu voudras ! s'écria Radley, débordant d'enthousiasme.

Puis il se jeta au cou de Mitch. La présence de ses amis ne semblait pas l'embarrasser.

— Merci, ajouta-t-il, ému. On peut le brancher tout de suite ?

— J'ai cru que tu ne le demanderais jamais.

— Rad, intervint Hester, tu dois d'abord ranger ton bureau. Attends ! s'écria-t-elle en voyant une horde d'enfants s'élancer dans le couloir. Cela ne veut pas dire qu'il faut tout jeter par terre, d'accord ? Mitch et moi allons nous charger d'apporter tout ceci.

Les enfants s'élancèrent vers la chambre de Radley en poussant des cris de guerre. Hester savait déjà qu'elle découvrirait des surprises sous le lit de Rad et sous le tapis. Elle s'en inquiéterait plus tard.

— Tu as été terriblement généreux avec lui, déclara-t-elle en s'avançant vers Mitch.

— Radley est intelligent. Un enfant avec sa vivacité mérite un ordinateur.

— Oui, répondit-elle, le regard braqué sur les cartons encore fermés.

— Les autres boîtes contiennent un écran, un clavier et des logiciels.

— J'ai déjà pensé à lui en offrir un, tu sais, mais j'aurais été incapable de tout brancher.

— Ce n'était pas une critique de ma part, Hester.

— Je sais.

Hester se mordilla nerveusement les lèvres.

— Je sais aussi que ce n'est pas le moment de parler, mais nous devons le faire. Je veux que tu saches que je suis très heureuse que tu sois venu.

— C'est ici que j'ai envie d'être, répondit-il en lui caressant la joue. Il va falloir que tu te fasses à cette idée.

Hester saisit la main de Mitch et déposa un baiser au creux de sa paume.

— Tu ne diras peut-être plus la même chose quand tu auras passé une heure en compagnie d'une horde d'enfants.

Comme pour illustrer ses paroles, un bruit de casse monta en provenance de la chambre de Radley.

— Encore une infraction à la règle ? demanda Mitch.

Le bruit fut suivi d'une discussion animée entre les enfants.

— Peu importe, soupira Hester en soulevant le premier carton.

C'était fini. Le dernier invité était parti avec ses parents. Un silence étrange et merveilleux régnait dans le salon. Hester s'installa dans un fauteuil, les yeux mi-clos, tandis que Mitch se prélassait sur le canapé, les yeux fermés. A travers le silence lui parvenaient de temps en temps le cliquetis des touches du nouvel ordinateur de Radley et les faibles miaulements de Zark confortablement installé sur les genoux du petit garçon. Hester poussa un soupir de bien-être en contemplant son salon.

Le désordre était complet. Des verres et des assiettes en carton étaient éparpillés un peu partout. Des restes de chips et de bretzels écrasés s'amoncelaient au fond des bols et sur le tapis. Des lambeaux de papier gisaient parmi les jouets que les invités de Radley avaient jugés dignes d'intérêt. Hester osait à peine imaginer à quoi ressemblait la cuisine.

— Nous avons fini par gagner ? demanda Mitch en ouvrant un œil à son tour.

— Absolument, confirma Hester en se redressant. Notre victoire a été éclatante. Tu veux un coussin ?

— Non.

Il prit sa main et l'attira avec lui sur le canapé. Hester se retrouva couchée sur lui.

— Mitch, Radley est…

— Très occupé avec son ordinateur, acheva-t-il avant de frotter son nez contre ses lèvres. Je suis certain qu'il va craquer et tester l'un des logiciels éducatifs avant la fin de la journée.

— C'était très rusé de ta part de les mélanger aux autres.

— Je suis un homme très intelligent, confia-t-il en la calant dans le creux de son épaule. Je suis même certain que, lorsque tu seras convaincue de l'utilité de cette machine, tu nous permettras de jouer, Rad et moi.

— Je suis surprise que tu ne sois pas déjà équipé.

— En fait… en allant acheter l'ordinateur de Rad, j'ai failli en prendre un autre pour moi. Pour faire mes comptes et moderniser mon système de classement.

— Tu n'as pas de système de classement.

— Vraiment ? dit-il en posant la joue contre ses cheveux. Hester, sais-tu quelle est l'une des dix plus grandes inventions pour l'homme civilisé ?

— Le four à micro-ondes ?

— La sieste. Ton canapé est formidable.

— Il a besoin d'être retapissé.

— Ça ne se voit pas quand on est couché dessus, répliqua-t-il en enroulant un bras autour de sa taille. Dormons un petit moment.

— Mais il faut que je range l'appartement, protesta-t-elle.

Cependant, c'était si bon de fermer les yeux.

— Pourquoi ? Tu attends de la visite ?

— Non. Mais tu ne dois pas sortir Taz ?

— J'ai donné à Ernie quelques dollars pour qu'il aille le promener.

Hester enfouit son visage au creux de son épaule.

— Tu penses vraiment à tout.

— C'est ce que j'essaie de t'expliquer.

— Je n'ai rien prévu pour le dîner, murmura-t-elle en se sentant sombrer dans le sommeil.

— Nous mangerons du gâteau.

Hester rit doucement avant de s'endormir au côté de Mitch.

Un peu plus tard, Radley entra dans le salon, le chaton dans le creux de la main. Il voulait leur annoncer son dernier score. Debout près du canapé, il grattouilla la tête du chat en contemplant sa mère et Mitch, pensif. Parfois, lorsqu'il faisait un mauvais rêve ou qu'il ne se sentait pas bien, sa mère dormait avec lui. Sa présence était vraiment réconfortante. Peut-être qu'en dormant à côté de Mitch sa mère se sentait-elle, elle aussi, beaucoup mieux ?

Mitch était-il amoureux de sa mère ? songea-t-il. Lorsqu'il y pensait, une étrange sensation l'envahissait. Il voulait que Mitch reste avec eux et qu'il soit son ami. Si Mitch se mariait avec sa mère, cela voulait-il dire qu'il partirait un jour ? Il fallait qu'il en parle à sa mère. Elle lui dirait la vérité. Elle ne mentait jamais. Sans un bruit, Radley passa le chaton sous son bras et emporta un bol de chips dans sa chambre.

Lorsque Hester se réveilla, il faisait presque nuit. Elle ouvrit les yeux et croisa aussitôt le regard de Mitch. Battant paresseusement des cils, elle essaya de retrouver ses repères. Puis Mitch l'embrassa et tous ses souvenirs refirent surface.

— Nous avons dû dormir pendant une heure, murmura-t-elle.

— Presque deux. Comment te sens-tu ?

— Vaseuse. Je suis toujours vaseuse quand je dors l'après-midi.

Puis elle s'étira et entendit Radley rire dans sa chambre.

— Il est toujours devant son ordinateur. Je ne me rappelle pas l'avoir vu aussi heureux.

— Et toi, comment te sens-tu ?

— Moi aussi, je suis heureuse, dit-elle en suivant le contour des lèvres de Mitch du bout du doigt.

— Si tu es heureuse et vaseuse, c'est peut-être le moment idéal de renouveler ma demande en mariage.

— Mitch.

— Non ? D'accord, j'attendrai que tu sois ivre, alors. Il reste du gâteau ?

— Un peu. Tu n'es pas fâché ?

Mitch se coiffa du bout des doigts en s'asseyant.

— Fâché, pour quoi ?

Hester posa sa joue contre lui.

— Je suis navrée de ne pas pouvoir te donner ce que tu veux.

Il la serra plus fort, puis la lâcha à contrecœur.

— Parfait, cela veut dire que tu vas bientôt changer d'avis.

— Mitch ! gronda-t-elle.

— Quoi ?

Hester leva les yeux au ciel.

— Rien. Je pense qu'il vaut mieux ne rien dire. Va te chercher du gâteau si tu veux, je vais commencer à ranger.

Mitch balaya la pièce du regard. Selon ses propres critères, tout lui semblait en ordre.

— Tu tiens vraiment à nettoyer ça ce soir ?

— Tu n'espères pas que je vais laisser tout ce désordre jusqu'à demain ? demanda-t-elle avant de se raviser. Pardon, j'oubliais à qui je parlais.

Mitch plissa les yeux d'un air suspicieux.

— Essaies-tu de me dire que je suis désordonné ?

— Pas du tout. Mais je suis certaine qu'il y aurait beaucoup à dire sur ta décoration et les papiers qui jonchent ton appartement. Cela vient certainement du fait que tu as vécu entouré de domestiques pendant ton enfance.

— En fait, je n'ai jamais eu le droit de mettre du désordre dans une pièce. Ma mère ne pouvait pas le supporter.

Mitch s'était toujours plu dans son désordre. Mais il aurait aussi eu des commentaires à faire sur l'obsession d'Hester pour le rangement.

— Pour mon dixième anniversaire, expliqua-t-il, ma mère a fait venir un magicien. Nous étions tous assis sur de petites chaises pliantes — les garçons en costume et les filles dans des robes en organdi — pour regarder le spectacle. Ensuite, on nous a servi un repas léger sur la terrasse. Il y avait assez de domestiques autour de nous pour qu'il n'y ait même pas une miette à ramasser. Je pense qu'aujourd'hui je me rattrape.

— Un peu, en effet, dit Hester en l'embrassant sur les deux joues.

Quel homme étrange ! songea-t-elle. Si calme, si accommodant par certains côtés et tellement hanté par ses démons ! Hester croyait dur comme fer que l'enfance affectait la vie des adultes jusque dans leur vieillesse. C'était d'ailleurs cette croyance qui la poussait si farouchement à éduquer de son mieux son fils.

— Tu as le droit de vivre dans la poussière et le désordre, Mitch. Ne laisse personne te les prendre.

Mitch l'embrassa à son tour sur les deux joues.

— Je suppose que tu as le droit de vivre dans l'ordre et la propreté. Où est ton aspirateur ?

Elle lui lança un regard surpris.

— Tu sais donc à quoi ressemble cet objet ?

— Très drôle, dit-il en lui pinçant les côtes.

Hester fit un bond en poussant un cri aigu.

— Tu crains les chatouilles ?

— Arrête ça, le menaça-t-elle en se servant d'une pile d'assiettes en papier comme bouclier. Je n'ai pas envie de te faire mal.

— Allez, dit-il en rampant vers elle à la manière d'un lutteur. Ça fait deux défaites à trois.

— Je te préviens, lança-t-elle en croisant le regard espiègle de Mitch, je peux devenir violente.

— Vraiment ?

Puis, d'un mouvement brusque, il la saisit par la taille. Impulsivement, Hester leva les bras. Les assiettes, dégoulinantes de gâteau et de glace, tombèrent sur le visage de Mitch.

— Oh, mon Dieu ! s'écria-t-elle en se tordant de rire.

A bout de forces, elle s'écroula dans un fauteuil. Elle voulut parler, mais le rire la plia de nouveau en deux.

D'un geste très lent, Mitch essuya sa joue puis étudia la traînée de chocolat. Sans le quitter du regard, Hester éclata de rire en se tenant les côtes.

— Qu'est-ce que vous faites ? demanda Radley.

En entrant dans le salon, le petit garçon regarda fixement sa mère, laquelle, incapable de parler, se contenta de montrer Mitch du doigt.

— Ça alors ! s'écria Radley à son tour.

Puis, roulant de grands yeux, il éclata également de rire.

— La petite sœur de Mike se barbouille de la même manière. Elle a presque deux ans.

Hester, qui faisait de gros efforts pour se contrôler, abandonna tout espoir. Elle attira Radley contre elle en s'étranglant de rire.

— C'était un accident, bafouilla-t-elle avant de s'effondrer de nouveau.

— Non, c'était une attaque sournoise et délibérée, corrigea Mitch. Et elle mérite un châtiment immédiat.

— Non, s'il te plaît, protesta Hester, la main levée, sachant qu'elle était trop faible pour se défendre. Je suis désolée, je le jure. C'était un réflexe, c'est tout.

— Ça aussi.

Mitch s'approcha d'elle et, comme elle se servait de Radley comme bouclier, il se contenta de prendre le petit garçon en sandwich entre eux. Puis il l'embrassa sur la bouche, le nez, les joues, tandis qu'elle se débattait en riant. A la fin, il avait transféré une quantité de chocolat satisfaisante sur son visage. Radley jeta alors un regard vers sa mère et s'écroula par terre, saisi d'un fou rire.

— Espèce de fou ! l'accusa Hester en essuyant une coulée de chocolat du dos de la main.

— Tu es très belle, barbouillée de chocolat, Hester.

Il leur fallut plus d'une heure pour tout remettre en ordre. A l'unanimité, ils votèrent pour commander une pizza, puis ils passèrent le reste de la soirée à tester les trésors que Radley avait reçus pour son anniversaire. Lorsque le petit garçon commença à dodeliner de la tête au-dessus du clavier, Hester le déposa dans son lit.

— Quelle journée ! s'exclama-t-elle en installant le chaton dans le panier au pied du lit de Radley.

— Je dirais plutôt que c'est un anniversaire mémorable, corrigea Mitch.

— Moi aussi, répondit-elle en massant sa nuque douloureuse. Tu veux un peu de vin ?

— Je vais me servir, dit-il en la poussant vers le salon. Va plutôt t'asseoir.

— Merci, répliqua Hester en s'asseyant sur le canapé.

Puis elle étendit les jambes et ôta ses chaussons. Non, elle n'était pas près d'oublier cette journée. Pas plus, peut-être, que la nuit à venir, songea-t-elle, pleine d'espoir.

— Tiens, dit Mitch en lui tendant un verre.

Il vint ensuite s'asseoir près d'elle sur le canapé. Levant son propre verre, il passa un bras autour de ses épaules et l'attira vers lui.

— On est bien, murmura-t-elle en portant le verre à ses lèvres.

— Oui, très bien, renchérit-il en déposant un baiser dans son cou. Je t'avais dit que ce canapé était confortable.

— Parfois, j'oublie presque que ces moments de détente existent. Tout est rangé, Radley est heureux et couché. Demain, nous sommes dimanche et nous n'avons rien d'urgent à faire.

— Tu n'as pas envie de sortir danser ou faire la fête ?

— Non, répondit-elle en se raidissant. Et toi ?

— Je suis très heureux ici.

— Alors reste. Reste avec moi ce soir.

Mitch garda le silence quelques instants. Il cessa de masser sa nuque, puis recommença, tout doucement.

— Tu en es sûre ?

— Oui.

Prenant une profonde inspiration, elle se tourna vers lui.

— Tu m'as manqué. Je ne sais pas vraiment ce qui est bien ou mal, ni ce qui est le mieux pour nous. Mais je sais que tu m'as manqué. Tu vas rester ?

— Je ne vais nulle part.

Satisfaite de sa réponse, Hester se cala de nouveau contre lui. Ils restèrent un long moment sans bouger ni parler, l'esprit dans le vague, baignant dans une douce pénombre.

— Tu travailles toujours sur ton scénario ? demanda-t-elle enfin.

— Oui.

Mitch pourrait facilement s'habituer à la présence d'Hester à ses côtés tard le soir, s'enivrer du parfum de ses cheveux à la faible lueur d'une lampe.

— Tu avais raison, continua-t-il. Je m'en serais voulu si je n'avais pas essayé de l'écrire. Il fallait juste que je laisse mon anxiété de côté.

— Toi, anxieux ? fit-elle en souriant.

— Dès que je suis confronté à des événements inhabituels ou importants, je suis toujours nerveux. J'étais d'ailleurs extrêmement tendu la première fois que nous avons fait l'amour.

Hester n'était pas surprise de l'entendre, mais le savoir ne faisait qu'embellir ce souvenir à ses yeux.

— Je n'ai rien remarqué.

— Tu peux me croire sur parole.

Mitch entreprit de caresser doucement sa cuisse d'un geste délicieusement désinvolte.

— J'avais peur d'être maladroit, murmura-t-il, et de gâcher un des moments les plus importants de ma vie.

— Non seulement tu n'as pas été maladroit, mais grâce à toi je me suis sentie unique.

Hester trouva tout naturel de lui tendre la main pour l'aider à se lever avant de l'attirer vers elle. Elle éteignit les lumières et l'entraîna avec elle vers la chambre.

Mitch ferma la porte derrière lui pendant qu'elle rabattait les draps. Toutes les soirées qu'il leur restait à vivre pouvaient se dérouler ainsi. Il en fallait peu pour qu'elle aussi commence à le croire. Mitch le savait, il l'avait lu en croisant son regard. Hester ne le quitta pas des yeux en défaisant un à un les boutons de son chemisier.

Ils se déshabillèrent en silence, mais l'air autour d'eux crépitait déjà. Mitch se sentait plus détendu, même si son désir était plus violent que jamais. Ils savaient désormais ce qu'ils pouvaient s'apporter. Ils se glissèrent entre les draps et se tournèrent l'un vers l'autre.

Mitch se sentait si bien, le bras posé simplement sur la taille d'Hester. Leurs deux corps réunis se nourrissaient de leur chaleur.

Hester connaissait désormais la fermeté et la force de son corps viril. Elle savait aussi avec quelle facilité le sien s'harmonisait avec lui. Renversant la tête en arrière, son regard toujours plongé dans celui de Mitch, elle lui offrit ses lèvres.

Embrasser Hester revenait à descendre une rivière tranquille pour plonger dans un ruisseau bouillonnant. Mitch laissa échapper un râle de plaisir lorsqu'elle se pressa contre lui. Bien sûr, sa timidité n'avait pas disparu, mais Hester avait abandonné son habituelle réserve avec lui. Ses gestes ne trahissaient plus la moindre hésitation.

Il ne lui restait plus qu'à lui offrir sa tendresse. Chaque fois qu'ils étaient ensemble, Mitch ressentait la même chose. Un sentiment grisant, stupéfiant et authentique. Il prit le visage d'Hester entre ses mains. Le goût du vin dansait encore sur ses lèvres. Il s'en abreuva tandis qu'il explorait sa bouche avec délice. Il sentit en elle une hardiesse qu'il ne lui connaissait pas, comme si, récemment, elle avait acquis une confiance qui la poussait vers lui, avec ses propres demandes et ses propres besoins.

Hester lui avait ouvert son cœur, songea-t-il en sentant

ses lèvres glisser le long de son cou. Et elle était libre. Avec un grognement qui aurait pu s'apparenter à un rire, il la fit rouler sur le dos et entreprit de lui faire perdre la tête.

Hester n'en avait jamais assez de lui. Elle passait ses mains et ses lèvres sur son corps avec une impatience et une intensité presque féroces, sans pour autant assouvir son désir. Jamais elle n'aurait imaginé se sentir aussi bien dans les bras d'un homme. Jamais elle n'aurait imaginé ressentir pareille excitation. Comment aurait-elle pu savoir que l'odeur de la peau de Mitch lui ferait tourner la tête et exacerberait à ce point ses sens ? Il lui suffisait de l'entendre murmurer son prénom pour qu'elle perde la tête.

Peau contre peau, soudés l'un contre l'autre, ils roulèrent sur les draps, s'emmêlèrent dans la couverture avant de l'écarter sans regrets : leur fougue suffisait à leur tenir chaud. Mitch bougeait aussi vite qu'elle, découvrant de nouvelles zones secrètes pour mieux la ravir et la tourmenter. Elle l'entendit haleter en murmurant son prénom lorsqu'elle déposa une pluie de baisers sur son torse. Puis elle sentit son corps se tendre et s'arquer tandis qu'elle poursuivait son chemin vers le bas de son ventre.

Peut-être avait-elle toujours eu ce pouvoir en elle, mais Hester était certaine qu'il était né cette nuit-là. Le pouvoir d'exciter un homme au-delà de toute sagesse. Sage ou non, elle en fit sa gloire lorsque Mitch la piégea sous son corps avant de se laisser guider par son propre désir.

La bouche de Mitch s'abattit sur elle, brûlante et vorace. L'esprit d'Hester était rempli de demandes, de promesses et de prières qu'elle ne pouvait pas exprimer. Tandis que Mitch la conduisait toujours plus haut vers le paroxysme du plaisir, son souffle se trouva piégé. Dans cette mer de sensations déchaînée, Hester s'accrocha à lui comme à une bouée de sauvetage.

Dans un même élan de passion, ils sombrèrent tous les deux.

12

Le ciel chargé de nuages était lourd de neige. A moitié assoupie, Hester quitta des yeux la fenêtre et tendit la main vers Mitch. A côté d'elle, les draps étaient froissés mais le lit était vide.

Etait-il parti au beau milieu de la nuit ? songea-t-elle en caressant l'empreinte du corps de son amant sur le matelas. Quelle déception… Elle aurait tant aimé le trouver près d'elle au petit matin. Pleine de regrets, elle ramena pensivement la main sous son menton.

Peut-être valait-il mieux qu'il soit parti, après tout. Car comment Radley aurait-il réagi en le voyant à son réveil ? Si Mitch restait près d'elle, à portée de main, elle n'éprouverait que plus de difficulté à se retenir d'aller vers lui. Personne n'imaginait à quel point cela avait été dur pour elle d'apprendre à se passer des autres. Et, après toutes ces années de bataille, Hester commençait à peine à voir les résultats de ses efforts. Elle avait construit un foyer confortable pour Radley, dans un bon quartier. Elle avait un travail sûr et bien payé. Elle bénéficiait à la fois de sécurité et de stabilité.

Elle ne pouvait pas tout mettre en péril en raison d'une nouvelle dépendance, songea-t-elle en rabattant les draps. Or, elle commençait bel et bien à dépendre de Mitch. Son esprit avait beau lui rappeler qu'il valait mieux qu'il ne soit plus là, elle le regrettait déjà. Elle se sentait triste, mais elle était assez forte pour rester loin de lui.

Hester enfila un peignoir et décida d'aller voir Radley pour lui proposer un petit déjeuner.

Elle le trouva en compagnie de Mitch. Tous deux étaient penchés au-dessus du clavier, face à de petits éléments graphiques qui explosaient de manière désordonnée à l'écran.

— Il y a quelque chose qui ne va pas, insista Mitch. J'ai visé dans le mille.

— Tu l'as raté d'un kilomètre au moins.

— Je vais dire à ta mère que tu as besoin de lunettes. Cet ordinateur ne fonctionne pas correctement. En plus, comment veux-tu que je me concentre, avec ce stupide chat qui me mord les orteils ?

— Mauvais joueur, répondit Radley à voix basse tandis que le dernier homme de Mitch se faisait tuer.

— Mauvais joueur ? Je vais te montrer ce que c'est qu'être bon joueur !

Mitch prit Radley dans ses bras et le tint tête en bas par les pieds.

— Alors, cette machine déraille, oui ou non ? demanda-t-il d'un air faussement menaçant.

— Non, gloussa Radley en prenant appui sur ses mains. C'est peut-être toi qui as besoin de lunettes.

— Je n'ai vraiment pas le choix, je vais devoir te lâcher. Oh ! Bonjour, Hester !

Les bras enroulés autour des jambes de Radley, Mitch lui décocha un large sourire.

— Salut, maman ! lança le petit garçon, ravi d'être dans cette position, les joues rouges comme des tomates. J'ai gagné trois fois contre Mitch. Mais il n'est pas vraiment en colère, tu sais.

— Ah oui ? riposta Mitch en remettant l'enfant à l'endroit avant de le déposer avec précaution sur le lit. J'ai été humilié.

— Je t'ai battu, le taquina Radley, l'air très fier de lui.

— Je n'arrive pas à croire que j'ai pu dormir sans vous entendre, avança Hester en leur adressant un sourire prudent.

Radley semblait vraiment heureux de la présence de Mitch. Tout autant qu'elle, d'autant qu'elle avait de plus en plus de mal à cacher son plaisir.

— Je suppose qu'après ces grandes batailles vous avez envie d'un petit déjeuner ? demanda-t-elle.

— Nous avons déjà mangé, déclara Radley, allongé sur le lit à la recherche du chaton. J'ai montré à Mitch comment faire du pain perdu. Il m'a dit que c'était très bon.

— J'espère que tu ne mens pas, dit Hester, dubitative.

— Pas du tout, confirma son fils en roulant sur le dos avec le chaton. Mitch a lavé la poêle et je l'ai séchée. Nous voulions en préparer pour toi, mais nous n'avons pas voulu te réveiller.

L'idée que les deux hommes de sa vie aient pu cuisiner pendant qu'elle dormait la mit mal à l'aise.

— Je n'espérais pas que vous vous lèveriez si tôt, riposta-t-elle pour se justifier.

— Hester.

Mitch s'avança vers elle et passa un bras autour de ses épaules.

— Je déplore de devoir te le dire, mais il est plus de 11 heures.

— 11 heures ?

— Oui. Que dirais-tu de préparer le déjeuner ?

— Eh bien...

— Je te laisse y réfléchir. Je dois descendre sortir Taz.

— Je m'en charge, proposa Radley en se levant d'un bond. Je peux même lui donner à manger et l'emmener se promener. Je sais comment faire, tu me l'as montré.

— Je suis d'accord. Et toi, Hester ?

L'esprit encore embrumé, elle avait du mal à se concentrer.

— D'accord, mais couvre-toi bien.

— Promis, répondit le petit garçon en enfilant son manteau. Je peux amener Zark avec moi ? Il n'a pas encore fait la connaissance de Taz.

Hester contempla la petite boule de poils et imagina les grandes dents de Taz.

— Je ne sais pas si c'est une bonne idée. Zark est tout petit.

— Taz adore les chats, la rassura Mitch en ramassant le bonnet de Radley qui était tombé par terre. A titre tout à fait amical.

Puis il fouilla ses poches à la recherche de ses clés.

— Sois prudent ! lança Hester à Radley, qui s'éloignait déjà dans le couloir en faisant tinter les clés de Mitch.

La porte claqua derrière lui.

— Bonjour, dit alors Mitch en la prenant dans ses bras.

— Bonjour. Tu aurais dû me réveiller.

— J'ai été tenté de le faire, souligna-t-il en glissant ses mains sous son peignoir. J'avais l'intention de faire du café et de t'en apporter une tasse, mais Radley est arrivé et, avant de m'en apercevoir, je me suis retrouvé à battre des œufs.

— Et il n'a pas demandé ce que tu faisais là ?

— Non.

Alors qu'elle réfléchissait, il déposa un baiser sur le bout de son nez. Puis il l'entraîna avec lui vers la cuisine.

— Il est arrivé alors que je faisais bouillir de l'eau et m'a demandé si j'étais en train de préparer le petit déjeuner.

Après un échange rapide, nous en avons conclu que Radley était plus qualifié que moi. Il reste encore du café, mais peut-être préfères-tu que j'en refasse ?

— Ça devrait aller.

— Dire que la femme que j'aime est si optimiste !

Hester réussit à lui sourire en sortant le lait du réfrigérateur.

— Je croyais que tu étais parti.

— Tu aurais préféré que ce soit le cas ?

Elle hocha la tête en veillant à ne pas croiser son regard.

— Mitch, c'est si dur. Et ça le devient de plus en plus.

— Quoi donc ?

— D'essayer de ne pas vouloir que tu sois là tout le temps.

— Dis seulement une parole et j'emménage chez toi avec ma valise et mon chien.

— Si seulement c'était possible ! J'aimerais vraiment pouvoir le faire, Mitch. Lorsque je suis entrée ce matin dans la chambre de Radley et que je vous ai vus tous les deux, j'ai eu un déclic. Je me suis dit que nous pourrions vivre comme ça tous les trois.

— Tu as raison, Hester.

— Tu es si sûr de toi.

Avec un petit rire de dérision, elle s'accouda au comptoir.

— Depuis le début, continua-t-elle, tu es si sûr de toi. Et c'est peut-être ce qui me fait le plus peur.

— Dès que je t'ai vue, Hester, ma vie s'est éclairée.

Il s'approcha d'elle et posa les mains sur ses épaules.

— Je n'ai pas toujours su ce que je voulais, et je ne peux pas prétendre que tout s'est passé dans ma vie comme je le désirais. Mais, avec toi, je suis sûr de moi, conclut-il en embrassant ses cheveux. Est-ce que tu m'aimes, Hester ?

— Oui, répondit-elle en soupirant longuement, les yeux fermés. Je t'aime, Mitch.

— Alors, épouse-moi.

Il la fit pivoter doucement vers lui.

— Je ne te demande de changer que ton nom.

Comme elle avait envie de le croire, comme elle avait envie de croire qu'il était possible de commencer une nouvelle vie ! Elle sentit son cœur tambouriner dans sa poitrine tandis qu'elle passait les bras autour de la taille de l'homme qu'elle aimait. Pourquoi ne saisissait-elle pas sa chance ? Pourquoi passerait-elle à côté de l'amour ?

— Mitch...

Soudain, le téléphone sonna et Hester poussa un soupir de frustration.

— Désolée, ajouta-t-elle.

— Pas autant que moi, murmura-t-il avant de la lâcher.

Elle alla décrocher d'un pas incertain.

— Allô ?

Tout son plaisir s'évanouit aussitôt.

— Allan.

Elle avait l'impression d'avoir reçu une douche froide.

Mitch braqua aussitôt les yeux sur elle. D'une main nerveuse, Hester s'accrocha au câble du téléphone comme à une ancre et l'enroula autour de sa main.

— Nous allons bien, dit-elle. En Floride ? Je te croyais à San Diego.

Ainsi, il avait encore déménagé, songea-t-elle en écoutant la voix familière et insouciante de son ex-mari. Elle l'écouta froidement lui faire le récit de ses merveilleuses et incroyables aventures.

— Rad n'est pas ici, l'informa-t-elle, même si Allan ne lui avait pas posé la question. Si tu veux lui souhaiter un bon anniversaire, il peut te rappeler.

Devant la réponse d'Allan, Hester sentit la fureur la gagner.

— C'était hier, souffla-t-elle entre ses dents. Il a eu dix ans, Allan. Radley a eu dix ans hier. Oui, je suis certaine que tu as du mal à l'imaginer.

Elle garda de nouveau le silence, se contentant d'écouter. Une colère froide s'était logée dans sa gorge, et lorsqu'elle reprit la parole, sa voix sonna faux.

— Félicitations. De la rancune ? demanda-t-elle avec un rire sardonique. Non, Allan. Je ne t'en veux plus. Je te souhaite bonne chance. Désolée de ne pas faire preuve de plus d'enthousiasme. Je dirai à Radley que tu as appelé.

Puis elle raccrocha en réprimant l'envie de lancer le combiné contre le mur. Lentement, elle déroula le câble qui avait commencé à creuser la peau de sa main.

— Tout va bien ? demanda Mitch, l'air inquiet.

Hester acquiesça en se dirigeant vers la cuisinière pour se verser une tasse de café dont elle n'avait plus envie.

— Il m'a appelée pour m'annoncer qu'il allait se remarier, expliqua-t-elle. Il pensait que ça m'intéresserait de le savoir.

— Et ?

— Cela m'est complètement égal.

L'amertume de la boisson brûlante lui fit du bien.

— Il y a des années que ce qu'il fait a cessé de m'intéresser. Il ignorait que c'était l'anniversaire de Radley.

Malgré ses efforts pour se contenir, la colère la submergea de nouveau.

— Il ne sait même pas quel âge a son fils, ajouta-t-elle en posant d'un geste violent la tasse, qui déborda sur le comptoir. Radley a cessé d'être une réalité pour lui dès l'instant où Allan a franchi le pas de notre porte. Il lui a suffi de la refermer derrière lui.

— Et quelle différence cela fait-il ?

— C'est le père de Radley !

— Non ! explosa Mitch. Il faut que tu te sortes cette idée de la tête. Il faut que tu l'acceptes. Il n'en est que le père biologique, et rien d'autre. Cet état de fait ne suffit pas à créer des liens.

— Mais il a une responsabilité envers son fils.

— Il n'en veut pas, Hester.

Luttant pour rester patient, Mitch saisit les mains de la femme qu'il aimait.

— Il s'est complètement coupé de Rad, ajouta-t-il. Personne ne peut dire que son geste est louable, et il est évident qu'il ne l'a pas fait dans le bien de son enfant. Mais vas-tu le laisser entrer et sortir de la vie de ton fils quand bon lui semble, au risque de le perturber et de le blesser ?

— Non, mais...

— Tu aimerais qu'il s'inquiète pour lui, mais il s'en fiche.

Même si Hester avait gardé ses mains dans les siennes, il sentit un changement s'opérer en elle.

— Tu t'éloignes de moi, constata-t-il.

Hester le regrettait, mais c'était la vérité et elle ne pouvait pas s'en empêcher.

— Ce n'est pas ce que je veux.

— Mais c'est ce que tu fais.

Cette fois, ce fut lui qui s'écarta d'elle.

— Il t'a suffi d'une conversation téléphonique.

— Mitch, essaie de comprendre.

— C'est ce que j'ai tenté de faire, répondit-il d'une voix agacée qu'elle ne lui connaissait pas. Cet homme t'a abandonnée et il t'a blessée, mais tout est terminé depuis très longtemps.

— Ce n'est pas tant la blessure qu'il m'a infligée qui compte, commença-t-elle en passant une main dans ses cheveux. Ou peut-être partiellement. Mais je ne veux jamais plus vivre dans la peur et la solitude. Je l'aimais. J'étais certes jeune et stupide, mais je l'aimais, tu comprends.

— Je l'ai toujours compris, répondit Mitch, même s'il n'était pas ravi de l'entendre. Je sais qu'une femme comme toi ne fait pas de promesses à la légère.

— Non, et quand j'en fais je veille à les tenir. Je voulais respecter celle que j'avais faite à Allan.

Hester saisit de nouveau sa tasse à deux mains pour profiter de sa chaleur.

— Tu n'imagines pas à quel point j'ai lutté pour sauver mon mariage. En épousant Allan, je lui ai donné une partie de moi-même. Il avait dit que nous déménagerions à New York, que nous allions faire de grandes choses et je suis partie. J'étais terrorisée à l'idée de quitter ma ville, ma famille et mes amis, mais je l'ai fait pour le suivre. Presque tout ce que j'ai fait pendant notre mariage, je l'ai fait pour lui. Et aussi parce qu'il était plus simple d'accepter les choses que de m'y opposer. J'ai construit ma vie sur ce principe. Et puis, à vingt ans, j'ai découvert que je n'avais pas de vie du tout.

— Alors, tu t'en es bâtie une pour Radley et toi. Tu dois en être fière.

— C'est vrai. Il m'a fallu huit ans pour avoir l'impression d'être de nouveau sur pied. Et puis tu es arrivé.

— Je suis arrivé, dit-il à voix basse en la regardant. Mais tu ne peux pas te sortir de la tête que je vais te faire souffrir.

— Je ne veux plus être cette femme-là.

Elle avait prononcé cette phrase avec désespoir, cherchant des réponses à mesure qu'elle s'efforçait de les lui donner.

— Une femme qui concentre tous ses besoins et ses objectifs sur une autre personne, ajouta-t-elle. Si je me retrouve seule, cette fois, je ne suis pas certaine de m'en relever.

— Ecoute-toi. Tu préfères rester seule plutôt que de prendre des risques ? Regarde-moi bien, Hester. Je ne suis pas Allan Wallace. Je ne te demande pas de t'enterrer pour que je sois heureux. C'est la femme que tu es aujourd'hui que j'aime et avec qui je veux passer le reste de ma vie.

— Les gens changent, Mitch.

— Mais ils peuvent changer ensemble, souligna-t-il en soupirant. Ou changer séparément. Dès que tu auras les idées claires, dis-moi juste ce que tu veux faire, d'accord ?

Hester ouvrit la bouche pour lui répondre, puis la referma en le regardant s'éloigner. Non, elle n'avait pas le droit de le retenir.

Il ne pouvait pas se plaindre, songea Mitch devant son tout nouveau clavier d'ordinateur, alors qu'il peaufinait la prochaine scène de son scénario. Son travail avançait mieux que prévu — et aussi plus vite. Comme il était simple de s'absorber dans les problèmes de Zark en laissant les siens de côté !

A ce stade, Zark, assis au chevet de Leilah, priait pour qu'elle survive à l'horrible accident qui, à défaut de lui avoir enlevé sa beauté, avait ravagé son cerveau. Bien évidemment, à son réveil, elle était devenue une étrangère pour lui. Même si elle était sa femme depuis deux ans, elle allait devenir son pire ennemi. Son esprit plus vif que jamais était devenu pervers et mauvais. Tous les projets et les rêves de Zark étaient brisés à tout jamais. Toutes les galaxies de l'univers étaient en danger.

— Et tu crois que tu as des problèmes ? murmura Mitch. Tout n'est pas rose pour moi non plus.

Il étudia attentivement l'écran. L'atmosphère était bonne, songea-t-il en s'inclinant en arrière. Il n'avait aucun mal à imaginer une chambre d'hôpital au vingt-troisième siècle, la détresse de Zark ou la folie qui larvait dans le cerveau inconscient de Leilah.

En revanche, il était incapable d'imaginer une vie sans Hester.

— Quel idiot ! jura-t-il.

Le chien à ses pieds bâilla en signe d'approbation.

— Pourquoi ne vais-je donc pas la chercher dans cette satanée banque ? Elle aimerait ça, tu ne crois pas ? demanda-t-il en s'écartant de l'ordinateur pour s'étirer. Je pourrais la supplier.

Mitch laissa l'idée mûrir dans son esprit avant de la rejeter.

— Je pourrais le faire, mais Hester risquerait d'être gênée. J'ai essayé de la raisonner, mais cela n'a pas fonctionné. Qu'allons-nous faire, Zark ?

Mitch ferma les yeux en se balançant en arrière. Zark, ce saint, ce héros, baisserait-il les bras à sa place ? Zark, défenseur du droit et de la justice, tirerait-il élégamment sa révérence ? Non, décida Mitch. Mais, en matière d'amour, Zark n'était pas très doué. Leilah ne cessait de le repousser, mais il croyait encore qu'elle allait lui revenir.

Au moins, Hester n'avait pas essayé de l'empoisonner avec du gaz toxique. Leilah avait fait subir les pires horreurs à Zark, mais celui-ci était toujours fou d'elle.

Mitch étudia attentivement le poster de Zark accroché devant lui, en quête d'inspiration. Son héros et lui étaient sur le même bateau, mais lui n'était pas prêt à ramer. Et il savait qu'Hester allait bientôt devoir affronter des eaux tumultueuses.

Mitch jeta un coup d'œil vers le réveil posé sur son

bureau avant de se rappeler qu'il s'était arrêté deux jours plus tôt. Il était également certain d'avoir oublié sa montre dans les poches d'un vêtement qu'il avait porté au pressing. Pour savoir combien de temps il lui restait avant qu'Hester rentre chez elle, il se dirigea vers le salon. Il y trouva sa vieille pendule de cheminée qu'il aimait assez pour ne pas oublier de la remonter. Au même moment, il entendit Radley frapper à la porte.

— Juste à l'heure, dit Mitch en caressant comme à son habitude la joue de Radley après lui avoir ouvert. Il fait froid ? Environ six degrés, je dirais, conclut-il.

— Mais il fait beau, précisa Radley en posant son sac à dos. Tu as envie d'aller te promener au parc ?

Mitch attendit que Radley ait soigneusement posé son manteau sur l'accoudoir du canapé.

— Peut-être après avoir fait une petite pause. Mlle Jablanski, notre voisine, a fait des cookies. Elle est désolée que personne ne me prépare de plats chauds, alors elle m'en a donné une douzaine.

— Ils sont à quel parfum ?

— Au beurre de cacahouète.

— Génial ! s'écria le petit garçon en s'élançant vers la cuisine.

Radley aimait la table de bois d'ébène et de verre fumé de cette pièce. Surtout parce que Mitch se fichait qu'il y laisse l'empreinte de ses doigts. Il s'installa devant un verre de lait et plusieurs biscuits, heureux tant de son goûter que de la compagnie de Mitch.

— Nous devons faire un exposé sur un Etat, dit-il, la bouche pleine. J'ai eu Rhode Island. C'est le plus petit de tous. Dire que je voulais le Texas…

— Rhode Island, répéta Mitch en croquant dans un cookie. C'est si terrible que ça ?

— Tout le monde se fiche de Rhode Island. Au moins, au Texas, ils ont le Fort Alamo, et tout ça.

— Je peux peut-être t'aider. J'y suis né.

— A Rhode Island ? Vraiment ?

Le minuscule Etat revêtit soudain un nouvel intérêt.

— Oui. Tu dois le rendre dans combien de temps ?

— Six semaines, répondit Radley en prenant un autre biscuit. Nous devons l'accompagner d'illustrations. Ce n'est pas un problème. En revanche, nous devons aussi faire des recherches sur les industries et les ressources naturelles. Pourquoi es-tu parti ?

Mitch fut tenté de lui servir une réponse facile, puis il se souvint du code d'honneur d'Hester à propos de la franchise.

— Je ne m'entendais pas très bien avec mes parents. Mais nous sommes amis maintenant.

— Il y a aussi des gens qui partent et qui ne reviennent jamais.

Le petit garçon s'était exprimé d'une voix détachée. Mitch décida de lui répondre de la même manière.

— Je sais.

— Avant, j'avais peur que ma mère s'en aille, mais elle ne l'a jamais fait.

— Elle t'aime, répondit Mitch en passant une main dans les cheveux de Radley.

— Tu vas te marier avec elle ?

Surpris, Mitch suspendit son geste.

— Eh bien, je...

Comment allait-il s'y prendre, cette fois ?

— Je dois avouer que j'y ai pensé, ajouta-t-il.

Mitch se sentait ridicule. Pour masquer sa nervosité, il se leva pour réchauffer du café.

— En réalité, j'y pense beaucoup, continua-t-il. Qu'est-ce que tu en penses, toi ?

— Tu vivrais avec nous tout le temps ?

— Oui, c'est ça l'idée, dit Mitch en se servant avant de reprendre sa place à côté de Radley. Ça t'ennuierait ?

L'enfant le contempla de ses yeux sombres et insondables.

— La mère d'un de mes amis s'est remariée. Kevin dit que, depuis, son beau-père et lui ne sont plus amis.

— Tu crois que si j'épouse ta mère je cesserai d'être ton ami ? demanda Mitch en saisissant le menton de Radley. Je ne suis pas ton ami à cause de ta mère, mais à cause de toi. Je te promets que rien ne changera si jamais je deviens ton beau-père.

— Je ne veux pas que tu deviennes mon beau-père.

Les lèvres de l'enfant tremblaient à présent.

— J'en veux un pour de vrai. Je veux un père qui ne s'en aille pas.

Mitch installa Radley sur ses genoux.

— Tu as raison. Les vrais pères ne partent pas.

La vérité sort de la bouche des enfants, songea Mitch en frottant affectueusement son nez contre Radley.

— Tu sais, je n'ai pas beaucoup d'expérience en tant que père. Seras-tu fâché après moi si jamais je cafouille de temps en temps ?

Radley secoua la tête en se blottissant encore plus contre lui.

— Nous allons le dire à ma mère ?

Mitch rit doucement.

— Oui, bonne idée. Prenez votre manteau, sergent, nous partons pour une mission très importante.

***

La tête entre les mains, Hester était penchée au-dessus de ses chiffres. Pour une raison qu'elle ignorait, elle avait du mal à savoir combien faisaient deux plus deux. Plus rien ne semblait avoir d'importance. C'était la preuve qu'elle n'allait pas bien. Elle parcourut des dossiers et effectua plusieurs calculs et estimations avant de les refermer avec indifférence.

Tout était de la faute de Mitch. C'était à cause de lui si elle était devenue un automate et si elle était condamnée à faire mécaniquement son travail pendant les vingt années à venir. Il l'avait poussée à se remettre en question. Il l'avait obligée à faire face à la douleur et à la colère qu'elle avait essayé d'enfouir au plus profond de son être. Il l'avait amenée à vouloir ce qu'elle s'était juré ne plus jamais désirer.

Et maintenant ? s'interrogea-t-elle en posant les coudes sur la pile de dossiers, les yeux dans le vague. Elle était amoureuse, plus profondément et sincèrement qu'elle ne l'avait jamais été. L'homme qu'elle aimait était excitant, gentil et responsable. Il lui offrait un nouveau départ.

C'était de ça dont elle avait peur, en fait. C'était ça qu'elle essayait de fuir. Avant Mitch, elle n'avait pas vraiment compris que pendant toutes ces années elle s'en était voulu, à elle, au lieu d'incriminer Allan. Elle avait considéré le naufrage de son mariage comme une faute personnelle, dont elle était la seule responsable. Et, plutôt que de risquer un nouvel échec, elle s'apprêtait à tourner le dos à son premier et véritable espoir de bonheur.

Elle prétendait vouloir rester seule à cause de Radley, mais ce n'était pas tout à fait vrai. Elle considérait son divorce comme un échec personnel, et redoutait de s'engager pleinement avec Mitch.

Pourtant, Mitch avait raison. Il avait raison sur tellement de points… Elle n'était plus la femme qui avait aimé et épousé Allan Wallace. Elle n'était même plus celle qui s'était battue à corps perdu lorsqu'elle s'était trouvée seule avec un nourrisson.

Quand allait-elle cesser de se punir ? Sur-le-champ, décida-t-elle en décrochant le téléphone. Elle composa le numéro de Mitch d'une main calme, mais son cœur battait à tout rompre. Le téléphone sonna et sonna encore, sans réponse.

— Oh ! Mitch, murmura-t-elle, nous ne serons donc jamais en phase ?

Déçue, elle raccrocha en se jurant de ne pas perdre courage. Dans une heure, elle rentrerait chez elle et lui annoncerait qu'elle était prête pour un nouveau départ.

Hester fut détournée de ses bonnes résolutions par la sonnerie du téléphone. L'appel venait de son assistante.

— Oui, Kay.

— Madame Wallace, quelqu'un désire vous voir pour un prêt.

Hester consulta son agenda en fronçant les sourcils.

— Je n'ai pas de rendez-vous.

— Je pense que vous pouvez l'intégrer à votre planning, madame.

— Parfait, mais sonnez-moi dans vingt minutes, s'il vous plaît. Je dois régler certaines affaires avant de partir.

— Bien, madame.

Hester rangea son bureau et s'apprêtait à se lever lorsqu'elle vit Mitch entrer.

— Mitch ? J'étais justement en train de… Mais que fais-tu ici ? Où est Rad ?

— Il attend avec Taz dans le hall.

— Kay m'a dit que quelqu'un désirait me voir.

— C'était moi, expliqua-t-il en posant un porte-documents sur son bureau.

Mitch paraissait très déterminé.

— Mitch, tu n'avais pas besoin de prétendre vouloir un prêt pour venir me voir.

— C'est pourtant pour ça que je suis venu.

— Ne sois pas stupide, répondit-elle en souriant.

— Madame Wallace, êtes-vous bien la personne responsable des prêts dans cette banque ?

— Mitch, vraiment, ce n'est pas nécessaire.

— Tu ne voudrais pas que j'aille dire à Rosen que tu m'as envoyé à la concurrence ? demanda-t-il en ouvrant sa serviette. Je t'ai amené tous les documents nécessaires pour constituer le dossier. Je suppose que de ton côté tu as tous les formulaires ?

— Bien sûr, mais...

— Alors, pourquoi ne pas en sortir un ?

— Très bien.

S'il voulait jouer à ce petit jeu, il allait être servi.

— Tu veux donc contracter un prêt. Veux-tu acheter un bien en vue d'investir, de louer ou à des fins professionnelles ?

— Non, c'est purement personnel.

— D'accord. As-tu une proposition de vente ?

— La voici.

Mitch se délecta de la mine déconfite d'Hester. Elle lui prit les documents des mains et les étudia attentivement.

— Mais tout est vrai !

— Bien sûr. J'ai fait une offre il y a quelques semaines, expliqua-t-il en se grattant le menton comme s'il réfléchissait. Voyons voir. C'était le jour où j'ai décliné ton invitation à venir manger du rôti.

— Tu as acheté une maison ? s'étonna-t-elle en parcourant de nouveau la liasse de documents. Dans le Connecticut ?

— Oui, et ils ont accepté mon offre. Je viens de recevoir les papiers. J'imagine que la banque devra faire sa propre estimation. Il y a des frais pour ça, n'est-ce pas ?

— Comment ? Heu, oui, je vais remplir le dossier.

— Parfait. J'ai aussi amené des photos et un plan.

Mitch les sortit de la serviette et les posa sur son bureau.

— Veux-tu les regarder ? demanda-t-il.

— Je ne vois pas pourquoi.

— Tu comprendras peut-être en voyant les photos.

Hester saisit les clichés et tomba nez à nez avec la maison de ses rêves. C'était une immense demeure avec une terrasse circulaire et couverte, percée de grandes et larges fenêtres. Tout autour, la neige couvrait les arbres à feuillage persistant et s'accumulait en couches immaculées sur le toit.

— Il y a aussi des dépendances qui ne figurent pas sur les photos, commenta Mitch. Des écuries et un poulailler, tous les deux occupés pour l'instant. Le tout s'étend sur deux hectares, avec des bois et un ruisseau. L'agent immobilier m'a soutenu que la pêche y était bonne. Le toit a besoin de quelques réparations et les gouttières doivent être remplacées. A l'intérieur, il faut rafraîchir les peintures et le papier peint, et prévoir aussi quelques travaux de plomberie. Mais la bâtisse est solide.

Tout en parlant, Mitch ne quittait pas Hester des yeux. Elle semblait hypnotisée par les photos.

— La maison a été construite il y a cent cinquante ans, continua-t-il. Je suppose qu'elle peut encore rester sur pied quelques années.

— Elle est magnifique, bredouilla Hester, les yeux

humides de larmes qu'elle refoula rapidement. Vraiment magnifique.

— C'est le point de vue du banquier ?

Mitch n'était pas décidé à lui simplifier la tâche. Mais comment lui en vouloir, alors que de son côté elle leur avait tellement compliqué les choses ?

— Je ne savais pas que tu envisageais de déménager, dit-elle enfin. Comment vas-tu faire pour ton travail ?

— Je pourrais installer ma table à dessin dans le Connecticut aussi facilement qu'à New York. La distance est raisonnable et je ne passe pas vraiment beaucoup de temps au bureau.

— C'est vrai, approuva-t-elle en saisissant un stylo.

Mais, plutôt que d'écrire les informations de rigueur, elle se contenta de le faire rouler machinalement entre ses doigts.

— J'ai entendu dire qu'il y avait une banque en ville, ajouta Mitch. Rien qui n'arrive à la cheville de la National Trust. Il s'agit d'une petite banque indépendante. Mais il semblerait qu'une personne expérimentée pourrait y occuper un emploi intéressant.

— J'ai toujours préféré les petites banques, avoua-t-elle, la gorge serrée. Les petites villes aussi.

— Ils ont aussi quelques bonnes écoles. L'école primaire est tout près de la ferme. On m'a même dit que parfois les vaches s'échappaient de leur pré et allaient brouter dans la cour.

— On dirait que tu as pensé à tout.

— C'est vrai.

Hester regarda fixement les photos. Comment Mitch avait-il fait pour trouver la maison dont elle avait toujours rêvé ? Et comment pouvait-elle avoir eu la chance qu'il adhère à ses projets ?

— Tu fais tout ça pour moi ?

— Non.

Mitch attendit qu'elle lève les yeux vers lui.

— Je le fais pour nous, ajouta-t-il.

Hester sentit de nouveau des larmes brûler ses yeux.

— Je ne te mérite pas.

— Je sais.

Mitch saisit alors ses mains et l'obligea à se lever.

— Ne me dis pas que tu vas être assez stupide pour refuser une affaire pareille ?

— Je m'en voudrais trop, reconnut-elle en contournant le bureau. Je dois te dire quelque chose mais, d'abord, j'aimerais que tu m'embrasses.

— Est-ce ainsi que l'on accorde les prêts dans cette banque ? demanda Mitch en saisissant le revers de sa veste pour attirer Hester vers lui. Je vais devoir faire un rapport sur vous, madame Wallace. Mais plus tard.

Mitch scella alors leurs lèvres par un baiser. Aussitôt, il sentit en elle un mélange d'abandon, de force et d'acceptation. Avec un râle de plaisir, il prit son visage en coupe et sentit sous ses doigts la courbe douce de ses lèvres étirées par un sourire.

— Cela veut-il dire que le prêt est accordé ?

— Nous parlerons affaires dans une minute.

Hester s'interrompit quelques secondes avant de s'écarter.

— Avant que tu arrives, j'étais là, sur cette chaise. En fait, cela fait des jours que je reste assise sans pouvoir faire mon travail. Je n'arrête pas de penser à toi.

— Continue. Je suis sûr que je vais aimer cette histoire.

— Lorsque je n'étais pas occupée à penser à toi, je pensais à moi. Pendant les dix dernières années de ma vie, sache que je me suis beaucoup obstinée à ne pas le faire. Ça n'a donc pas été facile.

Hester garda les mains de Mitch entre les siennes, mais recula encore d'un pas.

— J'ai compris que ce qui était arrivé à Allan et moi était couru d'avance. Si j'avais été plus intelligente et plus forte, j'aurais reconnu il y a bien longtemps que notre histoire ne pouvait pas durer. Peut-être que s'il n'était pas parti comme il l'a fait...

Hester laissa sa phrase en suspens en soupirant.

— Aujourd'hui, continua-t-elle, ça n'a plus d'importance. C'est la conclusion à laquelle je suis arrivée. Mitch, je ne veux pas passer le reste de ma vie à me demander si notre histoire à nous aurait pu fonctionner. Je préfère passer le reste de ma vie à faire en sorte qu'elle fonctionne. Avant que tu arrives dans mon bureau avec ton projet, j'avais décidé de te demander si tu voulais toujours m'épouser.

— Ma réponse est oui, sous plusieurs conditions.

Hester s'était déjà avancée vers lui pour se blottir dans ses bras. Elle se figea.

— Des conditions ?

— Oui, tu es banquière, tu sais ce que sont des conditions, non ?

— Bien sûr, mais je ne considère pas notre histoire comme une transaction.

— Ecoute-moi avant de répondre, car c'est important, répondit Mitch. J'aimerais devenir le père de Rad.

— Si nous nous marions, tu le deviendras.

— Non, je deviendrai son beau-père. Et Rad et moi sommes d'accord pour dire que cela ne nous convient pas.

— Vous êtes d'accord ? demanda-t-elle sur la défensive. Tu as donc parlé de ça avec Rad ?

— Oui, nous en avons parlé. C'est lui qui a amené le sujet, mais je l'aurais fait de toute façon. Il m'a demandé cet après-midi si je voulais t'épouser. Tu voulais que je lui mente ?

— Non, évidemment. Et qu'a-t-il répondu ?

— Il voulait surtout savoir si nous allions continuer à être amis parce qu'il a entendu dans la bouche de ses camarades que, parfois, les beaux-pères changeaient d'attitude une fois qu'ils étaient installés chez eux. Il m'a ensuite avoué qu'il ne voulait pas que je devienne son beau-père.

— Oh ! Mitch ! s'écria Hester en se laissant tomber lourdement sur le bord du bureau.

— Il veut un vrai père, Hester, parce que les vrais pères ne s'en vont pas.

Mitch vit son regard s'assombrir, puis elle ferma les yeux.

— Je vois, dit-elle d'une voix blanche.

— Voilà comment je vois les choses. Tu vas devoir prendre une autre décision, Hester. Me permets-tu d'adopter Radley ?

Elle ouvrit les yeux, pétrifiée de surprise.

— Tu as déjà fait le choix de te partager pour moi, continua Mitch. Maintenant, j'ai besoin de savoir si tu es prête à partager Rad. Pleinement, légalement. Je ne pense pas que ton ex-mari s'y opposera.

— Non, c'est certain.

— Et je ne crois pas non plus que cela pose problème à Rad. Maintenant, j'ai besoin de ton avis.

Hester se leva et fit quelques pas.

— Je ne sais pas quoi dire. Je ne trouve pas les bons mots.

— Prends-les au hasard.

Hester prit une profonde inspiration avant de se tourner vers lui.

— Je pense que Radley va avoir un père merveilleux. Et je t'aime très, très fort.

— C'est bon de l'entendre, dit-il en la prenant dans ses bras, soulagé. Vraiment bon.

Puis il l'embrassa avec avidité et désespoir. Accrochée à son cou, Hester riait de bonheur.

— Cela veut-il dire que tu vas m'accorder ce prêt ?

— Je suis navrée, mais je vais devoir le refuser.

— Comment ?

— En revanche, je suis d'accord pour accepter une demande de toi *et* de ta femme. Si c'est notre maison, c'est notre engagement.

— Je pense pouvoir vivre avec ces conditions, dit-il en effleurant les lèvres d'Hester. Pour les cent années à venir.

Mitch se dégagea brusquement.

— Allons l'annoncer à Rad !

Main dans la main, ils commencèrent à s'avancer vers la porte.

— Dis-moi, Hester, que dirais-tu d'une lune de miel à Disneyland ?

— C'est une merveilleuse idée. Absolument merveilleuse ! répondit-elle en riant à gorge déployée.

UN TÉNÉBREUX AMANT

1

— Il n'y a rien que je déteste plus que me réveiller à 6 heures du matin, marmonna Eden.

La lumière du jour entra par la fenêtre et se répandit sur le parquet puis sur le cadre métallique de son lit avant de venir effleurer son visage. Le tintement de la cloche annonçant le réveil matinal résonna dans sa tête. Elle n'entendait ce son que depuis trois jours, mais elle le détestait déjà.

Elle enfouit son visage dans son oreiller et imagina, l'espace d'un instant, qu'elle se trouvait dans son lit à baldaquin, blottie au creux de ses draps aux senteurs citronnées. Dans sa propre chambre aux tons pastel, les rideaux ne laissaient pas passer la lumière du jour et l'odeur des fleurs fraîchement coupées embaumait l'atmosphère.

Elle jeta son oreiller par terre en poussant une exclamation de dépit et tenta tant bien que mal de s'asseoir sur son lit. Le son de la cloche avait fait place aux croassements frénétiques de quelques corbeaux. Un morceau de musique rock s'échappait à plein volume de la cabane située en face de la sienne. Le regard lourd de sommeil, elle aperçut Candice Bartholomew qui se levait de sa couchette et s'approchait d'elle, l'œil vif, la mine réjouie.

— Bonjour, Eden, la journée s'annonce bien ! s'exclama Candice d'un ton enjoué en passant ses doigts fins dans la tignasse rousse qui encadrait son visage d'elfe.

Eden bredouilla une vague réponse et s'assit au bord du lit, satisfaite d'avoir réussi à poser ses pieds sur le sol.

— Je me déteste quand je suis comme ça…, marmonna-t-elle d'une voix enrouée.

Malgré son ton maussade, on devinait dans sa manière de s'exprimer la bonne éducation qu'elle avait reçue. D'un geste encore endormi, elle écarta les cheveux blonds qui lui tombaient dans les yeux.

Candy, un sourire aux lèvres, ouvrit la porte de la cabane pour laisser entrer l'air frais du matin, tout en observant son amie. Les cheveux clairs d'Eden devinrent presque transparents lorsque la lumière éclatante de l'été les traversa. Eden fit un ultime effort pour ouvrir tout grand les yeux. Ses épaules s'affaissèrent et elle laissa échapper un long bâillement. Silencieuse, Candy attendait qu'Eden se réveille tout à fait, car elle savait pertinemment que son amie n'était pas aussi matinale qu'elle.

— Je n'arrive pas à croire qu'il est déjà l'heure de se lever, murmura Eden, j'ai l'impression de m'être couchée il y a cinq minutes.

Elle posa les coudes sur ses genoux et appuya la tête sur ses mains. Elle avait le teint clair, des pommettes hautes, un petit nez légèrement retroussé et des lèvres pulpeuses qui embellissaient encore ses traits délicats.

Candy respira profondément avant de refermer la porte.

— Tu as simplement besoin d'une douche et d'un bon café. N'oublie pas que la première semaine est toujours la plus difficile.

Eden haussa les épaules.

— C'est facile de dire ça ; on voit que ce n'est pas toi qui es tombée dans les orties.

— Ça te démange encore ?

— Légèrement.

Eden, qui se sentait un peu coupable d'être de si méchante humeur, parvint à esquisser un sourire et à adoucir l'expression de son visage.

— Si on m'avait dit qu'un jour je serais monitrice dans une colonie de vacances...

Après avoir bâillé une nouvelle fois, elle se leva et enfila sa robe de chambre. Le fond de l'air était si frais que ses orteils se recroquevillèrent. Si seulement elle avait pu se souvenir de l'endroit où elle avait laissé ses pantoufles !

— Regarde sous le lit, suggéra Candy.

Eden se pencha et aperçut sa paire de mules de soie rose brodée peu adaptées à l'environnement dans lequel elle se trouvait. Elle se rassit pour les enfiler.

— Penses-tu vraiment que les cinq étés que j'ai passés au Camp Forden m'ont préparée à travailler dans cette colonie ?

Candy fronça les sourcils.

— Serais-tu en train de me dire que tu regrettes déjà d'être venue ici ?

Eden décida de faire contre mauvaise fortune bon cœur. Après tout la nouvelle colonie de vacances de Camp Liberty comptait énormément pour elle tant sur le plan financier qu'affectif. Se plaindre ne servirait à rien.

Elle s'approcha de Candy et passa son bras autour de ses épaules.

— Ne t'inquiète pas, je suis de mauvaise humeur le matin, c'est tout. Après une bonne douche, je serai d'attaque pour m'occuper de nos petites recrues.

— Eden !

Candy la retint avant qu'elle ne ferme la porte de la salle de bains.

— Tout va bien se passer. J'en suis persuadée.

— Moi aussi, j'en suis sûre.

Eden ferma la porte et s'appuya contre le battant. Maintenant qu'elle était seule dans la salle de bains, elle pouvait arrêter de jouer la comédie. En réalité, elle était morte de peur. Elle avait investi ses dernières économies et son ultime espoir dans les six cabanes et le réfectoire de Camp Liberty. Mais que savait-elle des colonies de vacances, elle qui était née dans la haute société de Philadelphie ? Elle se rendait compte avec angoisse qu'elle avait tout à apprendre.

Si elle n'était pas à la hauteur, réussirait-elle à se relever de son échec ? Que ferait-elle ? Dans la minuscule cabine de douche, elle tourna encore et encore le robinet d'eau chaude, mais le mince filet d'eau restait désespérément tiède.

Il me faut de la confiance en moi, de l'argent et une bonne dose de chance, songea-t-elle en grelottant.

Elle se lava avec le savon coûteux qu'elle se permettait encore d'utiliser. Elle n'aurait jamais pu imaginer, un an auparavant, que ce serait un jour son seul luxe.

Eden se retourna pour que l'eau, qui se refroidissait rapidement, coule le long de son dos. Elle poussa un long soupir en songeant à ce qu'elle aurait fait, un an plus tôt, un jour comme celui-là... Elle se serait levée à 8 heures, aurait passé un temps fou sous une douche bien chaude ; puis elle aurait avalé un copieux petit déjeuner fait de pain grillé, de café, avec peut-être, en plus, un œuf à la coque. Aux environs de 10 heures, elle se serait rendue à la bibliothèque pour y faire un peu de bénévolat. Ensuite, elle aurait déjeuné en compagnie d'Eric, au restaurant Les Deux Cheminées, par exemple, avant de passer son après-midi au musée ou en compagnie de sa tante Dottie à s'occuper d'une œuvre de bienfaisance.

Elle n'aurait eu qu'à se soucier de choisir sa tenue, en hésitant entre son tailleur de soie rose et son ensemble en lin couleur ivoire. Elle aurait passé une soirée tranquille à la maison ou aurait assisté à un dîner chic à Philadelphie. En ce temps-là, elle ne connaissait ni l'angoisse ni les soucis. Son père était encore en vie.

Eden soupira et sortit de la douche. Elle s'essuya avec la serviette fournie par le camp. Le savon laissa une odeur subtile sur sa peau. Lorsque son père était vivant, elle pensait que l'argent était fait pour être dépensé et que sa vie ne changerait jamais. On lui avait enseigné comment préparer un menu, pas comment le cuisiner. On lui avait appris à diriger une maison, pas à la nettoyer.

Elle avait passé une enfance très heureuse avec son père, qui était veuf, dans le confort de leur élégante demeure de Philadelphie. Elle avait été habituée au faste des multiples soirées, aux après-midi passés à boire une tasse de thé avec des amis ou à prendre des leçons d'équitation. Les Carlbough étaient une famille respectée de tous depuis des décennies, au sein de laquelle l'argent n'avait jamais manqué.

Malheureusement, la vie bascule parfois de manière imprévisible.

Désormais, elle donnait des cours d'équitation et tenait à jour le livre des comptes du camp, en essayant tant bien que mal d'en corriger les erreurs.

Eden essuya le petit miroir couvert de buée, qui se trouvait au-dessus du lavabo. Avec l'index, elle prit une quantité infime de crème de jour dans un pot à moitié vide — le dernier qui lui restait et qui devait durer tout l'été. Si elle survivait jusqu'à la fin du camp, elle s'offrirait un nouveau pot de crème comme récompense.

Lorsqu'elle sortit de la salle de bains, la cabane était vide. Connaissant Candy depuis une vingtaine d'années, elle savait qu'elle devait déjà être en train de s'affairer auprès des enfants. Elle envia la rapidité avec laquelle Candy s'était acclimatée à la situation et songea qu'il était grand temps qu'elle fasse de même. Elle enfila son jean et son T-shirt Camp Liberty rouge. Eden avait rarement porté des vêtements aussi décontractés, même lorsqu'elle était adolescente.

Elle appréciait la vie mondaine qu'elle menait alors — les soirées, les séjours de ski dans le Vermont, les passages à New York pour faire les magasins ou assister à une pièce de théâtre, les vacances en Europe. Elle n'avait jamais envisagé de devoir un jour gagner sa vie ; son père n'abordait pas ce sujet. Les femmes de la famille Carlbough ne travaillaient pas, elles présidaient des comités.

Elle avait fini ses études universitaires uniquement pour parfaire son éducation, sans imaginer qu'elle devrait embrasser un jour une quelconque carrière professionnelle. Ainsi, à vingt-trois ans, Eden était forcée de reconnaître qu'elle n'avait absolument aucune compétence spécifique.

Elle aurait pu en faire le reproche à son père, mais elle était incapable d'en vouloir à un homme qui s'était montré si bon envers elle. Elle l'adorait. Elle ne pouvait s'en prendre qu'à elle-même pour avoir été si naïve et si peu clairvoyante. Jamais elle ne pourrait blâmer son père. Un an après sa disparition brutale, elle avait encore le cœur serré en pensant à lui.

Toutefois, elle était suffisamment forte pour surmonter sa peine. S'il y avait bien une chose qu'elle avait apprise, c'était à cacher ses émotions, à rester impassible et maîtresse d'elle-même en toutes circonstances. Les fillettes et les monitrices que Candy avaient recrutées ne se douteraient pas un instant qu'elle pleurait encore son père ni qu'Eric Keeton avait blessé irrémédiablement son amour-propre.

Eric était un jeune banquier prometteur qui travaillait

dans la société de son père. Il avait toujours paru si charmant, attentionné et digne de confiance, qu'elle avait fini par accepter sa demande en mariage et s'était fiancée à lui alors qu'elle était en dernière année d'université.

Que de promesses il lui avait faites !

Devant le miroir, elle se fit une queue-de-cheval et pensa à la mine déconfite que ferait son coiffeur s'il la voyait ainsi. Elle trouvait cette coiffure plus pratique. Ses préoccupations étaient désormais plus terre à terre ; si elle n'attachait pas ses cheveux, ils la gêneraient pendant les leçons d'équitation qu'elle devait donner ce matin-là.

Elle ferma les yeux quelques secondes. Pourquoi avait-elle tant de mal à démarrer la journée ? Peut-être espérait-elle, en prolongeant son sommeil, échapper à son cauchemar et se retrouver de nouveau chez elle. Malheureusement, elle n'avait plus de chez elle. Des inconnus vivaient désormais dans ce qui avait été sa maison. Le décès de Brian Carlbough n'était pas un cauchemar, mais une réalité tragique.

Il avait succombé à une crise cardiaque et Eden avait dû faire face à ce choc et à son chagrin. En plus de son deuil, elle avait dû affronter une épreuve d'un autre genre.

Elle avait dû pendant des heures écouter les monologues incompréhensibles débités par des avocats en costume noir dans des bureaux sentant le cuir et le vernis. Ces avocats, avec leur air solennel et leurs manières polies, avaient ébranlé sa vie.

Ils lui avaient parlé de mauvais investissements, de marché en baisse, d'hypothèques de second rang et d'emprunts à court terme. Après avoir passé en revue toutes ces informations, ils avaient conclu qu'elle était ruinée.

Brian Carlbough avait joué les cigales. Au moment de sa mort, la chance avait tourné et il n'avait pas eu le temps de récupérer ses pertes. Eden avait été contrainte de liquider tous ses biens et de vendre la maison dans laquelle elle avait grandi pour rembourser les dettes. Avant même d'avoir eu le temps de se remettre de son chagrin, elle s'était retrouvée sans domicile et sans revenus. Pour couronner le tout, Eric avait choisi ce moment précis pour la trahir.

Eden ouvrit la porte de la cabane et respira l'air frais de la montagne. Le paysage qui l'entourait était magnifique : des collines boisées à perte de vue, un ciel bleu d'une pureté incomparable... Pourtant, elle n'avait guère envie de profiter de la vue, car ses pensées étaient ailleurs, à Philadelphie. La voix posée d'Eric retentissait encore à ses oreilles.

Elle se remémora le scandale de leur rupture tout en marchant vers la grande cabane. Eric craignait pour sa réputation et sa carrière. Aussi, sans se soucier le moins du monde du drame qu'elle-même était en train de vivre et de l'état de dénuement dans lequel elle se trouvait, il n'avait fait que préserver ses propres intérêts.

Il ne l'avait jamais aimée. Eden glissa ses mains dans les poches de son jean et continua à marcher. Quelle idiote elle avait été ! Dire qu'elle ne s'était doutée de rien !

Néanmoins, cette expérience douloureuse lui avait été bénéfique et les enseignements qu'elle en avait tirés l'avaient fait mûrir. Elle avait compris ce qu'elle représentait pour Eric : le moyen le plus simple et le plus rapide pour s'approprier l'argent et la situation enviée des Carlbough. Dès qu'Eden et son père s'étaient retrouvés dans une situation délicate, il n'avait pensé qu'à ses propres intérêts.

Eden ralentit, car elle était à bout de souffle. Son essoufflement n'était pas dû à la fatigue de la marche, mais à sa colère. Il fallait qu'elle se calme, car elle ne voulait pas arriver au réfectoire le visage rouge et les yeux pleins de larmes. Elle s'arrêta un instant, respira profondément et regarda autour d'elle.

Le fond de l'air était encore frais, mais, en fin de matinée, le soleil réchaufferait certainement le camp. L'été venait à peine de commencer.

Le camp était composé de six cabanes, dont les fenêtres avaient été ouvertes pour aérer. Les rires des fillettes s'élevaient ici et là dans le camp. Des anémones et un cornouiller fleuri ornaient le sentier qui reliait les cabanes numéros quatre et cinq. Un oiseau moqueur, qui se trouvait sur le toit de la cabane numéro deux, se mit à chanter.

A l'ouest du camp, s'étendaient à perte de vue des prairies vertes et vallonnées, où paissaient paisiblement des chevaux. Eden était impressionnée par le sentiment d'infini que lui inspirait ce paysage. Avant, elle ne connaissait que la vie urbaine. Les rues, les immeubles, les embouteillages et la foule faisaient partie de son quotidien. Parfois, elle se sentait un peu nostalgique en repensant à son existence passée. Bien sûr, elle aurait pu continuer à mener cette vie. Tante Dottie, qui l'aimait tendrement, lui avait proposé de venir s'installer chez elle. Eden avait longuement hésité avant de décliner cette invitation qui l'aurait amenée à poursuivre une vie sans but.

Comme son père, Eden semblait avoir le goût du risque. Comment expliquer autrement le fait qu'elle ait décidé d'investir ses dernières ressources dans une colonie de vacances pour filles ?

Eden avait choisi de tenter le coup, de suivre son instinct. Désormais, elle ne pourrait plus revenir en arrière ; il lui serait impossible de retrouver sa place dans le doux cocon d'antan. La poupée de porcelaine fragile était en train de se transformer. Dans ce nouvel environnement, elle allait apprendre à se connaître et à révéler sa personnalité profonde. Découvrir de nouveaux horizons lui permettrait peut-être de s'épanouir.

Candy avait raison ; ça allait marcher. Elles allaient tout faire pour que cette colonie soit une réussite.

Eden aperçut son amie qui venait à sa rencontre sur le chemin.

— Tu as faim ? lança Candy en s'approchant d'elle.

— Je suis au bord de l'inanition.

D'un geste amical, Eden posa sa main sur l'épaule de Candy.

— Où étais-tu passée ?

— Tu me connais, je ne peux pas rester cinq minutes sans rien faire.

Comme Eden, Candy contempla le camp. On put alors lire sur son visage tout ce qu'elle ressentait : l'amour, la peur et la fierté.

— Je me faisais du souci pour toi.

— Candy, je te l'ai déjà dit, j'étais simplement de mauvaise humeur ce matin.

Eden regarda un groupe de filles sortir en trombe d'une cabane et se diriger vers le réfectoire.

— Eden, on se connaît depuis qu'on a six mois. Personne n'est mieux placé que moi pour comprendre ce que tu vis en ce moment.

Candy n'avait pas tort, Eden le savait et c'est pourquoi elle était décidée à mieux dissimuler ses blessures encore apparentes.

— Tout ça, c'est du passé, Candy.

— O.K. N'empêche que c'est moi qui t'ai entraînée dans ce projet.

— Tu ne m'as pas entraînée. J'étais volontaire. En plus, tu sais comme moi que je n'ai investi qu'une somme dérisoire dans le camp.

— Pas si dérisoire que ça. Grâce à ton argent, nous avons pu mettre en place une activité équestre. En plus, tu as accepté de donner des leçons d'équitation…

— Je vais suivre attentivement l'évolution de mon investissement, dit Eden à la légère, et l'année prochaine, je ferai plus que donner quelques heures de cours d'équitation et tenir les comptes. Je serai une monitrice à part entière. Je suis très heureuse d'avoir fait ce choix, Candy, poursuivit-elle, en reprenant son sérieux. Ce projet, c'est le nôtre.

— Et celui de la banque.

Eden haussa les épaules.

— Ce camp est essentiel pour nous. Pour toi, parce que c'est ce que tu as toujours voulu faire et que tu t'es donné les moyens de réaliser ton rêve, et pour moi, parce que…

Elle hésita, puis soupira.

— Il faut bien le reconnaître, je n'ai rien d'autre dans la vie. Ici, je suis logée et nourrie, et j'ai un but : me prouver que je peux m'en sortir.

— Les gens pensent que nous sommes folles.

— Qu'ils pensent ce qu'ils veulent, répondit Eden du tac au tac, en retrouvant sa fierté et ce sentiment de témérité qu'elle avait découvert en elle et qu'elle commençait à savourer.

En riant, Candy tira doucement une mèche de la chevelure d'Eden.

— Allons manger.

Deux heures plus tard, Eden achevait sa première leçon d'équitation de la journée. C'était ainsi qu'elle participait à la colonie dirigée par Candy. En outre, il avait été décidé qu'Eden se chargerait de la comptabilité, parce que Candy n'était pas à l'aise avec les chiffres.

Candy avait embauché des monitrices, une diététicienne et une infirmière. Dans un avenir proche, elle espérait pouvoir faire construire une piscine et engager un maître nageur, mais, pour l'heure, les activités proposées se limitaient aux baignades surveillées dans le lac, aux sorties en canoë, aux randonnées, au tir à l'arc et aux travaux manuels. Candy avait passé de longues heures à peaufiner le programme du camp tandis qu'Eden épluchait les comptes. Candy avait commandé tout le matériel nécessaire et Eden avait croisé les doigts pour que leur budget suffise à régler les factures.

Eden n'était pas aussi sûre que Candy que la première semaine du camp serait la plus difficile. Candy était dotée d'un optimisme à toute épreuve et réussissait notamment à occulter les problèmes financiers avec une facilité déconcertante.

Parvenue au milieu du manège, Eden sortit de ses pensées et lança aux filles :

— C'est tout pour aujourd'hui.

Elle observa les visages des six fillettes, en partie dissimulés sous les bombes d'équitation.

— Vous vous êtes très bien débrouillées.

— Quand pourra-t-on faire du galop, mademoiselle Carlbough ?

— Quand vous maîtriserez le trot.

Elle donna une petite tape sur le flanc d'un des chevaux. Elle s'imagina en train de galoper, dévalant à toute allure les collines et songea à la sensation de bien-être que cela pourrait lui procurer. Elle reprit rapidement ses esprits et recentra son attention sur ses élèves.

— Enlevez la selle de vos chevaux et donnez-leur à

boire. Souvenez-vous qu'ils ont besoin de vos soins et de votre attention.

Le vent la décoiffa et elle remit ses cheveux en place distraitement.

— N'oubliez pas non plus de ranger vos selles correctement pour le cours suivant.

Comme prévu, cette dernière recommandation déclencha un concert de soupirs exaspérés. L'enthousiasme dont les fillettes faisaient preuve pour monter à cheval disparaissait en fin de séance, lorsqu'elles devaient ranger et nettoyer les équipements. Eden s'estimait heureuse d'avoir réussi à imposer un certain nombre de règles sans susciter trop de mécontentement. La semaine précédente, elle avait appris à mettre des prénoms sur chaque visage. L'engouement de ces filles de onze et douze ans lui avait fourni l'énergie nécessaire pour mener sa tâche à bien. Au sein du groupe, deux ou trois d'entre elles, pleines de vie, lui rappelaient la fillette qu'elle était à leur âge. Après avoir passé une heure debout en plein soleil, elle appréciait ce moment de détente où elle pouvait bavarder un peu avec ses élèves, mais il était temps de passer à autre chose et elle finit tout de même par les pousser vers les écuries.

— Eden !

En se retournant, elle aperçut Candy qui se précipitait vers elle. Dès qu'elle vit son amie, Eden sut que quelque chose de grave s'était passé.

— Qu'est-ce qu'il y a ?

— On a perdu trois enfants.

— Quoi !

La panique s'empara d'Eden.

— Comment ça « perdu » ?

— On ne les trouve nulle part dans le camp. Il s'agit de Roberta Snow, Linda Hopkins et Marcie Jamison.

Candy se passa nerveusement la main dans les cheveux.

— Barbara était en train de rassembler son groupe, qui devait aller faire du canoë. Les trois filles ne sont pas venues au point de rassemblement. Nous les avons cherchées partout.

— Ne paniquons pas, dit Eden, autant pour se rassurer que pour calmer Candy. Roberta Snow ? N'est-ce pas la petite brune qui a glissé un lézard dans le T-shirt d'une autre fille l'autre jour et qui a fait sonner la cloche à 3 heures du matin ?

— Si, c'est elle, répondit Candy. La peste. C'est la petite-fille du juge Harper Snow. Si elle se fait la moindre égratignure, il risque de nous coller un procès.

Candy secoua la tête et poursuivit, en baissant d'un ton le son de sa voix :

— Elle a été aperçue pour la dernière fois ce matin marchant vers l'est.

Elle tendit le doigt vers les collines.

— Quant aux deux autres filles, on n'en sait pas plus, mais je parie qu'elles sont avec Roberta. Cette chère Roberta a une âme de meneuse.

— En marchant dans cette direction, elle a dû se retrouver dans la pommeraie voisine, n'est-ce pas ?

— Oui.

Candy ferma les yeux un instant.

— Eden, si je ne retourne pas à l'atelier de poterie, je vais retrouver six filles transformées en statue d'argile. Je suis pratiquement sûre que nos trois fugueuses sont dans le verger. Une des filles a avoué avoir entendu Roberta préparer un plan pour s'y rendre en douce et chaparder quelques pommes. Il n'est pas question que nous ayons le moindre problème avec le propriétaire de la pommeraie. J'ai dû le supplier de nous laisser profiter de son lac. Il n'avait pas l'air très content de savoir qu'une colonie de vacances pour filles allait s'installer juste à côté de chez lui.

— Eh bien, il devra s'y faire, dit Eden. Je vais aller les chercher, j'ai un moment de libre.

— Merci de t'en occuper. Ecoute Eden, le propriétaire tient particulièrement à ce qu'on respecte ses cultures. Il est très attaché à sa propriété privée.

— Je ne vois pas bien quels dégâts trois fillettes pourraient causer là-bas.

Eden se mit en route. Candy marcha quelques instants près d'elle, peinant à la suivre tant elle marchait vite.

— Il s'appelle Chase Elliot. Tu sais, comme la marque Elliot Apples. Sa société commercialise des jus de pomme, du cidre, des compotes... Tout ce qui peut être produit à base de pommes. Il a bien précisé qu'il ne voulait pas trouver des fillettes en train de grimper dans ses arbres.

— Il ne les trouvera pas, parce que je vais leur mettre la main dessus avant lui.

Eden franchit une clôture, laissant Candy derrière elle.

— Mets Roberta en laisse quand tu l'auras attrapée !

Candy regarda son amie s'enfoncer dans les bois. Eden suivit la piste à partir du camp. En route, elle ramassa un papier de bonbon, abandonné là à coup sûr par Roberta. Tout le camp savait que la petite-fille du juge Snow disposait d'une belle provision de friandises.

Il faisait chaud à présent, mais un bosquet de trembles ombrageait le sentier. La lumière du soleil tachetait le sol ; Eden trouva cette marche fort agréable. Des écureuils sautaient sur le chemin, sans se soucier de sa présence. Elle vit un lapin filer comme une flèche devant elle pour se réfugier dans des broussailles. Le son d'un pivert martelant un arbre résonna dans le bois.

Eden se rendit compte qu'elle n'avait jamais été aussi

seule, sans personne aux alentours. Elle se pencha pour ramasser un autre papier de bonbon.

Elle découvrait de nouvelles odeurs végétales et animales. Elle remarqua que les giroflées qui sortaient de terre semblaient bien plus résistantes que les fleurs cultivées en serre. Elle fut ravie de constater qu'elle arrivait désormais à reconnaître certaines variétés de fleurs. Les giroflées, qui s'adaptaient à leur environnement, repoussaient chaque année. Elles lui donnaient espoir. Elle aussi pourrait trouver sa place dans son nouvel environnement. D'ailleurs, elle l'avait déjà trouvée. Ses amies de Philadelphie la prenaient peut-être pour une folle, mais elle commençait vraiment à apprécier sa nouvelle vie.

Elle quitta le bosquet de trembles et pénétra dans une clairière. Les rayons du soleil y étaient plus intenses. Elle plissa les yeux et mit sa main sur le front pour les protéger de cette vive luminosité, puis elle contempla les vergers Elliot.

De toutes parts, des rangées d'arbres recouvraient les collines à perte de vue. Certains pommiers étaient vieux et noueux, d'autres jeunes et droits. Au début du printemps, le spectacle de ces pommiers en fleur avec leurs pétales roses et blancs au parfum léger et leur feuillage d'un vert vif devait être magnifique. Elle y songea en franchissant la clôture qui entourait la propriété. A cette époque de l'année, les feuilles étaient plus foncées et les pétales avaient fait place à des petites pommes vertes brillantes, attendant patiemment que le soleil les fasse mûrir.

Elle sourit en repensant à toutes les fois où elle avait mangé de la compote produite avec des fruits de ce verger.

Des éclats de rire attirèrent son attention. Une pomme tomba d'un arbre et roula à ses pieds. Elle se pencha pour la ramasser et la jeta un peu plus loin. Quand elle leva les yeux vers le pommier, elle aperçut trois paires de baskets au milieu des branches.

— Mesdemoiselles, cria Eden d'un ton autoritaire.

Elle entendit des murmures surpris.

— Apparemment, vous n'avez pas trouvé le chemin qui mène au lac.

Le visage de Roberta apparut entre les feuilles.

— Bonjour, mademoiselle Carlbough. Vous voulez une pomme ?

Quelle effrontée, pensa Eden. Pourtant, la remarque de la petite fille lui donna envie de sourire et elle eut du mal à garder son sérieux.

— Descendez, ordonna-t-elle simplement.

Elle s'approcha de l'arbre et tendit les bras. Mais les fillettes n'avaient pas besoin de son aide et, en un rien de temps, elles se faufilèrent agilement entre les branches et atterrirent légèrement à côté d'elle. Eden fronça les sourcils, essayant de prendre un air sévère.

— Vous savez parfaitement qu'il est interdit de sortir du camp sans permission, n'est-ce pas ?

— Nous le savons, mademoiselle Carlbough.

Eden remarqua les yeux pleins de malice de Roberta.

— Puisque aucune d'entre vous ne semble vouloir aller au lac aujourd'hui, vous aiderez Mme Petrie en cuisine ; il y a largement assez de vaisselle sale pour vous occuper toutes les trois.

C'était la première idée de punition qui lui était venue à l'esprit. Elle en était assez fière et fut convaincue que Candy approuverait cette initiative.

— Vous irez d'abord voir Mlle Bartholomew, puis vous rejoindrez Mme Petrie.

Deux des filles baissèrent la tête et regardèrent le sol.

— Mademoiselle Carlbough, je pense que ça n'est pas

juste de nous donner des corvées à faire, protesta Roberta, une pomme à moitié dévorée à la main. Après tout, nos parents paient pour ce camp.

Les mains d'Eden devinrent moites. Le juge Snow était un homme riche et puissant, qui gâtait sa petite-fille. Si cette petite peste se plaignait du camp… Eden respira profondément et ne laissa pas paraître son inquiétude. Non, elle n'allait pas laisser cette effrontée, qui avait de la pomme sur le menton, l'intimider ou lui faire du chantage.

— Vos parents paient pour que nous nous occupions de vous, pour que nous vous fassions participer à des activités diverses et que nous vous inculquions un minimum de discipline. Quand ils vous ont inscrites au Camp Liberty, ils partaient du principe que vous en respecteriez les règles, mais, si vous préférez, je me ferai un plaisir d'appeler vos parents pour leur expliquer ce qu'il s'est passé.

— Non, madame.

Roberta, comprenant qu'elle avait intérêt à faire profil bas, sourit d'un air innocent à Eden.

— Nous sommes désolées d'avoir enfreint les règles et nous nous ferons une joie d'aider Mme Petrie.

Quelle petite hypocrite, se dit Eden en restant de marbre.

— Très bien. Il est temps de rentrer au camp maintenant.

— Ma casquette !

Roberta serait remontée dans l'arbre si Eden n'avait pas réussi à la retenir in extremis.

— J'ai oublié ma casquette dans l'arbre. S'il vous plaît, mademoiselle Carlbough, c'est la casquette de l'équipe de base-ball de Philadelphie dédicacée par les joueurs…

— Allez-y, moi je vais aller chercher ta casquette. Je ne veux pas que Mlle Bartholomew s'inquiète plus longtemps.

— Nous lui présenterons nos excuses.

— J'y compte bien.

Eden les regarda escalader la clôture.

— Et ne faites pas de détours, leur cria-t-elle, sinon, je ne te rends pas ta casquette.

Eden considéra l'arbre dans lequel elle devait grimper. Lorsque Roberta et ses acolytes s'y trouvaient, Eden avait eu l'impression que s'y hisser était un jeu d'enfant. Maintenant que c'était à elle d'agir, l'exercice s'avérait bien plus difficile. Elle s'avança pour saisir une branche basse. Elle plaça son pied dans la première prise qu'elle trouva sur le tronc et s'agrippa à l'écorce rugueuse, qui lui abîma les paumes des mains. Elle tenta d'oublier les éraflures et se concentra sur le but à atteindre. Elle attrapa une branche un peu plus haute et continua son ascension au milieu du feuillage dont elle sentait la caresse sur ses joues.

Elle aperçut la casquette, accrochée à une petite branche, à environ un mètre d'elle. Elle fit une pause et commit l'erreur de regarder en bas. Aussitôt, elle sentit son estomac se nouer. Elle releva vite la tête et s'obligea à continuer son ascension.

Elle s'approcha de la casquette et tendit la main pour la saisir du bout des doigts en poussant un soupir de soulagement. Puis elle la mit sur sa tête et, du haut de l'arbre, contempla le verger.

Elle fut frappée par la symétrie de la pommeraie. De là-haut, elle pouvait admirer la géométrie parfaite des rangées de pommiers bien alignés. Au loin, elle pouvait même apercevoir un bout du lac, au-delà des trembles. De grandes bâtisses ressemblant à des granges jouxtaient une serre. Une camionnette, manifestement à l'abandon, stationnait sur un large chemin de terre, à environ quatre cents mètres de l'arbre dans lequel Eden était montée. Tout était calme autour d'elle ; elle entendait seulement les oiseaux chanter. Un papillon jaune vint virevolter autour d'elle.

On sentait dans l'air une odeur douce et acidulée, qui émanait des feuilles, des fruits et de la terre. Eden céda à la tentation et cueillit une pomme.

Elle se donna bonne conscience en se disant qu'il ne s'agissait que d'une petite pomme parmi tant d'autres et que le récoltant ne s'en apercevrait même pas. La pomme, pas tout à fait mûre, était encore acide. Cette acidité la fit frissonner, mais elle trouva la pomme délicieuse et la mordit de nouveau savourant avec délice le fruit défendu.

— Qu'est-ce que vous faites là ?

Elle sursauta et faillit perdre l'équilibre. Elle avala rapidement le morceau de pomme qu'elle venait de croquer, et chercha à distinguer entre les feuilles la personne qui venait de lui parler.

C'est alors qu'elle l'aperçut, les mains sur les hanches. Il était svelte et portait une chemise en jean délavée ; ses manches retroussées au-dessus des coudes laissaient voir des bras bronzés et musclés. Eden, méfiante, le regarda attentivement. Son visage, aux traits énergiques, était aussi bronzé que ses bras. Son nez était long et légèrement busqué, et sa bouche aux lèvres charnues avait une expression menaçante. Ses cheveux noirs en bataille recouvraient son front et formaient des boucles au niveau de son cou. Il fixait le haut de l'arbre de ses yeux vert pâle, presque translucides, une expression menaçante dans le regard.

Eden venait de croquer le fruit défendu et voici que le serpent faisait son apparition. Quel manque de chance, pensa-t-elle. Puisqu'il lui était impossible de fuir, elle s'apprêta à expliquer sa présence en ces lieux.

— Dites-moi, jeune fille, est-ce que vous faites partie du camp d'à côté ?

Choquée par le ton sur lequel l'homme venait de lui adresser la parole, Eden s'apprêta à riposter vertement.

Après tout, même si elle n'avait plus un sou et si elle était obligée de se démener pour gagner sa vie, elle restait une Carlbough et une Carlbough ne se laissait pas intimider par un vulgaire récoltant de pommes.

— Oui, et je vous signale que...

— Vous savez que vous vous trouvez sur une propriété privée, et qu'il est formellement interdit d'y entrer ?

Les yeux d'Eden s'assombrirent, signe manifeste de sa fureur.

— Oui, mais je...

— Ces arbres ne sont pas faits pour que les petites filles y grimpent.

— Je ne crois pas...

— Descendez, ordonna-t-il d'un ton sec. Je vais vous emmener chez le directeur de votre colonie.

Eden commençait sérieusement à perdre son sang-froid. Un instant, elle envisagea de jeter son trognon de pomme sur la tête de l'homme. Elle ne supportait pas qu'on lui donne des ordres.

— Ce ne sera pas nécessaire, lança-t-elle.

— C'est moi qui décide de ce qui est nécessaire et de ce qui ne l'est pas. Allez, descendez.

Bien sûr qu'elle allait descendre. Ensuite, en choisissant soigneusement ses mots, elle le remettrait à sa place. Prudemment, elle entama sa descente, tellement concentrée qu'elle n'eut le temps de penser ni à son vertige ni à sa peur. A peine sentit-elle les deux éraflures qu'elle se fit au passage. Elle tourna le dos à l'homme et tenta d'atteindre une prise située sur le tronc de l'arbre. Elle allait lui montrer de quel bois elle se chauffait. Elle l'imaginait déjà en train de se confondre en excuses.

Soudain, son pied glissa et elle ne trouva aucune branche

à laquelle se raccrocher. Elle poussa un cri de surprise et tomba en arrière.

Elle cessa de crier en sentant que sa chute était stoppée par les bras bronzés et musclés qu'elle avait admirés un peu plus tôt. Emprisonnée par l'étreinte de son sauveteur, elle sentit qu'ils roulaient tous les deux sur plusieurs mètres. Ils s'immobilisèrent enfin, et Eden chercha à reprendre sa respiration, coincée sous le corps musclé de l'inconnu.

La casquette de Roberta avait roulé au loin, libérant les cheveux blonds d'Eden et révélant son visage et ses yeux bleus assombris par la colère. Chase la dévisagea un instant, puis son regard descendit vers sa poitrine et il fronça les sourcils.

— Vous n'avez pas douze ans, murmura-t-il.

— Bien sûr que non.

Une expression amusée sur le visage, il se déplaça pour qu'elle n'ait plus à supporter le poids de son corps, tout en continuant à la garder prisonnière.

— Je ne vous voyais pas bien quand vous étiez dans l'arbre.

Désormais, il avait tout loisir de la regarder et il ne s'en privait pas.

— On dirait un ange tombé du ciel !

Il écarta plusieurs mèches des cheveux d'Eden qui lui recouvraient le visage. Le bout de ses doigts était aussi rugueux que l'écorce de l'arbre qui l'avait griffée.

— Que faites-vous dans une colonie de vacances pour fillettes ?

— Je la dirige, répondit-elle froidement.

Ce n'était pas entièrement faux. Pour garder un semblant de dignité, elle préféra lui lancer un regard glacial plutôt que d'essayer de se débattre.

— Cela vous dérangerait-il de me lâcher ?

— Vous dirigez la colonie ?

Etant donné qu'elle venait de tomber de l'un de ses arbres, il n'avait aucun scrupule à la retenir prisonnière.

— J'ai rencontré une responsable du camp, une certaine Mlle Bartholomew, une femme charmante, aux cheveux roux.

Il sourit et plongea son regard dans celui d'Eden.

— Ce n'était pas vous.

— En effet.

Elle se résolut à mettre ses mains sur ses épaules pour tenter de repousser son corps puissant. Il ne bougea pas.

— Je suis son associée. Eden Carlbough.

— Ah, de la célèbre famille Carlbough de Philadelphie.

Le sarcasme qu'elle perçut dans le ton de sa voix l'offusqua. Elle lui lança un regard méprisant et dit d'un ton laconique :

— C'est cela.

Intéressant, pensa-t-il, une fille de bonne famille.

— Enchanté, mademoiselle Carlbough. Je me présente, Chase Elliot, de la société South Mountain Elliots.

2

C'est bien ma chance, se dit Eden en le dévisageant, il fallait que je tombe sur le propriétaire !

Non seulement elle s'était fait surprendre en train de voler des pommes, mais elle était tombée de l'arbre, et voilà qu'elle se retrouvait coincée sous le propriétaire du verger. Quelle journée !

Elle inspira profondément.

— Bonjour, monsieur Elliot.

Chase imagina Eden buvant le thé dans un salon et cette pensée le fit pouffer de rire.

— Bonjour, mademoiselle Carlbough. Comment allez-vous ?

Il se moquait d'elle. Jamais personne n'avait osé se comporter ainsi en sa présence, même au moment du scandale. Ses lèvres se mirent à trembler, mais elle se ressaisit rapidement. Elle ne ferait pas l'honneur à ce mufle de laisser paraître sa colère.

— Bien, merci. J'irai encore mieux quand vous m'aurez lâchée.

Elle avait les manières d'une femme de la ville, essentielles pour se faire bien voir dans la haute société. Chase, lui, les trouvait futiles. Il se comportait de façon moins raffinée, mais plus franche.

— Attendez un instant, je trouve cette conversation fascinante.

— Nous pourrions peut-être la poursuivre debout, ne pensez-vous pas ?

— Désolé de vous décevoir mais je suis très bien ainsi. Vous ne me gênez pas du tout.

Ce n'était pas tout à fait exact. En fait, Chase était troublé par la grâce et la douceur du corps d'Eden. Chase décida de savourer cet instant sans chercher à masquer son trouble.

— Dites-moi, qu'est-ce que cela vous fait de vivre à la dure ?

Il se moquait encore d'elle, ouvertement de surcroît. Eden bouillait intérieurement, mais persistait à ne rien laisser transparaître.

— Monsieur Elliot...

— Appelez-moi Chase, l'interrompit-il, étant donné les circonstances, nous pouvons nous dispenser de ces politesses superflues.

Elle tenta de le pousser, mais ses épaules étaient dures comme de la pierre et elle n'y parvint pas.

— Cette situation est complètement ridicule. Lâchez-moi !

— Et pour quelle raison, je vous prie ?

Il parlait maintenant avec nonchalance et insolence. Toutefois, il paraissait aussi imposant que lorsqu'il s'était adressé à elle pour la première fois.

— J'ai beaucoup entendu parler de vous, Eden Carlbough.

Il avait vu des photos d'elle dans les journaux. Il constata qu'elle était encore plus belle en vrai que sur les photos, plus sensuelle surtout.

— Jamais je n'aurais cru qu'une Carlbough de Philadelphie pourrait tomber un jour de l'un de mes arbres.

Eden commençait à étouffer. Elle était sur le point de mettre de côté son éducation et d'oublier qu'on lui avait appris à toujours rester polie et à ne jamais se mettre en colère.

— Je n'avais pas l'intention de tomber de l'un de vos arbres.

— Vous ne seriez pas tombée si vous n'y étiez pas montée.

Il sourit en pensant qu'il avait bien fait de venir contrôler lui-même cette partie du verger.

Eden était en plein cauchemar. Elle ferma les yeux un instant, espérant reprendre le contrôle de la situation. Comment en était-elle arrivée à se trouver là, allongée sur le dos, sous cet inconnu ?

— Monsieur Elliot.

Elle réussit à parler d'une voix calme et posée.

— Je serai ravie de vous expliquer en détail le pourquoi de cette situation dès que vous m'aurez lâchée.

— Les explications d'abord.

Elle resta bouche bée.

— Vous êtes l'homme le plus grossier que j'aie jamais rencontré.

— Etant donné que vous vous trouvez sur MA propriété, dit-il simplement, nous procédons selon MES règles. J'attends vos explications.

Elle dut faire un effort pour ne pas s'énerver. Elle n'était pas en position de force et commençait à avoir mal à la tête.

— Trois des fillettes du camp sont venues explorer les environs sans autorisation. Malheureusement, elles ont franchi la barrière et se sont introduites dans votre propriété. Je les ai trouvées dans cet arbre ; je leur ai ordonné d'en descendre et de retourner au camp pour qu'elles y reçoivent la punition qu'elles méritent.

— Vous allez les enduire de goudron et de plumes ?

— Chacun ses méthodes, nous avons préféré opter pour des corvées supplémentaires en cuisine.

— Très bien, mais cela ne m'explique toujours pas pourquoi vous avez atterri dans mes bras. Remarquez, je ne m'en plains pas ; vous sentez divinement bon.

A la grande surprise d'Eden, il plongea son visage dans sa longue chevelure.

— Ce parfum m'évoque une nuit enivrante à Paris.

— Arrêtez !

Eden se rendit compte qu'elle était sur le point de perdre son calme.

Chase sentait le cœur d'Eden battre à tout rompre contre le sien. Il aurait aimé pouvoir faire plus que humer son parfum, mais lorsqu'il releva la tête, il lut dans son regard un mélange de colère et de crainte.

— Des explications, dit-il d'un ton léger, c'est tout ce que je demande pour l'instant.

Elle devinait les battements de son pouls au niveau de son cou. Elle regarda la bouche de Chase. Elle pouvait presque sentir le goût de ses lèvres sur les siennes. Perdait-elle la raison ? Ses muscles se détendirent, puis se contractèrent de nouveau. Il voulait des explications ? Il allait les avoir. Ensuite, elle pourrait enfin s'en aller.

— Une des filles avait laissé sa casquette dans l'arbre.

Elle pensa à Roberta avec rancœur.

— Alors, vous êtes montée la chercher.

D'un signe de tête, il indiqua que son explication lui semblait crédible.

— Cela n'explique pas pourquoi vous mangiez l'une de mes pommes.

— Elle était farineuse.

Il sourit de nouveau, tout en effleurant de sa main le menton d'Eden.

— Permettez-moi d'en douter. Je pense plutôt qu'elle

était croquante, acide et délicieuse. Je m'y connais en pommes vertes, j'en ai mangé des tas.

Eden se sentait de plus en plus mal à l'aise. Son regard et sa voix trahissaient un trouble grandissant.

— Vous avez eu ce que vous vouliez : des explications et des excuses.

— Je n'ai pas entendu d'excuses.

Eden n'avait absolument pas l'intention de s'excuser.

Elle lui lança un regard plein de mépris et de condescendance.

— Je veux que vous me lâchiez immédiatement. Libre à vous de me poursuivre en justice si vous estimez avoir droit à un dédommagement pour quelques malheureuses pommes infestées de vers. Pour l'heure, j'en ai assez de votre arrogance et de votre grossièreté.

Ses pommes étaient les meilleures de la région, voire de tout le pays. Toutefois, il exultait d'imaginer les jolies dents blanches d'Eden au contact d'un ver.

— Vous ne savez pas encore jusqu'où peuvent aller l'arrogance et la grossièreté, peut-être souhaitez-vous le découvrir.

— Comment osez-vous…

Il posa ses lèvres sur sa bouche, sans lui laisser le temps de finir sa phrase.

Il la prit au dépourvu. Son baiser fougueux rappelait l'acidité du fruit défendu. La force de ce geste inattendu la priva de toute son énergie ; elle était habituée aux cajoleries et aux douces sollicitations. Elle resta sans voix, incapable de répondre ou de protester. Il mit ensuite ses mains sur son visage et lui caressa le menton avec le pouce. Comme son baiser, ses mains étaient fortes et troublantes.

Il ne regrettait pas son geste. En amour, il n'agissait jamais sans le consentement de l'être aimé, mais Eden était un fruit au goût tellement sucré qu'il n'avait aucun regret. Elle ne bougeait pas, mais il pouvait savourer la fébrilité de ses lèvres. Elle paraissait à la fois innocente et dangereuse. Il leva la tête lorsqu'elle commença à se débattre.

— Doucement, murmura-t-il.

Il continuait à lui caresser le menton avec son pouce. Les yeux d'Eden exprimaient plus de nervosité que de colère.

— J'ai l'impression que votre étiquette de femme du monde ne vous sied guère.

— Lâchez-moi.

Sa voix était tremblante, mais elle ne s'en souciait plus. Chase se releva tout en aidant Eden à en faire de même.

— Laissez-moi vous nettoyer, vous êtes pleine de terre.

— Vous êtes l'homme le plus grossier que je connaisse.

— Vraiment ? Quel dommage que je n'aie pas été gâté par la vie comme vous l'avez été !

Alors qu'elle se retournait, il l'attrapa par les épaules pour la regarder une dernière fois.

— Je suis curieux de savoir combien de temps vous réussirez à survivre dans cet environnement hostile, sans coiffeur ni domestique.

Il est vraiment comme les autres, pensa Eden. Elle le regarda avec dédain afin de dissimuler sa douleur et ses doutes.

— Si vous voulez bien m'excuser, monsieur Elliot, je suis très en retard pour mon prochain cours.

Il la lâcha.

— Veillez à ce que les enfants ne s'approchent plus de ces arbres, lui dit-il en souriant, ils pourraient se faire mal en tombant.

Le sourire de Chase avait le don d'énerver Eden. Elle se mordit la langue pour ne pas l'injurier.

Chase la regarda franchir la clôture et s'éloigner dans

les bois. Il remarqua ensuite que la casquette se trouvait à ses pieds et il se pencha pour la ramasser. Il la glissa dans sa poche arrière, en se disant qu'elle lui servirait de prétexte pour revoir Eden.

Pendant le reste de la journée, Eden s'efforça de ne pas repenser à ce qu'elle venait de vivre. Elle avait décidé de ne pas parler à Candy de sa rencontre avec Chase pour l'oublier plus facilement.

Elle avait honte d'avoir été surprise dans l'arbre. Dans d'autres circonstances, Candy et elle auraient ri de la situation, mais pas cette fois.

Au-delà de l'humiliation et de la colère qu'elle avait éprouvées, Eden était troublée par ce qu'elle avait ressenti. Elle n'arrivait pas à le définir précisément, mais c'était toujours aussi vif en elle. Elle ne pouvait pas s'en défaire, ni même en faire abstraction. Elle savait qu'elle ne devait pas se laisser envahir par ses sentiments.

Elle se ressaisit. Tout cela était ridicule ; elle ne connaissait pas Chase Elliot et ne souhaitait pas le connaître. Elle ne pouvait effectivement pas s'empêcher de repenser à la scène du baiser, mais elle ferait en sorte que cela ne se reproduise plus.

Tout au long de l'année, elle avait pris en main les rênes de sa vie. Elle ne les lâcherait plus, même si elle était bien consciente des difficultés et des obstacles à surmonter. La désillusion l'avait rendue plus forte.

Chase Elliot tenait lui aussi sa propre vie bien en main. Elle l'avait trouvé grossier et autoritaire. Elle ne voulait plus avoir affaire à des hommes dominateurs. Qu'ils soient polis ou discourtois, ils étaient au fond tous les mêmes. Depuis son expérience douloureuse avec Eric, les hommes avaient beaucoup baissé dans son estime. Sa rencontre avec Chase n'avait rien arrangé.

Elle devait pourtant s'efforcer sans cesse de ne pas penser à lui.

En se concentrant sur les activités du camp, elle aurait l'esprit suffisamment occupé pour le chasser de son esprit. Contrairement à Candy, elle avait peu d'expérience en matière de colonie de vacances. Ses responsabilités étaient donc plutôt limitées et ses occupations assez terre à terre. Elle participait tout de même activement au bon déroulement du camp. En tant que novice, elle avait été chargée de nettoyer les écuries et de panser les chevaux. Elle avait travaillé dur pour que tout soit d'une propreté irréprochable. Et elle était fière des ampoules attrapées après tant d'efforts.

La ruée vers le réfectoire des vingt-sept filles de dix à quatorze ans, qui avait lieu dès la sonnerie du dîner, intimidait toujours un peu Eden. Depuis quelque temps, elle se chargeait d'aider à maintenir l'ordre. Les filles parlaient souvent des garçons de leur âge et des stars du rock ou du cinéma. Avec un peu de chance, et en surveillant le groupe très attentivement, il était possible d'éviter les bousculades.

La brochure du Camp Liberty vantait une alimentation saine et équilibrée. Ce soir-là, du poulet rôti était servi, accompagné d'une purée de pommes de terre et de brocolis à la vapeur. Les couverts s'entrechoquaient alors que les filles s'avançaient dans la file de la cafétéria.

— La journée a été bonne.

Candy se tenait à côté d'Eden et surveillait toute la salle.

— Et elle est presque terminée, ajouta Eden. Deux des filles du cours du matin se débrouillent vraiment très bien. J'aimerais leur donner quelques cours supplémentaires, d'un niveau un peu plus élevé.

— Très bonne idée. Nous tâcherons de caser cela dans l'emploi du temps.

Candy observait l'une des monitrices, qui tentait de convaincre une fillette de mettre une tête de brocoli dans son assiette.

— Au sujet de Roberta et de sa petite équipe, je voulais te dire que tu as géré la situation de main de maître. Ton idée de sanction était excellente.

— Merci.

Désormais, un simple petit compliment de ce genre suffisait à la rendre fière.

— J'avais juste un peu peur qu'elles soient un fardeau pour Mme Petrie.

— Apparemment, elles se sont comportées en bons petits soldats.

— Même Roberta ?

— Aussi surprenant que cela puisse paraître.

Eden et Candy se tournèrent et regardèrent Roberta, qui était déjà à table en train de manger.

— Eden, tu te souviens de Marcia Delacroix au Camp Forden ?

— Comment pourrais-je l'oublier ?

La majorité des fillettes étant assises, Eden et Candy prirent un plateau et allèrent à leur tour se servir.

— Elle avait glissé une couleuvre dans le tiroir où Mlle Forden rangeait ses sous-vêtements.

— Oui, je me souviens.

Eden jeta un nouveau regard en direction de Roberta.

— Tu crois à la réincarnation ?

— Disons qu'à partir de maintenant, je ferai attention lorsque je sortirai une culotte de mon tiroir, dit Eden en riant.

En soulevant son plateau, elle poursuivit :

— Tu sais, Candy, je...

C'est alors qu'elle vit Roberta lancer de la purée en se servant de sa fourchette comme d'un lance-pierre. Le projectile avait déjà atterri sur les cheveux d'une fillette lorsque Eden ouvrit la bouche pour intervenir. Mais il était trop tard.

Cet incident déclencha un grand tohu-bohu dans tout le réfectoire. Des boules de purée se mirent à voler de toute part. En quelques secondes, le sol, les tables, les chaises et les enfants en furent recouverts. Candy prit son sifflet et se dirigea vers le centre de la pièce. Avant qu'elle n'ait eu le temps de siffler, elle reçut une giclée de purée entre les deux yeux.

A cet instant, tout le monde se tut.

Eden, qui tenait encore son plateau dans les mains, resta figée. Elle eut du mal à contenir un fou rire, surtout lorsqu'elle vit Candy essuyer la traînée de purée qui lui dégoulinait le long du nez.

— Jeunes filles, finissez votre repas en silence. Je ne veux plus entendre un mot. Quand vous aurez fini de manger, vous vous mettrez en rang le long de ce mur. Nous vous donnerons des serpillières, des balais et des seaux, et vous nettoierez tout ça.

— Oui, mademoiselle Bartholomew, marmonnèrent les fillettes à l'unisson.

Seule Roberta, les bras sagement croisés et l'air docile, osa répondre bien distinctement.

Après dix secondes de silence qui semblèrent interminables, Candy marcha vers Eden et reprit son plateau.

— Si tu oses rire, lui dit-elle à voix basse, je t'étripe.

— Moi ? Rire ? Non, non, je ne ris pas.

— Si, je le vois bien.

Candy se dirigea d'un pas décidé vers la table des adultes.

— Mais tu es suffisamment douée pour rire discrètement.

Eden s'assit, déplia sa serviette et la posa soigneusement sur ses genoux.

— Tu as un peu de purée dans les sourcils.

Candy lui lança un regard furieux, puis se cacha derrière sa tasse de café pour sourire.

— Dorénavant, tu pourrais remplacer la laque par de la purée pour te coiffer.

Candy regarda les pommes de terre qui refroidissaient dans son assiette.

— Essaie cette nouvelle technique de coiffage toi-même, tu dis toujours qu'il faut montrer l'exemple.

Eden continua de manger son poulet et ignora la remarque de Candy.

— La cuisine de Mme Petrie est vraiment exquise, tu ne trouves pas ?

Il fallut presque deux heures pour nettoyer le réfectoire et faire sécher les flaques d'eau laissées par l'équipe de nettoyage en herbe. A l'extinction des feux, les fillettes étaient épuisées. Le calme régna dans le camp ce soir-là.

C'était le moment qu'Eden préférait. Après une longue journée d'activités physiques, elle était percluse de fatigue — de bonne fatigue —, et se sentait détendue. Les sons des oiseaux de nuit et des insectes lui étaient désormais familiers. Elle attendait souvent avec impatience de pouvoir s'isoler un peu et contempler les étoiles.

Elle n'assistait plus à des pièces de théâtre ni à des cocktails ou autres mondanités. Mais elle s'en moquait éperdument. Plus elle s'éloignait de son ancien mode de vie, moins elle le regrettait.

Elle gagnait en maturité et s'en réjouissait. Elle était

désormais capable de distinguer l'essentiel du superflu. Pour Eden, le camp était primordial, tout comme son amitié avec Candy. Les fillettes qu'elles avaient sous leur responsabilité comptaient également plus que tout, y compris l'insupportable Roberta Snow.

Elle savait qu'il lui serait impossible de revivre comme avant. Elle avait changé et elle aimait la nouvelle Eden Carlbough. Elle savourait son indépendance. Elle n'avait jamais connu ce sentiment du temps où elle était entourée de son père, de son fiancé et de ses domestiques. La nouvelle Eden était capable de faire face aux problèmes de la vie quotidienne.

Ses mains n'étaient plus élégamment manucurées. Ses ongles, qu'elle coupait court, n'étaient plus vernis. Elle privilégiait à présent l'aspect pratique et elle en était fière.

Elle marcha vers les écuries, comme elle en avait pris l'habitude à la nuit tombée. A l'intérieur, il faisait frais et sombre, et l'air était imprégné d'odeurs de cuir, de foin et de chevaux. Elle se sentait à l'aise en ce lieu, car elle avait une grande expérience de l'équitation, ce qui était un atout pour le camp.

Chaque soir, elle passait en revue les six chevaux et le matériel, estimant que cela faisait partie intégrante de ses fonctions. Elle s'arrêta au niveau de la première stalle pour caresser le hongre rouan qu'elle avait nommé Courage. Elle avait emmené trois pommes avec elle. Les chevaux s'étaient très vite accoutumés à recevoir une moitié de pomme chaque soir. Courage passa la tête par-dessus la cloison de la stalle et plaça ses naseaux contre la paume d'Eden.

— Tu es un bon garçon, lui murmura-t-elle. Certaines filles ne savent pas encore distinguer un étrier d'un mors, mais ça viendra, ne t'en fais pas.

Elle lui donna le morceau de pomme, puis elle entra dans la stalle pour l'examiner tandis qu'il mangeait avec contentement.

Le camp avait pu acquérir ce cheval à bas prix en raison de son grand âge et de son dos légèrement ensellé. Peu importait à Eden que les chevaux soient des pur-sang, il fallait avant tout qu'ils soient fiables et doux.

Elle constata avec satisfaction que le cheval avait été correctement pansé. Elle sortit de la stalle, en ferma le loquet, puis se dirigea vers le box suivant.

L'été prochain, le camp disposerait d'au moins trois montures de plus. Eden ne se posait même pas la question de savoir si Camp Liberty aurait de nouveau lieu l'été prochain. Elle en était certaine : il aurait bien lieu et elle serait de la partie.

Elle n'avait apporté qu'un peu d'argent et quelques connaissances en équitation, alors que Candy avait une grande expérience des enfants. Candy avait trois sœurs et venait d'une famille modeste. Contrairement à Eden, elle avait toujours su qu'il lui faudrait un jour gagner sa vie et elle s'y était préparée. Heureusement, Eden apprenait vite. Dès la deuxième saison du Camp Liberty, elle serait responsable de la colonie au même titre que Candy.

Eden débordait d'ambition. D'ici quelques années, le Camp Liberty serait renommé pour ses activités équestres et le blason des Carlbough serait redoré. Peut-être même ses anciennes amies de Philadelphie y enverraient-elles leurs enfants. Qui sait ? Cette pensée l'amusa.

Eden arriva à la dernière stalle, dans laquelle se trouvait Patience, une jument assez âgée et très douce, qui supportait toutes les maladresses des jeunes cavalières en échange d'un peu d'affection.

— Tiens, trésor.

Eden souleva chacun de ses sabots pour les inspecter.

— Voici ce que j'appelle un travail bâclé, marmonna-t-elle en sortant un cure-pied de sa poche arrière.

— Voyons, n'est-ce pas Marcie qui t'a montée la dernière ? Il faudra que je lui en touche un mot, même si j'ai horreur des leçons de morale, surtout lorsque c'est moi qui les donne !

Patience s'ébroua.

— Je ne peux quand même pas laisser Candy faire tout le sale boulot, n'est-ce pas ? Et puis, je vais être indulgente avec Marcie, parce qu'elle n'est pas encore très à l'aise avec les chevaux. Elle ne sait pas à quel point tu es gentille. Allez ma grande, je vais te frictionner un peu.

Eden rangea son cure-pied et posa sa tête contre le cou de la jument.

— Moi aussi, Patience, je rêve d'un bon massage avec des huiles parfumées ; je fermerais les yeux, je laisserais le masseur me détendre et je repartirais avec la peau toute douce et les muscles dénoués.

En riant, Eden s'apprêta à masser la jument.

— Puisque tu ne peux pas me masser, c'est moi qui m'y colle. Attends, je vais chercher de la pommade.

En se retournant, elle eut le souffle coupé.

Chase Elliot se tenait là, appuyé contre la porte de la stalle. La pénombre dessinait de curieuses ombres sur son visage. Eden chercha à reculer, mais la jument bloquait le passage. Chase sourit, apparemment amusé par la situation.

Dans l'ombre, il lui semblait encore plus attirant que lorsqu'elle l'avait vu sous le soleil. Sa beauté ne répondait pas aux canons esthétiques traditionnels. Il avait un physique naturel, presque animal. D'ailleurs, la manière dont il l'avait embrassée ce matin-là était brutale, voire primitive. Eden sentit un frisson la parcourir des pieds à la tête.

— Je me ferai un plaisir de vous masser, dit-il en souriant de nouveau, vous ou votre jument.

— Ça ne sera pas nécessaire, merci.

Elle se rendit compte que sa tenue était encore plus négligée qu'au moment de leur première rencontre et que ses vêtements étaient imprégnés de l'odeur des chevaux.

— Puis-je vous être utile, monsieur Elliot ?

Elle avait décidément beaucoup de classe, pensa-t-il. Même dans une écurie poussiéreuse, elle se comportait élégamment.

— Vous avez de belles bêtes, plus toutes jeunes, mais robustes.

Cette remarque fit plaisir à Eden, mais elle ne le montra pas.

— Merci pour eux, dit-elle. Cela dit, je ne pense pas que vous soyez venu admirer les chevaux.

— Vous avez raison.

Il entra dans la stalle et leva une main pour caresser le cou de la jument. Eden remarqua qu'il portait une chevalière en or d'une grande valeur.

Comme Chase lui barrait le passage, Eden croisa les bras et attendit.

— Monsieur Elliot, vous ne m'avez toujours pas dit ce que vous êtiez venu faire ici.

Miss Philadelphie est nerveuse, pensa Chase. Sous son air glacial, elle cache une sensibilité à fleur de peau.

Il devina que, comme lui, elle n'était pas restée insensible au baiser impulsif qu'il lui avait donné plus tôt dans la journée.

— C'est exact, je ne vous l'ai pas dit, répondit Chase.

Il tendit le bras et attrapa sa main. La bague d'Eden,

une opale sertie de diamants, luisait faiblement dans la pénombre.

— Les bagues de fiançailles ne se mettent pas à la main droite, lui fit-il remarquer.

En réalité, il était ravi de constater qu'il ne s'agissait pas d'une bague de fiançailles.

— J'avais entendu dire que vous alliez épouser Eric Keeton au printemps dernier. Apparemment, ça n'a pas été le cas.

Elle avait envie de hurler, mais elle se dit qu'il cherchait à la provoquer et qu'elle ne tomberait pas dans son piège.

— En effet. Il semble que vos pommes ne suffisent pas à occuper votre temps, il faut aussi que vous vous intéressiez aux commérages.

Il admira la façon dont elle lançait des piques tout en souriant.

— J'ai parfois un peu de temps libre. En fait, je me suis intéressé à cette nouvelle parce que Keeton fait partie de ma famille.

— C'est faux.

Il était finalement parvenu à l'énerver. Elle le regarda dans les yeux pour la première fois depuis qu'ils se trouvaient tous les deux dans la stalle.

— Famille éloignée, bien entendu, nous n'avons aucun trait de ressemblance. Ma grand-mère était une Winthrop, une cousine de sa grand-mère.

Il saisit l'autre main d'Eden et tourna ses paumes vers le haut.

— Vos petites mains délicates ont quelques ampoules, vous devriez faire attention.

— Une Winthrop ?

Eden ne se préoccupa pas de ses mains ; elle avait surtout été surprise d'entendre le nom de Winthrop.

— Je ne fais pas partie de la famille proche, mais je m'attendais à recevoir une invitation au mariage et je suis curieux de savoir pourquoi vous l'avez quitté.

— Je ne l'ai pas quitté, lâcha-t-elle sans réfléchir. Si vous tenez vraiment à le savoir, c'est lui qui m'a quittée. Vous pouvez maintenant me lâcher les mains et je pourrai ainsi finir mon travail.

Chase s'exécuta, mais l'empêcha de sortir de la stalle.

— Je savais qu'Eric n'était pas une lumière, mais je ne le pensais pas stupide à ce point.

— Gardez vos commentaires pour vous et laissez-moi sortir.

Chase toucha la frange d'Eden.

— Ce n'est qu'une simple constatation.

— Arrêtez de me toucher.

— J'aime vos cheveux, Eden, ils sont doux.

— Merci pour le compliment, dit-elle en reculant d'un pas.

Son cœur se mit à battre la chamade. Elle ne voulait pas qu'on la touche. Personne. Ni physiquement ni affectivement. Or, elle sentait qu'il avait la capacité de la toucher aux deux sens du terme.

— Monsieur Elliot...

— Appelez-moi Chase.

— Chase. La cloche du lever sonne à 6 heures et j'ai encore du travail ce soir, alors je vous prie de m'expliquer sans plus tarder la raison de votre présence ici, si tant est qu'il y en ait une.

— Je suis venu vous rapporter votre casquette, dit-il tout en la sortant de sa poche arrière.

— Bien. Ce n'est pas la mienne, mais je la rendrai à Roberta. Merci de vous être dérangé.

— C'était vous qui la portiez lorsque vous êtes tombée de mon arbre.

Chase posa la casquette sur la tête d'Eden.

— Elle vous va bien.

— Comme je vous l'ai déjà expliqué…

Des bruits de pas interrompirent Eden.

— Mademoiselle Carlbough ! Mademoiselle Carlbough !

Roberta, en chemise de nuit rose, s'arrêta en dérapant devant la stalle. Un sourire radieux aux lèvres, elle regarda fixement Chase.

— Salut, lança-t-elle.

— Salut.

— Roberta, l'extinction des feux a eu lieu il y a plus d'une heure, dit Eden d'une voix grave, la mâchoire serrée.

— Je sais, mademoiselle Carlbough. Je suis désolée. Je n'arrivais pas à dormir parce que je n'arrêtais pas de penser à ma casquette. Vous avez promis que je pourrais la récupérer, mais vous ne me l'avez pas rendue. J'ai aidé Mme Petrie, je vous assure, vous n'avez qu'à lui demander. J'ai lavé des tonnes de casseroles et j'ai même épluché des pommes de terre, et…

— Roberta !

Le ton de la voix d'Eden suffit à la faire taire.

— M. Elliot a eu la gentillesse de rapporter ta casquette.

Eden retira la casquette de sa tête et la donna à la fillette.

— Il me semble que tu devrais le remercier et t'excuser d'être entrée dans sa propriété.

— Oui, merci beaucoup.

Elle fit à Chase son plus beau sourire.

— Ils sont vraiment à vous, tous ces arbres ?

— Oui.

Chase avait de la tendresse pour les sales gosses telles que Roberta. Il était persuadé qu'elle avait un bon fond.

— Vos pommes sont délicieuses, bien meilleures que celles que nous avons à la maison.

— Roberta.

Roberta roula des yeux faussement effrayés en entendant la voix d'Eden.

— Je suis navrée de m'être introduite dans votre propriété.

Roberta se tourna vers Eden pour voir si ses excuses lui convenaient.

— Très bien, Roberta. Maintenant, retourne immédiatement te coucher.

— Oui, mademoiselle.

Elle jeta un dernier regard en direction de Chase, enfonça la casquette sur sa tête et courut vers la porte.

— A bientôt Roberta, on se reverra, lui lança Chase en souriant.

— Oui, à bientôt.

Roberta s'en alla, une expression rêveuse sur le visage. Eden laissa s'échapper un soupir lorsqu'elle entendit la porte de l'écurie se refermer.

— Ne faites pas semblant, dit Chase.

— Semblant de quoi ?

— D'être exaspérée par Roberta. En réalité, cette enfant vous amuse beaucoup.

— Vous ne diriez pas ça si vous aviez vu le carnage qu'elle a causé en lançant de la purée dans le réfectoire aujourd'hui.

Eden sourit malgré tout.

— C'est un petit monstre, mais un monstre sympathique. Enfin, si nous avions vingt-sept petites Roberta au camp, je deviendrais folle.

— Certaines personnes sont douées pour mettre de l'animation.

— Ou pour provoquer le chaos, continua Eden en se souvenant de l'épisode du dîner.

— La vie ne vaut rien sans un peu de désordre.

Elle s'aperçut qu'elle n'était plus sur ses gardes et qu'elle s'était mise à discuter avec lui.

Il s'avança d'un pas et elle recula. Il sourit et chercha à lui prendre la main. Eden se heurta à la jument, mais réussit à appuyer son autre main contre le torse de Chase.

— Que voulez-vous ? lui dit-elle d'une voix basse et tremblante.

Savait-il seulement ce qu'il voulait ? Il contempla son visage, puis la regarda dans les yeux.

— Je crois que je veux me promener avec vous au clair de lune, écouter les chouettes hululer et attendre que le rossignol se mette à chanter.

La jument assistait calmement à la scène. Il passa sa main dans les cheveux d'Eden.

— Il faut que je rentre, lui dit-elle.

Toutefois, elle ne bougea pas.

— Eden et la pomme, murmura-t-il, quelle tentation ! Venez avec moi, allons marcher un peu.

— Non.

Elle savait qu'il avait touché bien plus que ses mains et ses cheveux. Tout se chamboulait précipitamment en elle.

— Tôt ou tard...

C'était un homme patient. Il attendrait qu'elle soit prête, de la même manière qu'il savait attendre que les pommes mûrissent. Il glissa ses doigts le long de sa gorge, sentit les battements rapides de son cœur et entendit sa respiration irrégulière.

— Je reviendrai, Eden.

— Cela ne changera rien.

— Je reviendrai quand même, dit-il en souriant.

Elle le regarda s'éloigner et entendit le grincement de la porte se refermant.

3

La vie au camp était désormais bien rodée et Eden s'était habituée aux réveils très matinaux, aux longues journées d'activités physiques et à la simplicité des repas. Elle se sentait de plus en plus sûre d'elle.

Au début, elle pensait en se couchant qu'elle serait incapable de se lever le lendemain, tant elle était épuisée. A force de monter à cheval, de ramer et de marcher, elle souffrait de courbatures. Une fois par semaine, elle s'occupait des comptes, qui lui causaient parfois de terribles maux de tête. Mais à sa grande surprise, elle réussissait à être d'attaque chaque matin.

Avec le temps, ses tâches lui semblèrent de plus en plus faciles à accomplir. Elle était jeune, en bonne santé, et faisait du sport chaque jour. Avant, hormis l'équitation, elle ne pratiquait que le tennis de façon très occasionnelle. Elle reprit progressivement le poids qu'elle avait perdu à la suite du décès de son père et perdit son apparence d'extrême fragilité.

Elle se prit véritablement d'affection pour les fillettes. Elle les connaissait désormais individuellement. Elle fut ravie de constater que la sympathie qu'elle avait pour elles était réciproque.

En arrivant, Eden savait déjà que les filles adoreraient Candy. Comment ne pas aimer cette femme chaleureuse, drôle et pleine de talents ? En revanche, en ce qui la concernait, elle n'espérait guère plus qu'être simplement respectée. Elle fut très émue lorsque Marcie lui offrit un bouquet de fleurs des champs. Elle fut également transportée de joie quand Linda Hopkins se jeta dans ses bras pour la remercier après son premier galop.

Le camp avait véritablement changé sa vie, à bien des égards.

Le mois de juillet fut très chaud. Les fillettes portaient leurs tenues les plus légères et les baignades au lac étaient toujours très attendues. On laissait les portes et fenêtres ouvertes pendant la nuit pour profiter de la moindre petite brise.

Un soir, Roberta trouva une couleuvre et s'amusa à terroriser ses camarades de chambre. Les journées se succédaient, chacune avec son lot de surprises et de joies. On aurait aimé que l'été ne se termine jamais.

Le temps passait et Eden commençait à croire que Chase ne reviendrait pas, contrairement à ce qu'il lui avait dit. De son côté, elle avait veillé à ne pas sortir du camp. Elle avait bien été tentée à plusieurs reprises d'aller se balader dans le verger, mais elle s'en était abstenue.

Pourquoi se sentait-elle encore tendue et inquiète ? Elle tentait de se convaincre que sa rencontre avec Chase n'avait été qu'un épisode sans importance. Toutefois, lorsqu'elle se trouvait dans l'écurie, le soir venu, elle ne pouvait s'empêcher d'être à l'affût d'éventuels bruits de pas et de rester un petit moment à attendre, comme s'il allait apparaître.

Ce soir-là, Eden était allongée tranquillement sur son lit. Les monitrices avaient promis d'organiser un feu de camp le lendemain si les fillettes étaient sages. De ce fait, les jeunes adolescentes s'étaient montrées obéissantes et s'étaient couchées sans protester. Eden se réjouissait à l'idée de ce feu de camp. Elle se voyait déjà en train de faire cuire des saucisses et des marshmallows au-dessus des flammes. En fait, Eden était aussi impatiente que les fillettes de prendre part à cet événement. Elle mit ses bras derrière sa nuque et regarda le plafond d'un air songeur. Pendant ce temps, Candy arpentait la chambre de long en large.

— Je suis sûre qu'on pourrait le faire, Eden.

— Faire quoi ?

— Organiser une fête.

Candy s'arrêta au pied du lit d'Eden.

— Tu sais, la soirée dont je t'ai parlé, celle que je voudrais organiser pour les filles, tu te souviens ?

— Oui, dit Eden, coupant court à son rêve éveillé.

— Nous devrions vraiment tout faire pour qu'elle ait lieu. J'aimerais faire de cette fête un événement annuel du camp.

Candy, très enthousiaste, comme à son habitude, s'assit sur le lit d'Eden.

— Il y a une colonie de vacances pour garçons à une trentaine de kilomètres d'ici. Nous pourrions les inviter ; ils seraient ravis, c'est certain.

— Sûrement.

En premier lieu, Eden pensa au coût de la fête : il faudrait à boire et à manger pour une centaine de personnes, de la musique et des décorations. Ces dépenses n'étaient pas négligeables, mais Eden savait que les filles seraient aux anges.

— En bougeant les tables, nous devrions avoir suffisamment de place dans le réfectoire.

— Oui. En ce qui concerne la musique, je sais que la plupart des filles ont apporté des CD avec elles et nous pourrons demander aux garçons d'en apporter aussi. Pour la déco, nous la ferons nous-mêmes.

Candy nota toutes ses idées sur son bloc-notes.

— Pour les rafraîchissements, nous pourrons faire simple : des biscuits et des jus de fruits feront l'affaire, précisa Eden avant que Candy, dans son élan, n'évoque un buffet gargantuesque.

— Et pourquoi ne pas faire cela la dernière semaine ? Comme une fête d'adieux en somme.

Eden fut prise de panique à cette seule idée. La première semaine du camp avait été éprouvante pour elle, mais aujourd'hui, elle souhaitait que tout cela ne s'arrête jamais. Pourtant, en septembre, il lui faudrait trouver un nouvel emploi, un nouveau but. Candy retrouverait son poste d'enseignante, tandis qu'elle éplucherait les offres d'emploi.

— Eden ? Eden ? Qu'est-ce que tu en penses ?

— De quoi ?

— D'organiser la fête la dernière semaine ?

— Je pense qu'on devrait d'abord voir ce qu'en dit le directeur de la colonie de garçons.

— Ça va, Eden ? Tu es inquiète à l'idée de devoir quitter le camp, c'est ça ?

— Je ne suis pas inquiète, j'y pense, voilà tout.

Candy lui prit la main.

— Quand j'ai proposé de t'héberger, j'étais sérieuse, tu sais. Je peux payer le loyer avec un seul salaire et j'ai quelques économies de côté, ça te laissera le temps de trouver un travail.

— Je t'adore, Candy. Tu es vraiment ma meilleure amie.

— C'est réciproque !

— Il est hors de question que je me tourne les pouces pendant que tu te démènes pour payer le loyer et la nourriture. Tu en as déjà fait suffisamment en me permettant de m'installer chez toi.

— Eden, voyons, tu sais bien que je préfère partager l'appartement avec toi que vivre seule. Ça me fait vraiment plaisir, alors ne considère pas cela comme un service. En plus, tu ne te tournes pas les pouces, tu prépares tous les repas !

— Oui, mais ce n'est pas toujours mangeable !

— C'est vrai, dit Candy en souriant. Ecoute, prends le temps de bien réfléchir à ce que tu veux faire de ta vie.

— Ce que je veux, c'est travailler, dit Eden en riant. Ces dernières semaines, j'ai compris que j'aimais énormément être active. Je compte trouver un emploi dans un centre équestre. Peut-être même dans celui que je fréquentais il y a quelques années. Et si cela ne marche pas...

Elle haussa les épaules.

— Je trouverai autre chose.

— Bien sûr que tu trouveras, ne t'en fais pas. Et puis, l'été prochain, l'effectif du camp aura augmenté et nous ferons peut-être même des bénéfices.

— L'année prochaine, je serai une pro des colliers de nouilles, des masques et autres objets d'art. Avant cela, je vais appeler le directeur du camp de garçons d'Eagle Rock.

— La fête va être très sympa, y compris pour nous. Il y aura des moniteurs, des hommes !

Candy s'étira en soupirant.

— Cela fait une éternité que je n'ai pas parlé à un homme.

— Et l'électricien, la semaine dernière, il ne compte pas ?

— Il aurait pu être mon grand-père ! Je te parle d'un homme qui a encore des dents et des cheveux.

Elle passa sa langue sur sa lèvre supérieure.

— Tout le monde n'a pas la chance de passer ses soirées

main dans la main avec un homme charmant dans les écuries.

— Je t'ai déjà dit que je ne lui tenais pas la main.

— Roberta Snow, en parfaite petite espionne, nous a donné une autre version des faits. D'autant plus qu'elle a eu le coup de foudre, apparemment.

Eden toucha les cals qui avaient commencé à se former dans les paumes de ses mains.

— Elle s'en remettra.

— Et toi ?

— Moi aussi.

— Il ne t'intéresse pas ? lui demanda Candy en s'asseyant sur le lit. J'ai eu le temps de bien l'observer lorsque je lui ai demandé l'autorisation d'accéder à son lac. Je pense qu'aucune femme sur cette planète ne peut rester complètement insensible à ses yeux verts.

— Tu te trompes.

Candy éclata de rire.

— Eden, tu ne me feras pas croire qu'il ne te fait ni chaud ni froid. En plus, n'oublie pas que tu lui as fait tellement d'effet qu'il est venu jusqu'aux écuries du camp pour te revoir.

— Peut-être qu'il venait simplement rapporter la casquette de Roberta.

— Oui et peut-être que les poules ont des dents. N'as-tu jamais été tentée d'aller refaire un tour du côté du verger ?

— Non. J'ai vu les pommiers une fois et cela m'a suffi.

Elle mentait. Elle avait voulu y retourner des centaines de fois.

— Tu ne souhaites vraiment plus revoir ce magnifique producteur de pommes qui a l'un des plus beaux visages de la région ?

Elle ne demandait pas cela par simple curiosité. Elle se

faisait du souci pour Eden, qu'elle avait vue souffrir par le passé.

— Amuse-toi, Eden, tu mérites d'être heureuse.

— Je ne pense pas pouvoir m'amuser avec Chase Elliot.

Eden pensa au danger, à l'excitation, à l'érotisme et à la tentation. Tout cela n'avait rien à voir avec un quelconque amusement. Elle se leva du lit et alla à la fenêtre.

— Tu es beaucoup trop méfiante, reprit Candy.

— Peut-être.

— Les hommes ne sont pas tous comme Eric, tu sais.

— Je sais.

Elle se retourna en soupirant.

— De toute façon, Eric ne me manque pas.

Candy, étonnée par la remarque d'Eden, haussa légèrement les épaules.

— C'est parce que tu n'as jamais vraiment été amoureuse de lui.

— J'étais sur le point de l'épouser.

— Pas parce que tu l'aimais, parce que c'est ce qu'on attendait de toi. C'était simple, tu ne t'es pas posé de questions.

Eden trouva cette analyse assez drôle. Elle hocha la tête et dit :

— Qu'y a-t-il de mal à cela ?

— L'amour, ce n'est pas ça. L'amour donne le vertige, fait faire des choses incroyables, fait mal aussi parfois. Tu n'as rien connu de tel avec Eric.

Candy parlait en connaissance de cause. Elle était tombée amoureuse plus d'une douzaine de fois.

— Tu te serais mariée avec lui et tu aurais peut-être été satisfaite. Après tout, vous aviez des goûts communs et vous veniez du même milieu social.

Eden arrêta de sourire.

— Vu la façon dont tu présentes la situation, ça n'a rien de très réjouissant.

— Tu ne menais pas une existence trépidante. Mais tu es en train d'évoluer.

Candy se demanda si elle n'était pas allée trop loin en disant cela.

— Eden, tu as reçu une éducation adaptée au milieu social dans lequel tu étais censée continuer à vivre, mais tout autour de toi s'est écroulé. J'imagine le traumatisme que cela a dû être pour toi. Dans l'ensemble, tu as réussi à faire face, mais j'ai l'impression que ton passé te hante toujours un peu. Ne penses-tu pas qu'il est temps pour toi de tirer définitivement un trait sur ta vie d'avant ?

— C'est ce que j'essaie de faire.

— Je sais et tu te débrouilles bien, notamment en te concentrant sur le camp et sur ton avenir. Mais je pense qu'il faut aussi que tu cherches à construire de nouvelles relations pour t'épanouir.

— Tu penses à une relation amoureuse ?

— Je pense que tu devrais rencontrer quelqu'un qui puisse te tenir compagnie, te donner de l'affection, avec qui tu puisses partager des choses. Je ne dis pas que tu as besoin d'un homme pour être heureuse, mais tu ne devrais pas systématiquement refuser leurs avances sous prétexte que ton ex-fiancé s'est mal comporté envers toi. Tout le monde a besoin d'un compagnon.

— Tu as peut-être raison. Pour l'instant, je cherche simplement à me reconstruire et je me contente d'apprécier ma nouvelle vie. Je fuis toutes les complications, en particulier celles qui mesurent un mètre quatre-vingt-dix.

— Tu es pourtant quelqu'un de romantique, Eden. Tu te souviens des poèmes que tu écrivais ?

— Nous n'étions alors que des enfants. Il fallait que je grandisse.

— Grandir ne signifie pas abandonner ses rêves. Ce camp, par exemple, nous en rêvions et il est devenu réalité. Je veux que tu continues à rêver.

— Chaque chose en son temps.

Cette conversation toucha beaucoup Eden. Elle embrassa Candy sur la joue.

— Pour le moment, organisons cette fête, au cours de laquelle nous pourrons rencontrer de charmants moniteurs.

— Nous pouvons aussi inviter certains voisins, non ?

— Tu es vraiment incorrigible, dit Eden en riant et en se dirigeant vers la porte. Je vais marcher un peu, puis j'irai voir les chevaux. Laisse la lumière allumée, j'éteindrai en rentrant.

Durant ses premiers jours au camp, Eden avait été angoissée par la quiétude de la nature. Désormais, elle appréciait les sons nocturnes, et ne se lassait pas d'écouter le chant des grillons, le hululement des chouettes, le meuglement des vaches des fermes avoisinantes et les bruits des divers insectes. Au travers de nuages menaçants, la lune et les étoiles diffusaient une lumière douce et les lucioles virevoltaient en laissant sur leur passage des traînées lumineuses éphémères.

Alors qu'elle se dirigeait vers le lac, elle entendit le clapotis de l'eau et les coassements des grenouilles. Elle alla chercher un peu de fraîcheur sous le couvert des arbres qui bordaient la rive.

Eden cueillit une marguerite jaune. Elle pensait encore à la conversation qu'elle venait d'avoir avec Candy. Elle fit tourner la tige de la fleur entre ses doigts et regarda les pétales tourner.

Etait-elle romantique comme Candy semblait le penser ?

Lorsqu'elle était plus jeune, elle avait écrit des poèmes, en effet. Ils tournaient tous autour du thème de l'amour, pleins de longs regards mélancoliques, de grands sacrifices et de pureté. Elle se dit que le romantisme était incompatible avec la réalité.

En réfléchissant, Eden s'aperçut qu'elle avait cessé d'écrire à partir du moment où elle avait rencontré Eric. La jeune fille rêveuse d'autrefois était devenue une jeune femme conformiste, ayant troqué ses vers contre des couverts en argent.

A présent, elle avait de nouveau changé et n'en était pas mécontente.

Elle jeta sa fleur dans l'eau et la regarda flotter. Candy avait raison. Son histoire avec Eric n'était pas une histoire d'amour. Elle s'était comportée avec lui selon les attentes de son entourage. En réalité, Eric ne lui avait pas brisé le cœur en la quittant, il l'avait blessée dans son amour-propre.

Comme il se devait, Eric lui avait offert un beau diamant, lui avait fait livrer des roses et n'avait jamais manqué de lui faire des compliments et d'être courtois avec elle. Mais dans tout cela il n'y avait pas trace d'amour. Elle ne savait pas ce qu'était l'amour avec un grand A.

Ressemblait-il aux chevaliers et aux belles princesses des contes de fées ? A la musique de Chopin écoutée dans une pièce éclairée de bougies ? A un tour de grande roue ? En riant, Eden mit ses bras autour d'elle-même et contempla les étoiles.

— Vous devriez faire ça plus souvent.

Elle se retourna brusquement, en portant une main à sa gorge.

Chase se trouvait à quelques mètres d'elle, debout à la lisière des arbres. C'était la troisième fois qu'elle le voyait et, chaque fois à son grand regret, il avait surgi près d'elle par surprise.

— Vous ne pouvez pas vous empêcher de faire sursauter les gens ?

— En fait, cela n'arrive qu'avec vous.

En réalité, il avait été aussi surpris qu'elle de la rencontrer ce soir-là. Il marchait depuis le crépuscule et s'était arrêté sur les rives du lac pour regarder l'eau en pensant à elle.

— Vous êtes bronzée, remarqua-t-il.

Le teint hâlé d'Eden faisait paraître plus claire sa chevelure. Il eut envie de toucher ses cheveux pour voir s'ils étaient toujours aussi doux et aussi délicatement parfumés.

— Je passe la majeure partie de mes journées dehors.

Cette nouvelle rencontre, au clair de lune et au bord de l'eau, avait quelque chose de symbolique, comme si le destin les avait réunis. Eden songea pourtant à s'enfuir, mais se força à rester.

Le cœur de Chase battait très fort dans sa poitrine ; il en fut tout étourdi.

— Vous devriez porter un chapeau, dit-il distraitement.

Il se demandait s'il ne rêvait pas. Vêtue d'un simple short et d'un T-shirt blanc, elle était resplendissante.

— Je me demandais si vous viendriez vous balader par ici, poursuivit-il.

Il sortit de l'ombre dans laquelle il se trouvait. Le chant des grillons allait crescendo.

— J'ai pensé qu'il y ferait plus frais.

Chase s'approcha d'Eden et lui dit :

— J'ai toujours aimé les nuits chaudes.

— On étouffe un peu dans les cabanes.

Mal à l'aise, Eden jeta un coup d'œil derrière elle et s'aperçut qu'elle s'était éloignée du camp bien plus qu'elle ne le pensait.

— Je ne me suis pas rendu compte que j'étais sur votre terre.

— Je ne deviens tyrannique que lorsque l'on grimpe dans mes arbres, dit-il en plaisantant. Vous étiez en train de rire à l'instant. A quoi pensiez-vous ?

Eden avait l'impression que Chase se rapprochait d'elle à mesure qu'elle s'en éloignait.

— Je pensais à une grande roue.

— Cette grande roue, lorsque vous êtes dedans, vous préférez le moment de la montée ou celui de la descente ?

Il ne résista pas davantage et tendit sa main vers ses cheveux.

Elle fut sur le point de défaillir lorsqu'il la toucha.

— Il faut que je rentre.

— Allons marcher un peu.

Eden repensa à ce qu'il lui avait dit dans l'écurie : « Je veux marcher avec vous au clair de lune », elle hésita quelques secondes puis répondit :

— Non, je ne peux pas, il est tard.

— Il doit être à peine 21 h 30.

Il lui prit la main, la retourna et remarqua les callosités sur sa paume.

— Vous avez beaucoup travaillé.

— C'est ce qu'on fait généralement pour gagner sa vie.

— Ne prenez pas ce ton sarcastique.

Il retourna sa main et caressa ses doigts. Il était décidément doué pour susciter l'émoi chez Eden par de simples caresses.

— Vous pourriez mettre des gants pour protéger vos petites mains de femme de la ville.

— Je ne suis plus une femme de la ville, lui répondit-elle en retirant sa main de la sienne.

Sans se décontenancer, Chase saisit simplement son autre main.

— Je ne sers pas le thé, je ramasse du foin, alors peu importe l'état de mes mains.

— Vous servirez le thé de nouveau à l'avenir.

Il pouvait facilement imaginer Eden vêtue d'un ensemble de soie rose, dans un salon trop décoré, une théière de porcelaine à la main.

— Regardez, la lune se reflète dans l'eau.

Elle tourna la tête et vit que les rayons de la lune illuminaient l'eau sombre du lac et donnaient des reflets argentés aux arbres. La nouvelle Eden, bien que plus terre à terre que l'ancienne, fut charmée par cette atmosphère si particulière.

— C'est magnifique. La lune semble si près.

— Certaines choses sont plus éloignées qu'il y paraît ; d'autres sont en fait bien plus proches.

Il se mit à marcher. Eden l'accompagna, parce qu'il lui tenait toujours la main et parce qu'elle était intriguée.

— Je suppose que vous avez toujours vécu ici.

Elle ne lui avait posé cette question que pour faire la conversation. Elle n'était pas vraiment intéressée par la réponse.

— Quasiment. Le siège de l'exploitation s'est toujours trouvé ici. La maison a plus de cent ans. Vous aimeriez peut-être la visiter.

Elle pensa à sa propre maison et aux générations de Carlbough qui s'y étaient succédé. Elle songea ensuite avec amertume aux étrangers qui y vivaient à présent.

— J'aime les vieilles demeures.

— Tout se passe bien au camp ?

Eden pensa avant tout à la situation financière de la colonie, mais se retint d'aborder ce sujet.

— Les fillettes ne nous laissent pas le temps de nous ennuyer, dit-elle en riant doucement. Elles ont vraiment de l'énergie à revendre.

— Comment va Roberta ?

— Bien, égale à elle-même.

— Bon.

— Hier soir, elle a peint le visage d'une de ses camarades pendant son sommeil.

— Peint ?

Eden riait.

— Oui. Elle a dû chaparder un ou deux petits pots de peinture dans la salle d'activités manuelles. Quand Marcie s'est réveillée, elle ressemblait à un Indien prêt à attaquer une diligence.

— Notre petite Roberta ne manque pas d'imagination.

— C'est le moins qu'on puisse dire. L'autre jour, elle m'a dit qu'elle voulait devenir la première femme à la tête de la Cour suprême des Etats-Unis.

Chase sourit. L'imagination et l'ambition étaient les deux qualités qu'il admirait le plus.

— Je suis sûr qu'elle réussira.

— Oui, je n'en doute pas.

— Asseyons-nous. Vous verrez mieux les étoiles.

A ces mots, Eden se rappela qu'elle se trouvait seule avec Chase, situation qu'elle cherchait à éviter.

— Je ne pense pas…

Avant qu'elle ait eu le temps de terminer sa phrase, il la poussa à s'asseoir sur un talus d'herbe.

— Voici une manière bien cavalière de mettre en application votre proposition, s'exclama-t-elle.

Il passa son bras autour de ses épaules et elle se raidit instantanément.

— Regardez le ciel. Vous ne verrez jamais un tel spectacle en ville.

Eden céda et contempla les étoiles brillantes tels des diamants incrustés dans le ciel. Elles scintillaient de mille feux.

— Ce n'est pas le même ciel qu'en ville.

— C'est le même, Eden, ce sont les personnes qui changent.

Il s'allongea sur le dos et tendit le bras.

— Voici Cassiopée.

— Où ?

Eden, curieuse, regarda attentivement, mais ne parvint pas à distinguer la constellation.

— On la voit mieux d'ici.

Il la tira vers lui et, avant qu'elle ne proteste, pointa le doigt en direction du ciel.

— Regardez, elle est là. Elle ressemble à un W.

— Oh oui !

Ravie d'avoir réussi à la voir, Eden attrapa le poignet de Chase et dessina avec lui le contour de la constellation.

— C'est la première fois que j'arrive à en repérer une.

— Il suffit de bien observer. Là, c'est Pégase, annonça Chase en changeant son bras de direction. Cette constellation compte cent soixante-six étoiles que l'on peut distinguer à l'œil nu. Vous voyez, juste au-dessus de vous, continua-t-il.

Eden plissa les yeux et se concentra. La lumière de la lune se répandait sur son visage.

— Oui, ça y est, je la vois.

Elle se rapprocha un peu plus de Chase désignant le dessin formé par les étoiles.

— J'ai appelé mon premier poney Pégase. Parfois, j'imaginais qu'il allait déployer ses ailes et s'envoler. Montrez-moi une autre constellation.

Il admira la façon dont les étoiles se reflétaient dans ses yeux et le sourire que formaient ses lèvres.

— Orion, murmura-t-il.

— Où ?

— Il se dresse avec son épée derrière lui et son bouclier en avant. Une étoile rouge, des milliers de fois plus lumineuse que le soleil, forme l'épaule du bras qui tient l'épée.

— Où est-il, je...

Eden se tourna et regarda Chase dans les yeux. Elle oublia les étoiles, le clair de lune et l'herbe douce sur laquelle ils étaient assis. Elle lui serra le poignet jusqu'à ce que leurs deux pouls soient en harmonie.

Elle s'apprêta à l'embrasser, mais les lèvres de Chase ne firent qu'effleurer sa tempe. L'air était empreint d'une douce odeur de chèvrefeuille et une chouette hululait.

— Que faisons-nous ? parvint-elle à demander.

— Nous nous apprécions mutuellement.

Tout doucement, ses lèvres embrassèrent sa joue.

Eden pensa que le terme « apprécier » était un peu faible pour exprimer la force de ses sentiments. Jamais personne ne l'avait mise dans un tel état d'exaltation. Elle se sentait à la fois faible et enflammée, forte et éperdue. Les lèvres de Chase étaient douces et la main qu'il avait laissée sur sa joue était virile. Elle ne pouvait plus contrôler les battements de son cœur. Elle céda au plaisir de s'abandonner.

Elle tourna la tête en poussant un gémissement et ils se retrouvèrent bouche contre bouche. Il la serra dans ses bras. Ses lèvres s'entrouvrirent. Jamais elle n'avait connu un désir aussi intense.

Quant à lui, il n'avait jamais imaginé éprouver des sentiments aussi forts. Il s'était préparé à prendre son temps avec Eden, car l'innocence qu'elle dégageait semblait requérir une certaine lenteur. A présent, c'était elle qui le sollicitait. Elle lui caressait le dos et se mouvait contre son corps. Elle lui donnait des baisers ardents. Il ne pouvait plus lui résister.

Quelle ivresse ! Elle se donnait à lui sous ce ciel étoilé. Il sentait l'odeur de l'herbe et de la terre, et dans sa bouche un goût de feu. Elle soupira lorsqu'il posa ses lèvres sur sa gorge.

Eden passa ses doigts dans les cheveux de Chase et murmura son nom.

Il ne voulait jamais arrêter de la toucher. Il ne voulait plus jamais la quitter. Elle mit sa main sur son visage et il plaça la sienne par-dessus ; il sentit la pierre précieuse de sa bague.

Il voulait tout savoir d'elle. Il y avait tellement d'interrogations. Le désir ne suffisait pas. Il devait savoir qui elle était. Il leva la tête pour l'observer. Qui était-elle et comment avait-elle pu le rendre aussi fou d'elle ?

Il se redressa et lui dit :

— Vous êtes surprenante, Eden Carlbough de la famille Carlbough de Philadelphie.

Pendant un instant, elle fut incapable de répondre. Elle ne put que le regarder fixement. Elle avait eu droit à son tour de grande roue, une attraction folle et vertigineuse. Elle recouvra brusquement ses esprits.

— Laissez-moi me relever.

— J'ai du mal à vous comprendre, Eden.

— Je ne vous demande pas de me comprendre.

Soudain, elle eut envie de se recroqueviller et de pleurer, sans vraiment savoir pourquoi. Au lieu de cela, elle choisit de se mettre en colère.

— Je vous ai demandé de me laisser me relever.

Il lui tendit une main pour l'aider. Eden se leva toute seule, en l'ignorant.

— Quand on est en colère, il vaut mieux crier, c'est plus constructif.

Elle lui lança un regard brillant. Elle ne voulait pas se sentir humiliée.

— Probablement. Maintenant, veuillez m'excuser.

— Arrêtez ! s'écria-t-il.

Il l'attrapa par le bras et la força à lui faire face.

— Quelque chose s'est passé entre nous ici, ce soir. Je veux savoir où cela nous mènera.

— Nous nous apprécions mutuellement. N'est-ce pas la façon dont vous avez défini la situation ?

Eden tentait de se convaincre qu'il ne se passait rien d'important, rien de plus qu'un petit moment d'ivresse.

— Nous avons terminé maintenant, alors bonne nuit.

— Nous sommes loin d'avoir terminé. Voilà ce qui me préoccupe, lui répondit-il.

— C'est votre problème, Chase, dit-elle avec indifférence.

Au fond, elle pensait comme lui et elle prit peur.

— Oui, c'est mon problème.

Comment avait-il pu passer aussi rapidement du stade de curiosité à celui d'attirance pour ressentir finalement ce désir intense ?

— Puisque c'est mon problème, j'ai une question à vous poser. Je veux savoir pourquoi Eden Carlbough passe son été à travailler dans une colonie de vacances au lieu de faire une croisière dans les îles grecques. Je veux savoir pourquoi elle nettoie les écuries au lieu d'organiser des dîners en compagnie d'Eric Keeton.

— Cela ne vous regarde pas, dit-elle en élevant la voix.

La nouvelle Eden ne contrôlait plus bien ses émotions.

— Mais si cela vous intéresse tant, vous n'avez qu'à appeler les membres de votre famille qui connaissent Eric.

Je suis sûre qu'ils n'hésiteront pas à vous donner tous les détails que vous souhaitez.

— C'est à vous que je le demande.

— Je ne vous dois aucune explication.

Elle retira brusquement son bras et se mit à trembler de rage.

— Je ne vous dois absolument rien, continua-t-elle.

— C'est vous qui le dites.

Sa colère l'avait refroidie et lui avait permis de revenir à la réalité.

— Je veux savoir avec qui je vais faire l'amour.

— Vous n'aurez pas besoin de le savoir, je peux vous l'assurer.

— Nous achèverons bientôt ce que nous avons commencé ce soir, Eden.

Il attrapa de nouveau son bras. Un peu effrayée elle comprit que le Chase doux et patient avait disparu.

— Je peux vous l'assurer, répéta-t-il d'un ton presque menaçant.

— Vous prenez vos désirs pour des réalités.

Surprise et contrariée, elle le vit alors sourire. Il lui fit une dernière caresse langoureuse sur le bras. Elle frissonna. Il plaça un doigt sur ses lèvres, comme pour lui rappeler ce qu'elle avait goûté auparavant.

— Pensez à moi, lui glissa-t-il dans le creux de l'oreille avant de lui tourner le dos et de reprendre son chemin.

4

Le temps était idéal pour un feu de camp. Le ciel était relativement dégagé ; seuls quelques nuages masquaient la lune de temps à autre. L'air s'était un peu rafraîchi après le coucher du soleil et il faisait bon, d'autant qu'une légère brise soufflait.

Les branches et les bouts de bois ramassés pendant la journée avaient été empilés et formaient un édifice imposant de plus d'un mètre cinquante au milieu d'une clairière, à l'est du camp. Chaque fillette avait contribué à bâtir cet amas de bois. Elles étaient maintenant toutes réunies autour de l'ouvrage, attendant impatiemment que le feu soit allumé. Un nombre impressionnant de hot dogs et de marshmallows avaient été disposés sur une table de pique-nique ainsi que des brochettes bien affûtées pour planter les denrées à cuire. Par mesure de sécurité, les monitrices avaient placé à proximité du feu un tuyau d'arrosage et une bassine remplie d'eau.

Candy, tenant à la main une grande allumette tel un flambeau, déclara :

— Le premier feu de camp annuel de Camp Liberty peut maintenant commencer. Mesdemoiselles, êtes-vous prêtes à faire rôtir vos saucisses ?

Toutes les filles, y compris Eden, s'écrièrent « oui » en chœur et applaudirent Candy.

Candy craqua l'allumette et la jeta dans le petit bois à

la base de l'amas de branchages. De petites flammes se formèrent d'abord et se propagèrent progressivement en suivant la trace d'essence versée pour démarrer le feu. Sous le regard émerveillé des fillettes, les flammes grandirent et le bois se mit à crépiter joyeusement.

— Génial ! s'écria Eden. J'avais peur que le feu ne prenne pas.

La fumée commença à s'élever en tourbillonnant.

— Tu as affaire à une spécialiste, dit Candy en tirant la langue.

Elle piqua une saucisse au bout d'un bâton pointu et contempla le foyer rougeoyant.

— Ma seule crainte était qu'il se mette à pleuvoir, mais regarde-moi ce ciel, c'est parfait !

Eden regarda en l'air. Sans effort et sans concentration, elle aperçut instantanément Pégase. Il chevauchait la nuit étoilée exactement comme il l'avait fait la nuit précédente.

Il s'en était passé des choses la veille sous ce même ciel ! Eden, le visage face au vent et les mains chauffées par le feu, se demanda un instant si l'épisode mouvementé avec Chase s'était réellement produit.

Evidemment qu'il avait eu lieu ! Ses souvenirs étaient bien trop vifs pour n'être que le fruit de son imagination. Elle avait réellement vécu ce moment avec lui et avait vraiment éprouvé des sentiments et des sensations incroyables. Elle détourna délibérément son regard de Pégase et fixa un ensemble d'étoiles diffus.

Toutefois, elle ne cessa pas de penser à Chase. L'épisode de la veille était terminé, mais elle avait l'impression étrange que ce n'était pas fini.

— Candy, pourquoi est-ce que tout semble différent ici ?

— Parce que tout *est* différent ici.

Candy inspira profondément l'air empli des senteurs de fumée, d'herbe sèche et de viande grillée.

— N'est-ce pas merveilleux de ne pas devoir assister à des récitals de piano interminables, à des cocktails ennuyeux et à des conversations sans intérêt dans des salons de thé surchauffés ? Tiens, prends un hot dog.

Eden accepta la saucisse légèrement calcinée que lui tendit Candy, parce que les bonnes odeurs lui avaient mis l'eau à la bouche.

— Tu tombes dans la caricature, Candy.

Eden déposa une trace de ketchup sur la saucisse avant de la glisser dans un morceau de pain.

— J'aimerais bien avoir le pouvoir d'analyser les choses aussi simplement, ajouta-t-elle.

— Tu y arriveras quand tu seras capable de profiter d'une soirée passée à manger des hot dogs près d'un feu de camp, sans penser que tu es en train de porter atteinte à l'image de ta famille.

Eden ouvrit la bouche et Candy lui donna une tape amicale sur l'épaule.

— Tu devrais goûter les marshmallows, conseilla Candy.

Elle lui tourna le dos et se dirigea vers la table sur laquelle étaient posées les baguettes.

Eden se mit à réfléchir en mangeant. Après tout, peut-être les remarques de Candy n'étaient-elles pas aussi simplistes qu'elles en avaient l'air.

Elle avait vendu la maison qui avait appartenu à sa famille durant quatre générations. Elle avait fait l'inventaire de l'argenterie, de la vaisselle en porcelaine, des tableaux et des bijoux pour les mettre aux enchères. Elle avait liquidé les biens des Carlbough pour rembourser ses dettes et démarrer une nouvelle vie. Elle l'avait fait par nécessité, elle n'avait pas eu d'autre choix. Cependant, elle ne s'était pas tout à fait remise de la perte de ses biens et de la culpabilité qu'elle avait ressentie en s'en séparant.

Eden recula d'un pas et soupira. Les scènes de liesse qui se déroulaient devant ses yeux lui rappelaient les étés de son enfance au Camp Forden. Elle regarda les volutes de fumée qui montaient vers le ciel et le feu qui crépitait. Elle huma l'odeur typiquement estivale des grillades.

Durant quelques secondes, elle regretta de ne pouvoir revenir en arrière et revivre au temps de son enfance, quand la vie était simple et que ses parents étaient là pour régler les problèmes.

— Mademoiselle Carlbough.

Roberta s'était approchée d'Eden.

— Salut Roberta, tu t'amuses bien ?

— Oui, c'est super !

Roberta avait du ketchup sur le menton.

— Vous n'aimez pas les feux de camp ?

— Si, répondit Eden en souriant.

Elle posa une main sur l'épaule de Roberta.

— Je les adore.

— Vous aviez l'air un peu triste, alors je vous ai préparé un marshmallow fondu.

Au bout du bâton, le marshmallow était noirâtre, flétri et dégoulinant. Toutefois, Eden eut la gorge serrée et fut aussi émue par ce geste qu'un peu plus tôt dans la journée, lorsqu'une autre fillette lui avait offert des fleurs.

— Merci, Roberta. Je n'étais pas triste, je repensais à de vieux souvenirs.

Eden retira délicatement le marshmallow du bâton, ou plutôt ce qu'il en restait. La moitié de la friandise tomba par terre lorsqu'elle la porta à la bouche.

— Ils ne sont pas faciles à manger, fit remarquer Roberta. Je vais vous en faire un autre.

Eden fit un effort pour avaler la partie carbonisée du bonbon.

— C'est très gentil mais je n'ai plus très faim, Roberta, merci beaucoup.

— Je vous assure que ça ne me gêne pas.

Elle regarda Eden et lui fit un sourire radieux. Lorsqu'elle souriait ainsi, on oubliait presque toutes les bêtises qu'elle avait commises depuis son arrivée au camp.

— J'aime les préparer, s'exclama-t-elle. Vous savez, mademoiselle Carlbough, reprit-elle, en passant du coq à l'âne, je pensais que le camp allait être ennuyeux, mais ce n'est pas du tout le cas. On s'amuse bien ici, surtout pendant les cours d'équitation.

Roberta se tut un instant, regarda le sol et dit :

— Je sais que je ne suis pas aussi douée que Linda en équitation, mais je me demandais si vous pourriez, euh, si je pourrais passer un peu plus de temps avec les chevaux.

— Bien sûr, Roberta.

Eden frottait son pouce contre son index, tentant en vain de se débarrasser de la matière poisseuse qui collait à ses doigts.

— Inutile pour cela de m'amadouer en m'apportant des marshmallows.

— C'est vrai ?

— Bien sûr. Mlle Bartholomew et moi ajouterons cela dans l'emploi du temps, dit Eden.

— Merci beaucoup, mademoiselle Carlbough.

— Il faudra que tu sois attentive pendant les cours.

— J'aimerais bien aussi apprendre à lancer le lasso à cheval, comme les cow-boys.

— Je ne sais pas si on ira jusque-là, mais on pourra apprendre à faire des petits sauts d'ici à la fin du camp, si tu veux.

Eden eut le plaisir de voir le visage de Roberta s'illuminer de joie.

— Vraiment ?

— Oui, vraiment. Mais il faut d'abord que tu travailles ta posture.

— Je vais progresser et je deviendrai meilleure que Linda ; je pourrai même faire du saut d'obstacles. Youpi !

Elle exécuta une drôle de pirouette.

— Merci, merci, merci, mademoiselle Carlbough !

Elle disparut ensuite en un éclair, sans doute pour aller raconter la nouvelle aux autres filles.

Eden commençait à bien connaître Roberta. La petite fille devait déjà imaginer que ses prouesses équestres lui permettraient de décrocher une médaille d'or aux prochains jeux Olympiques.

En regardant Roberta discuter avec les autres filles, Eden se rendit compte qu'elle avait cessé de penser à son passé. C'était une bonne chose. Elle avait retrouvé le sourire.

Une monitrice prit une guitare et se mit à jouer quelques accords. Eden lécha le restant du marshmallow qui se trouvait encore sur ses doigts.

— Vous êtes adorable quand vous vous léchez les doigts, on dirait une petite fille.

Eden avait toujours le pouce dans la bouche quand elle se retourna.

Elle aurait dû deviner qu'il viendrait. Peut-être même avait-elle espéré sa venue. Elle dissimula ses mains encore collantes derrière son dos.

Il se demanda si elle savait à quel point elle était belle, assise à côté du feu, les cheveux détachés lui tombant sur les épaules. Elle fronçait les sourcils maintenant, mais il l'avait vue sourire une seconde plus tôt. S'il l'embrassait immédiatement, goûterait-il à la saveur douce et sucrée du marshmallow ? Retrouverait-il la chaleur du baiser qu'il avait connue auparavant ? Son estomac se noua. Il mit ses pouces dans ses poches et détourna son regard d'elle pour contempler le feu.

— C'est une belle soirée pour un feu de camp.

Eden se détendit, car il n'était pas assis trop près d'elle et il y avait beaucoup de monde autour d'eux.

— Nous n'attendions aucune visite, lui dit-elle.

— J'ai vu de la fumée, je me suis demandé ce qui se passait.

Elle leva les yeux et constata que le vent emportait la fumée en direction du verger.

— J'espère que cela ne vous a pas inquiété. Nous avons prévenu les pompiers que nous organisions un feu ce soir.

Trois filles passèrent à toute vitesse derrière Eden et Chase. Chase jeta un coup d'œil dans leur direction et les filles ricanèrent.

Eden sourit et demanda :

— Combien de temps vous a-t-il fallu pour maîtriser ça ?

Chase se retourna vers Eden.

— Pour maîtriser quoi ?

— Ce charme irrésistible qui fait des ravages auprès de toute la gent féminine.

— Ah ce charme ? C'est de naissance.

Il lui fit un large sourire. Eden éclata de rire, sans pouvoir se contrôler. Elle croisa ensuite les bras et recula un peu.

— Il commence à faire très chaud près du feu.

Chase regarda les flammes en se remémorant son passé.

— Tous les ans, pour Halloween, nous faisions un feu de camp. Mon père sculptait la plus grande citrouille qu'il réussissait à trouver et fabriquait des épouvantails à partir de vieilles salopettes et de chemises de flanelle rembourrées de paille. Une année, il s'est déguisé en cavalier sans tête. Tous les enfants du quartier en ont eu la chair de poule.

Il se demanda pourquoi il n'avait jamais pensé avant ce soir à perpétuer cette tradition de Halloween.

— Ma mère donnait une pomme d'amour à chaque enfant, puis nous nous asseyions près du feu et nous racontions des histoires qui font peur. En y repensant, il me semble que mon père s'amusait encore plus que nous.

En imaginant ces fêtes de Halloween, Eden esquissa un nouveau sourire. Les Halloween de son enfance étaient bien différents : elle se souvint de ses déguisements de princesse ou de ballerine et des fêtes costumées. Elle en gardait des souvenirs agréables, mais elle ne put s'empêcher de regretter, l'espace d'un instant, de ne pas avoir assisté à des feux de camp de Halloween en présence du cavalier sans tête.

— Cela va peut-être vous sembler un peu bête, mais j'étais aussi impatiente que les filles de faire le feu de camp ce soir, lui confia-t-elle.

— Non, je ne trouve pas ça bête, bien au contraire.

Il posa sa main sur la joue d'Eden. Elle se raidit. Sa peau était douce et chaude.

— Avez-vous pensé à moi ? demanda-t-il doucement.

Une fois encore, elle fut submergée par des sensations intenses et eut l'impression de flotter dans les airs.

— Je n'en ai pas eu le temps.

Elle se dit qu'elle ferait mieux de s'éloigner de lui, mais ses jambes restèrent immobiles. Elle entendait vaguement les accords de guitare et la voix de la chanteuse ; elle ne se souvenait plus vraiment de la mélodie ni des paroles de la chanson. Elle se sentait un peu désorientée. La seule chose dont elle était sûre, c'était qu'il avait posé sa main sur sa joue.

— C'est gentil de votre part d'être passé, commença-t-elle à dire pour reprendre ses esprits.

— Est-ce là une façon de me congédier ?

Avec désinvolture, il glissa sa main dans les cheveux d'Eden.

— Je suis sûre que vous avez plein de choses à faire.

Il lui caressait maintenant la nuque du bout des doigts, elle avait les nerfs à fleur de peau.

— Arrêtez.

Les ombres et les lumières des flammes dansaient sur son visage. Eden avait beaucoup occupé l'esprit de Chase récemment. Brusquement, une image s'imposa à son esprit, il se vit faisant l'amour avec elle au crépuscule, dans la chaleur du feu et les odeurs de fumée.

— Vous n'êtes pas revenue marcher près du lac.

— Encore une fois, je n'en ai pas eu le temps.

Elle n'arrivait pas à parler du ton ferme et assuré qui aurait convenu dans cette circonstance.

— Je suis responsable des fillettes et du camp, et…

— Vous n'assumez pas seule toutes les responsabilités, n'est-ce pas ?

Il souhaitait tant pouvoir de nouveau se promener avec elle, observer les étoiles et discuter. Il souhaitait tant goûter encore à ces délices, à cette innocence.

— Je suis un homme très patient, Eden. Vous ne pourrez pas m'éviter indéfiniment.

— C'est ce que vous pensez, murmura-t-elle.

Elle soupira ensuite en voyant Roberta se diriger droit vers eux.

— Salut ! s'écria Roberta.

Son visage était rayonnant.

— Bonsoir, Roberta, répondit-il en souriant.

Le sourire de la fillette s'élargit encore. De toute évidence, elle était ravie qu'il se soit souvenu de son prénom.

— Je remarque que tu prends soin de ta casquette à présent, continua-t-il.

Elle rit et releva légèrement la casquette sur son front.

— Mlle Carlbough a dit que si je retournais dans votre verger sans autorisation, elle la confisquerait une bonne fois pour toutes. Mais, vous pourriez peut-être nous inviter à visiter votre pommeraie. Ça serait instructif, non ?

— Roberta.

Eden fronça les sourcils et la foudroya du regard.

— Mlle Carlbough a dit que nous devions proposer des activités intéressantes et je pense que la visite d'une pommeraie constitue une activité intéressante, poursuivit-elle en prenant un ton de petite fille modèle.

— Merci de ton intérêt pour ma pommeraie, dit Chase. Nous allons réfléchir à cette idée.

— D'accord.

Satisfaite de cette réponse, Roberta présenta à Chase une chipolata noire et desséchée.

— J'ai cuit une saucisse pour vous ; il faut que vous mangiez quelque chose.

— Mmm ! Elle m'a l'air délicieuse.

Il mordit dedans à pleines dents et retint une grimace en constatant que l'intérieur n'était pas cuit.

— J'ai aussi pris des marshmallows et des bâtons pour vous deux, reprit la fillette. Je vous laisse les préparer vous-mêmes, c'est plus amusant.

— Merci beaucoup, s'exclamèrent ensemble Eden et Chase.

Roberta était à la transition entre l'enfance et l'adolescence. Elle commençait à voir clair dans le comportement des adultes.

— Si vous voulez être seuls pour vous embrasser et faire des câlins, vous pouvez aller dans les écuries, vous savez, il n'y a personne là-bas.

— Roberta ! Ça suffit ! cria Eden d'un ton autoritaire.

— Je dis ça parce que je sais que mes parents aiment être seuls, parfois, ajouta Roberta, imperturbable.

Elle sourit à Chase et lança avec une nuance de coquetterie dans la voix :

— Au revoir, et à bientôt j'espère.

— A bientôt, petite.

Roberta les quitta et s'en alla rejoindre ses amies en sautillant.

Eden tendit sa brochette de marshmallows vers les flammes. Chase se rapprocha d'elle.

— Voulez-vous que nous allions nous embrasser et faire des câlins ? demanda-t-il tout près de son oreille.

Eden rougit, mettant sa réaction sur le compte de la chaleur dégagée par le feu.

— Cela vous amuserait que Roberta rentre chez elle et raconte à sa famille qu'une des directrices du camp passait son temps dans les écuries avec un homme ? Ne pensez-vous pas que cela nuirait à la réputation de Camp Liberty ?

— Vous avez raison. Allons plutôt chez moi.

— Allez-vous-en, Chase.

— Je n'ai pas fini mon hot dog. Prenez-en un aussi, je déteste manger tout seul.

— Non merci. J'en ai déjà goûté un, ça m'a suffi.

— Venez dîner chez moi un soir prochain. Je vous promets que nous mangerons autre chose que des hot dogs. Si vous voulez vous pouvez me donner votre réponse demain.

— Nous n'en reparlerons pas demain. Ni demain ni jamais, d'ailleurs.

Eden était excédée.

— D'accord, il vaut mieux que nous ne nous voyions pas...

Sans même la laisser finir, il se pencha vers elle et déposa un baiser sur sa bouche. Plusieurs longues secondes s'écoulèrent avant qu'Eden ne reprenne ses esprits et s'éloigne de lui en reculant brusquement.

— Ne vous a-t-on jamais appris les bonnes manières ? dit-elle d'une voix étranglée.

— Pas vraiment.

En admirant une nouvelle fois ses yeux aussi bleus qu'un lac, il décida qu'il redoublerait d'efforts jusqu'à ce qu'elle cesse de réagir aussi négativement à ses travaux d'approche.

— Nous pouvons nous donner rendez-vous demain matin à 9 heures devant le portail d'entrée du verger.

— De quoi parlez-vous ?

— De la visite de la pommeraie. Ce sera très instructif, vous savez.

Il fit un large sourire et lui tendit sa brochette. Bien que l'air fût frais et léger par cette soirée d'été, Eden se sentit brusquement oppressée.

— Nous ne voulons pas vous déranger dans votre travail.

— Cela ne me dérange pas. Je vais également en toucher un mot à l'autre directrice, comme ça, vous pourrez vous organiser entre vous.

Eden prit une grande bouffée d'air.

— Vous vous croyez malin, n'est-ce pas ?

— Non, je suis très sérieux. Attention, Eden, votre marshmallow prend feu.

Il mit ses mains dans ses poches et s'en alla tandis qu'Eden soufflait de toutes ses forces sur sa friandise enflammée.

Elle avait souhaité qu'il pleuve ce matin-là, mais ce ne fut pas le cas, malheureusement. Une belle journée ensoleillée s'annonçait. Elle avait aussi espéré que Candy comprenne que cette idée de sortie ne l'enchantait pas, mais Candy avait trouvé que la visite de la pommeraie la plus prestigieuse du pays était une chance inespérée et elle s'était montrée très enthousiaste. Les filles du camp aimaient les changements de programme. Ainsi, seule Eden se rendait à contrecœur au domaine des Elliot ; le reste du groupe marchait d'un bon pas, dans la bonne humeur générale.

— Arrête de faire cette tête, on dirait que tu vas droit à l'échafaud.

Candy cueillit une petite fleur bleue sur le bord de la route et la mit dans ses cheveux.

— C'est une chance de pouvoir faire cette sortie, c'est super… pour les filles.

— C'est bon. Si tu n'avais pas déjà réussi à me convaincre que cette visite valait le déplacement, je ne serais pas ici.

— Tu es de mauvaise humeur.

— Non, je ne suis pas de mauvaise humeur, répliqua Eden, mais je n'aime pas qu'on me force la main.

Candy se pencha pour ramasser une autre fleur.

— Si un homme essayait de me persuader de faire quelque chose, je lui ferais croire que j'avais de toute façon l'intention d'agir de la sorte avant même qu'il ne tente de me convaincre. Je pense que tu devrais arriver devant lui le sourire aux lèvres et pleine d'entrain pour voir sa réaction.

— Peut-être.

Eden réfléchit et esquissa bientôt un sourire.

— Oui. Peut-être bien.

— Bien. A ce rythme-là, tu finiras peut-être par te rendre compte qu'il faut savoir parfois mentir et mettre son orgueil de côté.

— Si tu ne m'avais pas forcée à venir aujourd'hui, je n'aurais même pas eu à y réfléchir.

— Si tu veux mon avis, notre beau seigneur des pommes aurait fini par te trouver même si tu t'étais cachée. Il t'aurait attrapée et transportée sur ses larges épaules et tu n'aurais pas échappé à cette visite.

Candy s'arrêta de parler un instant et soupira.

— Maintenant que j'y pense, cela aurait été drôle à voir.

Eden imagina elle aussi la scène et cela n'eut pour effet que de la rendre d'humeur encore plus massacrante.

— Moi qui pensais que je pouvais compter sur ma meilleure amie.

— Bien sûr que tu peux compter sur moi.

Candy passa son bras autour des épaules d'Eden.

— Mais je me demande bien pourquoi tu as besoin de mon soutien alors qu'un homme superbe se meurt d'amour pour toi.

— Ça suffit !

Plusieurs fillettes se retournèrent pour regarder Eden, surprises de l'avoir ainsi entendue hausser la voix. Eden baissa aussitôt d'un ton.

— Il n'aurait jamais dû m'embrasser devant tout le monde.

— Oui, je suppose que ce moment magique aurait été encore plus intense en privé.

— Si tu continues à m'énerver, il ne faudra pas que tu t'étonnes de trouver une couleuvre au milieu de tes sous-vêtements.

— Demande-lui s'il a un frère, ou un cousin. Ou même un oncle. Ah, nous sommes arrivées. N'oublie pas : souris et tiens-toi bien, comme une gentille fille.

— Tu me le paieras un jour, lui dit Eden à voix basse,

je ne sais pas encore quand ni comment, mais je t'assure que tu me paieras ça.

Le groupe s'arrêta à l'endroit où la route bifurquait. Sur la gauche se trouvait un portail composé de deux piliers en pierre et d'une arche en fer forgé sur laquelle on pouvait lire un nom en grosses lettres : ELLIOT. De chaque côté des deux piliers s'étendait un mur épais d'environ deux mètres de haut. Le mur était ancien et solide. Eden pensa que les générations d'Elliot qui avaient précédé celle de Chase craignaient, elles aussi, qu'on ne respecte pas leur propriété privée.

La route d'accès à la propriété était bien entretenue. Elle sillonnait le flanc d'une colline et disparaissait au loin. Des chênes, encore plus vieux et plus robustes que le mur, bordaient la route.

Eden admira l'aspect symétrique du paysage, comme elle l'avait déjà fait la première fois qu'elle s'était trouvée dans le bosquet. Elle songea que ces pierres, ces arbres et même cette route étaient là depuis des générations. Elle comprenait que Chase soit fier de sa propriété. Il y a peu de temps encore, elle aussi possédait un vaste patrimoine.

Il surgit alors de derrière un arbre. Vêtu d'un T-shirt et d'un jean, il paraissait svelte et très à l'aise. Eden remarqua qu'il avait un peu transpiré. Il avait déjà travaillé ce matin-là, avant que le groupe n'arrive. Eden baissa ensuite son regard vers ses mains, fortes et habiles, et tellement douces quand elles caressaient la peau d'une femme.

Il ouvrit le portail.

— Bonjour, mesdemoiselles.

— Qu'il est beau ! murmura l'une des monitrices.

Eden l'entendit et se souvint des conseils de Candy. Elle redressa la tête et les épaules, et afficha un sourire resplendissant.

— Les enfants, je vous présente M. Elliot. C'est le propriétaire du verger que nous allons visiter aujourd'hui. Merci de nous avoir invitées, monsieur Elliot.

— Tout le plaisir est pour moi, mademoiselle Carlbough.

Une clameur confuse monta du groupe lorsqu'un grand chien au poil beige et brillant apparut brusquement. Il regarda le groupe de ses grands yeux tristes avant d'aller se coller contre la jambe de Chase. Eden se dit qu'un chien de cette taille pourrait facilement renverser un homme plus petit que Chase. Selon elle, il ressemblait plus à un fauve qu'à un animal de compagnie.

— Lui, c'est Squat. Aussi surprenant que cela puisse paraître, c'était le plus faible de la portée. Il est un peu peureux.

— Il n'est pas méchant, n'est-ce pas ? demanda Candy, en regardant Squat donner un énorme coup de queue sur le sol.

— C'est un timide, surtout en présence de filles.

Chase les dévisagea et ajouta :

— En particulier quand elles sont aussi jolies que vous toutes. Si cela ne vous dérange pas, Squat aimerait nous accompagner pendant la visite.

— Il est beau, s'exclama aussitôt Roberta.

Elle s'avança vers le chien et lui donna de petites tapes sur la tête.

— Je vais marcher à côté de toi, Squat.

A ces mots, le chien se leva pour prendre la tête du groupe.

Eden découvrit les multiples facettes de l'activité de récoltant de pommes, qui ne se limitait pas à la cueillette des fruits mûrs et à leur mise en cageots. Chase expliqua que la récolte s'étalait sur plusieurs mois de l'année, du début de l'été à la fin de l'automne, en raison des diverses variétés produites. Les pommes n'étaient pas seulement destinées à être mangées ou cuisinées. Les trognons et les pelures servaient à la fabrication du cidre ou étaient séchés et expédiés en Europe, où ils entraient dans la composition de certains vins mousseux.

Alors que le groupe marchait, le parfum des fruits mûrs parvint aux narines des filles et fit envie à plus d'une d'entre elles. Eden songea au fruit défendu et s'arrangea pour garder un œil sur les fillettes, se souvenant que cette visite avait un but uniquement pédagogique.

Chase expliqua que les arbres à maturité rapide étaient plantés entre ceux au développement plus lent et qu'ils étaient ensuite coupés lorsqu'il était nécessaire de libérer de l'espace. Eden se rendit compte qu'il s'agissait d'une activité bien organisée où tout était prévu pour une productivité maximale. Au printemps, les pommiers en fleur apportaient une touche d'enchantement à cette activité.

Sous les yeux des fillettes, de nombreux saisonniers récoltaient les fruits. Chase répondit aux multiples questions des adolescentes.

— On dirait qu'elles ne sont pas mûres, fit remarquer Roberta.

— Elles ont atteint leur taille maximale.

Chase prit une pomme et appuya son autre main sur l'épaule de Roberta.

— Le processus de maturation du fruit n'est pas encore terminé, mais la pomme n'a plus besoin de l'arbre pour mûrir. Le fruit est encore dur, mais les pépins sont déjà marron, regardez.

Il coupa la pomme en deux à l'aide d'un canif.

— Les pommes que nous récoltons maintenant sont d'une qualité supérieure par rapport à celles qui restent plus longtemps sur l'arbre.

Chase vit que Roberta mourait d'envie de croquer une

pomme et il lui tendit la moitié du fruit qu'il venait de couper. Squat se chargea de ne faire qu'une bouchée de l'autre moitié.

— Vous avez peut-être envie de cueillir des pommes vous-mêmes ?

Un chœur d'acclamations joyeuses s'éleva du groupe. Devant un tel enthousiasme, Chase s'approcha d'un arbre afin de leur montrer comment procéder.

— Arrachez la pomme en tordant la tige. Ne cassez pas les branches qui portent les fruits.

Aussitôt, les filles se dispersèrent autour de plusieurs arbres et Eden se retrouva seule face à Chase. Dès lors, elle perdit tous ses moyens. Pourquoi réagissait-elle ainsi ? Etait-ce parce qu'il avait l'air si heureux de se retrouver en sa compagnie ?

— Votre métier est passionnant, lui dit-elle en se reprochant aussitôt d'avoir énoncé une telle banalité.

— Je l'aime beaucoup.

— Je...

Elle chercha une question pertinente à lui poser.

— Je suppose que vous expédiez les fruits très rapidement afin d'éviter qu'ils ne se détériorent.

Chase savait qu'elle ne s'intéressait pas plus aux pommes que lui à ce moment précis, mais il se prêta au jeu des questions-réponses.

— Les pommes sont placées dans un entrepôt réfrigéré. J'aime lorsque vos cheveux sont relevés en arrière comme cela ; ça me donne envie d'enlever votre barrette pour les voir tomber sur vos épaules.

Elle sentit les battements de son cœur s'accélérer, mais décida de les ignorer.

— Et vous effectuez une série de tests pour contrôler la qualité ?

— Nous ne conservons que les meilleures pommes. Il faut qu'elles soient goûteuses, fermes et tendres à la fois.

Tout en disant cela, il la regardait et lui caressait doucement la nuque.

Eden se concentra sur sa respiration, mais laissa échapper un soupir.

— Restons-en au sujet qui nous intéresse, voulez-vous ?

— De quel sujet s'agit-il ? demanda-t-il en traçant le contour de son menton avec son pouce.

— Les pommes.

— J'aimerais faire l'amour avec vous dans le verger, Eden ; nous serions allongés dans l'herbe fraîche et le soleil se refléterait sur votre visage.

A cette seule évocation, elle sentit la terreur l'envahir.

— Veuillez m'excuser.

— Eden.

Il prit sa main. Il savait qu'il allait trop vite, qu'il allait trop loin, mais il ne pouvait pas s'en empêcher.

— Je vous désire. Peut-être trop.

Il parlait en murmurant, presque à voix basse, mais sa voix résonnait dans la tête d'Eden.

— Vous savez que vous ne devriez pas dire des choses pareilles. Si les enfants…

— Venez dîner avec moi.

— Non.

Elle décida de camper sur sa position. Elle ne se laisserait pas manipuler.

— Chase, mon travail m'occupe pratiquement vingt-quatre heures sur vingt-quatre, et ce pendant encore deux semaines. Même si je voulais dîner avec vous, ce qui n'est pas le cas, ce serait de toute façon impossible.

Son discours était sensé, mais Chase ne comptait pas

en rester là. Il lui était trop facile de trouver sans arrêt des excuses.

— Craignez-vous de vous retrouver seule avec moi ? Vraiment seule ?

C'était la vérité, pure et simple. Toutefois, Eden ne l'admit pas.

— Non mais vous rêvez !

— Je suis étonné que le camp ne puisse pas se passer de vous quelques heures dans la soirée.

— Vous ne savez pas ce que c'est que de diriger un camp.

— Je pense que les filles sont plus que largement encadrées avec votre associée et toutes les monitrices. Et je sais que votre dernier cours d'équitation a lieu à 16 heures.

— Comment…

— J'ai demandé à Roberta, répondit-il simplement. Elle m'a dit que vous dîniez à 18 heures, qu'ensuite il y avait une veillée entre 19 heures et 21 heures et que l'extinction des feux avait lieu à 22 heures. Quand les filles sont couchées, vous allez souvent voir les chevaux. Et parfois, vous montez à cheval la nuit, quand vous pensez que tout le monde dort.

Elle ouvrit la bouche, puis la referma, car elle ne savait plus quoi dire. Elle croyait que personne n'était au courant de ses petites expéditions nocturnes.

— Pourquoi vous promenez-vous seule à cheval la nuit, Eden ?

— Parce que j'en ai envie.

— Eh bien ce soir, j'aimerais que vous ayez envie de dîner avec moi.

Elle tenta de fixer son attention sur les fillettes qui cueillaient des pommes autour d'eux. Elle se dit qu'en se mettant en colère, elle attirerait tous les regards sur elle.

— Lorsque je décline vos invitations poliment, vous ne

semblez pas comprendre. Je vous répète pour la dernière fois qu'être en votre compagnie est la dernière des choses dont j'aie envie, que ce soit ce soir ou n'importe quand.

Il haussa les épaules et s'avança d'un pas.

— Dans ce cas, réglons cette histoire ici et maintenant.

— Vous ne...

Elle ne prit même pas la peine de finir sa phrase. Elle le connaissait désormais suffisamment bien pour savoir qu'il n'en ferait de toute manière qu'à sa tête. En jetant un coup d'œil furtif autour d'elle, elle s'aperçut que Roberta et Marcie, appuyées contre le tronc d'un pommier, profitaient joyeusement du spectacle tout en mangeant des pommes.

— Ça suffit. Arrêtez !

Elle avait toujours la ferme intention de lui résister.

— Je me demande vraiment pourquoi vous insistez tant pour dîner avec quelqu'un qui vous trouve aussi énervant.

— Moi aussi, je me le demande. Nous en reparlerons ce soir. Rendez-vous à 19 h 30.

Il tendit une pomme à Eden, puis se dirigea lentement vers Roberta.

L'espace d'une seconde, Eden songea à lancer la pomme sur lui mais elle se retint et préféra croquer dans le fruit à pleines dents.

5

Eden passa nerveusement la brosse dans ses cheveux qui se mirent en place délicatement, ondulant au niveau de ses épaules et formant de petites mèches autour de son visage. Pour ce rendez-vous, elle ne prendrait pas la peine de réaliser une coiffure sophistiquée comme elle en avait l'habitude auparavant lorsqu'elle sortait. Elle laisserait ses cheveux détachés, au naturel. De toute manière, si elle décidait de se coiffer soigneusement, il ne remarquerait probablement pas la différence.

Elle ne prit pas non plus la peine de mettre des bijoux. Elle garda simplement les perles qu'elle portait habituellement aux oreilles. Elle cherchait à paraître à la fois décontractée et présentable. Pour cela, elle avait enfilé un chemisier blanc avec de la dentelle au niveau des poignets, finition superflue à son goût. Elle mit une jupe bleue assortie à la chemise et se regarda dans le petit miroir fixé au mur. Son intention avait été de paraître sérieuse et sûre d'elle, et voilà que cette tenue lui donnait l'air innocent et fragile.

Pour que Chase comprenne qu'elle n'avait pas cherché à se faire belle pour lui, elle ne se maquilla presque pas. Par coquetterie, elle appliqua juste un peu de fard à joues et une touche de brillant à lèvres. Même si elle ne voulait pas paraître séduisante, ce n'était pas une raison pour être complètement négligée. Elle tendit le bras pour attraper un flacon de parfum, mais le reposa. Il se contentera de l'odeur du savon, se dit-elle. Elle se détourna du miroir au moment même où Candy ouvrait la porte de la cabane.

— Eh bien, dis donc !

Candy s'était arrêtée dans l'entrée. Elle examina Eden sous toutes les coutures.

— Tu es magnifique.

— Vraiment ?

Eden se regarda de nouveau dans le miroir, l'air gêné.

— Je ne cherchais pas vraiment à paraître magnifique. Je veux juste être présentable.

— Un rien t'habille. Moi, même si je mettais une tenue avec de la dentelle, je n'aurais pas l'air aussi gracieuse et soignée que toi.

Eden tira sur ses manches.

— Je savais que cette dentelle était ridicule. Je peux peut-être l'arracher.

— Non, surtout pas.

Candy se précipita sur Eden pour l'empêcher d'abîmer son chemisier.

— En plus, ce n'est pas la manière dont tu es habillée qui importe, mais la façon dont tu te comportes, tu ne crois pas ?

Eden tira une dernière fois sur la dentelle.

— Oui, c'est vrai. Candy, tu es sûre que vous n'avez pas besoin de moi ce soir ? Je peux encore inventer une excuse de dernière minute.

— Tout va bien, Eden, nous pouvons nous passer de toi sans problème.

Candy se laissa tomber sur son lit et éplucha la banane qu'elle avait à la main.

— Il n'y a aucun problème. Je suis venue dans la chambre pour faire une petite pause et m'empiffrer.

Elle mordit un énorme morceau de banane, comme pour illustrer son propos.

— Nous allons toutes nous réunir dans le réfectoire pour faire le point sur les CD dont nous disposons pour la grande fête. Et les filles veulent déjà commencer à répéter leurs chorégraphies pour le grand soir.

— Ce serait peut-être bien qu'il y ait une monitrice de plus dans le réfectoire pour les surveiller.

Candy secoua sa banane à moitié mangée en signe de désaccord.

— Elles vont toutes rester ensemble dans le réfectoire. Tu n'as pas de souci à te faire. Tu peux aller profiter de ton dîner la conscience tranquille. Vous allez manger où ?

— Je ne sais pas, répondit Eden en mettant des mouchoirs dans son sac, et ça m'est égal.

— Arrête, cela fait six semaines que nous mangeons l'ordinaire de la cantine, équilibré certes, mais pas fameux, il faut bien l'admettre. Tu dois être impatiente de déguster des mets un peu plus sophistiqués, non ?

— Non.

Eden ouvrit et referma son sac plusieurs fois de suite.

— J'ai simplement accepté son invitation pour éviter qu'il ne fasse une scène devant les filles.

Candy avala le dernier morceau de banane.

— En fin de compte, il sait comment s'y prendre pour arriver à ses fins, on dirait.

— Oui, jusqu'à présent il a réussi à obtenir ce qu'il voulait, mais à partir de ce soir, c'est terminé.

Eden referma son sac, d'un geste brusque.

Candy entendit une voiture s'approcher et s'appuya alors sur son coude pour se redresser. Elle remarqua qu'Eden, nerveuse, se mordillait la lèvre inférieure et lui lança d'un ton joyeux :

— Allez, bon courage.

Eden, la main sur la poignée de la porte, hésita un instant.

— Parfois je me demande de quel côté tu es, du sien ou du mien.

— Du tien, Eden, bien sûr.

Candy s'étira et esquissa un pas de danse.

— Je serai toujours de ton côté, tu le sais bien.

— Je ne vais pas rentrer tard, précisa Eden.

Candy sourit, mais se retint de faire un commentaire.

Eden sortit de la cabane, essayant d'adopter une attitude froide et indifférente.

Dès qu'il la vit, Chase eut le souffle coupé. Le soleil, qui ne se coucherait pas avant une bonne demi-heure, posait des reflets dorés dans ses cheveux. La jupe d'Eden tournoyait autour de ses longues jambes bronzées. Elle avait le menton levé, en signe de défi ou de colère, ce qui permit à Chase d'admirer toute l'élégance de son port de tête.

Son désir pour elle s'intensifia dès qu'elle s'approcha de lui.

Eden jeta à Chase un regard surpris. Elle ne s'attendait pas à ce qu'il soit aussi bien habillé et avait sous-estimé ses goûts vestimentaires. La veste qu'il portait mettait en valeur les muscles de ses bras et sa belle carrure. Sa chemise était assortie à la couleur de ses yeux. Il avait laissé les premiers boutons ouverts sur le haut de son torse. Il lui sourit doucement et Eden répondit automatiquement à ce sourire.

— Vous êtes comme je l'avais imaginé, lui dit-il.

En réalité, il avait craint qu'elle change d'avis et ne veuille plus sortir, et il avait réfléchi à la façon dont il aurait dû s'y prendre si elle s'était enfermée dans une cabane et avait refusé de le voir.

— Je suis heureux que vous ne m'ayez pas déçu.

— Je n'ai qu'une parole, lui dit-elle.

Elle se tut lorsqu'il lui tendit un bouquet de fleurs des champs qu'il venait de cueillir au bord de la route. Elle tenta de se maîtriser; elle ne devait pas succomber à son charme. Pour dissimuler ses émotions, elle enfouit son visage dans les fleurs odorantes.

Chase se souviendrait à jamais de cette vision d'Eden tenant le bouquet de fleurs sauvages à deux mains. Elle semblait à la fois heureuse et confuse, et le regardait discrètement en se cachant derrière le bouquet.

— Merci.

— De rien.

Il prit l'une de ses mains et la baisa. Elle aurait dû l'en empêcher. Toutefois, son geste semblait très naturel, comme dans un rêve. Eden, troublée, s'approcha de lui, mais des petits rires vinrent rompre le charme.

Aussitôt, elle voulut retirer sa main.

— Les fillettes.

Elle jeta un coup d'œil autour d'elle et eut le temps d'apercevoir une casquette, à l'angle d'une cabane.

— Eh bien donnons-leur le spectacle qu'elles attendent, dit Chase en retournant la main d'Eden pour embrasser sa paume.

Eden sentit la chaleur monter en elle.

— Vous faites exprès de compliquer la situation.

Tout en disant cela, elle referma malgré tout sa main, comme pour capturer les sensations de ce baiser.

— Oui.

Il sourit. Il avait envie de la prendre dans ses bras, mais il se retint et savoura simplement l'instant présent.

— Si vous voulez bien m'excuser quelques minutes, je vais aller mettre les fleurs dans un vase, dit Eden.

— Je m'en charge, lança Candy, qui observait la scène depuis le perron.

Le regard furieux que lui jeta Eden n'impressionna pas Candy.

— Elles sont très jolies. Passez une bonne soirée.

— Merci.

Main dans la main, Chase et Eden se dirigèrent vers la voiture. Eden, qui avait le soleil dans les yeux, n'avait pas remarqué la magnifique Lamborghini blanche garée devant la cabane. Elle s'installa côté passager et se promit de rester sur ses gardes tout au long de la soirée.

Chase démarra et ils quittèrent le camp dans un vrombissement de moteur, tandis que les fillettes et les monitrices bien alignées le long du chemin leur faisaient au revoir de la main. Eden émit un petit rire, puis toussa immédiatement afin qu'il passe inaperçu.

— On dirait qu'il s'agit d'un des moments forts du camp de cet été.

Chase baissa la vitre et passa son bras hors de la voiture pour leur faire signe à son tour.

— Espérons que cette soirée sera aussi un événement marquant pour nous deux.

Intriguée par le ton sur lequel il avait prononcé cette phrase, Eden tourna les yeux vers Chase et remarqua son sourire ravageur. A cet instant précis, Eden se promit qu'elle allait rester sur ses gardes et qu'elle ne se laisserait surtout pas intimider par cet homme.

Elle s'appuya confortablement contre le dossier de son siège, décidée à passer malgré tout une bonne soirée.

— Ça fait des semaines que je n'ai pas mangé un repas servi autrement que sur un plateau de cafétéria.

— Il n'y aura pas de plateau ce soir.

— C'est une bonne nouvelle !

Elle rit en songeant qu'elle pouvait se le permettre. Après tout, rire ne voulait pas dire qu'elle était en train de s'amuser en sa présence.

L'air qui s'engouffrait dans le véhicule par la vitre entrouverte était aussi odorant que les fleurs que Chase avait offertes à Eden. Elle inclina légèrement la tête en arrière pour profiter pleinement de la brise qui caressait son visage.

— On est bien dans cette voiture. Il faut dire que je m'attendais à monter dans une camionnette plutôt que dans une voiture de sport.

— Les gens de la campagne savent aussi apprécier les belles voitures.

— Ce n'est pas ce que je voulais dire.

Eden était prête à s'excuser, mais elle vit qu'il souriait.

— De toute façon, je suppose que vous vous moquez bien de ce que je pense, conclut-elle.

— Je sais qui je suis, ce que je veux et ce dont je suis capable.

Il ralentit dans un virage. Leurs regards se croisèrent brièvement.

— Mais l'avis de certaines personnes compte beaucoup pour moi. En tout cas, je préfère vivre au grand air que passer mon temps coincé dans les embouteillages, pas vous Eden ?

— Je ne sais pas, vraiment.

Cette question laissa Eden songeuse. En quelques semaines, ses priorités et ses projets avaient changé du tout au tout. Réfléchissant aux bouleversements qu'avait connus sa vie, elle faillit ne pas remarquer qu'ils venaient de franchir le portail de la propriété des Elliot.

— Où allons-nous ?

— Nous allons dîner.

— Dans le verger ?

— Chez moi.

Il ralentit et roula doucement dans l'allée qui menait à la propriété.

Eden tenta de faire abstraction de la légère appréhension qu'elle ressentait. La soirée n'allait pas se dérouler comme elle l'avait imaginée. Dans un restaurant, elle se serait sentie en sécurité au milieu de nombreuses autres personnes. Mais là…

Elle se reprocha aussitôt sa réaction. Après tout, elle n'allait tout de même pas avoir peur d'un dîner en tête à tête, elle qui avait dû assister à d'innombrables dîners tout au long de sa jeunesse et savait si bien se comporter en société. Pourtant elle n'arrivait pas à se débarrasser du sentiment d'inquiétude qui l'avait saisie. Dîner seule en compagnie de Chase allait être une expérience singulière. Il fallait qu'elle s'y oppose, mais la voiture avait déjà passé le sommet de la colline et la maison était désormais en vue.

Il s'agissait d'une vieille demeure en pierres de la région, extraites des montagnes voisines. Sa façade avait été érodée par le temps. Au premier abord, elle semblait grise, mais en y regardant de plus près, on distinguait des touches de couleurs ambre, brune, rousse et terre de Sienne. Le soleil était encore suffisamment haut dans le ciel pour faire scintiller les éclats de quartz et de mica. La bâtisse comportait trois étages. Au deuxième étage, un magnifique balcon orné de plusieurs pots de géraniums surplombait une rocaille. Eden respira à pleins poumons la bonne odeur qui émanait de ce jardin. La brise du soir faisait danser des pétunias, plantés dans un petit fût en séquoia.

Un grand escalier en pierre, dont les marches étaient plus usées au centre, menait à plusieurs portes-fenêtres donnant sous la véranda. Eden avait imaginé la maison autrement, mais elle n'était pas déçue par ce qu'elle découvrait.

En approchant de la maison, Chase se sentit plus nerveux qu'à son habitude. Près de lui, Eden ne disait pas un mot. Il coupa le moteur de la voiture et elle resta silencieuse pendant qu'il sortait et faisait le tour du véhicule pour venir ouvrir sa portière. Il mourait d'envie de savoir ce qu'elle pensait de sa maison.

Elle lui tendit la main pour descendre de voiture, un geste qui pour elle était naturel, puis elle se tint à ses côtés et regarda la demeure qui appartenait à la famille de Chase depuis toujours.

— Chase, votre maison est magnifique. Je comprends pourquoi vous l'aimez tant.

— C'est mon arrière-grand-père qui l'a bâtie.

La tension qui depuis un moment lui bloquait la nuque se dissipa sans même qu'il s'en aperçoive.

— Il a même extrait une partie des pierres de la carrière lui-même. Il voulait une construction à l'épreuve du temps et qui porterait à jamais son empreinte.

La gorge d'Eden se serra et ses yeux s'emplirent de larmes à la pensée de la maison qui avait appartenu à sa famille durant de nombreuses générations et qu'elle avait été contrainte de vendre. Elle sut que Chase allait lire le chagrin sur son visage et qu'elle allait devoir mettre sa fierté de côté et lui expliquer cet épisode douloureux de sa vie.

En effet, il s'aperçut immédiatement de son changement d'humeur.

— Que se passe-t-il, Eden ?

— Rien.

Elle préféra garder pour elle les raisons de sa tristesse, estimant que ses blessures lui appartenaient en propre.

— Je pensais simplement que certaines traditions sont vraiment précieuses et cela m'a émue.

— Votre père vous manque toujours.

— Oui.

Elle reprit le contrôle de ses émotions.

— J'aimerais voir l'intérieur de la maison.

Il hésita un instant, car il savait qu'elle lui cachait quelque chose et qu'elle était peut-être sur le point de lui en dire plus. Mais il se résolut finalement à attendre, contenant son impatience grandissante. Il faudrait bien qu'à un moment, elle cesse de reculer et fasse enfin un pas vers lui.

Toujours main dans la main, ils gravirent les marches de l'escalier extérieur. A côté de la porte d'entrée, Squat dormait, grosse boule de fourrure couleur abricot. Les bruits de pas ne perturbèrent pas son sommeil et il continua à ronfler.

— Ne devriez-vous pas attacher ce dangereux chien de garde ?

— Je pense que les voleurs n'oseront jamais s'approcher de lui.

Chase attrapa Eden par la taille et contourna le chien en la serrant contre lui.

Il faisait bon dans le vestibule ; les pierres de la façade maintenaient une agréable fraîcheur à l'intérieur de la maison. Le haut plafond aux poutres apparentes donnait une impression d'espace infini à la pièce. Un tableau de Monet attira l'attention d'Eden, mais avant qu'elle puisse faire un commentaire au sujet de la peinture, Chase ouvrit une porte en acajou et la fit entrer dans une vaste pièce éclairée par des fenêtres ouvrant sur l'est et l'ouest.

Eden songea immédiatement qu'il devait être fort agréable de s'asseoir sur le rebord de l'une ou l'autre des fenêtres pour regarder, selon les heures, le soleil se lever ou se coucher. La décoration de la pièce, dont les tons de bleu allaient du plus clair au plus foncé, procurait une intense sensation de bien-être. Des antiquités étaient exposées sur de petits tapis tissés à la main. Un bouquet de fleurs était joliment arrangé dans un très beau vase. Eden ne s'attendait pas à un intérieur aussi soigné chez ce célibataire de la campagne.

Elle traversa la pièce et s'approcha d'une des fenêtres. Les rayons obliques du soleil faisaient de l'ombre au bâtiment dans lequel il les avait emmenées pendant la visite de la pommeraie. Elle se rappela les tapis roulants, les ouvriers s'activant à trier et à emballer les pommes, et le bruit qui montait des machines.

Elle soupira sans trop savoir pourquoi.

— Je suppose que la vue est très plaisante lorsque le soleil commence à se coucher.

— Oui, je ne me lasse pas de l'admirer, répliqua Chase.

Chase se trouvait juste derrière elle. Cette fois, elle resta détendue lorsqu'il mit ses mains sur ses épaules. Il avait été agréablement surpris de la voir se diriger instinctivement vers cette fenêtre et regarder précisément ce qu'il voulait lui montrer. Il n'oubliait pas qui elle était ni d'où elle venait.

— Il n'y a pas de salle de concert ni de musée ici, lui fit-il remarquer.

Il massait doucement ses épaules. Eden eut l'impression qu'il commençait à sembler impatient. Elle se retourna.

— Mais on peut vivre sans, continua-t-il. Et on peut aller en ville de temps en temps si on le souhaite, puis revenir ici.

Machinalement, Eden tendit sa main vers le front de Chase pour remettre en place une mèche de cheveux. Chase attrapa cette main.

— Chase, je...

— Trop tard, murmura-t-il.

Il embrassa chacun des cinq doigts de sa main, un par un.

— C'est trop tard pour vous et c'est trop tard pour moi aussi.

Eden avait du mal à donner libre cours à ses émotions. Pourtant, elle désirait de toutes ses forces le laisser entrer dans son existence et lui faire confiance. Ce qui la terrifiait le plus c'est qu'elle se sentait vulnérable.

— S'il vous plaît, arrêtez. Nous sommes en train de commettre une erreur.

— Vous avez sans doute raison.

Il savait lui aussi que ce n'était pas raisonnable, pourtant il écarta les lèvres et embrassa le poignet d'Eden. Au diable la raison ! pensa-t-il.

— Tout le monde a droit à l'erreur.

— Ne m'embrassez pas maintenant.

Elle leva une main et saisit la chemise de Chase.

— Il faut que je réfléchisse, poursuivit-elle.

— Vous pouvez réfléchir pendant que je vous embrasse.

Il colla sa bouche, si douce, contre la sienne. « Trop tard », avait-il dit. Ces deux mots résonnaient dans la tête d'Eden. Elle posa ses mains sur le visage de Chase et se laissa aller à la tentation, car c'est ce qu'elle désirait vraiment et toutes les excuses auxquelles elle songeait pour étouffer ce désir étaient vaines. Elle voulait se serrer contre Chase et se perdre dans un rêve infini.

Elle passa la main dans les cheveux de Chase. Il se refréna pour ne pas la bousculer. Il avait envie d'elle, mais devait tempérer ses ardeurs pour gagner sa confiance. Lorsqu'il l'avait rencontrée pour la première fois, il avait pensé que la séduire serait pour lui un défi ou un jeu. Désormais, il savait au fond de lui qu'elle comptait énormément et qu'elle ne serait pas qu'une simple aventure d'un été. Il la désirait plus que tout.

Le soleil disparaissait progressivement au loin, derrière les collines.

Eden se serra contre Chase et entrouvrit la bouche.

— Chase.

Les battements de son cœur s'emballaient. Elle tremblait. Un mélange curieux de panique et d'excitation était né en elle et s'était progressivement emparé de tout son être. Comment oublier la peur et laisser monter la fièvre ?

— Chase, s'il vous plaît.

Il dut se résoudre à s'écarter d'elle. Il ne voulait pas que cela aille trop vite ni trop loin entre eux. Peut-être avait-il inconsciemment provoqué ce rapprochement. Peut-être avait-il cherché à obtenir ainsi les réponses aux questions qu'ils se posaient tous les deux.

— Le soleil se couche. La couleur du ciel va bientôt changer.

Il l'invita à se retourner pour regarder par la fenêtre. Elle s'estima heureuse qu'il lui laisse ainsi le temps de se remettre de ses émotions. En y repensant plus tard, elle se rendrait compte de l'effort que cela avait dû représenter pour lui.

Ils restèrent face à la fenêtre un moment sans parler, contemplant les teintes rosées du ciel au-dessus des collines.

Eden sursauta en entendant quelqu'un tousser ostensiblement derrière eux.

— Excusez-moi.

Un homme se tenait dans l'embrasure de la porte. Il était à peine plus grand qu'Eden, mais sa forte corpulence lui donnait une puissance impressionnante. Il avait une barbe grisonnante qui descendait jusqu'au premier bouton de sa chemise rouge à carreaux. Un réseau de fines rides entourait ses yeux qu'il plissa en souriant.

Il s'inclina légèrement pour saluer Eden et dit à l'attention de Chase.

— Le dîner est prêt. Je vous suggère de passer à table avant qu'il ne refroidisse.

— Eden, je vous présente Delaney.

Chase savait que Delaney avait déjà deviné ce qui se passait.

— Delaney sait cuisiner, moi non, c'est pourquoi je ne peux pas me passer de lui.

Delaney rit en entendant ces mots.

— Ce n'est pas pour ça qu'il ne me met pas à la porte. C'est parce que c'est moi qui le mouchais et qui lui nouais ses lacets quand il était petit.

— C'était il y a près de trente ans, tout de même !

Eden sentit le mélange d'affection et d'agacement qui caractérisait l'échange entre les deux hommes. Elle était contente de constater que certaines personnes réussissaient à agacer Chase Elliot.

— Enchantée de faire votre connaissance, monsieur Delaney.

— Appelez-moi Delaney, madame. Pas monsieur Delaney.

Il tira sur sa barbe et dit à Chase en souriant :

— Mademoiselle est bien jolie. Vous avez fait un excellent choix. Voilà une femme dont la beauté vous ravira chaque matin.

Il se détourna en marmonnant :

— Le dîner va être froid.

Puis il se retira.

Par politesse, Eden était restée silencieuse pendant que Delaney parlait. Maintenant qu'il avait quitté la pièce, il lui suffit de regarder le visage de Chase pour pouffer de rire. Chase n'avait qu'une envie : faire avaler sa barbe à Delaney.

— Je suis content que cela vous amuse.

— Je suis ravie parce que c'est la première fois que vous restez sans voix devant moi. En outre, ses propos à mon égard m'ont fait très plaisir.

Elle lui prit la main.

— Allons-y, il ne faut pas le contrarier.

Alors qu'elle se dirigeait vers la salle à manger, Chase la prit par le bras et l'entraîna vers la véranda. Deux grands ventilateurs étaient fixés au plafond, balayant l'air qui entrait par les vitres entrebâillées. De petits carillons tintinnabulaient près des pots de fuchsias.

— Votre maison regorge de surprises, s'exclama Eden en regardant les fauteuils bien rembourrés et la table de verre et d'osier. Chaque pièce semble une invitation à la détente, ajouta-t-elle.

La table avait été dressée avec de la vaisselle en grès coloré. Il ne faisait pas encore tout à fait nuit, mais deux grandes bougies avaient déjà été allumées. Une rose était posée à côté de l'assiette d'Eden.

Comme c'est romantique, songea-t-elle. Jadis, elle avait souvent rêvé d'un moment pareil, mais elle savait qu'il lui fallait se méfier. Quoi qu'il en soit, elle prit la rose et sourit à Chase.

— Merci beaucoup.

Chase tira la chaise d'Eden et l'invita à s'asseoir avant de prendre place à son tour.

Delaney fit alors irruption dans la pièce, un énorme plateau entre les mains.

— J'espère que vous avez faim, lança-t-il. Cela ne ferait pas de mal à mademoiselle de prendre un peu de poids.

Personnellement, j'ai toujours préféré les femmes bien en chair.

Tout en parlant, il commença à leur servir une salade composée très appétissante.

— Ensuite, je vous ai préparé ma spécialité, le poulet façon Delaney. En dessert, il y a de la tarte aux pommes et des biscuits.

Il plaça assez brusquement une bouteille de vin dans un seau à glace.

— Voici le vin que vous souhaitiez.

Delaney jeta un dernier coup d'œil en direction de la table et parut satisfait.

— Je crois que tout est là, je vous laisse. Ne laissez pas refroidir le poulet.

Il se dirigea vers la porte et la laissa se refermer derrière lui.

— Delaney est un sacré personnage, n'est-ce pas ?

Chase sortit la bouteille du seau et versa du vin dans leurs deux verres.

— Il est assez surprenant, en effet, convint Eden.

Elle se demandait comment les mains calleuses de Delaney avaient pu produire des mets aussi délicats.

— Il fait les meilleurs biscuits de Pennsylvanie.

Chase leva son verre et trinqua avec Eden.

— Et nul ne sait préparer un meilleur rôti de bœuf en croûte que lui.

Eden but une petite gorgée de vin. Il était frais et légèrement acide. Elle mangea ensuite un peu de salade.

— Ne le prenez pas mal, mais je l'imagine plus en train de faire griller de la viande au barbecue que de réaliser un plat aussi raffiné que de la viande en croûte…

— Les apparences sont parfois trompeuses, conclut Chase.

Eden sembla apprécier ce qu'elle mangeait et Chase en fut heureux.

— Aussi loin que je puisse me souvenir, Delaney a toujours préparé les repas ici. Il vit dans une petite maison qu'il a construite avec l'aide de mon grand-père il y a une quarantaine d'années. Il fait pratiquement partie de la famille.

A cet instant, il lut de nouveau de la tristesse dans les yeux d'Eden. Il avança son bras le long de la table pour toucher sa main et la réconforter.

— Eden ?

Rapidement, presque brusquement même, elle déplaça sa main et se remit à manger.

— C'est délicieux. Chez moi, à Philadelphie, ma tante serait prête à kidnapper votre Delaney pour qu'il lui fasse la cuisine.

Chase nota qu'elle disait encore « chez moi » en évoquant Philadelphie.

Tous deux se régalèrent en mangeant le poulet. Le dîner se passa bien. Pourtant, ils semblaient ne pas avoir grand-chose en commun. Elle aimait la poésie et lui les romans policiers. Elle aimait la musique classique et lui préférait le rock. Mais cela avait peu d'importance.

La lumière rose du crépuscule traversait les vitres de la véranda et les bougies se consumaient doucement. La belle robe du vin dans les verres en cristal donnait envie de reprendre une gorgée de ce breuvage.

Ils entendirent le cri d'une caille dehors.

— C'est un joli chant.

Eden semblait apaisée.

— Quand tout est calme le soir au camp, on entend les oiseaux chanter. Un engoulevent a décidé de faire retentir son chant juste devant la fenêtre de notre cabane. Il revient chaque soir et il est aussi ponctuel qu'une horloge.

— Nous avons tous nos petites habitudes, murmura-t-il.

Il se demanda quelles étaient autrefois les habitudes d'Eden et en quoi elle avait changé aujourd'hui. Il prit sa main et la retourna pour regarder sa paume. Les callosités avaient durci.

— Vous n'avez pas suivi mon conseil.

— Lequel ?

— Celui de porter des gants.

— Je n'ai pas jugé cela nécessaire. En plus…

Elle ne finit pas sa phrase et préféra prendre une gorgée de vin.

— En plus quoi ?

— Cela prouve que j'ai fait quelque chose.

Elle pensa aussitôt qu'il allait se moquer d'elle, mais il n'en fit rien. Il passa délicatement son pouce sur sa peau durcie et la regarda.

— Allez-vous repartir ?

— Repartir ?

— A Philadelphie.

Chase ne pouvait pas deviner qu'elle faisait tout son possible précisément pour ne pas y penser. Elle lui répondit simplement :

— Le camp ferme ses portes la dernière semaine d'août. Où irais-je sinon à Philadelphie ?

Il lâcha sa main et elle se sentit un peu abandonnée.

— Il faut parfois bien réfléchir aux différentes opportunités qui s'offrent à nous.

Il se leva et Eden serra les poings. Il s'avança d'un pas vers elle et son cœur fit un bond dans sa poitrine.

— Je reviens tout de suite, dit-il.

Seule, Eden poussa un long soupir. Qu'espérait-elle ?

Qu'attendait-elle de lui ? Elle se leva. Ses jambes étaient un peu chancelantes, peut-être à cause du vin. L'alcool aurait dû la réchauffer, or elle frissonnait. Elle frictionna ses bras pour stopper ces tremblements.

A présent, le ciel était devenu bleu foncé, avec une touche de pourpre au loin. Elle fixa l'horizon, en essayant d'oublier que le firmament allait être encore plus beau, dès que les étoiles feraient leur apparition.

Qui sait, peut-être contempleraient-ils de nouveau les astres ensemble. Ils observeraient le ciel et dessineraient dans le vide les figures qu'ils verraient. Alors, elle aurait de nouveau le sentiment que leurs rêves étaient identiques.

Elle posa sa main sur ses lèvres et tenta péniblement de mettre fin à ces pensées. La soirée avait été plus agréable que ce qu'elle n'avait imaginé. Malgré leurs différences, elle trouvait qu'ils avaient tous deux beaucoup de points communs. Il savait se montrer doux et l'attendrir quand elle s'y attendait le moins. Enfin, quand il l'embrassait, c'était comme si plus rien d'autre n'avait d'importance.

D'un coup, elle mit ses mains autour de ses avant-bras et serra fort. Elle venait de se rendre compte qu'elle idéalisait de nouveau la situation. Alors qu'elle commençait à peine à mettre de l'ordre dans sa vie, elle ne pouvait se permettre d'envisager que Chase en fasse partie.

C'est alors qu'elle entendit une douce musique, un morceau qu'elle ne connaissait pas, mais qui suscita en elle une vive émotion. Elle se dit qu'elle ferait mieux de quitter cet endroit au plus vite, car elle s'était laissé charmer par l'atmosphère romantique de la soirée : la belle demeure, le bon vin et le magnifique coucher du soleil… Et par Chase lui-même. Elle entendit ses pas et se retourna. Elle allait lui dire qu'il était temps pour elle de rentrer. Elle allait le remercier pour la soirée et… s'enfuir.

Elle se tenait debout à côté de la table ; les flammes des deux bougies vacillaient et formaient des ombres sur sa peau. La nuit tombait et le parfum des rosiers sauvages embaumait la pièce.

Chase trouva qu'elle ressemblait à un ange et se demanda si elle n'allait pas disparaître une fois qu'elle serait dans ses bras.

— Chase, je crois que je ferais mieux de...

— Chut.

Non, elle était bien réelle et elle n'allait pas disparaître. Il s'approcha d'elle, prit une de ses mains et glissa l'autre autour de sa taille. Elle résista un instant, puis suivit ses mouvements.

— Ce qu'il y a de merveilleux avec la musique, c'est qu'elle nous donne envie de danser.

— Je ne connais pas cet air.

Eden appréciait cet instant d'abandon dans ses bras alors que l'obscurité se faisait de plus en plus intense.

— La chanson parle d'un homme et d'une femme, et de leur passion. Les plus belles chansons sont des chansons d'amour.

Elle ferma les yeux. Elle sentait la main de Chase fermement posée sur sa taille. Il sentait le savon, mais ce savon avait une odeur typiquement masculine. Voulant goûter à ce parfum, elle inclina la tête de sorte que ses lèvres se posent sur son cou.

Elle constata avec surprise que le cœur de Chase battait très rapidement. Oubliant sa réserve, elle se blottit encore plus contre lui et sentit son pouls s'emballer davantage. Ses propres battements de cœur s'étaient accélérés eux aussi. Elle poussa un soupir de plaisir et parcourut le cou de Chase du bout des lèvres.

Il voulut l'empêcher de continuer, car il s'était promis de

ne pas laisser leur amour s'enflammer trop vite afin qu'ils puissent tous deux rester maîtres de la situation. Et voilà qu'elle se serrait tout contre lui, en lui frôlant le cou avec sa bouche... Tant pis ! Chase cessa de résister.

Ils s'embrassèrent fougueusement. Elle ressentit l'harmonie parfaite de ce baiser. Elle n'avait pourtant jamais connu une telle sensation auparavant. Elle pencha la tête en arrière pour se livrer à lui. Ses lèvres s'entrouvrirent. Elle voulait désormais savourer tout le feu et la passion des sentiments qu'ils avaient jusqu'à présent refrénés.

Etait-ce lui qui l'avait allongée dans le fauteuil ou elle qui l'avait attiré vers lui ? Toujours est-il qu'ils se retrouvèrent enlacés sur le siège matelassé. Un hibou hulula à deux reprises puis se tut.

Chase n'osait croire à son bonheur. Il avait tant désiré une telle exaltation. Il avait tant souhaité poser ses lèvres sur les siennes et s'enivrer de leur douceur infinie. Ce moment bien réel qu'il vivait avec Eden s'avérait bien plus intense que tout ce dont il avait rêvé.

Il fit glisser sa main le long du corps d'Eden, qui frémit. Elle poussa un gémissement et se cambra. A travers le tissu fin de son chemisier, il sentait sa peau se réchauffer, l'incitant à la toucher encore et encore.

Il ôta le premier bouton de son chemisier, puis le deuxième, et baisa sa peau au fur et à mesure. Eden s'agita. Les revers de ses manches en dentelle frôlèrent les joues de Chase lorsqu'elle leva les mains pour caresser ses cheveux.

De nouvelles sensations envahirent tout son corps ; elles étaient si vives qu'elle pouvait ressentir pleinement chacune d'entre elles.

Les coussins dans son dos étaient moelleux. Le corps de Chase était, lui, d'acier. La brise qui agitait les carillons dégageait un parfum de rose. Malgré ses yeux fermés, elle percevait les tremblements des flammes des bougies. Des milliers de grillons entonnèrent leur chant mélodieux. Au même moment, Eden entendit Chase murmurer son prénom tout en pressant ses lèvres contre sa peau.

Puis, sa bouche rencontra de nouveau la sienne. Eden devina tous les sentiments de Chase à travers ce baiser : ses ardeurs, son désir, sa passion si brûlante qu'elle en était presque gênante. Transportée par sa propre frénésie, elle partageait avec lui ce plaisir enivrant. Eden, toujours plus amoureuse, gémit, savourant l'extase de ce moment. Enlacés, leurs deux corps ne faisaient plus qu'un. Son rêve était devenu réalité.

Soudain, la peur l'envahit. Après avoir pris conscience de la réalité de son amour, elle se rendit compte qu'elle ne voulait pas courir tant de risques. Elle s'était déjà engagée une fois et avait fait confiance à un autre homme. Elle avait été trahie. Si cela se reproduisait, elle ne s'en remettrait jamais, surtout si c'était Chase qui la trahissait.

— Chase, ça suffit.

Elle détourna le visage.

— S'il vous plaît, nous devons arrêter là.

Chase avait encore son goût délicieux sur les lèvres. Le corps d'Eden tremblait d'un désir tout aussi fort que le sien.

— Eden, pour l'amour du ciel !

Il releva la tête pour la regarder. Elle avait l'air effrayée. Il vit immédiatement qu'elle avait peur et il lutta pour refréner ses pulsions.

— Je ne vous ferai aucun mal.

Ces paroles n'eurent pas l'effet escompté. Il pensait vraiment ce qu'il avait dit, elle n'en doutait pas, mais cela ne signifiait pas qu'elle ne souffrirait plus.

— Chase. Ce n'est pas bon pour moi. Ce n'est pas bon pour nous.

— Vraiment ?

Son estomac se noua.

— N'aviez-vous pas l'impression que ça l'était il y a une minute de cela ?

— Si.

Elle se passait les mains nerveusement dans les cheveux. Elle était confuse et effrayée.

— Ce n'est pas ce que je veux. Il faut que vous compreniez que je ne peux pas. Pas maintenant.

— Vous m'en demandez beaucoup.

— Peut-être. Mais vous n'avez pas le choix.

Cette remarque exaspéra Chase. Pour lui aussi, ce ne pouvait être autrement. Il ne pouvait que l'aimer, il n'avait plus d'autre choix. Il ne lui avait pas demandé d'entrer dans sa vie et d'y prendre une place si importante. Elle avait accepté ses baisers et l'avait rendu à moitié fou d'elle. Et voici qu'elle faisait marche arrière et qu'elle lui demandait de se montrer compréhensif.

— Nous jouerons à présent selon vos règles, lui dit-il froidement en se détachant d'elle.

Elle frissonna, car elle se rendait compte de l'état de colère dans lequel il se trouvait désormais.

— Ce n'est pas un jeu.

— Non ? Eh bien on ne le dirait pas.

Elle pinça les lèvres. S'ils en étaient arrivés là, c'était autant sa faute que de celle de Chase.

— S'il vous plaît, ne gâchez pas ce moment.

Il marcha vers la table, souleva son verre et examina le vin.

— Quel moment ?

« Celui où je suis tombée amoureuse de vous », faillit dire Eden spontanément. Toutefois, elle se tut et commença à reboutonner nerveusement son chemisier.

— Je vous le dirai plus tard.

Il reposa son verre de vin. Il était toujours aussi énervé.

— Ce n'est pas la première fois que vous passez ainsi sans raison apparente d'un extrême à un autre. Je vais finir par croire qu'Eric a bien fait d'annuler vos fiançailles.

Elle se figea et devint livide. Même dans la pénombre, il le remarqua.

— Je suis désolé, Eden. C'était déplacé.

Elle réussit à garder son sang-froid, finit de boutonner son chemisier et se leva lentement.

— Si vous tenez vraiment à le savoir, Eric m'a quittée pour des motifs bassement matériels. J'ai apprécié le repas, Chase. C'était très bon. Vous remercierez Delaney de ma part.

— Eden !

Il se dirigea vers elle et elle se raidit aussitôt.

— J'aimerais maintenant que vous me reconduisiez et que vous ne disiez rien. Absolument rien.

Elle s'éloigna du fauteuil et marcha en direction de la porte.

6

Le camp essuya catastrophe sur catastrophe au début du mois d'août. Les moustiques affluèrent et les piqûres se multiplièrent, à tel point que la lotion apaisante vint à manquer. Les démangeaisons étaient difficilement supportables, en particulier par cette chaleur moite.

Il plut pendant trois jours d'affilée. Le sol du camp devint extrêmement boueux et toutes les activités d'extérieur durent être annulées. Les monitrices tentèrent, tant bien que mal, de canaliser l'énergie des fillettes surexcitées qui ne pouvaient plus se défouler en allant courir et jouer dehors. Eden dut mettre fin à deux bagarres en une seule journée. Comme si cela ne suffisait pas, la foudre tomba sur un arbre mais, loin d'effrayer les fillettes, cet incident au contraire les amusa beaucoup.

Lorsque le soleil refit son apparition, elles avaient confectionné suffisamment de coussins, de cache-pots, de colliers de perles et autres objets, pour ouvrir un magasin d'artisanat.

Quelques jours après le retour du beau temps, la gazinière que Candy et Eden avaient achetée d'occasion avant l'ouverture du camp tomba en panne. Il fallut s'arranger pour préparer les repas avec les moyens du bord, le temps de la faire réparer. Elles prirent l'habitude de faire griller des viandes et des légumes au feu de bois.

Puis ce fut Courage, le cheval hongre, qui eut une

infection pulmonaire. Tout le monde s'inquiéta et fut aux petits soins pour lui. Le vétérinaire lui administra des antibiotiques. Eden passa trois nuits blanches à le veiller.

Finalement, tout rentra dans l'ordre : le cheval retrouva l'appétit, la boue sécha et la gazinière fut réparée. Selon Eden, le pire était derrière eux.

Cependant, alors que le camp était redevenu tranquille, Eden, un soir, sentit une curieuse agitation monter en elle. Elle était bien trop occupée, ces derniers temps, pour s'en soucier mais ce soir, elle savait qu'elle ne trouverait pas le sommeil.

Dans la semi-obscurité de la nuit tombante, elle s'en alla sans se presser vers les écuries, emportant avec elle un sac de pommes. Elle comptait accorder un peu plus de temps et d'attention à Courage. Il avait été bichonné lorsqu'il était malade et il y avait pris goût. Eden lui donna une pomme et une carotte.

Certes, elle était préoccupée par la santé des chevaux, mais là n'était pas la source de son agitation. Quelque chose d'autre la tracassait, si bien qu'elle n'avait pas vraiment la tête aux activités du camp. Ces deux dernières semaines, elle avait été tellement absorbée par les événements qu'elle n'avait pas eu le temps de souffler et encore moins de réfléchir calmement. A présent, il était temps de reprendre le fil de ses réflexions.

Elle se souvenait de la soirée qu'elle avait passée avec Chase comme si elle avait eu lieu la veille. Elle avait toujours clairement à la mémoire chaque phrase, chaque caresse, chaque geste. Elle était tombée amoureuse de lui ce soir-là et n'avait pas oublié l'intensité de ses sensations, ni la crainte qu'elles lui avaient inspirée.

Elle n'était pas préparée à des sentiments aussi forts. Sa vie avait toujours été réglée comme du papier à musique.

Même ses fiançailles n'avaient été qu'un événement attendu de son existence tranquille.

Elle avait désormais appris à franchir les obstacles se trouvant sur sa route, mais Chase était de loin l'obstacle le plus important qu'elle ait rencontré jusque-là.

Peu importe, se dit-elle en finissant de frictionner Patience. Elle réussirait à le contourner et à poursuivre sa route. Personne ne lui dicterait ses choix et elle ne se laisserait pas influencer.

— Je savais bien que je te trouverais ici.

Candy se pencha au-dessus de la porte de la stalle pour caresser la jument.

— Comment va Courage ce soir ?

— Bien.

Eden se rendit au petit évier qui se trouvait dans le coin du box pour se laver les mains.

— Je crois que nous n'avons plus à nous inquiéter pour lui.

— Tant mieux. Je suis heureuse d'apprendre que tu pourras de nouveau dormir dans ton lit plutôt que dans le foin.

Eden s'étira. Ce n'est pas en jouant au tennis qu'elle aurait couru le risque autrefois d'attraper de telles courbatures ! Toutefois, elle ne s'en plaignait pas.

— Je n'aurais jamais cru que le lit de la cabane me manquerait à ce point !

— Maintenant que tu n'es plus inquiète pour Courage, il faut que je t'avoue que moi, je suis inquiète pour toi.

— Pourquoi ?

Eden chercha une serviette et, faute d'en trouver une, s'essuya les mains sur son jean.

— Tu ne te ménages pas assez.

— Ne dis pas de bêtises. Je pourrais faire bien plus.

— Ce n'est pas vrai, depuis la deuxième semaine du camp, tu n'arrêtes pas.

Maintenant qu'elle s'était décidée à aborder ce sujet, Candy prit une grande respiration et se lança.

— Regarde-toi, Eden, tu es épuisée.

— Juste un peu fatiguée, corrigea Eden. Quelques bonnes heures de sommeil et je serai de nouveau d'aplomb.

— Ecoute, tu peux te mentir à toi-même, mais pas à moi.

Candy adoptait rarement un ton aussi ferme. Eden haussa un sourcil et demanda :

— De quoi veux-tu parler ?

— De Chase Elliot, déclara Candy.

Eden sentit son cœur bondir dans sa poitrine.

— Je ne t'ai pas assaillie de questions l'autre soir, quand tu es rentrée de chez lui.

— Et je t'en suis reconnaissante.

— Eh bien, les questions, je te les pose maintenant.

— Nous avons dîné, parlé un peu de littérature et de musique, puis il m'a ramenée.

Candy ferma la porte de la stalle.

— Je croyais être ton amie.

— Oh, Candy, tu sais très bien que tu es mon amie !

Eden soupira et ferma les yeux un instant.

— Bon. En fait, tout s'est déroulé comme je viens de te le dire, mais entre le moment de la discussion et celui où il m'a ramenée, la situation a quelque peu dérapé.

— Sois plus précise.

— Je ne te savais pas aussi indiscrète.

— Et moi, je ne savais pas que tu pouvais te complaire dans la morosité.

— Tu me trouves déprimée ?

Eden souffla sur une mèche de cheveux qui tombait sur ses yeux.

— Tu as peut-être raison, reprit Eden d'un air songeur.

— Disons que j'ai l'impression que tu as dépensé toute ton énergie à résoudre les problèmes du camp afin d'éviter de te pencher sur tes propres ennuis.

Candy s'approcha d'Eden et lui fit signe de s'asseoir sur un banc.

— Le mieux, c'est d'en discuter.

— Je ne suis pas sûre de pouvoir en parler.

Eden joignit ses mains et baissa les yeux. Elle regarda la bague qui avait autrefois appartenu à sa mère.

— Après la mort de papa et toutes les difficultés qui ont suivi, je me suis promis de prendre les choses en main et de toujours trouver le meilleur moyen de résoudre mes problèmes. J'ai vraiment besoin de trouver moi-même des solutions.

— Cela ne signifie pas que tu ne peux pas te reposer un peu sur ton amie.

— Tu en as déjà tellement fait pour moi.

— Ne t'inquiète pas, Eden. Et puis, toi aussi tu as toujours été là pour moi. Nous nous soutenons mutuellement depuis que nous sommes toutes petites. Allez, parle-moi de Chase.

— Il me fait peur.

Eden s'appuya contre le mur et prit le temps de respirer profondément.

— Tout va tellement vite et ce que je ressens pour lui est tellement intense.

Elle tourna la tête vers Candy.

— Si les choses s'étaient passées différemment, je serais mariée à Eric à l'heure qu'il est. Comment puis-je déjà penser être amoureuse d'un autre homme ?

— Ne me dis pas que tu culpabilises et que tu as l'impression d'être volage ?

A la grande surprise d'Eden, Candy se mit à rire à gorge déployée.

— Eden, voyons, de nous deux, c'est moi la fille volage, pas toi. Tu as toujours fait preuve de loyauté. Attends, ne prends pas cet air gêné, écoute-moi.

Candy croisa les jambes avant de poursuivre son raisonnement.

— D'abord, tu as été fiancée à Eric parce cela semblait être dans l'ordre des choses. Etais-tu amoureuse de lui ?

— Non, mais je pensais...

— Peu importe ce que tu pensais, la réponse est non. Ensuite, il a dévoilé sa véritable personnalité. Vous avez rompu vos fiançailles voilà des mois et tu viens de rencontrer un homme fascinant et séduisant. Laisse-moi continuer.

Entrant dans le vif du sujet, Candy changea de position sur le banc.

— Supposons que tu aies réellement été folle amoureuse d'Eric. Une fois que tu aurais découvert sa vraie nature, tu aurais eu le cœur brisé. Avec le temps, tu aurais fini par t'en remettre, n'est-ce pas ?

— J'espère bien.

— Nous sommes d'accord.

— Oui, à peu près.

Candy se contenta de cet « à peu près ».

— Une fois remise, tu aurais très bien pu tomber amoureuse de nouveau sans aucun sentiment de culpabilité.

Candy, satisfaite de ses commentaires, se leva et frotta ses mains sur son jean pour en retirer la poussière.

— Alors, où est le problème ?

Eden baissa le regard. Elle n'était pas certaine de pouvoir expliquer ses craintes à Candy, ni même de pouvoir se les expliquer à elle-même.

— J'ai appris que l'amour était un engagement. Il faut

être prêt à s'investir et à faire des compromis. Je ne suis pas sûre d'en être capable pour le moment. Et même si j'en étais capable, je ne suis pas sûre que Chase voie les choses de la même façon.

— Eden, tu dois te fier à ton instinct.

Eden se leva en secouant la tête. Elle se sentait soulagée d'avoir discuté ainsi avec Candy, mais cela ne changeait rien à la nature du problème.

— La vie m'a appris à ne pas me fier à mon instinct, mais à être réaliste. Sur ce, je vais de ce pas me plonger dans les comptes du camp.

— Oh, Eden, arrête un peu !

— Malheureusement, je n'ai pas eu le temps de m'occuper de la trésorerie pendant que nous étions occupées à gérer les catastrophes.

Elle alla vers la porte.

— Tu avais raison, cela m'a fait du bien de parler avec toi, mais le devoir m'appelle maintenant.

— Les comptes ?

— Exactement. J'aimerais vraiment m'en occuper au plus vite. Ensuite, je pourrai dormir tranquille.

Candy ouvrit la porte et haussa les épaules.

— Je vais t'aider.

— C'est gentil, mais connaissant tes talents en calcul, je ne préfère pas. On risque d'y passer encore plus de temps.

— C'est un coup bas, Eden.

— Mais c'est la vérité.

Elle referma la porte derrière elle.

— Ne t'inquiète pas pour moi, Candy. Cette discussion m'a permis d'y voir un peu plus clair.

— C'est un bon début, mais il ne suffit pas de parler, il faut aussi agir. Bon, promets-moi de ne pas travailler trop longtemps.

— C'est promis, une à deux heures, tout au plus.

Eden se rendit dans ce qu'elle appelait le « bureau », qui n'était en fait qu'un réduit situé à côté de la cuisine. Elle alluma la petite lampe qui se trouvait sur la table métallique trouvée dans un magasin de surplus militaires. Elle alluma ensuite le poste de radio et chercha une station de musique classique. Des airs mélodieux, calmes et familiers, l'aideraient à se relaxer.

Elle ouvrit un tiroir et en sortit des factures ainsi que le chéquier et le livre de comptes. Elle commença à trier les papiers et à inscrire toutes les dépenses.

Au bout d'une vingtaine de minutes, ses craintes se confirmèrent : les dépenses supplémentaires des deux dernières semaines avaient épuisé leurs réserves. Eden recompta plusieurs fois, mais obtint toujours le même résultat. Les caisses étaient presque à sec. Elle passa sa main sur son front d'un geste las.

Elle se rassura en se disant que l'argent qui restait leur suffirait. Ça allait être juste, mais elles y arriveraient, à condition qu'il n'y ait pas de nouveaux frais imprévus et qu'elles réduisent encore les dépenses. Elle posa sa main sur la pile de factures. Tout s'arrangerait si elles obtenaient suffisamment d'inscriptions pour le camp de l'été prochain.

Elle soupira. Dans le pire des cas, elle pourrait vendre les quelques bijoux qui lui restaient.

La lumière de la lampe éclairait sa bague, mais elle ne la regarda pas, se sentant coupable à la simple pensée de la vendre. Toujours est-il que, si elle n'avait pas d'autres solutions, elle s'y résoudrait, car elle était décidée à ne pas abandonner.

Elle se mit à pleurer soudainement. Des larmes coulèrent sur le livre de comptes. Elle s'essuya les yeux, mais de nouvelles larmes se formèrent. Comme personne ne pouvait la voir ni l'entendre, Eden posa la tête sur la pile de papiers et fondit en larmes.

Cela ne servait à rien de pleurer. Ce n'était pas ainsi qu'elle trouverait des solutions à ses problèmes. Elle ne retint pourtant pas ses larmes. Elle se sentait à bout de forces.

C'est ainsi, sanglotant sur le bureau, qu'il la trouva. Dans un premier temps, Chase ne bougea pas. Il resta près de la porte, qu'il n'avait pas tout à fait refermée derrière lui. Eden semblait désespérée. Il hésita à aller vers elle, sachant qu'elle serait gênée si quelqu'un, lui en particulier, la surprenait en pleine crise de larmes. Pourtant, il ne put s'empêcher de s'avancer vers elle pour la réconforter.

— Eden.

Elle redressa la tête précipitamment en entendant son prénom. Elle avait les yeux mouillés, mais Chase put y lire toute la stupeur et l'humiliation qu'elle ressentait pour s'être laissé surprendre ainsi. Elle s'empressa de sécher les larmes coulant sur ses joues du revers de la main.

— Que faites-vous ici ?

— Je voulais vous voir.

C'était peu de le dire. Il voulait la serrer dans ses bras pour qu'elle ne soit plus malheureuse. Il mit ses mains dans ses poches et resta debout près de la porte.

— J'ai entendu dire ce matin que le cheval hongre était malade. Son état s'est-il aggravé ?

Elle secoua la tête, puis s'efforça de parler calmement.

— Non, il va mieux. Finalement, ce n'était pas aussi grave qu'on l'imaginait.

— Tant mieux.

Frustré de ne rien trouver de bien intelligent à lui dire, il se mit à arpenter la petite pièce. Comment pouvait-il l'aider à se sentir mieux si elle ne lui disait pas ce qui la chagrinait ? Ses yeux étaient secs maintenant, mais il savait bien que c'était par fierté qu'elle ne pleurait pas devant lui. Il souhaitait plus que tout pouvoir l'aider.

Lorsqu'il se retourna, il fut surpris de voir qu'elle s'était levée.

— Pourquoi ne me dites-vous pas ce qui ne va pas ?

Plutôt que de se confier à lui, elle chercha à se protéger en parlant peu.

— Il n'y a rien de spécial à dire. Les deux dernières semaines ont été difficiles au camp. Je crois que je suis simplement épuisée.

Il reconnut qu'elle semblait très fatiguée, mais pensa que ce n'était pas là l'unique raison de ses pleurs.

— Les fillettes vous posent des problèmes ?

— Non, ça se passe très bien avec elles.

De plus en plus perplexe, il chercha une autre explication. Un morceau lent et romantique passait à la radio. Chase jeta un coup d'œil en direction du poste et remarqua le livre de comptes ouvert sur la table ainsi que la calculatrice.

— Vous avez des problèmes d'argent ? Je pourrais peut-être vous aider.

Eden referma brusquement le livre. L'humiliation lui laissait un goût amer dans la bouche. Une chose était sûre, elle ne pensait plus à pleurer.

— Non, ça va. Veuillez m'excuser maintenant, j'ai encore du travail.

Avant de connaître Eden, Chase n'avait jamais été repoussé ainsi par quiconque. Il inclina la tête et s'efforça de rester impassible.

— Je vous proposais cela pour vous aider, pas pour vous humilier.

Il était décidé à en rester là et à la laisser seule. Toutefois, il la regarda une dernière fois : les pleurs et le manque de sommeil lui donnaient très mauvaise mine. Elle semblait faible et démunie.

— Je suis désolé que vous ayez eu tant d'ennuis l'année dernière, Eden. Je savais que vous aviez perdu votre père, mais j'ignorais que vous aviez aussi perdu vos biens.

Elle mourait d'envie d'aller vers lui et de le laisser lui apporter tout le réconfort dont elle avait besoin. Elle voulait lui demander son avis et écouter ses conseils. Mais cela aurait signifié que tous ces mois passés à se débrouiller seule auraient été vains.

— Vous n'avez pas à être désolé.

— Vous auriez pu m'expliquer la situation vous-même, cela aurait été plus simple.

— Cela ne vous regardait pas.

Cette remarque l'énerva plus qu'elle ne le blessa.

— Vraiment ? J'avais pourtant l'impression qu'il en était autrement. Auriez-vous l'audace de prétendre qu'il n'y a rien entre nous, Eden ?

Elle ne pouvait pas nier qu'il y avait bien des sentiments naissants entre eux, mais tout était trop confus et trop effrayant pour qu'elle puisse avouer la vérité.

— Je ne sais pas exactement ce que je ressens pour vous. Ce que je sais, c'est que je ne veux surtout pas de votre pitié.

Il avait toujours les mains dans les poches. Il serra les poings. Il ne savait pas gérer ses propres sentiments, ses propres désirs. Elle venait d'insinuer que leur histoire n'avait pas d'importance. Il pouvait soit partir, soit la supplier de l'aimer. Le choix s'imposa à lui naturellement.

— Il y a une différence entre la bienveillance et la pitié, Eden. Si vous confondez ces deux sentiments, je ne peux rien pour vous.

Il se tourna et partit. La porte se referma doucement derrière lui.

Au cours des deux jours qui suivirent, Eden s'acquitta de toutes ses tâches : elle donna ses cours d'équitation, surveilla les fillettes au réfectoire et partit en randonnée avec elles. Elle parla, rit et écouta. En somme, elle réussit à ne rien laisser transparaître du vide qu'elle ressentait depuis sa dernière discussion avec Chase, et de la culpabilité et des remords qui la rongeaient.

Elle ne s'était pas comportée comme elle l'aurait dû. Elle s'était très vite rendu compte qu'elle avait réagi de façon excessive aux paroles de Chase, mais sa fierté avait pris le dessus et l'avait empêchée de se conduire raisonnablement. Après tout, il lui avait juste proposé son aide. Il s'était montré attentionné et elle l'avait rejeté. Elle avait l'impression d'être un monstre d'égoïsme.

Elle avait ensuite voulu lui téléphoner, mais elle n'avait pas eu le courage de composer son numéro jusqu'au bout, car toutes les excuses qui lui venaient à l'esprit étaient plates et injustifiées et elle craignait qu'il ne les rejette et se moque de ses explications.

Elle avait réduit à néant ce qui avait commencé à naître entre eux. Elle avait détruit leur relation avant même de lui donner une chance de mûrir et de porter ses fruits. Comment pouvait-elle faire comprendre à Chase qu'elle avait eu peur d'être de nouveau blessée ? Comment lui expliquer qu'elle n'avait pas accepté l'aide qu'il lui avait proposée de peur de perdre son indépendance ?

Elle reprit l'habitude de monter à cheval seule la nuit. Cependant, ces petits moments d'isolement ne lui apportaient plus autant d'apaisement qu'auparavant ; ils lui rappelaient juste que son comportement la condamnait à la solitude.

Les nuits étaient chaudes et les senteurs de chèvrefeuille lui rappelaient la soirée durant laquelle ils s'étaient amusés à dessiner les constellations. Dès qu'elle regardait les étoiles, elle pensait à lui.

C'est d'ailleurs parce qu'elle pensait à lui qu'elle décida un soir de chevaucher en direction du lac pour trouver un coin d'herbe confortable et s'y asseoir. Elle respira à pleins poumons l'air de la nature. Elle aimait particulièrement les parfums des fleurs sauvages. Elle entendait le bruissement d'ailes d'oiseaux qu'elle ne pouvait pas voir dans l'obscurité, mais qui étaient certainement à la recherche de proies ou de compagnons.

Soudain, elle le vit.

Elle ne put distinguer qu'une ombre, car un nuage cachait la lune, mais elle devina que c'était lui et qu'il était en train de l'observer. En réalité, elle avait pressenti qu'elle le verrait ce soir-là. Elle fit en sorte de rester calme et de ne pas gâcher la magie du moment, en faisant abstraction de tout sauf de son amour pour lui. Elle attendrait demain pour se poser des questions.

Elle descendit de cheval et s'approcha de lui en tenant sa monture par la bride. Il crut rêver jusqu'à ce qu'elle le touche et qu'il se rende ainsi compte qu'elle se tenait devant lui, en chair et en os. Sans un mot, elle prit son visage entre ses mains et posa ses lèvres sur les siennes. Si c'était un rêve, songea-t-il, c'était le plus beau et le plus sensuel qui puisse exister.

— Eden...

D'un signe de la tête, elle lui fit comprendre qu'il ne devait pas parler. Elle avait un vide immense à combler et ne souhaitait pas commencer à se perdre en conjectures. Sur la pointe des pieds, elle l'embrassa encore. Il n'y avait aucun bruit autour d'eux, hormis le soupir de soulagement qu'elle émit lorsqu'il mit enfin ses bras autour d'elle. Elle découvrait qu'elle pouvait tout lui donner. Ce qu'ils vivaient était plus que de la passion et du désir. Elle se sentait forte. Elle était bien. Elle saisissait la force immense de cet amour.

Il parcourut son corps et ses cheveux à tâtons, comme pour s'assurer qu'elle n'était pas le fruit de son imagination. Lorsqu'il rouvrirait les yeux, elle serait dans ses bras, il en était certain. Elle frotta sa joue, qui était si douce, contre sa barbe naissante. Elle logea ensuite sa tête dans le creux de son épaule et regarda la lumière des lucioles et des étoiles.

Ils restèrent là, sans parler, à écouter les hululements d'une chouette. Le cheval d'Eden hennit pour lui répondre.

— Pourquoi êtes-vous venue ?

Il voulait savoir à quoi s'en tenir lorsqu'elle s'en irait.

— Pour vous voir.

Elle se pencha légèrement en arrière, afin de voir sa réaction.

— Pour être avec vous.

— Pourquoi ?

La magie du moment commença alors à s'estomper. En soupirant, elle recula. La vie réelle ne se déroule pas comme dans les rêves, pensa-t-elle. Les questions ne restent pas en suspens.

— Je voulais m'excuser de mon comportement de l'autre soir. C'était gentil de votre part d'essayer de me réconforter.

Cherchant ses mots, elle saisit machinalement une feuille sur l'arbre à côté d'elle.

— Je sais très bien que je n'ai pas été aimable et j'en suis désolée. C'est encore douloureux pour moi de…

Elle agita ses épaules assez nerveusement.

— Nous avons cherché à rester discrets après la mort de mon père, mais des rumeurs ont circulé.

Comme il ne disait rien, elle remua encore, mal à l'aise.

— Cela m'a beaucoup affectée et j'ai voulu me prouver que je pouvais prendre les choses en main et réussir dans la vie. Je me rends compte que je prends mes responsabilités très à cœur et c'est pourquoi j'ai mal réagi lorsque vous m'avez proposé votre aide. J'en suis navrée et je vous demande pardon.

Il fit un pas vers elle.

— Ce sont de belles excuses, Eden. Avant de les accepter, j'aimerais savoir si le baiser que vous venez de me donner avait lui aussi pour but de vous faire pardonner.

De toute évidence, il avait décidé de ne pas lui rendre la tâche facile. Elle releva le menton. Elle n'allait pas se laisser démonter aussi facilement.

— Absolument pas.

Il sourit et passa sa main dans le cou d'Eden.

— Pourquoi ce baiser alors ?

Le voir sourire la gêna et elle retira la main qu'il avait posée sur son cou. Elle avait osé faire un pas vers lui ce soir et devait maintenant en assumer les conséquences.

— Faut-il qu'il y ait une raison ?

Elle se mit à marcher vers le bord du lac et poursuivit.

— J'avais envie de vous embrasser et c'est ce que j'ai fait.

Chase soupira malgré lui. La tension qu'il ressentait depuis plusieurs semaines venait de disparaître ; il en fut bouleversé. Maintenant, il avait une envie irrésistible de l'emmener chez lui. L'idée qu'elle puisse un jour partager sa vie lui semblait de moins en moins illusoire.

— Vous faites toujours ce que vous avez envie de faire ?

Elle se retourna. Elle s'était excusée, mais sa fierté était intacte.

— Toujours.

En souriant, il répondit :

— Moi aussi. Nous sommes donc faits pour nous entendre.

Il ajouta, en lui effleurant la joue d'un doigt :

— N'oubliez jamais cela.

— Je ne l'oublierai pas.

Elle s'approcha de son cheval.

— Nous organisons une fête samedi prochain. Aimeriez-vous vous joindre à nous ?

Eden avait attrapé les rênes de sa monture. Il mit ses mains sur les siennes.

— Est-ce un rendez-vous galant ?

Amusée, elle rejeta ses cheveux en arrière d'un geste gracieux de la tête et plaça son pied dans l'étrier.

— Pas du tout. Simplement, nous avons besoin d'adultes pour encadrer les enfants.

Elle prit appui sur sa jambe et sauta sur sa selle, mais il la saisit par la taille, la stoppant dans son élan. Elle resta suspendue dans le vide un instant avant qu'il ne la repose par terre.

— Danserez-vous avec moi à la fête ?

Elle se rappela de la dernière fois qu'ils avaient dansé ensemble et elle sut, en regardant ses yeux, qu'il se souvenait aussi de ce moment. Son cœur se mit à battre plus vite, mais elle leva un sourcil, sourit et lui dit :

— Peut-être.

Les lèvres de Chase s'étirèrent en un large sourire, avant de venir se poser doucement sur la bouche d'Eden.

Elle sentit le monde chavirer autour d'elle, songeant

que seuls les amoureux connaissaient cette merveilleuse sensation.

— A samedi prochain, murmura-t-il.

Il la porta et l'installa sur la selle sans effort.

— J'espère que je vais vous manquer, ajouta-t-il.

Il resta au bord de l'eau et attendit qu'elle disparaisse et que tout autour de lui redevienne silencieux.

7

Les dernières semaines de l'été étaient toujours aussi chaudes. Chaque soir, le tonnerre grondait, accompagné d'éclairs, mais il ne pleuvait presque jamais. Eden vivait au jour le jour, en essayant de ne pas se soucier de ce que deviendrait sa vie à partir du mois de septembre. Cet été, elle avait appris qu'elle pouvait changer.

Au début de l'été, elle n'était qu'une jeune femme effrayée et défaitiste, qui venait chercher refuge au Camp Liberty. Au terme de cette saison, elle repartirait du camp la tête haute, confiante en l'avenir et bien décidée à réussir sa vie.

Elle songeait à tout cela en regardant le camp. Elle glissa ses mains dans les poches de son short. Elle se dit que l'année suivante serait forcément meilleure pour le camp, maintenant qu'elles avaient connu les pires difficultés et avaient appris à y faire face. Elle imaginait déjà l'été prochain, sans penser à l'hiver qu'elle redoutait tant. Elle ne voulait pas commencer à songer aux trottoirs enneigés de Philadelphie. Elle préférait continuer à contempler la nature et à réfléchir à la manière dont sa vie avait changé après plusieurs semaines passées dans cet environnement.

Elle aurait aimé trouver le moyen de rester là en attendant le printemps. Elle se rendait compte qu'elle allait retourner dans sa ville natale uniquement par nécessité, car il lui serait plus facile d'y trouver un emploi. Toutefois, elle savait qu'elle ne se sentirait plus chez elle là-bas.

Une fois de plus, elle s'était remise à penser à l'hiver ! Elle parvint à effacer ces pensées de son esprit en regardant les reflets éblouissants du soleil sur la surface du lac de Chase et en pensant à lui.

Elle se demanda ce qui se serait passé si elle l'avait rencontré deux ans plus tôt, quand sa vie était bien organisée et son avenir entièrement planifié. Serait-elle tombée amoureuse de lui, à cette époque ? Si cela n'avait pas été le bon moment, peut-être l'aurait-elle oublié immédiatement après l'avoir rencontré.

Les yeux fermés, elle se remémora chacune des sensations et des émotions qu'il avait fait naître en elle. Tout était encore si présent dans son esprit qu'elle n'avait aucun doute : elle serait immanquablement tombée amoureuse de lui, indépendamment du lieu et du moment de leur rencontre. D'ailleurs, elle avait lutté pour étouffer ses sentiments, ce qui n'avait produit que l'effet inverse.

Toutefois, elle n'oubliait pas qu'elle avait aussi cru aimer Eric. Elle vit un geai voler au-dessus d'elle. Alors que le soleil brillait intensément, elle frissonna en pensant qu'elle devait être bien superficielle et indifférente pour que ses sentiments pour Eric aient changé aussi vite. Si Eric ne l'avait pas laissée tomber, elle l'aurait épousé. Son annulaire gauche porterait son alliance. Elle regarda sa main vierge de toute bague. Son histoire avec Eric l'avait rendue prudente.

Pour se rassurer, elle se dit que ce qu'elle éprouvait pour Eric n'avait rien à voir avec l'amour. Maintenant, elle savait ce qu'était réellement l'amour, quelles sensations il faisait naître en elle, aussi bien sentimentalement que psychologiquement.

Que ressentait vraiment Chase de son côté ? Il tenait à elle et il la désirait, mais elle savait, de sa propre expérience, que cela ne suffisait pas. Si Chase était amoureux d'elle, elle réussirait à oublier le passé. Sa vie prendrait un nouveau départ.

Ne sois pas idiote, se dit-elle soudainement. Elle risquait de perdre son indépendance en s'attachant à lui et en raisonnant ainsi. Tous deux avaient un passé et un futur. En aucun cas elle ne pouvait être sûre que l'avenir ressemblerait à ses rêveries actuelles.

En un sens, elle voulait croire à leur amour. Même si ce n'était que pour quelques semaines, elle souhaitait pouvoir s'abandonner à sa passion, sans aucune retenue. Elle redeviendrait raisonnable plus tard, cet hiver, lorsque les frimas et le loyer à payer la ramèneraient à la dure réalité.

En attendant, elle danserait avec lui et elle lui sourirait dans quelques jours. Elle profiterait pleinement de cette soirée en sa compagnie.

Eden retira ses chaussures et marcha pieds nus jusqu'au ponton du lac. Les fillettes, déjà réparties dans plusieurs groupes, attendaient le signal pour pouvoir commencer à ramer sur le lac.

— Mademoiselle Carlbough !

Roberta, vêtue du T-shirt du Camp Liberty et de sa fameuse casquette, trépignait sur l'herbe, à côté des barques.

— Mademoiselle Carlbough, regardez.

Aussitôt, elle se pencha en avant et fit le poirier.

— Alors, qu'en dites-vous ? demanda-t-elle la tête à l'envers en serrant les dents.

Son visage espiègle était devenu rouge écarlate.

— Magnifique !

— Je me suis beaucoup entraînée, vous savez.

Elle reposa les pieds à terre en poussant un petit cri.

— Quand ma maman me demandera ce que j'ai fait

au camp cet été, je pourrai lui montrer que j'ai appris à faire le poirier.

J'espère qu'elle ne se limitera pas à ça lorsqu'elle racontera son été à ses parents, se dit Eden intérieurement.

— Je suis sûre que ta maman sera très impressionnée.

Roberta, qui s'était entre-temps étendue sur l'herbe les bras en croix, observa Eden d'un air admiratif.

— Vous êtes vraiment très jolie aujourd'hui, mademoiselle Carlbough.

Touchée et surprise, Eden tendit la main à Roberta pour l'aider à se relever.

— Merci du compliment, Roberta, toi aussi tu es très jolie.

— Oh, non, je ne suis pas jolie, mais je le deviendrai quand maman me laissera me maquiller et que je pourrai cacher mes taches de rousseur.

Eden pinça gentiment la joue de Roberta.

— Beaucoup de garçons adorent les taches de rousseur.

— Peut-être.

Sans transition, elle changea de sujet.

— J'ai l'impression que vous en pincez pour M. Elliot.

— Comment ça ?

— Vous savez bien ce que je veux dire.

Roberta cligna des yeux et poussa des petits soupirs, imitant ainsi une femme amoureuse. Eden se demanda si elle devait rire ou la jeter dans le lac.

— Arrête tes bêtises.

— Vous allez vous marier ?

— Je ne sais pas pourquoi tu t'imagines tout ça. Maintenant en bateau, tout le monde t'attend.

— Ma maman dit que parfois les gens se marient quand ils en pincent l'un pour l'autre.

— Ta maman a probablement raison. Mais en ce qui

concerne M. Elliot et moi, nous nous connaissons à peine. Allez, tout le monde ferme son gilet de sauvetage.

Espérant clore ainsi la conversation, Eden aida Roberta à monter dans la barque, dans laquelle Marcie et Linda avaient déjà pris place.

— Maman m'a dit qu'elle et papa étaient tombés amoureux au premier regard.

Tout en parlant, Roberta enfila son gilet de sauvetage.

— Mes parents s'embrassent tout le temps.

— Très bien. Maintenant…

— Avant, je trouvais ça dégoûtant, mais finalement pourquoi pas.

Roberta s'assit dans l'embarcation et sourit.

— Si vous décidez de ne pas vous marier avec M. Elliot, alors peut-être que je lui proposerai de m'épouser à la place.

Occupée à mettre en place les rames du bateau, Eden écoutait Roberta d'une oreille distraite, mais la dernière phrase de la fillette attira soudain son attention.

— Ah bon ?

— Oui. Il a un gentil chien et plein de pommiers.

Roberta rectifia la position de sa casquette sur sa tête avant d'ajouter :

— Et il est assez mignon.

Les deux autres filles qui se trouvaient sur le bateau rirent bêtement en acquiesçant.

Eden commença à ramer.

— Très bien. Tu pourras en parler à ta maman quand tu rentreras chez toi.

— D'accord. Est-ce que je peux être la première à ramer ?

Eden pouvait s'estimer heureuse que Roberta change sans arrêt de centre d'intérêt.

— Si tu veux. Toi et moi nous allons ramer à l'aller, et Marcie et Linda au retour.

Ce fut un peu laborieux au début mais Roberta, après force bougonnements, réussit ensuite à ramer au même rythme qu'Eden. Le bateau glissait sur l'eau. Eden se rendit compte qu'elle se trouvait en compagnie des trois fillettes qui, parce qu'elles s'étaient rendues au verger sans autorisation, avaient indirectement provoqué sa rencontre avec Chase. Cette pensée l'amusa. Elle laissa son esprit divaguer.

Que se serait-il passé si elle n'était pas montée dans cet arbre ? Elle passa machinalement sa langue sur sa lèvre inférieure, se souvenant du goût du baiser de Chase. Si cela arrivait aujourd'hui, s'enfuirait-elle aussi rapidement ? Eden sourit. Elle ferma les yeux durant quelques secondes pour se tourner face au soleil qui lui chauffa doucement le visage. Au fond, elle savait bien que si c'était à refaire, elle ne chercherait pas à s'échapper. Elle en était intimement convaincue. Savoir qu'elle ne chercherait désormais plus à fuir Chase ni rien d'autre dans sa vie renforçait la confiance qu'elle avait en elle-même.

Peut-être Roberta avait-elle raison. Peut-être était-elle réellement amoureuse. Elle préférait garder cela pour elle pour le moment. Si la vie était aussi simple que semblait le penser Roberta, tout serait tellement merveilleux : l'amour conduirait au mariage et le mariage au bonheur. Tout simplement. En soupirant, Eden ouvrit les yeux et observa la surface de l'eau. A cet instant, elle voulait se laisser porter par sa rêverie. Eden était une romantique. Ses rêves éveillés étaient encore plus doux et exaltés que ceux qu'elle faisait en dormant.

Depuis quelque temps, elle ne donnait plus libre cours à son imagination. Dans le bateau, les filles bavardaient et appelaient leurs amies assises dans les autres embarcations. Quelqu'un avait entonné une chanson. Les bras d'Eden exécutaient un mouvement régulier et les rames plongeaient et sortaient de l'eau tour à tour.

Elle flottait sur l'eau en rêvant les yeux ouverts. Le lac était tel de la soie et la lumière du soleil sur l'eau ressemblait à une douce lueur de bougie. Dans la tête d'Eden, les croassements des corbeaux se transformèrent en une douce symphonie.

Elle se vit chevauchant Pégase, dont les ailes blanches fendaient la bise dans le ciel nocturne. Elle laissait l'air fouetter doucement son visage, les cheveux au vent. Des nuages en forme de châteaux mystérieux apparurent au loin. Ils étaient d'un gris presque transparent. Elle était libre, plus libre que jamais.

Il était à ses côtés, traversant le ciel entre ombre et lumière. Ils allaient plus haut, toujours plus haut, laissant derrière eux la Terre, petit point minuscule. Les étoiles s'étaient transformées en fleurs. Elle saisit au passage quelques pétales blancs. Puis, ils se retrouvèrent dans les bras l'un de l'autre. Plus aucun obstacle n'existait. Tous les doutes, toutes les difficultés s'étaient envolés.

— Hé, regardez, c'est Squat !

Eden cligna des yeux. Sa rêverie venait de prendre fin. Elle se trouvait sur un petit bateau et ses bras commençaient à la faire souffrir à force de ramer.

Elles avaient traversé le lac sur presque toute sa longueur. Elles pouvaient voir une partie du verger de Chase ainsi qu'une des serres qu'il leur avait fait visiter. Heureux d'avoir de la visite, Squat bondissait avec frénésie dans l'eau peu profonde du bord du lac. Dans sa course, il s'éclaboussa gaiement jusqu'à être complètement trempé.

Les filles crièrent pour appeler le chien et Eden se demanda si Chase était là. Comment occupait-il ses week-ends ? Restait-il chez lui, à lire le journal, une tasse de café à la main ? Regardait-il la télévision ou sortait-il faire de longues balades en solitaire ? A ce moment précis, comme pour répondre à ses interrogations, Chase et Delaney rejoignirent le chien sur la rive. Eden sentit son cœur se mettre à battre la chamade lorsque leurs regards se croisèrent. Elle se demanda si elle continuerait à réagir de façon aussi violente chaque fois qu'elle le verrait. En respirant lentement, elle réussit à retrouver un rythme cardiaque normal.

— Hé, monsieur Elliot ! cria Roberta.

Sans penser aux conséquences, Roberta lâcha sa rame et se mit à sauter dans la barque, tout excitée. L'embarcation vacilla dangereusement.

— Roberta, assieds-toi, tu vas nous faire chavirer !

Eden posa les rames dans le fond du bateau et attrapa la main de Roberta. Malheureusement, les deux autres fillettes imitèrent Roberta et se mirent elles aussi à sauter sur place.

— Bonjour, monsieur Elliot ! s'écrièrent en chœur les trois filles.

Le bateau se renversa juste après.

Eden tomba dans l'eau la tête la première. Après avoir passé plusieurs heures sous le soleil brûlant, il lui sembla que l'eau était glaciale. Elle remonta à la surface en toussant, repoussa la mèche de cheveux qui était devant ses yeux et chercha à repérer les têtes des trois fillettes. Maintenues à flot par leur gilet de sauvetage, elles riaient et faisaient de grands signes de la main à Chase, Delaney et Squat.

Eden s'accrocha au bord de la barque renversée et cria :

— Roberta !

Roberta ne parut pas remarquer la nuance d'exaspération contenue dans la voix d'Eden.

— Regardez, mademoiselle Carlbough, Squat vient vers nous.

— Il ne manquait plus que ça.

En nageant sur place, Eden attrapa Roberta par le bras et tenta de la tirer jusqu'à l'embarcation retournée.

— Souviens-toi des règles de sécurité. Accroche-toi au bateau.

Eden se mit à nager en direction des autres filles. En tournant la tête, elle vit que le chien arrivait droit sur elles. Elle s'inquiéta de le voir approcher ainsi.

Elle voulut crier à Chase de rappeler son chien, mais quand elle se tourna vers la rive, elle remarqua que Delaney et lui étaient en train de commenter l'incident. Elle était trop loin pour pouvoir les entendre, en revanche, elle voyait très bien que Chase riait.

— Vous avez besoin d'aide ? cria-t-il.

Eden attrapa le bras d'une deuxième fillette.

— Non, ça va, commença-t-elle à lui répondre.

Elle poussa un cri perçant lorsque Squat plaça sa truffe mouillée sur son épaule. La réaction d'Eden amusa tout le monde, y compris le chien lui-même, qui se mit à aboyer avec enthousiasme dans ses oreilles.

Les fillettes commencèrent alors à s'éclabousser entre elles et à s'amuser avec le chien. Eden ne put éviter de recevoir elle aussi de l'eau dans le visage. Dans les autres barques, les petites filles et les monitrices observaient la scène, en souriant et en criant. Squat continua à s'agiter autour d'Eden qui tentait tant bien que mal de ramener le calme dans le groupe.

— Ça suffit, mesdemoiselles, nous devons maintenant retourner la barque.

— Est-ce que Squat pourra monter avec nous ? demanda

Roberta en riant car le chien était en train de lui lécher le visage.

— Certainement pas.

— Ce n'est pas juste.

Eden, qui tentait toujours de rétablir l'ordre, ne s'aperçut pas que Chase s'était mis à l'eau lui aussi et se trouvait juste à ses côtés.

— Squat a nagé jusqu'à vous pour vous aider, dit Chase à Eden en saisissant son bras.

Eden avait les cheveux mouillés et plaqués sur la figure. Chase mit son bras autour de sa taille et l'attira contre lui pour qu'elle puisse se reposer un peu.

— Vous devriez retourner le bateau, lança-t-il aux filles.

— Vous préférez visiblement l'équitation à la natation, ajouta-t-il, en s'adressant à Eden cette fois.

Il parlait d'une voix douce et elle perçut la nuance d'amusement dans son ton. Elle voulut nager pour s'éloigner de lui, mais ses jambes se prirent dans les siennes.

— Si vous et votre monstre n'aviez pas été sur la rive…

— Delaney ?

— Non, je ne parle pas de Delaney.

Eden rejeta ses cheveux en arrière. Elle était au bord de la crise de nerfs.

— Vous êtes très belle lorsque vous êtes mouillée. Je me demande pourquoi je n'ai jamais pensé à nager avec vous auparavant.

— Nous ne sommes pas venues au lac pour nager, mais pour faire de la barque.

— En tout cas, vous êtes très jolie.

Pendant ce temps, les fillettes avaient retourné la barque et se hissaient à bord en aidant Squat à en faire autant.

— Roberta, j'ai dit…

Chase plongea la tête d'Eden sous l'eau. Lorsqu'elle

refit surface, elle entendit Chase faire un arrangement avec les trois fillettes.

— Mlle Carlbough et moi allons revenir sur la rive à la nage et vous trois, vous ramènerez Squat, d'accord ? Il adore monter en bateau.

— J'ai dit...

Hélas, Eden se retrouva de nouveau sous l'eau avant d'avoir pu terminer sa phrase.

Cette fois, en sortant la tête de l'eau, elle rassembla toutes ses forces et essaya de frapper Chase. Toutefois, son geste manquait de puissance. Il attrapa son poignet et l'embrassa avant qu'elle ait pu porter le moindre coup.

— Le premier arrivé a gagné, lança-t-il.

Eden le repoussa et se mit à nager le plus vite possible. L'eau qui l'entourait étouffait les aboiements de Squat et les encouragements des fillettes. Elle nageait le crawl à bonne allure et réussissait à suivre le bateau sans se laisser distancer.

Arrivé avant elle, Chase s'arrêta à quelques mètres de la rive et l'attrapa par le poignet. Eden se retrouva dans ses bras et se mit à rire tout en se débattant.

— Vous êtes un tricheur.

Ils éclatèrent de rire. Elle plaça ses mains sur son torse nu et humide. Des gouttes d'eau perlaient encore dans ses cheveux et sur son visage, reflétant la lumière du soleil.

— J'ai gagné ! s'exclama-t-elle.

— C'est moi qui ai gagné, protesta-t-il en riant.

Eden sortit de l'eau. Elle reprit un air sérieux pour s'adresser aux filles qui étaient toujours en train de s'époumoner.

— M. Elliot vient de nous faire une magnifique démonstration d'absence de fair-play.

Elle sécha un peu ses cheveux en les tordant entre ses

mains, mais ne se rendit pas compte que son T-shirt mouillé moulait son buste. Chase le remarqua et en eut le souffle coupé. Tandis qu'elle remontait vers Delaney, l'eau du lac étincela en milliers de perles sur ses jambes bronzées.

— Bonjour, Delaney.

— Bonjour, lui répondit-il en lui faisant un large sourire. Un temps idéal pour une petite baignade, n'est-ce pas ?

— En effet.

— J'allais cueillir des mûres pour faire de la confiture.

Il s'interrompit pour regarder les trois filles trempées.

— Si on vient m'aider à en ramasser, j'en aurai suffisamment pour pouvoir en offrir quelques pots aux voisines.

Avant qu'elle n'ait eu le temps de dire quoi que ce soit, les filles et Squat faisaient des bonds autour d'elle. Eden dut admettre qu'une pause d'un quart d'heure ne leur ferait pas de mal avant de se remettre à ramer vers le camp.

— D'accord, je vous donne dix minutes.

Elle fit ensuite signe aux autres barques sur le lac.

Delaney s'en alla, entouré des filles qui l'assaillaient déjà de questions. Ils disparurent derrière un bouquet d'arbres, faisant s'envoler une nuée d'oiseaux qui passèrent près d'eux à toute allure. Eden se tourna vers Chase qui ne l'avait pas quittée des yeux.

— Vous êtes une bonne nageuse, dit-il.

Elle s'éclaircit la voix.

— Je crois que j'ai l'esprit de compétition. Peut-être que je ferais bien de garder un œil sur les filles…

— Elles ne risquent rien avec Delaney.

Il s'approcha pour sécher les quelques gouttes d'eau se trouvant encore sur son visage. Elle frissonna lorsqu'il la toucha.

— Vous avez froid ?

Elle secoua la tête.

— Non.

Quand il mit ses mains sur ses épaules, elle fit un pas en arrière.

Il ne portait qu'un short en jean délavé. Il avait retiré son T-shirt avant de plonger dans le lac et l'avait négligemment jeté à terre.

— Votre peau n'est pas froide, murmura-t-il en tenant ses bras.

— Je n'ai pas froid.

Elle entendit des rires qui provenaient de derrière les arbres.

— Nous ne pouvons pas rester plus longtemps, il faut que les filles mettent des vêtements secs.

Chase lui serra la main. Il allait faire preuve de patience.

— Eden, je vais vous jeter de nouveau dans le fond du lac si vous continuez.

Il lui faisait peur. De son côté, Chase avait réellement envie de la repousser dans l'eau. Il se sentait frustré. Chaque fois qu'il pensait avoir réussi à gagner sa confiance, il voyait un éclair d'angoisse dans ses yeux. Il sourit et espéra réussir à ne pas lui montrer la force de son désir.

— Où sont vos chaussures ?

Eden se détendait peu à peu. Elle regarda ses pieds nus.

— Au fond du lac.

En riant, elle secoua ses cheveux mouillés.

— Roberta réussit toujours à mettre de l'animation. Allons les aider à cueillir des mûres, proposa-t-elle.

Avant qu'elle ne bouge, il mit ses mains sur ses épaules.

— Vous fuyez encore, Eden.

Puis il passa ses doigts dans ses longs cheveux.

— C'est difficile pour moi de ne pas craquer lorsque je vous vois, avec ce visage radieux et ces grands yeux légèrement apeurés.

— Chase, arrêtez.

Elle mit sa main sur la sienne.

— Je veux vous toucher.

Il se décala un peu afin que son corps soit collé étroitement contre le sien.

— J'ai besoin de vous toucher.

A travers le coton mouillé de son T-shirt, elle pouvait sentir sa peau.

— Regardez-moi, Eden. Jusqu'où m'autoriserez-vous à aller ?

Elle secoua la tête. Aucun mot ne pouvait décrire ce qu'elle ressentait, ce qu'elle désirait et ce qui l'effrayait encore trop.

— Chase. Ne faites pas ça. Pas ici. Pas maintenant, dit-elle en gémissant, alors qu'il couvrait son visage de baisers.

— Quand et où alors ?

Il prenait sur lui pour rester calme. Il savait bien qu'il ne fallait pas exiger, mais demander, et qu'il ne fallait pas prendre, mais attendre.

Il l'embrassa une nouvelle fois, de manière beaucoup plus énergique. Eden eut du mal à conserver un comportement rationnel.

— Bon sang, Eden, j'ai besoin de vous. Ne croyez-vous pas que je sais dans quel état vous êtes lorsque nous sommes tous les deux ? Venez chez moi ce soir. Restez avec moi.

Sa voix s'enrouait à mesure que sa patience s'amenuisait.

Oui ! Oui ! Oh oui ! Il serait tellement facile d'accepter, de céder au plaisir sans penser au lendemain. Elle resta blottie contre lui un moment, souhaitant faire en sorte que cela soit aussi simple. Il était là, dans ses bras, si fort, si réel. Mais ses responsabilités aussi étaient bien réelles.

— Chase, vous savez bien que je ne peux pas.

Retrouvant la raison, elle se détacha de lui.

— Il faut que je reste au camp.

Il prit la tête d'Eden entre ses mains avant qu'elle ne parte. Elle crut voir que ses yeux s'étaient assombris. Ils étaient d'un vert plus profond et le soleil y avait apporté une touche dorée.

— Et à la fin de l'été, Eden, que va-t-il se passer ?

Qu'allait-il se passer ? Que répondre à cela ? Savait-il à quel point il lui était douloureux de répondre à cette question ?

— Je retournerai à Philadelphie jusqu'à l'été prochain.

Il devrait se contenter de ne la voir que pendant les étés ? Il n'était plus en colère ; il était paniqué. Lorsqu'elle partirait, sa vie n'aurait plus de sens. Il plaça de nouveau ses mains sur les épaules d'Eden, décidé à ne pas céder à la panique.

— Vous reviendrez chez moi avant de partir.

Il ne s'agissait ni d'un ordre, ni d'une question, mais d'une simple affirmation.

— Chase, qu'est-ce que cela nous apporterait ?

— Vous reviendrez avant de partir, répéta-t-il.

Si vous ne venez pas, je viendrai à vous, pensa-t-il.

8

Le réfectoire était décoré de longues guirlandes de papier crépon blanches et rouges ainsi que de ballons que les fillettes s'étaient amusées à gonfler. Pour la musique, il y avait trois piles de disques à disposition.

Les filles n'avaient plus que quelques heures à attendre avant le début de la grande fête.

Sous l'œil vigilant de Candy, les fillettes et les monitrices poussèrent les tables pour faire de la place. Les jeunes adolescentes n'avaient qu'un sujet de conversation à la bouche ce soir-là : les garçons.

Eden avait accepté de faire partie de l'équipe chargée de la décoration de la salle. Ses talents artistiques laissant à désirer, elle proposa d'accrocher les décorations préparées par d'autres mains plus expertes. En plus des guirlandes en papier crépon et des ballons, des banderoles et des fleurs en papier avaient été confectionnées par les filles et les monitrices les plus douées. Il y avait notamment une banderole rouge de plus de trois mètres de long sur laquelle on pouvait lire en grosses lettres :

BIENVENUE A LA FETE ANNUELLE
DU CAMP LIBERTY.

Naturellement, Candy partait du principe qu'il s'agissait de la première d'une longue série de fêtes. Eden s'efforçait de partager son optimisme, mais s'inquiétait pour leurs finances, au point de se demander si elle n'allait pas essayer de convaincre le directeur de la colonie des garçons de participer à l'achat des boissons.

Pour l'heure, elle ne pensait pas à ces problèmes, car son principal souci était de faire du réfectoire la salle de danse la mieux décorée de la région.

Elle monta sur un escabeau pour accrocher des guirlandes. Juste en dessous d'elle, des filles se chamaillaient au sujet des disques à passer. La chaîne hi-fi située à l'autre bout de la pièce jouait de la musique à plein volume.

Eden prit conscience qu'une fois encore, elle attendait cette soirée avec autant d'impatience que les filles. Elle se dit que c'était ridicule ; elle n'était plus une petite fille, mais une adulte. Son rôle était d'organiser l'événement et de surveiller les enfants. Pourtant, elle n'arrêtait pas d'imaginer le déroulement de la soirée dans cette salle, qui serait, dans quelques heures, pleine de personnes riant, dansant et s'amusant. Comme les fillettes, ses pensées étaient centrées sur la fête. Elle réfléchissait notamment à la tenue qu'elle porterait.

Cette petite fête d'adieux était, aux yeux d'Eden, plus importante que le bal des débutantes auquel elle avait assisté quelques années auparavant. Le bal des débutantes n'avait représenté pour elle qu'une étape incontournable de sa vie déjà toute tracée. En revanche, la fête du Camp Liberty allait être une expérience inédite et pleine de surprises.

Pour Eden, Chase allait évidemment être l'acteur principal de cette soirée. Il fallait bien qu'elle se fasse une raison : il ne quittait plus son esprit.

Une nouvelle chanson démarra. Eden, qui l'avait déjà entendue des dizaines de fois, la fredonna. Sa queue-de-cheval se balançait au rythme de la musique.

— Nous n'avons qu'à demander à Mlle Carlbough.

Eden entendit cette phrase, mais elle n'y prêta pas grande attention, car, debout sur l'escabeau, deux punaises dans la bouche et une banderole dans les bras, elle était absorbée par son activité.

— Elle sait toujours tout.

En entendant cela, elle s'arrêta un instant après avoir enfoncé une première punaise. Elle était heureuse que les filles parlent d'elle ainsi et voient en elle une personne de confiance. C'était le plus beau des compliments qu'elle pouvait espérer.

Elle avait atteint ses objectifs. En moins de trois mois, elle était devenue quelqu'un, sans l'aide de personne. Qui plus est, elle avait changé de sa propre initiative et non pour faire plaisir à qui que ce soit.

Elle n'allait pas s'arrêter en si bon chemin. La fin de l'été approchait, mais la nouvelle vie d'Eden ne faisait que commencer. Où qu'elle aille, elle n'oublierait jamais qu'elle était sortie grandie des épreuves de la vie.

Elle mit dans sa poche les punaises qu'elle tenait encore dans la main. Elle se retourna ensuite et regarda en bas, puis commença à descendre de l'escabeau, curieuse de savoir ce que les filles voulaient lui demander. Sur la deuxième marche, elle s'arrêta net.

Une femme de grande taille venait d'entrer dans le réfectoire. Elle portait un tailleur couleur cerise et un foulard Hermès autour du cou. Ses cheveux, blancs comme neige, étaient impeccablement tirés en arrière pour former un chignon. Une double rangée de perles ornait son décolleté. Nichée au creux de ses bras, une petite chienne blanche observait ce qui se passait autour d'elle.

Eden n'en crut pas ses yeux.

— Tante Dottie !

Ravie, elle sauta de l'escabeau. Dans la seconde qui suivit, elle fut enveloppée du parfum si reconnaissable de Dottie.

— Comme je suis heureuse de te voir !

Après avoir serré sa tante dans ses bras, Eden recula et admira les traits harmonieux du visage de sa tante, qui avait les mêmes yeux et la même bouche que son père.

— Je ne m'attendais pas du tout à te voir ici.

— Ma chérie, qu'est-ce qui pique comme ça ?

— Qui pique ? Oh, je...

Eden enfouit la main dans sa poche.

— Ce sont des punaises. Excuse-moi.

— Ne t'inquiète pas, j'avais tellement envie de te serrer dans mes bras que ce ne sont pas quelques punaises qui allaient m'arrêter.

Dottie prit la main d'Eden et, à son tour, l'examina. Elle poussa un léger soupir de soulagement, tandis que son visage demeurait impassible. Elle avait passé des nuits entières sans dormir, à s'inquiéter au sujet de la fille unique de son frère disparu.

— Tu es magnifique. Un peu maigrichonne, mais tu as bonne mine.

Elle parcourut la salle des yeux.

— Quelle idée as-tu eue de venir passer ton été dans un tel endroit ?

— Tante Dottie.

Eden secoua la tête. Durant les semaines et les mois qui avaient suivi le décès de son père, Dottie s'était obstinée à convaincre Eden de venir s'installer chez elle, ce qu'elle avait toujours refusé.

— Si j'ai bonne mine, c'est grâce au bon air de la campagne.

— Mmm.

Loin d'être convaincue, Dottie continua à inspecter la

pièce du regard, tandis qu'un nouveau disque venait de démarrer.

— Je préfère le sud de la France.

— Pourquoi es-tu venue jusqu'ici, tante Dottie ? Tu as dû avoir un mal fou à trouver cet endroit perdu ?

— Ça n'a pas été si difficile que cela. Mon chauffeur sait très bien lire les cartes routières.

Dottie caressa la petite tête de la chienne qu'elle tenait sous le bras.

— Booboo et moi avons eu une soudaine envie d'aller à la campagne.

— Je vois.

Eden savait que sa tante pensait, comme tout le monde dans son entourage, qu'elle s'était lancée dans cette aventure du Camp Liberty sur un coup de tête. Plus d'un été allait être nécessaire pour les convaincre qu'elle avait mûrement réfléchi en s'investissant dans ce projet. Etant donné qu'elle-même avait passé la majeure partie de l'été à s'interroger sur sa vie, elle pouvait comprendre que ses proches se posent eux aussi des questions.

— Et comme j'étais de passage dans le coin...

Dottie ne jugea pas nécessaire de continuer son explication.

— Tu es d'un chic ! commenta-t-elle avec ironie.

Elle regardait la tunique pleine de taches de peinture et les vieilles tennis d'Eden.

— Le style bohémien revient-il à la mode ? Qu'est-ce que c'est que ça ?

— Du papier crépon. C'est pour accrocher ces guirlandes que j'utilise des punaises.

Eden caressa à son tour Booboo.

— Laisse donc tes décorations et tes punaises à ces

charmantes jeunes demoiselles et viens voir ce que je t'ai apporté.

— Tu m'as apporté quelque chose ?

Obéissant aussitôt à sa tante, Eden tendit les punaises et le papier à une fillette.

— Commence à mettre des guirlandes autour des tables, Lisa, d'accord ?

Dottie prit le bras d'Eden.

— Sais-tu que la ville la plus proche se trouve à plus de trente kilomètres d'ici ? Si tant est qu'on puisse appeler cela une ville. Arrête de bouger, Booboo, je ne veux pas te poser par terre. Je ne veux pas que tu marches sur ce sol tout sale.

Elle caressa la chienne.

— Booboo est un peu capricieuse quand elle n'est pas à la maison, tu comprends ?

— Oui.

— Qu'est-ce que je disais ? Ah, oui, la ville. Il n'y a qu'une rue principale, un feu tricolore et un petit restaurant. Par curiosité, j'ai failli me rendre dans ce restaurant pour voir à quoi ressemblait la clientèle.

Eden rit, puis se pencha pour embrasser Dottie sur la joue.

— Il y avait sans doute une poignée de personnes attablées, qui mangeaient des sandwichs et des chips en se racontant les derniers potins du coin.

— Tu y vas souvent ?

— Malheureusement, ma vie sociale est un peu limitée depuis quelque temps.

— Eh bien, cela va peut-être changer grâce à la surprise que je t'ai apportée.

Dottie montra du doigt la Rolls jaune canari garée sur le terrain de jeu du camp.

Eden reçut un véritable choc en apercevant Eric, appuyé sur le capot de la voiture. Elle poussa une exclamation de surprise.

— Eric, mais que fais-tu…

Il sourit et fit un geste de la main pour remettre sa mèche en place. Un groupe de filles s'était attroupées pour admirer la Rolls et le séduisant Eric Keeton.

Eric affichait un sourire resplendissant. Sûr de lui, il s'avançait vers Eden. En constatant à quel point sa démarche était arrogante, Eden le vit sous un nouveau jour. Il ne l'intéressait plus.

Il prit les deux mains qu'elle ne les lui avait pourtant pas tendues.

— Eden, tu es resplendissante.

Les mains d'Eric étaient douces. Elle s'étonna d'avoir oublié ce détail. Elle ne retira pas ses mains, mais lui répondit froidement :

— Bonjour, Eric.

— Elle est plus belle que jamais, n'est-ce pas, Dottie ?

Il ne semblait pas perturbé par l'accueil d'Eden. Il serra ses mains.

— Ta tante s'inquiétait à ton sujet.

— Comme tu peux le voir, elle avait tort de se faire du souci.

Eden retira ses mains avec fermeté et discrétion. Son regard était aussi froid que sa voix.

— Qu'est-ce qui t'a pris de venir jusqu'ici, tante Dottie ? Tu étais inquiète à ce point ?

— Un peu.

Dottie, qui avait perçu le ton avec lequel Eden s'était adressée à Eric, mit sa main sur la joue de sa nièce.

— Et je voulais voir à quoi ressemblait le lieu où tu as passé tout l'été.

— Je vais te faire visiter.

Dottie haussa les sourcils, mimique que faisait souvent Eden.

— Quelle merveilleuse idée !

— Tante Dottie !

Candy arriva précipitamment du réfectoire ; dans sa course, ses boucles rousses sautaient en tous sens autour de son visage.

— Je me doutais que c'était vous.

Candy, qui était essoufflée, prit Dottie dans ses bras, en souriant naturellement.

— Les filles parlaient d'une Rolls jaune garée sur le terrain. A qui d'autre que vous aurait-elle pu appartenir ?

— Tu es toujours aussi pleine d'entrain, Candy.

Dottie avait beaucoup d'affection pour Candy Bartholomew, même si elle ne comprenait pas toujours ses choix et ses comportements.

— J'espère que cette visite surprise ne te dérange pas.

— J'en suis ravie.

Candy se pencha vers la boule de poils qui se trouvait dans les bras de Dottie.

— Bonjour, Booboo.

Elle se redressa et son regard croisa celui d'Eric.

— Bonjour, Eric.

D'un coup, son sourire sembla beaucoup moins naturel.

— Quel long voyage tu as fait !, reprit-elle.

— Bonjour, Candy.

Contrairement à Dottie, Eric n'avait aucune affection pour la meilleure amie d'Eden.

— Tu as des taches de peinture partout sur les mains, fit remarquer Eric.

— Oui, mais rassure-toi, elle est sèche, lança-t-elle.

Si la peinture avait été encore fraîche, elle lui aurait serré la main bien plus volontiers.

— Eden a proposé de nous faire visiter le camp.

Dottie se rendit compte de l'hostilité palpable qui régnait entre Eric et Candy. Elle avait parcouru tous ces kilomètres dans l'unique but de rendre sa nièce heureuse. Elle était prête à tout pour atteindre son objectif et n'hésiterait pas à user de quelques ruses.

— Je pense qu'Eric meurt d'envie de découvrir le camp, mais, si cela ne vous ennuie pas...

Elle prit la main de Candy.

— J'aimerais m'asseoir et boire un thé. Un peu d'eau pour Booboo ne serait pas non plus de refus. Le voyage a été un peu fatigant pour nous.

— Bien sûr.

Ces bonnes manières n'étaient qu'un piège. Candy fit un clin d'œil à Eden pour lui donner du courage.

— Allons dans la cuisine ; elle est un peu en désordre, j'en suis désolée, dit Candy à Dottie.

— Ce n'est pas grave, très chère.

Elle sourit ensuite à Eden, qui, elle, ne souriait plus vraiment.

— Très bien, tante Dottie. Je vais montrer nos installations à Eric.

— Eden, je...

— Va prendre ton thé, nous parlerons plus tard.

Elle embrassa Dottie sur la joue. Puis elle se retourna et se mit en route, sans prendre la peine de vérifier qu'Eric la suivait.

Eric se trouvait juste à côté d'elle. Elle commença son discours de présentation du Camp Liberty.

— Nous avons six cabanes cet été et nous espérons

pouvoir en compter deux de plus l'été prochain. Chaque cabane porte un nom indien.

En marchant à côté des cabanes, elle vit que les œillets sauvages étaient toujours en fleur, malgré les intempéries qui s'étaient abattues quelque temps auparavant. Elle se dit qu'elle allait tâcher de se montrer aussi forte et résistante que ces fleurs.

— Chaque semaine, on décerne le prix de la cabane la plus propre. Les vainqueurs ont le droit à une heure supplémentaire de leur activité préférée, telle que la natation, l'équitation, etc. Candy et moi avons une petite douche dans notre cabane. Les filles, elles, se lavent dans la salle de bains commune qui se trouve là-bas, au bout du terrain.

— Eden.

Eric prit Eden par le coude, comme il en avait l'habitude par le passé. Eden grinça des dents, mais ne retira pas son bras.

— Oui ?

Cette fois, il fut déconcerté par son regard glacial. Cependant, il se rassura presque aussitôt en se disant qu'elle cherchait simplement à ne pas lui montrer qu'elle avait le cœur brisé.

— Qu'es-tu venue faire ici ?

Il montrait du doigt le campement et les collines environnantes.

Essayant de garder son calme, Eden décida de répondre en ignorant les sous-entendus que contenait cette question.

— Nous nous sommes efforcées de faire de ce camp un lieu de vie où les filles respectent la discipline tout en s'amusant et en développant leur créativité. Ces dernières semaines, nous nous sommes rendu compte que nous arrivions à suivre le programme que nous avions préparé, mais aussi que nous devions rester constamment ouvertes à de nouvelles idées et aux envies des fillettes.

Fière de sa réponse, elle continua sur sa lancée.

— Nous nous levons à 6 h 30 et prenons le petit déjeuner à 7 heures tapantes. Ensuite, nous faisons la tournée d'inspection des cabanes et les activités commencent à 8 heures. Je m'occupe essentiellement de l'équitation, mais il m'arrive d'aider d'autres monitrices ici et là.

— Eden.

Eric l'interrompit en pressant son coude. Eden regarda la brise ébouriffer ses cheveux bien coiffés et songea aux cheveux en bataille de Chase.

— C'est difficile de t'imaginer passant tout l'été à dormir dans une cabane et à surveiller un défilé de fillettes à cheval.

— Vraiment ?

Cette remarque la fit sourire. Elle n'était pas surprise qu'il soit étonné, lui qui possédait une écurie, mais qui n'avait jamais soulevé une fourche à foin de sa vie. Eden n'éprouvait pas de ressentiment, mais plutôt un vague sentiment de pitié.

— Et ce n'est pas tout, nous partons aussi en randonnée, nous faisons de la barque, je réponds aux questions que se posent les jeunes adolescentes sur l'amour et la mode, je leur apprends à reconnaître la flore de la région et je veille à ce qu'elles ne s'ennuient jamais. Veux-tu aller voir les écuries ?

Sans attendre sa réponse, elle prit la direction du manège.

— Eden.

Il la retint de nouveau. Elle eut bien envie de lui envoyer son coude dans l'estomac.

— Je comprends que tu sois fâchée, mais je…

— Tu as toujours aimé les chevaux, lui fit-elle simplement remarquer en ouvrant la porte de l'écurie.

Il dut reculer pour ne pas prendre la porte dans la figure.

— Nous avons deux juments et quatre chevaux hongres. L'une des juments est assez âgée. En revanche, je pense faire saillir l'autre. Les fillettes adoreraient s'occuper des poulains et nous aurions ainsi des montures supplémentaires. Voici Courage.

— Eden, s'il te plaît. Il faut que nous parlions.

Elle se raidit quand il lui toucha les épaules. Cependant, elle réussit à se maîtriser et c'est avec calme qu'elle se retourna et ôta les mains d'Eric de ses épaules.

— Nous sommes en train de parler, me semble-t-il.

Connaissant la fierté d'Eden, il n'était pas surpris qu'elle lui réponde avec tant de froideur.

— Nous devons parler de nous, chérie.

— A quel sujet ?

Il voulut lui prendre la main et haussa les épaules lorsqu'elle l'évita. Il s'était préparé à ce qu'elle se montre réticente. Depuis plusieurs jours, il réfléchissait à la façon dont il s'y prendrait pour calmer le jeu lorsqu'il la reverrait. Il était arrivé à la conclusion que le meilleur moyen était de lui exprimer ses regrets et de faire preuve d'humilité.

— Tu as le droit d'être furieuse contre moi et de vouloir me faire souffrir.

En parlant ainsi, d'une voix douce, et en se montrant compréhensif, il essayait ne pas s'attirer les foudres d'Eden. En fait, Eden pensait que jouer la carte de l'indifférence ferait beaucoup plus de mal à Eric que la colère et la critique.

— Peu m'importe que tu souffres ou non.

Cela n'était pas tout à fait vrai. Elle aurait bien aimé le voir souffrir un peu. Elle se rendit compte qu'elle réagissait de la sorte parce qu'il avait eu le culot de revenir en croyant qu'elle l'accueillerait à bras ouverts.

— Eden, je dois te dire que j'ai souffert, beaucoup

même. Je voulais venir te voir depuis longtemps, mais je n'étais pas certain que tu en aies envie.

Dire qu'elle avait eu l'intention de passer le reste de sa vie avec cet homme et d'avoir des enfants avec lui. Le fixant à présent droit dans les yeux, elle se demandait si elle devait rire ou pleurer.

— Je suis désolée, Eric. Je ne vois pas pour quelle raison tu as souffert. Tu as simplement suivi ton instinct de conservation.

Rassuré par le calme d'Eden, il s'avança vers elle.

— J'admets que j'ai été indélicat.

Les mains d'Eric glissèrent le long des bras d'Eden, ce qui lui glaça le sang.

— Ces derniers mois, j'ai compris que les préoccupations matérielles ne doivent pas toujours primer sur tout.

— Vraiment ?

Elle lui sourit.

— Quelles sont donc tes nouvelles priorités ?

— La vie privée…

Il passa un doigt sur la joue d'Eden. Il se pencha. Visiblement, il avait l'intention de l'embrasser. Comment pouvait-il se croire aussi irrésistible ? Elle eut envie d'éclater de rire en le voyant se prendre tellement au sérieux et croire qu'il parviendrait à ses fins avec elle.

Elle le laissa l'embrasser, mais ce baiser ne lui fit absolument aucun effet. Pourtant, quelques mois auparavant, ses baisers avaient su la ravir et ils lui avaient même procuré un certain plaisir. A l'époque, elle ne savait pas que les baisers de Chase lui procureraient bien plus de plaisir.

A présent, elle ne ressentait plus rien pour Eric. Cette absence de sentiments fit tomber sa colère. Elle savait qu'il n'exerçait plus aucune influence sur elle. Elle ne faisait qu'attendre la fin de son baiser.

Lorsqu'il releva la tête, Eden mit ses mains sur ses épaules pour le repousser. C'est alors qu'elle aperçut Chase, debout à l'entrée de l'écurie.

Parce qu'il était à contre-jour, Eden n'aperçut que sa silhouette et ne distingua pas l'expression sur son visage. Immédiatement, Eden eut la gorge sèche. Il s'approcha d'eux lentement.

Elle voulait lui donner des explications, mais elle ne parvint qu'à secouer la tête. Chase détourna son attention d'Eden pour dévisager Eric.

— Eric Keeton, dit Eric en lui tendant la main.

Chase fit un signe de la tête, mais ne bougea pas. Il savait que si la main d'Eric se retrouvait malencontreusement dans la sienne, il ne pourrait se retenir de la lui broyer.

— Chase Elliot.

A son tour, Eric le salua d'un signe de tête.

— C'est vrai. J'avais oublié que vous aviez des terres dans le coin.

— Oui.

Chase avait envie de le tuer dans l'écurie, sous les yeux d'Eden. Ensuite, il serait bien capable de s'en prendre à elle aussi.

— Vous avez dû faire la connaissance d'Eden, alors ?

Eric posa sa main sur l'épaule d'Eden, comme pour montrer qu'elle lui appartenait. Chase le regarda faire ce geste avant de chercher le regard d'Eden. Instinctivement, cette dernière avait voulu retirer le bras d'Eric de son épaule, mais lorsqu'elle vit l'expression contenue dans les yeux de Chase, elle resta paralysée. Elle ne savait pas ce qui dominait dans son regard, de la colère ou du dégoût.

— Oui. Eden et moi avons déjà eu l'occasion de nous croiser plusieurs fois.

Il mit ses mains dans ses poches pour ne pas montrer qu'il avait les poings serrés.

— Chase a eu la gentillesse de nous laisser accéder à son lac.

Eden croisa les mains et continua.

— Et il nous a fait visiter son verger.

Elle implorait Chase du regard, laissant sa fierté de côté.

— Vos terres doivent se trouver très près d'ici.

Eric avait remarqué l'échange de regards entre Eden et Chase et avait, de ce fait, serré l'épaule d'Eden un peu plus fort.

— Oui, assez près.

Eric et Chase se toisèrent un moment. Eden sentait qu'elle était au centre d'un conflit et elle ne supportait pas de ne pouvoir intervenir pour apaiser les tensions dont elle était la cause. Pour l'heure, elle était embarrassée lorsqu'elle regardait Chase dans les yeux et gênée de sentir sur son épaule le bras possessif d'Eric. Elle s'en dégagea et fit un pas vers Chase.

— Vous souhaitiez me voir ?

— Oui.

Il souhaitait bien plus encore. En la voyant dans les bras d'Eric, il avait ressenti un grand vide et avait eu des envies de meurtre. Il ne voulait plus y penser.

— Mais ça n'avait rien d'important.

— Chase…

— Bonjour, lança alors Candy d'un ton jovial en entrant dans l'écurie, suivie de tante Dottie.

— Tante Dottie, je vous présente notre voisin, Chase Elliot.

Dottie plissa les yeux.

— Elliot, dis-tu ? Ce nom ne m'est pas inconnu. Oui, j'y

suis. Je crois que nous nous sommes déjà rencontrés il y a quelques années. Vous êtes le petit-fils de Jessie Winthrop.

Eden constata que le visage de Chase s'adoucissait. Il esquissa un sourire qui, hélas, ne lui était pas destiné.

— C'est exact. Je me souviens parfaitement de vous, madame Norfolk. Vous n'avez pas changé.

Dottie émit un petit rire.

— Cela doit remonter à plus de quinze ans. A mon avis, nous avons changé tous les deux. Vous mesuriez quelques centimètres de moins en ce temps-là.

Elle le jaugea d'un coup d'œil appréciatif.

— Vous êtes récoltant de pommes si ma mémoire est bonne. Oui, bien sûr, la société Elliot.

Soudain, elle comprit qu'avoir amené Eric avec elle n'avait peut-être pas été une excellente idée. Nul besoin d'être devin pour ressentir le malaise qui régnait dans l'écurie.

Cependant, dans la vie, rien n'est irréparable. En souriant, elle s'adressa à sa nièce.

— Candy m'a parlé de la fête d'adieu du camp. Sommes-nous tous invités ?

Eden reprit ses esprits. Comment ça ? Tante Dottie voulait assister à la fête ? C'était une plaisanterie ? Tante Dottie, avec ses chaussures de marque italienne et son tailleur qui avait dû coûter plus cher qu'un des chevaux du camp ! Elle n'était pas vraiment à sa place au milieu d'une écurie.

— Tante Dottie, tu as l'intention de rester ici ?

Dottie fit une drôle de tête.

— Non, pas vraiment !

Elle se mit à tripoter les perles de son collier en réfléchissant. Il était hors de question qu'elle dorme dans une cabane, mais elle ne voulait pas manquer les festivités.

— Eric et moi avons réservé des chambres dans un

hôtel à quelques kilomètres d'ici, mais cela me ferait de la peine que tu ne nous invites pas à la soirée.

Elle posa sa main sur l'avant-bras de Chase.

— Vous allez venir aussi, n'est-ce pas ?

— Je ne raterais cet événement pour rien au monde, lui répondit-il en entrant dans son jeu.

— Parfait.

Dottie reprit le bras de Candy et conclut :

— Nous sommes donc tous invités.

Candy observait les réactions d'Eric et d'Eden.

— Oui, bien sûr, mais...

— Nous allons passer une soirée merveilleuse, n'est-ce pas, Eden ? questionna Dottie en coupant la parole à Candy.

— Oui. Merveilleuse, dit Eden, tout en se demandant si elle ne ferait pas mieux de fuir le plus loin possible.

9

Avec l'arrivée inattendue d'Eric et sa confrontation avec Chase, Eden se sentait dépassée par les événements. Comme si cela ne suffisait pas, elle devait maintenant s'occuper d'une soixantaine d'enfants réunis dans le réfectoire.

Les garçons arrivèrent en autobus à 20 heures. Ils semblaient aussi nerveux que les filles. Eden se rappela ses premières sorties d'adolescente ainsi que les doutes, l'anxiété et les mains moites, qui caractérisaient, entre autres, les premières danses entre filles et garçons. La musique à plein volume permit de détendre l'atmosphère. Les moniteurs de l'autre colonie encouragèrent les garçons à entrer sans faire les timides.

Une chose était sûre, ils ne seraient pas à court de rafraîchissements. De grands pichets de jus de fruits avaient été posés sur les tables du réfectoire et il y en avait encore des litres en cuisine. Candy fit un petit discours de bienvenue aux adolescents, au milieu des banderoles et des fleurs en papier. On passa un nouveau disque. Toutes les filles se tenaient d'un côté de la salle et les garçons de l'autre côté.

Evidemment, personne n'osait faire le premier pas et se lancer sur la piste de danse. Eden, qui avait pressenti que cela se passerait ainsi, avait placé des morceaux de papier numérotés dans deux boîtes. Elle demanda aux filles de tirer au sort un papier dans l'un des deux récipients et aux garçons de piocher dans l'autre. Ceux qui se retrouvaient avec le même numéro formaient un couple pour la première danse ; un système simple, mais efficace !

Quand la première danse toucha à sa fin, Eden s'éclipsa pour vérifier que tout allait bien en cuisine. Elle laissa Candy superviser le réfectoire et faire connaissance avec les moniteurs.

Lorsqu'elle revint dans la salle de danse, quelques couples avaient déserté la piste, mais de nouveaux couples s'étaient formés, sans l'aide des numéros cette fois.

— Mademoiselle Carlbough ?

Eden, qui posait une assiette de chips sur la table, tourna la tête. Roberta était méconnaissable. Elle avait soigneusement attaché ses cheveux à l'aide d'un joli ruban. Ses boucles d'oreilles, de petites étoiles turquoise, étaient assorties à son chemisier. Une couche de fond de teint estompait ses taches de rousseur. Eden se douta qu'elle avait dû chaparder le maquillage à des filles plus âgées, mais ne la gronda pas.

— Salut, Roberta.

Eden prit deux bretzels et lui en tendit un.

— Tu ne vas pas danser ?

— Si, bien sûr, lui répondit Roberta.

Elle regarda discrètement par-dessus son épaule.

— Je voulais d'abord vous parler.

— Ah bon, et de quoi veux-tu me parler ?

Eden savait très bien que Roberta n'avait pas besoin de ses conseils pour aborder les garçons et elle avait remarqué que la jeune fille semblait déjà avoir un petit faible pour un garçon élancé aux cheveux bruns. Ce jeune homme ne pourrait certainement pas résister au charme de Roberta.

— J'ai vu l'homme qui est arrivé en Rolls.

— Tu veux parler de M. Keeton ? lui demanda Eden sans même prendre le temps d'avaler son morceau de bretzel.

— Certaines filles trouvent qu'il est mignon.

— Mmm.

Eden mordillait son bretzel.

— Certaines disent que vous avez le béguin pour lui. Elles pensent que vous avez eu une dispute d'amoureux, comme dans *Roméo et Juliette* ou quelque chose comme ça. Il est venu vous demander pardon et vous allez vous rendre compte que vous ne pouvez pas vivre sans lui et vous allez partir avec lui et l'épouser.

Eden laissa Roberta terminer son histoire, puis s'éclaircit la voix.

— Eh bien, dis-moi, c'est un vrai scénario de film ce que tu me racontes là !

— Moi, je n'y crois pas, à cette histoire.

S'efforçant de garder son sérieux, elle croqua son bretzel.

— Pourquoi tu n'y crois pas ?

— Parce que vous êtes trop intelligente pour préférer le monsieur de la Rolls à M. Elliot, qui est beaucoup mieux, expliqua-t-elle en attrapant quelques chips.

Roberta regarda par-dessus l'épaule d'Eden.

— En plus, il est plus petit que M. Elliot.

— Oui, dit Eden en se mordant la lèvre, il est plus petit.

— A mon avis, lui il n'est pas du genre à sauter dans le lac pour rigoler.

Eden tenta alors de se représenter Eric plongeant dans les eaux glacées du lac torse nu. Elle essaya aussi de l'imaginer lui offrant un bouquet de fleurs sauvages qu'il aurait fraîchement cueillies, ou encore dessinant avec elle des figures dans le ciel. Elle sourit joyeusement.

— Non, Eric ne ferait pas cela.

— Je savais bien qu'il n'y avait rien entre vous !

Roberta engloutit les dernières chips qu'elle tenait dans la main.

— Quand M. Elliot arrivera, je danserai avec lui, mais, en attendant, je vais aller danser avec Bobby.

Elle sourit à Eden, puis traversa la pièce et prit la main du garçon grand et mince. Eden avait vu juste : il n'avait aucune chance d'échapper à Roberta.

Elle regarda la piste de danse et pensa à Chase. Il était le seul homme qu'elle n'ait pas comparé à son père. Elle était tombée amoureuse de Chase pour ce qu'il était, sans avoir besoin de le comparer à qui que ce soit. Maintenant, il ne lui restait plus qu'à trouver le courage de lui avouer ses sentiments.

— C'est donc ainsi que les jeunes s'amusent de nos jours.

Tante Dottie se trouvait juste derrière Eden. Elle portait une tenue en dentelle mauve. Elle avait remplacé ses perles par un sublime collier de rubis. Booboo, quant à elle, n'était pas en reste, puisqu'elle arborait sur le sommet de sa tête une petite barrette en strass ; Eden espéra du moins qu'il ne s'agissait que d'une imitation de pierres précieuses. Prise d'affection pour sa tante bien-aimée, elle l'embrassa sur la joue.

— Tu es bien installée à l'hôtel ?

— On peut dire ça comme ça.

Dottie accepta le biscuit que lui tendait Eden, puis examina la jeune fille. Elle portait un haut bleu pastel très léger, qui était d'une grande simplicité. Dottie fut satisfaite de constater que même les habits les plus simples allaient à merveille à sa nièce.

— Dieu merci, tu sais encore t'habiller !

Eden rit et l'embrassa de nouveau.

— Tu m'as beaucoup manqué. Je suis tellement heureuse que tu sois venue.

— Vraiment ?

Dottie entraîna alors Eden vers la porte pour lui parler seule à seule.

— J'avais peur que tu ne te réjouisses pas vraiment de ma visite ici.

Elle ouvrit la porte et elles s'arrêtèrent sous le porche.

— Surtout avec la surprise que je t'ai apportée.

— Je suis ravie de te voir, tante Dottie.

— Mais pas Eric ?

Eden s'appuya contre le mur.

— Tu pensais que j'avais envie de le revoir ?

— Oui.

Dottie soupira et épousseta son corsage en dentelle.

— Oui, je le croyais, mais à peine arrivée ici, j'ai compris que je n'aurais pas dû venir avec lui. Ma chérie, j'espère que tu ne m'en veux pas. Je cherchais à t'aider.

— Je ne t'en veux pas le moins du monde. Je sais parfaitement que tes intentions étaient bonnes et j'apprécie tout ce que tu fais pour moi.

— Je pensais qu'avec le temps, les différends qui vous ont séparés auraient disparu.

Dottie donna un morceau de biscuit à Booboo.

— A vrai dire, Eric a réussi à me convaincre que venir ici était la meilleure des choses à faire.

— Il sait se montrer persuasif, murmura Eden.

Dottie haussa les épaules, ce qui fit scintiller les rubis qu'elle portait au cou.

— Eden, tu ne m'as jamais expliqué pourquoi vous avez décidé d'annuler le mariage aussi soudainement.

Eden ouvrit la bouche, mais la referma aussitôt, songeant qu'il ne servait à rien que sa tante connaisse la vérité, qui ne ferait que la blesser ou la mettre en colère.

— Nous nous sommes simplement rendu compte que nous n'étions pas faits l'un pour l'autre, lui dit-elle simplement.

— Moi qui trouvais que vous formiez un si beau couple.

Dans leur dos, la musique se fit plus forte et elles entendirent des éclats de rire. Dottie jeta un coup d'œil par-dessus son épaule.

— Eric a aussi l'air de croire que cela peut marcher entre vous. Il est venu me rendre visite à plusieurs reprises ces dernières semaines.

Eden fit quelques pas et remit en place son épaisse chevelure. Eric avait peut-être découvert que la réputation des Carlbough n'avait finalement pas été aussi ternie qu'il ne l'avait craint. Elle ne cherchait pas à être cynique, mais c'était la seule explication qui lui venait à l'esprit. Il devait sans doute penser qu'elle finirait par récupérer ses richesses perdues grâce à quelque héritage. Elle retourna vers sa tante en ravalant son amertume.

— Il se trompe, tante Dottie. Il croit peut-être m'aimer, mais il n'a pas de véritables sentiments pour moi. En fait, nous nous étions simplement habitués l'un à l'autre.

Elle tendit les bras et prit la main de sa tante.

— Je ne l'ai jamais aimé. Cela m'a pris du temps, mais j'ai compris que j'étais sur le point de l'épouser non pas par amour, mais parce que tout le monde s'attendait à notre union et…

Elle retint sa respiration.

— Parce que je pensais, à tort, qu'il était comme papa.

— Ma pauvre chérie.

— C'est ma faute, j'ai toujours comparé les hommes avec lesquels je sortais à papa. C'était la personne la plus gentille et la plus attentionnée que j'aie connue et je l'aimais et l'admirais énormément, mais je n'aurais jamais dû faire des comparaisons entre lui et mes petits amis.

— Nous aimions tous beaucoup ton père, Eden.

Dottie la prit dans ses bras.

— C'était un homme remarquable. Il était très prévenant. C'était un flambeur mais...

— Peu importe.

Eden esquissa un sourire.

— Et puis, s'il n'était pas mort de façon aussi soudaine, je suis persuadée qu'il aurait regagné sa fortune. Tu sais, tante Dottie, moi aussi j'aime jouer et prendre des risques.

— Tu lui ressembles tellement !

Dottie sortit un mouchoir de son sac à main.

— Lorsque tu as insisté pour venir travailler dans ce camp, je pensais vraiment que tu avais perdu la raison, mais maintenant que j'ai pris le temps de découvrir le site et les activités que vous proposez, et que j'ai vu les fillettes dont tu t'occupes, je m'aperçois que tu as fait les bons choix.

Elle tamponna ses yeux discrètement avant de glisser son mouchoir dans son sac.

— Je suis fière de toi, Eden. Ton père l'aurait été aussi.

A présent, c'était Eden qui avait besoin d'un mouchoir pour s'essuyer les yeux.

— Tante Dottie, tu ne peux pas savoir à quel point ce que tu me dis là me touche. Après sa mort, quand j'ai dû vendre nos biens, j'ai eu l'impression de le trahir, de te trahir, de trahir toute la famille.

— Non, ne dis pas ça.

Dottie prit le menton d'Eden dans sa main.

— Tu t'es montrée très courageuse. J'aurais tant aimé avoir pu t'éviter tous ces soucis.

— Oui, je sais, mais c'était à moi de m'en occuper.

— Sache que je me suis inquiétée pour toi, mais que tu ne m'as jamais fait honte, Eden. Aujourd'hui encore, je te le répète, tu es et tu resteras toujours la bienvenue chez moi.

— C'est très gentil.

— Et j'espère que cette colonie sera bientôt la plus prisée de la région !

— Compte sur moi pour qu'elle le devienne.

Eden rit. Au terme de cette discussion, elle se sentit débarrassée d'un poids qu'elle portait depuis la disparition de son père.

Dottie fit quelques pas en avant afin d'avoir une meilleure vue sur le camp.

— Il manque une piscine ici. Les fillettes devraient pouvoir prendre des cours de natation ; un lac n'est pas un endroit pour apprendre à nager. Je vais faire don d'un bassin au Camp Liberty.

— Tante Dottie...

— Au nom de ton père.

Dottie haussa les sourcils.

— Je pense que tu n'y verras aucun inconvénient. Si je peux me permettre de faire don d'un bloc opératoire à un hôpital, je peux tout aussi bien offrir une piscine à la colonie de ma nièce adorée. D'ailleurs, mon comptable sera ravi de ce geste. Dis-moi, préfères-tu qu'Eric et moi partions maintenant ?

Encore sous le coup du don incroyable de sa tante, Eden soupira.

— Eric ne signifie plus rien pour moi. Cela ne me dérange pas qu'il soit ici. Tu peux rester aussi longtemps que tu le souhaites.

— Très bien. Booboo et moi apprécions beaucoup ce nouvel environnement.

Dottie s'inclina pour frotter son nez contre le pelage de la petite chienne.

— Booboo est très docile. Eden, je voulais te poser une dernière question. Je jurerais avoir ressenti comme de l'électricité dans l'air en entrant dans l'écurie cet après-midi. Serais-tu amoureuse d'un autre homme ?

— Tante Dottie...

— N'en dis pas plus. Sache simplement que tu as mon entière bénédiction. Booboo aussi semblait charmée par cette personne. Tiens, quand on parle du loup...

Dottie fit un pas de côté alors que la Lamborghini s'arrêtait et elle regarda Chase en sortir.

— Rebonjour ! cria-t-elle.

Puis elle donna une petite tape sur l'épaule d'Eden.

— Je vais à l'intérieur pour goûter le cocktail. Il est bon n'est-ce pas ?

— C'est moi qui l'ai préparé.

— Alors je vais de ce pas le savourer.

Prenant son courage à deux mains, Eden se tourna vers Chase et lui dit :

— Bonsoir. Je suis heureuse que vous...

La bouche de Chase vint se poser sur la sienne si rapidement qu'elle n'eut même pas le temps d'être surprise. Elle réfléchirait plus tard au caractère possessif de ce baiser, mais, pour l'heure, elle se contenta de glisser ses mains le long de son dos musclé, puis de s'accrocher à ses épaules. Instantanément, elle ressentit une émotion vive et excitante.

Jamais elle n'avait connu de telles sensations avec Eric, pensa Chase alors qu'Eden se serrait tout contre lui. A vrai dire, elle n'avait jamais connu cela avec personne d'autre que lui. Brusquement, il se détacha d'elle, comme si la colère venait de prendre chez lui la place du désir.

— Pourquoi..., commença-t-elle.

Elle reprit sa respiration avant de poursuivre.

— Pourquoi ce baiser ?

Il saisit à pleines mains ses longs cheveux afin qu'elle

s'approche de lui de nouveau. Puis il posa de nouveau ses lèvres sur les siennes et murmura :

— J'avais envie de vous embrasser, y voyez-vous une objection ?

Il la défiait. Elle inclina le menton.

— Non, absolument aucune.

— Réfléchissez-y plus longuement et revenez me voir.

Sur ce, il la poussa vers les lumières et la piste de danse.

Ce soir-là, Eden consacra tout son temps aux fillettes et aux moniteurs de la colonie des garçons. Elle savait bien, même si elle n'aimait pas l'admettre, qu'elle cherchait à s'occuper afin d'éviter de se retrouver en présence de Chase. Elle voulait prendre le temps de réfléchir avant de discuter de nouveau en privé avec lui.

Elle le regarda danser avec Roberta. Elle n'avait qu'une envie, se jeter dans ses bras et lui déclarer la force de son amour pour lui. Quel embarras cela causerait ! Il ne lui avait posé aucune question au sujet d'Eric et elle se demandait comment elle allait lui expliquer ce qui s'était passé plus tôt dans la journée. S'il n'avait rien demandé, peut-être était-ce parce que cela n'avait pas d'importance pour lui. Dans ce cas, cela signifiait qu'il n'était pas attaché à elle autant qu'elle l'était à lui. Elle avait la ferme intention de mettre les choses au clair avec lui avant la fin de la soirée, que cela lui plaise ou non. Elle attendait simplement le bon moment, lorsqu'elle se sentirait suffisamment forte et prête.

La soirée fut un grand succès et les moniteurs et monitrices parlèrent déjà d'en faire un grand événement annuel. Candy, quant à elle, débordait déjà de nouvelles idées d'activités communes à organiser avec le camp des garçons. Comme toujours, Eden laisserait à Candy le soin d'élaborer les grandes lignes des nouveaux projets, puis elle se chargerait d'en arranger les derniers détails.

Eden réussit à éviter toute confrontation directe avec Eric ou Chase durant la soirée en s'affairant sans cesse à droite à gauche. Ils se dirent quelques mots et dansèrent, mais toujours au milieu d'une foule d'enfants. Elle échangea quelques banalités avec Eric et perçut un certain danger dans les yeux de Chase. Sans doute était-ce ce risque indicible et le souvenir du dernier baiser échangé qui la retenaient et la faisaient retarder le plus possible leur discussion.

— J'ai l'impression que vous aimez beaucoup Eden, s'hasarda à dire Roberta lorsqu'elle vit que Chase la cherchait une fois de plus du regard.

— Pardon ?

Chase reporta son attention sur sa petite partenaire de danse.

— Vous en pincez pour Mlle Carlbough. Elle est tellement belle. Nous l'avons élue la plus belle monitrice du camp, même si Mlle Allison est plus…

Elle se retint d'en dire plus, comprenant soudain qu'il ne convenait pas d'évoquer certaines parties de l'anatomie féminine avec les hommes.

— Plus euh…

— Je vois ce que tu veux dire.

Chase fut amusé, comme toujours, par le franc-parler de la jeune adolescente. Il la fit tourner gracieusement devant lui.

— Certaines des filles disent que M. Keeton est canon.

— Ah oui ?

Le beau sourire de Chase se transforma en un rictus lorsqu'il posa son regard sur l'homme en question.

— Moi, je trouve que son nez est trop fin, ajouta Roberta.

— Son nez a failli être cassé, murmura Chase.

— Et ses yeux sont trop rapprochés, poursuivit la jeune fille, je vous préfère largement.

Touché par cette déclaration et se rappelant son premier béguin, Chase tira doucement sur la queue-de-cheval de Roberta afin qu'elle lève la tête et le regarde.

— Moi aussi je t'aime beaucoup.

Dans son coin, Eden observait Chase et Roberta. Elle vit Chase se pencher et Roberta paraître transportée de joie. Elle poussa un soupir en s'apercevant qu'elle était presque jalouse d'une gamine de douze ans. Elle mit ces pensées négatives sur le compte de la fatigue nerveuse qu'elle commençait à ressentir à force d'éviter Chase.

La fête battait son plein. La chaîne hi-fi diffusait des musiques entraînantes. Les moniteurs faisaient d'innombrables allers et retours en cuisine pour approvisionner le buffet. Les enfants criaient pour se faire entendre à cause du niveau sonore élevé de la musique.

Eden décida de s'accorder une pause de cinq minutes durant lesquelles elle pourrait s'isoler et réfléchir tranquillement. Elle se rendit dans la cuisine et sortit par la porte de derrière. Elle se sentit apaisée dès qu'elle eut franchi le pas de la porte. Elle était enfin libre de respirer calmement l'air doux de l'été et de profiter des senteurs d'herbe fraîche et de chèvrefeuille.

La lune ne formait plus ce soir qu'un très mince croissant dans le ciel. Ces trois derniers mois, elle l'avait regardée croître et décroître plus que jamais auparavant. Elle aussi s'était transformée au rythme de la lune.

Elle scruta le ciel et chercha les constellations que Chase lui avait montrées. Elle se demandait si elle aurait de nouveau le bonheur de partager un instant comme celui-là avec lui. Elle marcha ensuite dans l'herbe. Elle percevait encore la musique et les voix d'enfants derrière elle. Au bout de quelques minutes, elle s'appuya contre le tronc d'un vieux noyer et savoura ce petit moment à l'écart du groupe.

Les nuits d'été se prêtaient parfaitement aux rêveries et aux vœux. Lorsque l'hiver glacial aurait réapparu, elle ne manquerait pas de se remémorer cette douce nuit.

Le grincement de la porte de la cuisine vint perturber sa sérénité. Elle se redressa et ne prit même pas la peine de dissimuler son agacement.

— Eric.

Il s'approcha d'elle et s'arrêta sous le noyer. Le feuillage de l'arbre filtrait la lumière des étoiles.

— Avant, tu ne te serais jamais éclipsée ainsi au milieu d'une soirée.

— J'ai changé.

— Oui. J'ai remarqué.

Eden regarda Eric dans les yeux. Il parut gêné et détourna la tête.

— Nous n'avons pas terminé la conversation que nous avions commencée, murmura-t-il.

— Si. Nous l'avons finie il y a bien longtemps.

— Eden, j'ai fait un long voyage pour te voir et pour que tout redevienne comme avant entre nous.

Il leva doucement un doigt pour lui caresser le menton. Eden détourna simplement la tête.

— Désolée que tu te sois déplacé pour rien, mais nous n'avons plus rien à nous dire.

Etrangement, la colère et l'amertume qui étaient si présentes en elle peu de temps auparavant s'étaient estompées. Elle était restée complètement indifférente au baiser qu'il lui avait donné plus tôt dans la journée. Face à lui, elle avait l'impression d'être en présence d'une personne qu'elle connaissait à peine.

— Eric, ça ne sert à rien de faire traîner cette discussion. Restons-en là.

— J'admets m'être mal comporté.

Il barra la route à Eden, pensant certainement qu'il finirait par la reconquérir en faisant son *mea-culpa*.

— Eden, je t'ai fait du mal et j'en suis désolé, mais je pensais autant à toi qu'à moi lorsque j'ai agi ainsi.

Elle eut envie de rire, mais ne s'en donna même pas la peine.

— Tu pensais à moi, Eric ? Bon, si c'est ce que tu crois... Merci et adieu.

— Eden, s'il te plaît, dit-il avec un soupçon d'impatience dans la voix, tu sais comme moi que le mariage aurait été très compliqué à ce moment-là, car le scandale était encore beaucoup trop présent dans l'esprit des gens.

A ces mots, elle se figea. Elle prit appui contre l'arbre et attendit. Tout compte fait, il restait encore quelques traces de colère au fond d'elle. Peut-être valait-il mieux qu'elle évacue cette colère une bonne fois pour toutes.

— Est-ce que ce sont les investissements malheureux de mon père que tu oses qualifier de scandaleux ?

— Eden.

Il se rapprocha de nouveau d'elle pour poser une main réconfortante sur son épaule.

— Ta vie a changé si brusquement et si dramatiquement lorsque ton père est mort et que...

— Et que j'ai dû gagner ma vie toute seule, termina-t-elle. Oui, tu as raison. Tout a changé. Et ces derniers mois, j'ai appris à être heureuse de cette situation.

Elle commençait à être vraiment agacée.

— J'ai appris que je ne pouvais compter que sur moi-même et que l'argent n'était pas ce qu'il y a de plus important dans la vie.

En le regardant, elle sut qu'il ne partageait pas son point de vue, qu'il ne la comprenait pas et n'en serait jamais capable.

— Tu sais, Eric, je me fiche de ce que les gens pensent de moi à présent. Pour la première fois de mon existence, je mène une vie qui me satisfait et je n'ai besoin de personne.

— Tu ne vas pas me faire croire que tu aimes travailler dans ce camp. Je te connais trop bien pour ça. La femme que je connais préférerait de loin vivre à Philadelphie avec moi qu'être ici.

Il enroula une mèche des cheveux d'Eden autour de son doigt.

— Peut-être, dit-elle tout en attrapant lentement sa main afin qu'il lâche ses cheveux, mais je ne suis plus la femme que tu as connue.

— Ne sois pas ridicule.

Eric se sentait de plus en plus anxieux. En venant au camp, il n'avait pas pensé se faire humilier par Eden.

— Rentrons ensemble à l'hôtel ce soir. Demain, nous pourrons retourner à Philadelphie et nous marier, comme nous l'avions prévu.

Elle le regarda avec attention. Eric était-il sérieux ? Se pouvait-il qu'il soit véritablement attaché à elle ? Elle chercha à sonder son propre cœur pour tenter d'y déceler une quelconque trace d'affection et comprit qu'elle ne ressentait plus pour lui que du mépris.

— Pourquoi t'entêtes-tu ainsi ? Tu ne m'aimes pas. Tu ne m'as jamais aimée. Si tu m'avais vraiment aimée, jamais tu ne m'aurais quittée au moment où j'avais le plus besoin de toi.

— Eden…

— Non, laisse-moi finir. Laisse-moi clore cette conversation une bonne fois pour toutes.

Elle le repoussa d'un geste impatient de la main.

— Tes excuses ne m'intéressent pas, Eric. En vérité, tu ne m'intéresses pas.

Sa voix posée et sa franchise semblèrent décontenancer Eric.

— Eden, tu ne penses pas ce que tu dis. Nous étions sur le point de nous marier, souviens-toi.

— Nous allions nous marier pour de mauvaises raisons. Sur ce point, je suis aussi coupable que toi d'avoir envisagé notre union.

— Arrêtons de nous culpabiliser l'un l'autre, Eden. Laisse-moi te démontrer que nous sommes faits l'un pour l'autre.

Eden sentait que la distance entre eux grandissait de minute en minute.

— Je ne suis plus en colère et je ne suis pas blessée, mais je ne t'aime pas, Eric, et je ne veux pas vivre avec toi.

Pendant quelques instants, il ne dit plus un mot. Lorsqu'il finit par reprendre la parole, Eden remarqua non sans surprise une réelle émotion dans sa voix.

— Tu as déjà trouvé quelqu'un pour me remplacer, Eden ?

De qui se moquait-il ? Lui qui avait osé la laisser tomber peu avant la date de leur mariage se permettait maintenant de jouer l'amoureux trahi !

— Cette conversation tourne au ridicule, mais je vais te répondre. Je n'ai pas cherché à te remplacer, Eric, mais j'ai appris à te voir tel que tu es vraiment.

— Dis-moi juste si Chase Elliot est pour quelque chose dans ce changement.

— De quel droit me demandes-tu cela ?

Elle voulut s'éloigner de lui, mais il la saisit par le bras, sans aucune délicatesse. Comme il ne la lâchait pas, elle le regarda dans les yeux. Il était aussi immature qu'un enfant qui, après avoir jeté un jouet, fait un caprice pour le récupérer. Elle sentit la colère monter en elle, mais la contint et conserva une apparence glaciale.

— Ce qui se passe entre Chase et moi ne te regarde pas.

Eric avait déjà vu Eden adopter ce ton hautain et froid. Il adoucit sa voix et lui dit :

— Tout ce qui se rapporte à toi me regarde.

Lassée des remarques affligeantes d'Eric, Eden soupira.

— Eric, tu es pitoyable.

Il la tenait toujours lorsque la porte de la cuisine s'ouvrit de nouveau.

— Visiblement, je vous dérange une fois de plus, lança Chase, les mains dans les poches, en s'avançant vers eux.

— On dirait que cela devient une habitude, répliqua Eric.

Il lâcha Eden pour se placer entre elle et Chase.

— Ne voyez-vous pas qu'Eden et moi sommes en train de discuter en privé. On ne vous apprend pas les bonnes manières à la campagne ?

Chase serra les poings. S'il continuait à se montrer aussi arrogant, c'est lui qui allait lui apprendre les bonnes manières. Lorsque ce petit-bourgeois de Philadelphie aurait le nez en sang, il réfléchirait peut-être à deux fois avant de le provoquer.

Il s'approcha un peu plus d'Eric. Eden, qui sentait que la situation risquait de dégénérer, prit la parole.

— Nous venions de terminer notre discussion, dit-elle rapidement en s'interposant entre eux.

C'était comme si elle était devenue invisible aux yeux de Chase et d'Eric, trop occupés à s'affronter.

— Il me semble que vous avez eu largement le temps de lui dire tout ce que vous aviez sur le cœur, dit Chase, en ne quittant pas Eric des yeux.

— Je peux parler à ma fiancée autant que je le souhaite. De quoi vous mêlez-vous ?

— Fiancée ! s'exclama Eden, outrée.

Les deux hommes continuèrent à l'ignorer.

— Tu es arrivé trop tard, Keeton. La situation a changé.

Chase parlait calmement. Il avait gardé les mains dans ses poches.

— Comment ça ? interrogea Eden, en se tournant vers Chase.

Pour toute réponse, il lui prit la main et lui dit :

— Vous aviez promis de danser avec moi ce soir.

Aussitôt, Eric attrapa Eden par l'autre bras.

— Nous n'avons pas fini de parler.

— Si, vous avez terminé. Eden va danser avec moi maintenant, lança Chase d'un ton provocateur.

Furieuse, Eden tira d'un coup sec pour se dégager des deux hommes.

— Arrêtez !

Elle ne supportait pas la manière dont tous deux tentaient de se l'accaparer sans lui demander son avis. Pour une fois, elle oublia les bonnes manières et préféra la méthode recommandée par Chase.

— Vous êtes des imbéciles, cria-t-elle. On dirait deux chiens qui se battent pour un même os. Ne pensez-vous pas que j'ai mon mot à dire ? Alors, vous allez bien m'écouter maintenant.

Elle se tourna vers Eric.

— Eric, je pensais vraiment tout ce que je t'ai dit ce soir, est-ce bien clair ? Jusque-là, je suis restée polie, mais si tu refuses de comprendre, j'adopterai un autre ton.

— Eden, chérie...

— Non, non, non !

Elle frappa la main qu'il tendait vers elle.

— Tu m'as quittée alors que j'allais mal. N'espère pas que je revienne un jour vers toi. Tu n'es plus rien à mes yeux. Et ne t'avise surtout pas de me toucher encore une fois.

Chase fut impressionné par les paroles d'Eden. Il fut pris d'une envie urgente de la prendre dans ses bras le plus vite possible et de lui témoigner tout l'amour qu'il ressentait pour elle.

Il sourit mais reprit vite son sérieux en voyant l'expression de son visage tandis qu'elle se tournait vers lui.

— Quant à vous, apprenez que vos manières d'homme des cavernes me sont insupportables…

Tout en parlant, elle enfonçait son doigt dans le torse de Chase, qui ne s'attendait visiblement pas à une telle réaction.

— Eden, voyons, je…

— Taisez-vous, monsieur le macho. Je n'ai pas besoin de vous. Si vous pensiez me faire plaisir en vous mêlant de mes affaires privées, vous vous trompiez. Je n'ai pas besoin de garde du corps.

Elle reprit sa respiration et regarda les deux hommes, tour à tour.

— Même les enfants du camp font preuve de plus de maturité que vous. Vous avez parlé de moi sans vous préoccuper de ce que j'avais à dire. Vous pouvez continuer à vous battre si ça vous amuse, mais moi, je ne veux plus vous voir. Ni l'un, ni l'autre !

Elle leur tourna le dos et s'en alla, les laissant cloués sur place, debout sous le vieil arbre.

10

Lorsque le dernier jour des vacances arriva, le camp était en pleine effervescence. Les fillettes préparaient leurs valises. Certaines fondaient en larmes à l'idée de quitter leurs amies, d'autres étaient occupées à rechercher leurs affaires perdues. On enleva les draps des lits, on les lava et les plia. Les monitrices s'attelèrent ensuite à l'inventaire de tout le matériel avant d'aller le ranger dans un entrepôt jusqu'à l'été prochain.

Eden décida qu'elle rassemblerait ses affaires lorsqu'il n'y aurait plus rien d'autre à faire. Elle envisagea même de passer une nuit supplémentaire au camp et de ne repartir que le lendemain, après tout le monde. Elle se disait qu'il valait mieux que quelqu'un reste pour faire une dernière inspection des lieux une fois tout le monde parti. En vérité, elle ne pouvait se faire à l'idée de quitter le camp.

Lorsqu'elle eut terminé de ranger le linge, elle se dirigea vers les écuries pour procéder à l'inventaire des brides et des selles. Elle tentait de se convaincre que si elle souhaitait partir après les autres, c'était simplement pour vérifier une dernière fois que tout était en ordre.

Malgré ses efforts de concentration, il lui était très difficile de ne pas penser à Chase. Non, ce n'était pas à cause de lui qu'elle voulait rester un jour de plus, se répétait-elle inlassablement. Elle recompta les mors, trouva un chiffre différent du premier, et recommença. Si elle n'avait pas été obsédée par lui de cette manière, elle aurait pu être plus efficace dans son travail ! Elle raya toute une série de chiffres avant d'inscrire le nombre définitif. Elle examina ensuite l'usure des rênes. Elle estima qu'un bon nettoyage au savon glycériné suffirait à les remettre à neuf. Elle s'en chargerait le lendemain : encore une bonne raison pour passer une soirée supplémentaire au camp.

Ces derniers jours, elle n'avait cessé de songer à la confrontation avec Chase et Eric. Elle pensait vraiment ce qu'elle leur avait dit. Il ne s'agissait pas de simples mots lâchés sous le coup de la colère. Elle avait laissé parler son cœur. Des jours et des nuits s'étaient écoulés depuis, pourtant, lorsqu'elle revoyait la scène, elle ne regrettait pas la moindre de ses paroles. Elle était indignée d'avoir été traitée comme un vulgaire trophée qu'ils tentaient tous deux de s'approprier. Rien qu'en y repensant, elle sentait sa colère revenir. Maintenant qu'elle s'était affirmée et avait renforcé sa personnalité, elle ne laisserait plus les hommes lui dicter leurs lois.

Elle alla ensuite inspecter les étriers. Elle se sentait envahie par des pensées négatives. Eric ne l'avait jamais aimée. C'était désormais une évidence pour elle ; elle avait fini par ouvrir les yeux et par voir la réalité en face. Il ne l'aimait pas et ne se souciait pas de son bien-être ; il voulait juste qu'elle soit à lui. « C'est ma fiancée », dit-elle à voix haute en l'imitant.

Sa tante était intervenue et avait contraint Eric à quitter le camp. Sans l'aide de Dottie, elle ne sait pas vraiment comment elle aurait réussi à se débarrasser de lui.

Quant à Chase, il s'était aussi mal comporté qu'Eric. Elle fit tourner son stylo nerveusement entre ses doigts. Il ne lui avait jamais parlé d'amour. Il ne lui avait rien promis. Elle prit sa tête entre ses mains.

Malgré tout, elle aimait Chase. Elle l'aimait follement. Si seulement il lui avait montré plus de respect ce soir-là, tout se serait passé différemment. Le quitter serait extrêmement difficile. Pourquoi n'avait-il pas essayé de la retenir ? Par amour pour lui, elle aurait été prête à faire des sacrifices. Il était inutile d'y songer à présent, car les premières pages de leur histoire avaient été définitivement tournées. Elle devait maintenant aller de l'avant, élaborer de nouveaux projets et repartir, une fois encore, sur de nouvelles bases.

— Des projets, murmura-t-elle en fixant son bloc-notes.

La fin de l'année allait passer à toute vitesse et la préparation du camp de l'été prochain ne tarderait pas.

Elle fit tourner son crayon entre ses doigts en se demandant comment elle allait occuper les périodes d'inactivité des mois à venir sans sombrer dans la nostalgie. Comment ferait-elle pour combler ce vide ? Combien de fois reviendrait-elle marcher au bord du lac dans l'espoir d'apercevoir Chase ?

Non, elle devait faire une croix sur leur histoire. Elle ferma les yeux un instant. Elle ne pourrait avancer dans la vie qu'une fois la page tournée. Il lui fallait oublier Chase. Seulement alors, elle pourrait continuer à construire sa vie.

— Eden, tu es là ?

— Oui.

Eden se retourna et vit Candy surgir dans l'écurie.

— Ouf, je suis contente de t'avoir trouvée !

— Qu'est-ce qui se passe ?

Candy posa la main sur sa poitrine et reprit son souffle.

— C'est Roberta.

— Roberta ? Que lui est-il arrivé ? Elle s'est blessée ?

Son estomac se noua.

— Elle est partie.

— Comment ça ? Ses parents sont venus la chercher plus tôt que prévu ?

— Non, elle a fugué.

Candy se mit à arpenter la pièce en se tordant les mains.

— Ses affaires sont rangées. Sa valise posée dans un coin de la cabane. On l'a cherchée partout dans le camp, elle n'est plus là.

Eden se sentit plus ennuyée qu'inquiète.

— Sa première petite fugue ne lui a donc pas servi de leçon, elle n'a pas pu s'empêcher de s'en aller de nouveau.

— D'après Marcie et Linda, elle leur a dit qu'avant de partir, elle avait quelque chose de très important à faire. Mais, elle n'en a pas dit plus. Peut-être est-elle simplement partie cueillir des fleurs pour offrir un bouquet à sa maman, qui sait…

— Il faut quand même la retrouver au plus vite ! interrompit Eden.

— Trois monitrices sont déjà à sa recherche, mais avant d'alerter tout le monde, je suis venue voir si tu n'avais pas une idée de l'endroit où elle pourrait se trouver.

Candy reprit sa respiration et termina en disant :

— Décidément, elle nous en aura fait voir, cette petite !

Eden repensa aux conversations qu'elle avait eues avec Roberta et se souvint d'une en particulier.

— Attends ! Je crois savoir où elle est allée.

Aussitôt, elle se leva et sortit de l'écurie précipitamment.

— Où vas-tu ? demanda Candy.

— Je vais prendre la voiture, j'irai plus vite.

En toute hâte, Eden se rendit à l'arrière de leur cabane, où une petite voiture d'occasion était garée sous un poirier.

— Je suis pratiquement sûre qu'elle est allée dire au revoir à Chase. Je vais là-bas pendant que tu continues à la chercher.

— D'accord, mais...

— Je serai de retour dans une vingtaine de minutes.

— Eden...

La fin de la phrase de Candy fut couverte par le bruit du moteur.

— Ne t'inquiète pas, cria Eden, je vais ramener ce petit monstre.

Elle ajouta pour elle-même :

— En la tirant par les cheveux s'il le faut.

— Attends...

Encore une fois, Candy ne put terminer sa phrase, car la voiture démarrait.

— Il n'y a presque plus d'essence, dit-elle quand même en soupirant.

Eden remarqua que le ciel était en train de s'assombrir. Elle était certaine de trouver Roberta chez Chase. Les cinq kilomètres qui séparaient le camp de la maison des Elliot n'avaient certainement pas réussi à dissuader la fillette de dire au revoir à Chase.

Arrivée au portail d'entrée de la propriété, Eden commença à songer, le sourire aux lèvres, à ce qu'elle dirait à Roberta. Ses pensées furent brusquement interrompues par un crachotement suspect venu du moteur de la voiture qui cala brusquement. Elle tenta en vain de redémarrer et se rendit compte que la jauge d'essence se trouvait dans le rouge.

— Mince !

Elle frappa de la main le volant et laissa échapper un gémissement ; le volant était plus dur qu'elle ne l'avait imaginé et elle s'était fait mal au poignet. Elle sortit du véhicule au moment même où le premier grondement de tonnerre se faisait entendre. Des torrents de pluie s'abattirent alors sur elle.

Pendant un moment, elle resta simplement debout à côté de la voiture en soufflant sur sa main pour essayer de calmer la douleur lancinante qui persistait dans son poignet. En l'espace de quelques secondes, elle fut trempée jusqu'aux os.

— Génial, grommela-t-elle, merci beaucoup, Roberta !

Après avoir jeté un regard furieux en direction du ciel, elle se mit à courir vers la maison.

Un immense éclair fendit le ciel. Eden tressaillit. En plus, elle commençait à appréhender sa rencontre avec Chase.

Et si elle s'était trompée et que Roberta n'était pas chez lui ? Si la petite fille était perdue, voire blessée, sous l'orage, ruisselante et tremblante ? A présent Eden avait du mal à contenir son anxiété.

Trempée, terrifiée, elle arriva enfin devant la porte de la maison de Chase. Elle frappa à la porte, mais le tonnerre gronda au même instant et elle dut toquer de nouveau pour se faire entendre. Dans son dos, la pluie formait un mur épais. Elle n'osait même plus imaginer Roberta seule sous cette pluie battante.

Lorsque Chase ouvrit la porte, elle faillit s'écrouler contre lui. Il la détailla des pieds à la tête, puis fixa sa figure dégoulinante et ses cheveux ébouriffés. Même dans cet état, il la trouvait sublime.

— En voilà une surprise. Voulez-vous que j'aille vous chercher une serviette ?

Eden saisit la chemise de Chase à deux mains.

— Roberta..., parvint-elle à dire, espérant que ce seul mot suffirait à lui faire comprendre la raison de sa présence chez lui.

— Elle est dans le salon. Détendez-vous, elle va bien.

Il passa doucement sa main sur le front d'Eden et la

recoiffa en glissant une mèche de ses cheveux derrière son oreille.

— Dieu merci !

Au bord des larmes, Eden mit ses mains sur ses yeux. Très vite, lorsqu'elle les retira, son visage avait changé d'expression.

— Elle va me le payer ! cria-t-elle. Je vais tuer cette sale gamine !

Avant qu'elle ne puisse mettre sa menace à exécution, Chase lui barra le passage. Il savait à présent qu'Eden pouvait se mettre vraiment en colère et voulait protéger Roberta.

— Je comprends que vous soyez énervée, mais tâchez de ne pas être trop dure avec elle. Elle est venue ici pour me demander en mariage.

— Ôtez-vous de mon chemin ou vous allez payer pour elle.

Elle le repoussa et marcha à grands pas vers le salon. Une fois dans l'embrasure de la porte, elle appela la fillette.

— Roberta !

Cette dernière cessa de caresser le chien et leva la tête.

— Oh, bonjour, mademoiselle Carlbough.

Elle sourit, visiblement heureuse de voir Eden. Toutefois, dès qu'elle surprit l'expression mécontente de son visage, son sourire s'effaça.

— Mademoiselle Carlbough, vous êtes toute mouillée.

— Roberta, répéta Eden d'une voix grave.

Squat dressa les oreilles, s'assit entre elle et Roberta et se mit à remuer joyeusement la queue.

— Appelez votre chien, ordonna-t-elle à Chase, sans même prendre la peine de se retourner pour le regarder.

— Oh, Squat ne vous fera aucun mal, dit Roberta, en s'accroupissant pour passer affectueusement ses bras autour du cou de l'animal. La queue de Squat s'agita alors de plus belle. L'espace d'un instant, Eden eut l'impression de le voir sourire lorsqu'il ouvrit la gueule en grand et montra ses canines blanches.

— Il est très gentil, reprit Roberta, qui tentait toujours de rassurer Eden. Tendez votre main pour qu'il puisse la sentir.

« La sentir, puis la dévorer », pensa Eden, en regardant sa main, qui la faisait encore souffrir.

— Roberta, répéta-t-elle, après toutes ces semaines passées au camp, ne sais-tu pas encore qu'il est interdit de sortir sans autorisation ?

— Si, mademoiselle, mais c'était très important.

La jeune adolescente serra le chien contre elle.

— Je ne veux pas le savoir, dit Eden.

Elle croisa les bras. Elle avait conscience de l'air autoritaire qu'elle avait pris et savait que si elle se retournait, elle surprendrait Chase en train de sourire.

— Les règlements ne sont pas faits pour t'embêter, Roberta, mais pour garantir l'ordre et la sécurité. Tu as enfreint l'une des règles essentielles aujourd'hui et ce n'est pas la première fois. Mlle Bartholomew et moi sommes responsables de toi. Tes parents attendent de nous, à juste titre, que nous…

Eden ne termina pas sa phrase. Elle haussa les épaules, soupira et conclut :

— Roberta, tu m'as fait une peur bleue.

— Je suis désolée, mademoiselle Carlbough.

Roberta se leva et fit un bond en avant pour aller se serrer contre Eden, en mettant ses bras autour de sa taille.

— Je ne voulais pas vous causer de souci. J'ai pensé que je serais de retour avant qu'on ne remarque mon absence.

— Ton absence ne passe pas inaperçue au camp, tu sais !

Eden rit faiblement et posa un baiser sur le front de Roberta.

— Je suis désolée, mademoiselle Carlbough, sincèrement désolée.

Elle recula d'un pas et pencha de côté sa frimousse pleine de taches de rousseur.

— Il fallait que je voie Chase.

Elle fit un clin d'œil à Eden, qui se retourna très rapidement vers Chase.

— Chase ? répéta Eden, pour montrer qu'elle était étonnée de constater que Roberta ne l'appelait plus « Monsieur Elliot ».

— Nous devions nous entretenir en privé, déclara Chase.

Il s'assit sur le bras d'un fauteuil.

Eden se redressa et tenta de faire bonne figure, malgré l'état déplorable de sa tenue.

— Il est parfois difficile pour une fille de douze ans d'agir de façon raisonnable, mais je suis étonné que vous-même vous soyez conduite de manière aussi irresponsable. J'ai appelé le camp, poursuivit-il, l'empêchant ainsi de l'interrompre. Apparemment, vous veniez juste de partir. Les monitrices savent déjà que Roberta va bien.

Il se leva et saisit le bas du T-shirt d'Eden. Il le tordit et des gouttes d'eau formèrent une petite flaque sur le sol.

— Vous êtes venue à pied ?

— Non.

Chase avait fait ce qu'il fallait en prévenant le camp par téléphone et Eden était contrariée de devoir l'admettre. Elle donna une tape sur la main de Chase pour qu'il cesse de la toucher.

— La voiture..., commença-t-elle à expliquer.

Elle hésita à lui raconter la vérité au sujet de la panne d'essence et finit par lâcher simplement.

— La voiture est tombée en panne.

Elle se tourna ensuite vers Roberta.

— Juste au moment où il commençait à tomber des trombes d'eau.

— Je suis désolée que vous ayez été aussi mouillée, s'excusa Roberta.

— J'espère bien que tu es désolée.

— Vous n'aviez pas mis d'essence dans la voiture ? Le réservoir était vide, vous savez, dit encore la petite fille.

Eden eut de nouveau envie de tordre le cou de Roberta. Soudain, quelqu'un klaxonna à l'extérieur.

— Ce doit être Delaney, dit Chase en marchant vers la fenêtre. Il va reconduire Roberta au camp.

— C'est très aimable de sa part, dit Eden.

— Roberta seulement, reprit Chase.

En disant cela, Chase attrapa la main d'Eden. Allait-elle chercher à se débattre maintenant qu'il la tenait ?

— Vous devriez vous changer avant d'attraper froid.

— Je me changerai dès que j'arriverai au camp.

— Ma mère m'a toujours dit que le meilleur moyen d'attraper un rhume était d'avoir les cheveux mouillés.

Roberta alla vers Squat pour lui dire au revoir.

— A l'année prochaine, lança-t-elle, en se tournant vers Chase.

Puis, avec un soupçon de timidité dans la voix, elle demanda :

— Vous allez vraiment m'écrire ?

— Oui, je t'écrirai, c'est promis.

Chase se pencha et l'embrassa sur les deux joues.

Elle rougit tellement qu'on ne vit plus ses taches de rousseur. Elle se retourna et se jeta dans les bras d'Eden.

— Vous allez beaucoup me manquer, mademoiselle Carlbough.

— Oh, Roberta ! Toi aussi, tu vas me manquer.

— Je vais revenir l'année prochaine et je vais dire à ma cousine de venir aussi. On se ressemble tellement elle et moi qu'on nous prend souvent pour des sœurs.

— C'est formidable, dit simplement Eden.

Il lui faudrait refaire le plein d'énergie avant d'accueillir, l'année prochaine, deux fillettes de cette trempe !

— Ç'a été le meilleur été de toute ma vie ! s'exclama Roberta en serrant une dernière fois Eden, dont les yeux commençaient à s'emplir de larmes, tellement elle était émue.

— Au revoir !

Puis la porte d'entrée se referma, avant qu'Eden n'ait pu s'y rendre pour faire un dernier signe de la main.

— Pour moi aussi, ç'aura été le meilleur été de toute ma vie, déclara Chase en prenant la main d'Eden.

— Chase, lâchez-moi. Je dois rentrer.

— Je vais d'abord vous chercher des vêtements secs, même si, comme je vous l'ai déjà dit, vous êtes magnifique quand vous êtes mouillée.

— Je ne veux pas rester ici, protesta-t-elle alors qu'il la dirigeait vers l'escalier.

— Etant donné que Delaney vient de partir et qu'il n'y a plus d'essence dans votre voiture, vous n'avez pas d'autre choix que de rester ici pour l'instant.

A présent, elle grelottait, et il la poussa devant lui.

— Vous laissez des flaques derrière vous.

— Désolée.

Il la fit entrer dans sa chambre. Eden eut à peine le temps de voir les couleurs pastel des murs, car il la conduisit directement dans la salle de bains adjacente.

— Chase, c'est gentil à vous de me proposer votre salle

de bains, mais si vous pouviez simplement me reconduire au camp...

— Je vous y conduirai dès que vous aurez pris une douche bien chaude et que vous vous serez changée.

Une douche bien chaude. C'était le plus beau cadeau que l'on pouvait lui offrir à ce moment précis. Elle n'avait pas pris de douche chaude depuis la première semaine de juin.

— Non, je pense vraiment qu'il vaut mieux que je rentre maintenant, assura-t-elle pourtant.

Mais il avait déjà refermé la porte de la salle de bains.

Eden fixa la porte durant quelques secondes, puis, en se mordant la lèvre inférieure, regarda en direction de la baignoire. Jamais un objet ne lui avait semblé si beau, si attirant.

— A quoi bon résister, puisque je suis ici de toute façon, balbutia-t-elle.

Elle commença alors à se déshabiller. Bien vite, elle s'abandonna aux délices du jet d'eau chaude. Elle était aux anges. Elle pencha la tête en arrière et laissa l'eau couler le long de son visage et de son corps.

Une bonne dizaine de minutes plus tard, elle ferma le robinet, non sans regret. Sur l'étagère à côté de la baignoire se trouvait une serviette de bain épaisse. Elle s'y emmitoufla. La serviette était tellement moelleuse et douce qu'Eden apprécia presque autant ce moment que la douche elle-même.

Elle remarqua ensuite que ses vêtements ne se trouvaient plus dans la salle de bains. En fronçant les sourcils, elle vérifia le porte-serviettes sur lequel elle les avait posés. Elle serra la serviette qu'elle avait autour d'elle. Il s'était introduit dans la pièce et avait pris ses affaires pendant qu'elle était sous la douche. En grimaçant un peu, elle examina la porte de la douche de verre dépoli et se demanda ce qu'il avait pu voir à travers.

Elle tenta de se rassurer en se disant que Chase était simplement venu prendre ses habits afin de les mettre à sécher. En agissant ainsi, il se comportait en parfait hôte, rien de plus. Toujours est-il qu'elle se sentit un peu tendue lorsqu'elle décrocha le peignoir bleu marine accroché derrière la porte.

C'était le peignoir de Chase à n'en pas douter. Il était tellement imprégné de son odeur qu'en l'enfilant, elle eut l'impression que Chase se trouvait dans la pièce avec elle. Le peignoir était épais, mais elle frissonna lorsqu'elle noua la ceinture autour de sa taille.

Elle se dit qu'elle empruntait son peignoir uniquement pour ne pas rester nue en attendant que ses vêtements soient secs. Néanmoins, elle ne résista pas à l'envie de frotter sa joue contre le col du peignoir.

S'interdisant de sombrer dans le sentimentalisme, elle s'approcha du miroir et essuya la buée avec la serviette. Lorsqu'elle vit son reflet dans la glace, elle oublia bien vite ses chimères romantiques. L'eau chaude de la douche avait certes donné à ses joues de bonnes couleurs, mais son mascara avait coulé. On aurait dit qu'elle venait d'être sauvée in extremis de la noyade. Le bleu foncé du peignoir faisait ressortir ses yeux. Ses cheveux mouillés formaient de petites mèches folles autour de son visage. Eden passa sa main dans sa chevelure plusieurs fois, mais, sans brosse, elle ne parvint pas à les coiffer convenablement.

« Quelle allure ! » se dit-elle ironiquement en ouvrant la porte de la salle de bains. Elle s'arrêta pour prendre le temps de regarder la chambre de Chase. Elle contempla avec curiosité les objets qui lui appartenaient. Elle secoua la tête et se dépêcha de traverser la pièce et de descendre les escaliers. Lorsqu'elle le vit, à l'entrée du salon, elle se sentit de nouveau nerveuse.

Il était debout à côté d'un meuble du XIXe siècle qui servait de bar. Il tenait une carafe en cristal et était sur le point de verser le liquide ambré qu'elle contenait dans deux petits verres. Il paraissait très décontracté dans sa chemise de travail et son jean. Il semblait plein de contradictions, ce qu'Eden trouvait particulièrement séduisant. Ce soir, elle le trouvait magnifique et elle l'aimait, simplement, sans même chercher à savoir pourquoi. Qu'allait-elle faire de ce dernier moment passé en sa compagnie avant le long hiver ?

Il se retourna et la regarda. Il avait senti sa présence, mais avait préféré attendre quelques instants avant de se retourner. Lorsqu'il était entré dans la salle de bains pour prendre ses vêtements, il l'avait entendue chantonner. Il n'avait vu que sa silhouette à travers le verre, mais il avait eu beaucoup de mal à se retenir d'ouvrir la porte de la douche pour aller se presser contre sa peau humide et chaude, et voir ses grands yeux se poser sur lui.

Maintenant qu'elle se tenait dans l'entrée, emmitouflée dans son peignoir, il la désirait tout autant. Il avait préféré attendre quelques instants avant de se retourner, pour masquer le désir contenu dans son regard.

— Vous vous sentez mieux ? demanda-t-il.

— Oui, merci.

Machinalement, elle saisit le revers du peignoir et se mit à le tourner entre ses doigts. Il traversa la pièce pour venir lui tendre un verre.

— Buvez. C'est radical contre les rhumes.

Elle prit le verre à deux mains et Chase ferma la porte derrière elle. Elle porta doucement la boisson à ses lèvres, en espérant que ce remontant aiderait à lui rendre les idées claires.

— Je tiens à m'excuser pour tout ce dérangement.

Elle veillait à parler poliment, tout en restant aussi distante que possible. Elle se tenait le dos contre la porte.

— Il n'y a aucun problème.

Il avait envie de la serrer très fort contre lui.

— Venez donc vous asseoir.

— Non, je suis bien ici.

Toutefois, comme il restait planté devant elle, elle ressentit le besoin de bouger. Elle marcha vers la fenêtre et vit qu'il pleuvait toujours à torrents.

— Je suppose que la pluie va bientôt s'arrêter.

— Oui, j'imagine.

Chase était d'humeur moqueuse. Elle l'avait remarqué à sa façon de lui répondre. Méfiante, elle se tourna vers lui.

— D'ailleurs, je suis surprise que l'averse dure depuis si longtemps.

Chase posa son verre et s'approcha d'elle.

— Il est temps d'arrêter cela, Eden. Temps pour vous de cesser de reculer.

Elle secoua la tête, puis chercha à s'éloigner de lui.

— Je ne comprends pas ce que vous voulez dire.

— Bien sûr que si, vous comprenez.

Il se retrouva debout derrière elle. Elle n'avait nulle part où aller se réfugier. Il lui prit son verre des mains et fit en sorte qu'elle se retrouve de nouveau face à lui. Doucement, il saisit la chevelure d'Eden et la tint en arrière afin de dégager parfaitement son visage. Il pouvait lire un mélange de crainte et de désir latent dans les yeux d'Eden.

— La dernière fois que nous nous sommes retrouvés ici, je vous ai dit que c'était trop tard, déclara-t-il.

La dernière fois, le soleil entrait par la fenêtre. Le passé et le présent se mêlaient dans la tête d'Eden.

— Nous nous tenions ici et vous m'avez embrassée.

A cet instant, les lèvres de Chase vinrent chercher celles d'Eden. Le baiser fut fougueux. Il pensait qu'elle serait hésitante, mais elle se montra demandeuse. Elle n'était plus apeurée, mais passionnée. Lorsqu'il la serra plus fort, il sut qu'elle le désirait ardemment. Elle l'avait attrapé par les cheveux et l'invitait à l'étreindre encore davantage. Il voulait qu'elle l'accepte dans sa vie. Il voulait lui crier : « Fais-moi confiance. »

La pluie battait contre les vitres. Un éclair surgit. L'esprit d'Eden tourbillonnait, emporté par sa propre tempête intérieure. Elle le désirait, elle souhaitait qu'il lui dénude les épaules, qu'il caresse sa peau nue. Elle voulait lui donner cet amour qu'elle sentait palpiter en elle, mais elle savait qu'elle devait le contenir.

— Chase. Je dois partir. On m'attend au camp.

— Vous n'irez nulle part. Pas cette fois.

Il plaça sa main sur son cou. Eden comprit que sa patience était à bout. Elle se recula et dit :

— Candy va se demander où je suis. J'aimerais récupérer mes vêtements maintenant.

— Non.

— Non ?

— Non, répéta-t-il en reprenant son verre. Candy ne va pas s'inquiéter parce que je l'ai appelée et prévenue que vous ne rentreriez pas ce soir. Elle m'a dit que cela ne posait pas de problème, que tout se passait bien au camp, donc…

Il but une gorgée d'alcool avant de poursuivre.

— Donc, vous n'avez aucune raison de récupérer vos vêtements maintenant. Puis-je vous offrir un autre verre ?

— Vous avez téléphoné à Candy ? l'interrogea-t-elle, sans dissimuler sa colère.

Lorsque son regard s'assombrissait ainsi, elle perdait sa fragilité. Chase eut envie de sourire. Il l'aimait calme, il l'aimait nerveuse ou déterminée, mais la femme en colère était sa préférée.

— Oui. Cela vous dérange ?

— Comment osez-vous prendre des décisions à ma place ?

Elle remonta légèrement la manche du peignoir, qui lui recouvrait la main, et repoussa Chase en lui appuyant sur le torse.

— Vous n'aviez pas à l'appeler. Vous n'aviez aucune raison de croire que je resterais ici avec vous.

— Je ne crois rien du tout. Vous allez rester ici. C'est tout.

— Vous vous trompez.

Elle le poussa de nouveau, mais avec tant de force que cette fois il recula d'un pas. S'il n'avait pas déjà été fou d'elle, ce geste l'aurait rendu irrémédiablement amoureux.

— J'en ai assez d'avoir affaire à des hommes autoritaires qui pensent qu'ils peuvent avoir tout ce qu'ils désirent.

— Arrêtez de parler de moi comme si vous parliez d'Eric, Eden. Arrêtez de me comparer à d'autres hommes. C'est de moi qu'il s'agit, de moi seul.

— Je vous inclus dans cette catégorie. Donnez-moi mes habits.

Il posa son verre doucement.

— Pas question.

« Quel culot ! », pensa Eden.

— Dans ce cas, je vais retourner au camp avec votre peignoir sur le dos.

Prête à s'exécuter, elle s'avança vers la porte et tira d'un coup sec sur la poignée pour l'ouvrir. Squat était allongé à l'entrée de la pièce. Quand il la vit, le chien se redressa et Eden eut l'impression qu'il la regardait méchamment. Elle fit un pas en avant, puis recula et se retourna, tout en se maudissant d'avoir aussi peur du chien.

— Dites à cette bête de libérer le passage !

Chase observa Squat. Il savait pertinemment que le chien ne ferait pas le moindre mal à Eden. Au pire, il baverait sur ses pieds nus. Chase sourit et dit à Eden :

— Il est trop fatigué pour bouger.

— Très bien. Je vais sortir par là dans ce cas, déclara Eden d'un ton plus que déterminé, tout en se dirigeant vers la fenêtre.

Elle s'agenouilla sur le rebord de la fenêtre et essaya de soulever le châssis de la fenêtre à guillotine. Chase vint passer ses bras autour de sa taille. Elle se retourna pour lui faire face.

— Lâchez-moi. J'ai dit que je voulais partir et je partirai.

Elle essaya de le frapper et fut aussi surprise que lui par le coup qu'elle lui porta dans le ventre.

— Et si vous voulez reprendre votre peignoir, ne vous gênez pas. Je rentrerai nue.

Elle commença à dénouer la ceinture du peignoir.

— Je ne vous laisserai pas sortir comme ça.

Il lui prit les mains, à la fois pour éviter qu'elle ne retire le peignoir et pour empêcher qu'elle n'essaie de nouveau de le frapper.

— Si vous partez, nous n'aurons pas le temps de nous expliquer.

— Je n'ai aucune envie de continuer à discuter avec vous.

Elle essaya de se dégager et ils finirent par tomber tous les deux sur la banquette située sous la fenêtre.

— Je n'ai plus rien à vous dire, lui cria-t-elle en lui donnant des coups de pied.

Ce faisant, le peignoir remonta et découvrit ses jambes jusqu'en haut des cuisses.

— J'ajouterai simplement que vous êtes un mufle et que j'ai hâte de mettre le plus de distance possible entre vous et moi. L'autre soir, lorsque j'avais le choix entre Eric, le bel idiot ennuyeux, et vous, le plouc à la tête dure, je me suis dit que je ferais aussi bien d'entrer au couvent. Lâchez-moi maintenant ou je vous jure que je vais finir par vous faire vraiment mal. Je ne laisserai jamais personne, vous m'entendez, personne, me marcher sur les pieds.

Puis elle consacra toute l'énergie qui lui restait à le pousser. Ils se retrouvèrent sur le sol. Comme lorsqu'elle était tombée du pommier à leur première rencontre, il roula avec elle jusqu'à ce qu'elle se retrouve sous lui. Il la fixa des yeux tandis qu'elle essayait de retrouver son souffle.

— Bon sang, Eden, je vous aime.

Il rit puis pressa ses lèvres contre les siennes.

Elle le laissa l'embrasser. Elle ne chercha pas à se débattre, mais s'agrippa à lui. Le simple fait de respirer lui demandait un effort. Lorsqu'elle parvint de nouveau à parler, elle prit soin de choisir les mots justes.

— J'aimerais que vous me répétiez cela, lui dit-elle.

— Je vous aime.

Avant qu'elle ne ferme les yeux, il eut le temps, une fois de plus, de déceler un éclair de panique dans son regard.

— Eden. Je sais par quoi vous êtes passée, mais vous devez me faire confiance. Je vous ai observée et j'ai vu comment vous aviez réussi à vous prendre en charge cet été. Cela n'a pas été facile, mais je me suis forcé à rester en retrait pour vous laisser vous reconstruire librement.

Elle rouvrit les yeux. Son cœur était sur le point d'éclater dans sa poitrine.

— Vraiment ?

— J'ai compris que vous aviez besoin de temps. Je savais que tant que vous n'auriez pas atteint votre objectif, vous ne voudriez rien partager avec moi.

— Chase…

— Ne dites rien.

Il prit sa main et la posa sur sa bouche.

— Eden, vous êtes habituée à un certain style de vie. Si c'est important pour vous, je ferai en sorte que vous puissiez continuer comme avant. Mais si vous m'en laissez la chance, vous verrez que je peux vous rendre heureuse ici.

Elle avala sa salive ; elle n'était pas certaine de l'avoir bien compris.

— Chase, êtes-vous en train de me dire que vous seriez prêt à emménager à Philadelphie si je vous le demandais ?

— J'irais n'importe où pour être avec vous, Eden. Je ne veux pas vous laisser repartir seule. Je ne veux pas me contenter de vous voir uniquement l'été.

Elle respira profondément.

— Qu'attendez-vous de moi ?

— Tout.

Il posa un baiser sur sa main. Il était impatient désormais.

— Je veux une vie entière avec vous, dès aujourd'hui. De l'amour, des disputes, des enfants. Epousez-moi, Eden. Donnez-moi six mois pour vous rendre heureuse. Si vous ne vous plaisez pas ici, nous irons où vous le souhaitez, mais ne m'abandonnez pas.

— Je ne vous abandonnerai pas.

Elle emmêla ses doigts à ceux de Chase.

— Et c'est ici et nulle part ailleurs que je veux être.

Il lui serra la main plus fort et elle vit qu'il la regardait différemment à présent.

— Plus question de faire marche arrière, je vous préviens.

— Vous m'avez déjà dit que c'était trop tard.

Elle l'attira vers elle. La passion et les promesses fusionnèrent, tout comme leurs deux corps.

— Ne me laissez plus jamais partir, Chase. J'avais tellement mal au cœur à l'idée de vous quitter. Je vous aime tant !

— Vous ne seriez pas allée bien loin.

Elle esquissa un sourire.

— Vous seriez venu me retrouver ?

— Oui, et tellement vite que je serais peut-être arrivé à Philadelphie avant vous !

Le sentiment de bien-être grandissait en elle.

— Et vous m'auriez suppliée ?

Il y avait une lueur malicieuse dans le regard d'Eden.

— Disons simplement que j'aurais fait en sorte que vous n'ayez plus le moindre doute quant à l'intensité de mon amour pour vous.

— Vous auriez peut-être rampé à mes pieds, dit-elle en passant ses bras derrière le cou de Chase. J'aurais aimé voir ça ! Peut-être pourriez-vous me montrer maintenant comment vous vous y seriez pris ?

— N'en faites pas trop.

Il lui mordilla l'oreille et Eden se mit à rire.

— Un jour, ils seront gris, murmura-t-elle en lui passant la main dans les cheveux, mais j'aurai toujours autant envie de les caresser.

Elle lui fit redresser la tête pour le regarder. Elle ne riait plus. Elle l'aimait.

— Je vous ai attendu toute ma vie.

Il posa sa tête contre sa poitrine et lutta encore pour

ne pas aller trop vite avec elle. Eden représentait pour lui la perfection, la femme dont il avait toujours rêvé. Il lui caressa le visage.

— J'avais envie de tuer Eric lorsque je l'ai vu poser ses mains sur vous.

— Je ne savais pas comment vous expliquer la situation quand je vous ai vu arriver. Après...

Elle fronça les sourcils.

— Après, vous vous êtes mal comporté.

— Vous avez été impressionnante. Vous avez donné une bonne leçon à Eric.

— Et à vous aussi ?

— A moi, vous n'avez fait que me donner encore plus envie d'être avec vous.

Il goûta sa peau douce et savoura le doux frisson qu'elle seule était capable de lui procurer.

— J'envisageais d'aller vous kidnapper au camp. Heureusement, Roberta m'a facilité la tâche.

— J'espère qu'elle ne m'en voudra pas du fait que vous m'épousiez moi plutôt qu'elle. Après tout, vous avez un chien gentil et vous êtes plutôt mignon, comme elle dit.

Elle lui posa un baiser dans le cou.

— Elle s'est montrée très compréhensive. D'ailleurs, elle m'a donné son consentement.

Eden releva la tête.

— Ah bon ? Vous voulez dire que vous lui avez fait part de votre intention de m'épouser ?

— Bien sûr.

— Avant même de m'en parler à moi ?

Chase sourit et se pencha vers elle pour lui mordre tendrement la lèvre.

— Je me suis dit que Squat et moi arriverions à vous convaincre.

— Et si j'avais refusé ?
— Vous n'avez pas refusé.
— Je peux encore changer d'avis.
Il colla de nouveau ses lèvres contre les siennes, qui étaient chaudes.
— Bon, dit Eden en soupirant, n'en parlons plus.

Composé et édité par HarperCollins France.

Achevé d'imprimer en octobre 2018.

CPi
FIRMIN-DIDOT

à Mesnil-sur-l'Estrée (Eure)

Dépôt légal : novembre 2018.

Pour limiter l'empreinte environnementale de ses livres, HarperCollins France s'engage à n'utiliser que du papier fabriqué à partir de bois provenant de forêts gérées durablement et de manière responsable.

Imprimé en France